Knaur.

Knaur.

Über die Autorin:

Annette McCleave hat in unterschiedlichen Positionen im Finanz- und Marketingsektor gearbeitet, bevor sie ihren Traum verwirklichte, Schriftstellerin zu werden. Nachdem sie 2005 bereits zu den Finalisten gehörte, gewann sie drei Jahre später mit dem Manuskript von »Gefährlich wie ein Engel« den Golden Heart Award, einen der wichtigsten Nachwuchspreise der USA für unveröffentlichte Autoren. Nur sechs Tage nach der Preisverleihung unterschrieb sie einen Mehrbuchvertrag bei einem großen amerikanischen Verlag. Zurzeit arbeitet die Autorin am nächsten Band ihrer Serie »Wächter der Seelen«.

Mehr Informationen im Internet unter: www.annettemccleave.com

Annette
McCleave

Verlockend wie ein Dämon

WÄCHTER DER SEELEN

Roman

Aus dem Amerikanischen
von Barbara Imgrund

KNAUR TASCHENBUCH VERLAG

Die amerikanische Originalausgabe erschien 2010 unter dem Titel *Bound by Darkness* bei Signet Eclipse, New York.

Gerne empfehlen wir Ihnen weiteren spannenden Lesestoff aus unserem Programm – schreiben Sie einfach eine E-Mail mit dem Stichwort »Verlockend wie ein Dämon« an: fantasy@droemer-knaur.de

Besuchen Sie uns im Internet:
www.knaur.de

FSC
www.fsc.org
MIX
Papier aus verantwortungsvollen Quellen
FSC® C083411

Deutsche Erstausgabe Februar 2011

Redaktion: lüra – Klemt & Mues GbR
Umschlaggestaltung: ZERO Werbeagentur, München
Umschlagabbildung: FinePic®, München
Satz: Daniela Schulz, Stockdorf
Druck und Bindung: CPI – Clausen & Bosse, Leck
Printed in Germany
ISBN 978-3-426-50786-5

2 4 5 3 1

Für Dad,
der mich gelehrt hat,
das geschriebene Wort zu lieben.

1

Kein Mensch rechnet damit, dass ihm ein Nobelkaufhaus um die Ohren fliegen könnte.

Und doch war genau das der Fall, als Brian Webster in Saks Fifth Avenue gerade die Vorzüge eines blaugestreiften Smokinghemds von Gucci gegen die eines klassisch weißen von Zegna abwog. Ohne Vorwarnung drang ein lauter Knall von unten durch den Fußboden, ließ Brian erzittern und die Fenster vibrieren. Noch bevor er sich mit einem Sprung in Sicherheit bringen konnte, gab das sich verbiegende Metall kreischende Geräusche von sich, und der Boden brach etwa zehn Zentimeter ein.

Nur seine Seelenwächterreflexe hielten Brian auf den Beinen.

Panikschreie, hysterische Alarmsirenen und das schwere Krachen zusammenbrechender Mauern erfüllten die sonst so geräuscharme Kulisse des Edelschuppens. Ein Kronleuchter knallte zu Boden und überschüttete zwei gestürzte Kundinnen mit einem Scherbenregen. Einige Regale aus Messing und Holz kippten um und trafen einen Verkäufer im Anzug.

Ein dünner Rauchfaden sowie der Gestank verbrannter

Streichhölzer stiegen aus einem klaffenden Loch im Boden auf, doch es war der seltsame Geruch nach Kohle, der Brian eins und eins zusammenzählen ließ. Während sich sein Pulsschlag beschleunigte, warf er die beiden Hemden auf einen Mahagonitisch, der nun mit Glasscherben übersät war, und raste zu den Fahrstühlen. Diese Geruchsmischung war ihm nur allzu vertraut.

Schwefel.

Irgendwo unter ihm war – geradewegs aus der Hölle – ein Dämon aufgetaucht.

Bei den Fahrstühlen tobte das Chaos. Teile des Marmorbodens hatten sich wie tektonische Platten ineinandergeschoben. Überall Staub und Splitter. Benommene oder weinende Menschen klammerten sich aneinander, einige von ihnen beteten. Brian blieb stehen. Die Kreatur, die die tiefer gelegenen Stockwerke verwüstet hatte, musste gestoppt werden – das stand unzweifelhaft fest. Doch einer der Aufzüge war von der Explosion mit offener Tür ein Stück nach unten gerissen worden. Drei Frauen und ein Kleinkind riefen daraus um Hilfe, völlig panisch, dass die Kabine jeden Augenblick abstürzen konnte.

Und niemand wusste, ob nicht genau das passieren würde.

Ein sehr großer Mann in einem gelben Poloshirt lag auf dem Boden. Seinen fülligen Arm hatte er tapfer in die entstandene Lücke zwischen dem Fußboden und dem Aufzugdach geschoben. Brian entschied sich, zunächst hier zu helfen, bevor er sich den Dämon vorknöpfte, und warf sich neben dem Mann auf den unebenen Boden.

»Kommen Sie, Ladys«, redete er den Verunglückten gut zu. »Wir holen Sie da raus.«

Noch während er sprach, erschütterte eine weitere Explosion das Gebäude, hob den Boden unter ihnen an und ließ Fliesen von der Decke auf ihre Köpfe regnen. Der Aufzug gab einen tiefen, metallischen Seufzer von sich und schrammte funkensprühend noch ein paar Zentimeter tiefer. Die Schreie der Frauen stiegen dagegen eine Oktave nach oben, und der Mann neben ihm zuckte zusammen. Allerdings – das musste Brian ihm hoch anrechnen – ergriff er nicht die Flucht.

Zwei der gefangenen Frauen packten nun endlich die Arme der Männer. Brian zog ein Opfer, eine ältere Frau, mühelos aus dem Lift, dann half er seinem Mitstreiter, die andere Frau zu befreien. Nun befand sich nur noch die Frau mit dem Kind in der Aufzugkabine. Als er einen Blick in die schreckverzerrten, tränenüberströmten Gesichter warf, kamen ihm Zweifel, ob sie ihn überhaupt sahen.

»Geben Sie ihm das Kind«, befahl Brian der panischen Frau und sah sie eindringlich an. »Und *Sie* nehmen *meine* Hand.«

Sie reagierte zögernd auf seinen Befehlston. Unsicher hob sie ihren Sohn hoch zu dem großen Mann. Doch sobald der Junge in Sicherheit war, schien der Schock sie zu übermannen. Ihre Arme und Beine begannen heftig zu zittern, ihr Atem ging nur noch stoßweise. Sie griff mehrmals nach Brians Hand, sank aber jedes Mal zurück in den Aufzug, der bei jedem Fehlversuch erzitterte.

Brian hakte seinen Fuß um eine Palme, die in einem schweren Blumentopf stand. Dann beugte er sich noch weiter hinunter und schlang einen Arm um die Taille der Frau. Ihr T-Shirt war feucht von kaltem Schweiß, und das fortwährende Zucken ihres Körpers übertrug sich auf seinen eigenen. Als metallenes Schleifen die nächste Phase der Katastrophe – den Absturz des Aufzugs – ankündigte, spannte er seine Bauchmuskeln an und zog die Frau mit einem kräftigen Ruck nach oben. Ihre tränenreichen Worte des Dankes erwiderte er mit einer raschen Umarmung, dann führte er sie zu ihrem Sohn, der sich am Hemd seines Retters festgekrallt hatte.

»Gehen Sie auf die andere Seite des Gebäudes«, sagte Brian zu dem großen Mann. »Schaffen Sie alle hier raus, und zwar so schnell wie möglich.«

In Vorbereitung auf das, was ihn als Nächstes erwartete, holte er tief Luft und rannte dann dorthin, wo das rote »Exit«-Licht leuchtete.

Im halbdunklen Treppenhaus zog er sein Schwert unter der Anzugjacke hervor. Aus ihrer magischen Scheide befreit, wurde nun die Replik der Waffe aus dem 15. Jahrhundert sichtbar, doch Zeugen waren seine kleinste Sorge. Eine einzelne Explosion hätte bedeutet, dass er es mit einem Chaosdämon zu tun hatte. Doch ein Chaosdämon brach normalerweise nur auf diese Ebene, um Unglücksfälle herbeizuführen. Außerdem hatte er nur ein paar Augenblicke Zeit, um sein gemeines Werk zu vollenden, bevor er wie ein Funken Höllenfeuer verlosch. Er hatte nicht die Kraft, zweimal zuzuschlagen.

Das hier war etwas anderes.

Brian murmelte schnell die Formel eines Schildzaubers und stieg dann langsam bis zum Treppenabsatz zwischen dem dritten und vierten Stock hinab. Unter seinen Füßen knirschte der Schutt, der auf der Treppe lag – Betonstücke, Brocken von Mörtel, ein heruntergefallenes Hinweisschild und eine dicke, graue Schicht Staub. Jeder Schritt hallte gespenstisch von den Wänden wider und machte alle Hoffnungen auf eine lautlose Annäherung zunichte. Nicht, dass dies das Opfer, das auf dem Treppenabsatz lag, noch interessiert hätte. Für den Mann kam ohnehin jede Hilfe zu spät.

Brians Blick huschte über die leblose Gestalt. Er registrierte den versengten schwarzen Anzug und den Rosenkranz aus hellen Quarzperlen, den seine verbrannten Finger umkrallt hielten. Kalte Angst legte sich schwer auf ihn. Ohne die Leiche umdrehen zu müssen, wusste er, wer es war. Vater O'Shaunessy. Der Mann, den er hier im Kaufhaus in weniger als einer Stunde hatte treffen wollen.

Dies war kein zufälliger Dämonenangriff gewesen.

Sein Blick wanderte weiter, über die zahlreichen Kampfspuren im Staub zu den graugetünchten Wänden, auf deren schartigem Beton sich eine Reihe großer Brandflecken abzeichneten. Ein brutaler Kampf war hier im Gange gewesen, und auf beiden Seiten war übernatürliche Energie zum Einsatz gekommen. Jeder Gegenschlag ein beherzter Versuch des Priesters, sich zu verteidigen und …

Brian runzelte die Stirn. Nicht nur Ruß verursachte die dunklen Flecken. Es war auch Blut vergossen worden. Viel Blut.

Trotzdem fand sich an O'Shaunessys Leiche keinerlei offene Verletzung. Nur die Brandwunden waren zu sehen, die die Feuerbomben des Dämons verursacht hatten. War noch jemand hier gewesen? Hatte jemand diesen Kampf überlebt?

Brian legte rasch eine Hand an die Kehle des Priesters. Wohltuende Wärme floss in seine Fingerspitzen, kroch seinen Arm hinauf und legte sich um sein Herz – ein untrügliches Anzeichen dafür, dass die Seele, die er gerade aufnahm, in den Himmel kommen würde.

Eine weitere Explosion traf das Gebäude. Die Wände des Treppenhauses bebten, und Mörtelstaub sowie ein Betonbrocken von der Größe eines Brotlaibs lösten sich von irgendwo über seinem Kopf und krachten unmittelbar vor seinen Füßen zu Boden. Schreie drangen von den Stockwerken unter ihm herauf. Ob der Priester allein gewesen war oder nicht, war irrelevant. Was immer sich dort unten befand, musste vernichtet werden.

Brian setzte über das Treppengeländer und ließ sich vier Stockwerke tiefer fallen. Dort landete er geschmeidig wie eine Katze und kam sofort wieder auf die Füße.

Mit dem Schwert in der Hand schritt er durch den Rauch in die Überreste der einstigen Parfümerieabteilung. Sein Magen verkrampfte sich. Im Erdgeschoss waren die bestbesuchten Abteilungen des Kaufhauses untergebracht und es hielten sich stets viele gaffende Touristen und Teenager dort auf, die jedem Modetrend huldigten. Der heutige Abend war keine Ausnahme gewesen. Mindestens zwei Dutzend Menschen lagen auf dem Boden, von einer Sprinkleranlage besprüht, die kaum noch funktionierte. Männer, Frauen und … ein Kind. Einige waren noch am Leben, andere nicht mehr.

Brian riss seinen Blick von dem grausamen Schlachtfeld los und suchte den dunstigen Innenraum nach dem Dämon ab. Sich mit den Opfern zu befassen, die dieser Angriff gefordert hatte, würde warten müssen. Nun hatte oberste Priorität, dem Blutbad Einhalt zu gebieten.

Das dünne Geheul von Sirenen schwoll in der Ferne an und ab und kam unablässig näher. Gut zu wissen, aber nicht so wichtig. Während er die anrückenden Rettungsfahrzeuge, das Knistern elektrischer Entladungen und das leise Stöhnen der Verletzten ausblendete, konzentrierte er sich ganz auf die Geräusche, die einen Seelenwächter bis in seine Albträume verfolgten: das rauhe Murmeln höllischer Beschwörungen und das Zischen von Feuerbomben in der Luft.

Und dann entdeckte er den Bastard.

Links. Knapp hundert Meter durch den Rauch entfernt.

Die meisten Schergen Satans verbargen ihre wahre Identität unter einer Verkleidung vor den Menschen. Nicht so dieser hier. Er war ein gefleckter, rotgrauer Koloss, doppelt so groß wie Brian und wahrscheinlich dreimal so schwer, und er hatte überall Hörner und Klauen. Ein langer Schwanz, von dem Schleim tropfte, peitschte vor und zurück, als führte er ein Eigenleben. Verglichen mit anderen Dämonen war dieser die imposanteste Kreatur, mit der es Brian jemals zu tun gehabt hatte.

Er wich dem umtriebigen Schwanz in weitem Bogen aus, näherte sich dem Ungetüm durch die Trümmer und plante dabei in Gedanken seinen Angriff. Das Monster drehte ihm praktischerweise den Rücken zu, daher sprang er auf eine halbzerstörte Verkaufstheke und stürzte sich von hinten auf die hünenhafte Gestalt. Sein Ziel war der muskelbepackte Nacken. Das Schwert hatte eine sehr schnelle Klinge, und das Überraschungsmoment war auf Brians Seite.

Leider beschloss das verbliebene Vitrinenglas, sich genau in diesem Moment aus der Umrahmung zu lösen und mit markerschütterndem Getöse auf dem Fliesenboden zu zerschellen.

Der Dämon fuhr herum, gerade als Brians Schwerthieb mit Schwung auf ihn zukam. Mit starrem Blick aus roten Augen erhob er eine servierplattengroße Hand, murmelte nur ein einziges Wort und feuerte einen dicken Klumpen rotglühender Lava auf Brians Brust. Das Geschoss warf Brian zurück, und er landete in einer Fontäne aus Holzsplittern und Glasscherben in einer Vitrine. Schlimmer noch, die Lavabombe fraß sich durch seinen magischen Schild und sein Designersakko und bohrte sich tief in die Muskeln. Das Atmen wurde schwer.

Was war dieses Ding?

Er sprang wieder auf die Füße, beschwor einen neuen Schildzauber und schwang sein Schwert, bereit, sich gegen weitere Feuerbomben zur Wehr zu setzen. Aber nichts. Das Ungeheuer hatte sich bereits abgewandt und watete durch die Trümmer auf den Ausgang zur Fiftieth Street zu. Es war nicht an ihm interessiert – der zornige Seelenwächter, der entschlossen war, es mit einem Tritt in den Hintern geradewegs zurück in die Hölle zu befördern, schien ihm vollkommen gleichgültig zu sein.

Genau das ließ Brians Herz einen Schlag lang aussetzen. Welcher Dämon würde dieser Gelegenheit widerstehen, eine Seele zu stehlen – jetzt, da der Seelenwächter sie geholt hatte und sie leicht zu bekommen war? Besonders unter so günstigen Umständen? Wenn aber dieser Unhold nicht die Seele des Priesters rauben wollte – was wollte er dann?

Brian spähte durch den Rauch, folgte der massigen Gestalt des Dämons mit dem Blick und runzelte die Stirn. Die überraschend intakte Tür zur Außenwelt schwang gerade zu. Jemand hatte soeben das Gebäude verlassen. Den verschmierten, hellen Blutspuren auf dem Glas nach zu urteilen, war dieser Jemand verletzt. Vielleicht war es die Person aus dem Treppenhaus.

Brian gönnte sich keine Pause, um das Warum zu ergründen. Er jagte an dem Dämon vorbei, entging mit knapper Not einem grimmigen Schwanzhieb und schob sich durch die Tür in den Maiabend. Die Sonne ging gerade unter und ließ schmale Streifen lohfarbenen Lichtes zwischen die Gebäude fallen. Der Verkehr auf der belebten Straße kroch nur noch dahin – Köpfe wurden aus den Wagenfenstern gesteckt, und Blicke aus weit aufgerissenen Augen saugten sich an den Rauchfahnen einige Stockwerke über ihnen fest.

Auf der Suche nach dem verwundeten Flüchtigen flog Brians Blick über die glotzenden Umstehenden.

Da. Auf der gegenüberliegenden Straßenseite. Eine Gestalt in einem blutbefleckten T-Shirt, die die Stufen zur St.-Pat-Kathedrale hinaufhumpelte.

Die Tür in Brians Rücken explodierte in einem Inferno aus Feuer und schmierigem, schwarzem Rauch und schleuderte ihn zusammen mit einer Million Glasscherben und Metallsplittern halb über die Straße. Er rollte sich über die Kühlerhaube eines Taxis ab, landete auf den Füßen und rannte auf den Kircheneingang zu. Neuerlich erhoben sich Schreie und brachen abrupt ab, als der Dämon ein parkendes Auto beiseitefegte und mit seinem feuerheißen Atem in einem Radius von fünfzehn Metern alles verbrannte. Brian verdrängte den hässlichen Gedanken an gegrillte Leiber und lief weiter. Der Dämon beschleunigte nicht, doch mit jedem Schritt legte er fast fünf Meter zurück. Er konnte nicht weit hinter ihm sein.

Brians Augen passten sich sofort an das Zwielicht im Inneren der Kirche an.

Die letzte Nachmittagsmesse war bereits vorüber, doch ein paar Touristen mit Stadtplänen saßen noch immer auf den Kirchenbänken oder hielten sich im Andenkenladen auf. Es war nicht schwer, die Person zu entdecken, der er nachjagte. Ein spindeldürres blondes Mädchen, das nicht älter als zwanzig sein konnte, zog auf dem Weg durch das Kirchenschiff Richtung Altar ein steifes Bein nach. Ein Arm hing herab, den anderen hielt sie an die Brust gepresst. Die ehrfurchtgebietende Schönheit des Kirchengewölbes war wohl schuld daran, dass niemand die Blutspur bemerkte, die sie auf dem Marmorboden hinter sich herzog.

Brian setzte über zwei Kirchenbankreihen und sprintete dem Mädchen hinterher.

Er erreichte sein Ziel genau in dem Augenblick, als der Dämon die Kirche mit einem Feuerstoß traf, der die Mauern erzittern ließ. Das Mädchen war dem Zusammenbruch nahe. Brian entdeckte tiefe Schnittwunden auf Armen und Hals. Ihr abgetragenes T-Shirt war vorn blutdurchtränkt, und ihre Lippen waren kreideweiß. Jede Minute, die verstrich, brachte sie dem Tode näher.

Hinter ihm krachte das Bronzeportal auf und flog über fünf Meter weit ins Kirchenschiff, bevor es auf den Bänken landete, die unter seinem Gewicht zusammenbrachen. Die Touristen rannten blindlings auf den Hauptausgang zu. Sie schienen sich weniger für die Ursache der Explosion zu interessieren als vielmehr für ihre Flucht aus diesem Durcheinander. Brian hielt sich nicht lange damit auf, sich dem Mädchen vorzustellen, sondern nahm es auf seine Arme und steuerte den Ausgang zur Forty-Ninth Street an.

Sie machte es ihm nicht leicht. Trotz ihres geschwächten Zustands schlug sie wild um sich.

»Nein«, stieß sie hervor, während sie ihn mit ihren Fäusten bearbeitete. »Ich muss hierbleiben!«

»Süße, wenn wir hierbleiben, werden wir sterben«, entgegnete er grimmig, während er Mühe hatte, sie festzuhalten.

»Lassen Sie mich los!«

Ein Feuerball traf ihn am unteren Rücken – der Stoß brachte seine Zähne zum Klappern und durchdrang seinen neuen Schild so mühelos wie den letzten. Er stolperte, lief aber weiter. Er beschwor einen weiteren Schild, sprang nach links über eine Kirchenbank und hinter eine geriffelte Säule. Gerade noch rechtzeitig. Der schmiedeeiserne Kronleuchter über der

Stelle, an der er sich eben noch befunden hatte, stürzte herab und katapultierte feinste Glassplitter und Bruchstücke der Bodenfliesen in alle Richtungen.

Doch der Sprung gab dem Mädchen Gelegenheit, sich aus Brians Griff zu befreien. Sie glitt unter die nächste Bank und spähte aus ihrem halbdunklen Versteck hervor. Ihr Gesicht wirkte aschfahl, ihre Augen waren dunkel und weit aufgerissen. Erinnerungen wurden wach. Erinnerungen an eine andere Zeit und ein anderes verzweifeltes Mädchen. Brian schüttelte den Kopf, um sich wieder zu konzentrieren.

»Dies ist eine Kirche«, flüsterte sie. »Heiliger Boden. Er kann mir hier nichts tun.«

Er starrte sie an. Verdammt. Sie glaubte diesen Mist. Sie wusste nicht, dass heiliger Boden nur imstande war, einem Dämon kleine Verbrennungen zuzufügen.

Die Säule, die sie beide schützte, bekam einen indirekten Treffer ab, zerbarst und brach teilweise zusammen. Es war nicht genug Zeit, der jungen Frau zu erklären, wie sich die Dinge wirklich verhielten, deshalb streckte er erneut den Arm nach ihr aus.

Sie wich zurück.

»Schätzchen, bitte«, flehte er. Der Marmorboden erzitterte unter den sich nähernden Schritten des Dämons. »Uns wird gleich die ganze Kirche auf den Kopf fallen.«

Doch sie ließ sich nicht überzeugen, zog sich in den Schatten zurück und schüttelte den Kopf.

Was ihm nur noch eine Wahl ließ, nämlich das zu tun, was er ursprünglich vorgehabt hatte – zu kämpfen.

Er schloss die Augen und ging in sich. Dort, tief in seiner Brust, fand er sein pulsierendes Kraftzentrum. Er zapfte die kühle weiße Energie an, dann stieß er sich vom Boden ab.

Seine muskulösen Beine bewegten sich mit routinierter Leichtigkeit, und er setzte über zehn Kirchenbänke hinweg, um kampfbereit mit gezogenem Schwert im Hauptschiff zu landen. Wieder ignorierte ihn der Dämon und ließ nicht von der erbarmungslosen Verfolgung des Mädchens ab.

Perfekt.

Brian duckte sich unter dem langen, peitschenden Schwanz der Kreatur weg und visierte deren Achillessehnen an.

Oder wie hieß das bei einem Geschöpf mit gespaltenen Hufen?

Die magischen Verstärkungszauber seiner Klinge durchstießen den Schild des Dämons, und das Schwert bohrte sich tief in sein Fleisch. Unglücklicherweise erfüllte die dicke, schuppige Haut des Dämons ihren Zweck: Sein Schwerthieb hatte nicht den gewünschten Erfolg und konnte die Sehnen nicht vollständig durchtrennen.

Der Dämon ließ ein zorniges Grollen hören, bei dem jedes Kirchenfenster in der Kathedrale zerbarst. Er fuhr herum, machte mit seinem Schwanz ein Dutzend Kirchenbänke zu Kleinholz und stieß seinen verzehrend heißen Atem Brian entgegen. Die Bänke um ihn herum loderten in einer hitzigen Flamme auf, um anschließend zu Asche zu zerfallen. Aber Brians Schild überstand die Attacke und mit ihm auch er. Schweißtriefend, doch noch immer sehr lebendig, rannte er erneut gegen den Dämon an, sprang hoch und erzielte zwei Treffer – der eine ging quer über die massige Brust des Ungeheuers, der andere bohrte sich in seinen Bizeps.

Bevor er allerdings einen weiteren Angriff starten konnte, packte ihn der Schwanz des Dämons um die Mitte. Mit der Kraft einer Anakonda riss er Brian von den Füßen und schleuderte ihn mit unglaublicher Leichtigkeit an die dreißig Meter weit. Brian schlug gegen eine Mauer, wobei die Luft pfeifend aus seinen Lungen wich. Er rutschte benommen zu Boden, nunmehr ein leichtes Ziel für den Dämon, der einen gewaltigen Brocken Mauerwerk aus einer Wand riss und auf Brian schleuderte. Sein Schild fing die Hauptwucht des Schlags ab, doch Brians Brustbein musste den Rest aushalten, brach und wurde gequetscht. Er rappelte sich auf und rang gequält nach Atem.

Doch er schob seine Pein beiseite, begrub den Schmerz unter wütender Entschlossenheit und rannte auf den Dämon zu. Er lief im Zickzack um einige Pfeiler, um kein allzu leichtes Ziel abzugeben, doch der Dämon verlor ihn trotz seiner Hakenmanöver nicht aus den Augen. Flüssige Lava traf Brian an der Hüfte und brannte sich durch seinen Schild, als wäre er aus Seidenpapier, und weiter durch seine Haut. Er schwankte.

Ein Dutzend glutheiße Würmer fraßen sich durch sein Fleisch bis hinab zu den Knochen. Jedes Nervenende jaulte auf. Schwarze Punkte tanzten ihm vor den Augen, in dem sinnlosen Versuch seines Gehirns, den Schmerz auszublenden. Übelkeit verankerte sich in seinen Bauch, und seine Arme und Beine verwandelten sich in Gummi. Er wäre auf die Knie gefallen, wären da nicht die schwachen Worte gewesen, die durch den Nebel seiner Qualen zu ihm durchdrangen.

»Gegrüßet seist du, Maria … voll der Gnade …«

Das Mädchen betete und nutzte seine letzten Atemzüge, um Vergebung für seine Sünden zu erbitten.

Verdammt. Nein. Er konnte nicht zulassen, dass sie hier starb, nicht so. Es war kein Mal auf ihrer Wange zu sehen gewesen, keinerlei Hinweis darauf, dass ihr heute der Tod bestimmt war. Sie war doch fast noch ein Kind, kaum eine

Frau! Sie war Melanie ziemlich ähnlich – fast zu ähnlich. Seine Schwester hatte er im Stich gelassen, aber diesem Mädchen konnte er helfen. Alles, was er zu tun hatte, war, sich zusammenzureißen.

Brian ging tiefer in sich, fand eine letzte Kraftreserve und zwang seine Beine, sich zu bewegen. Er musste diesen verfluchten Dämon umbringen. *Jetzt*.

Mechanisch setzte er einen Fuß vor den anderen. Jeder Schritt war schon sicherer als der letzte, jeder Schritt brachte ihn seinem Opfer näher. Ein weiterer Feuerball traf ihn, doch er blieb nicht stehen. Der Schmerz war wie eine sich um seine Brust zusammenziehende Eisenklammer, die enger und enger wurde, und doch irgendwie dumpf und weit entfernt. Als würde er in den Eingeweiden von jemand anderem wühlen. Während Brian das lederumwickelte Heft seines Schwertes fester umschloss, malte er sich seine Attacke in allen Einzelheiten aus, bis hin zu ihrem erfolgreichen Abschluss.

Dann sprang er nach vorn.

Er benutzte das gebeugte Knie des Dämons, um Schwung zu nehmen, stieß sich von dort nach oben ab, duckte sich unter seinem massigen Arm hindurch und schwang sein Schwert gegen die hervortretenden Adern am Hals der Kreatur. Die Klinge seines Schwertes, geschmiedet von einem sehr mächtigen Magier, gewann neue Kraft aus dem Dämonenblut, das an ihr herablief. Sie summte vor übernatürlicher Kraft, und die glühende blaue Schneide durchbrach den Schild des Dämons mit beruhigender Mühelosigkeit. Aus dem Augenwinkel sah Brian, dass der sich wütend schlängelnde Schwanz in seine Richtung schlug, doch seine Aufmerksamkeit blieb auf das Ziel gerichtet – den Halsansatz, wo eine fette Drosselvene vor untotem Leben pulsierte.

Die Schneide des Schwertes biss tief in das Fleisch des Dämons und durchtrennte Haut, Sehnen und Nerven gleichermaßen. Dickes, rotes Blut spritzte überallhin. Sieg! Mehr oder weniger. Der Schwanz des Dämons wand sich immer enger um Brians Torso. Bis hinauf zu seiner Schulter glitt er, um dann … zuzudrücken. Rippen, Schlüsselbein, Schulterblatt – ein Dutzend Knochen knackten unter der erbarmungslosen Fessel. Es gab ein widerlich knirschendes Geräusch. Erst als der Schauer des Todeskampfes vom Scheitel bis zur Sohle durch den Dämon fuhr, lockerte sich der Druck. Der Schwanz zuckte wie wild und warf Brian in die Luft.

Der Dämon taumelte, fiel auf die Knie und kippte mit dem Gesicht voraus in die Trümmer.

Brian registrierte den Sturz nur verschwommen. Er litt Höllenqualen. Nach seinem Flug war er dreißig Kirchenbänke weiter links gelandet, auf seiner geschundenen Schulter. In dem Bewusstsein, dass der Kampf vorüber war, drohte sein unsterblicher Leib, in Ohnmacht zu versinken, um seine Selbstheilungskräfte zu aktivieren, doch er wehrte sich gegen den Blackout. Die Arbeit war noch nicht getan. Er musste zu dem Mädchen.

Gallegeschmack im Mund, vor den Augen einen roten Film, zwang er sich taumelnd auf die Beine.

Jeder Zoll seines zerschmetterten Körpers beschwerte sich. Sein Blut hämmerte laut protestierend und erfüllte seine Ohren mit zornigem Rauschen. Er gebot dem Schmerz nachzulassen, zog sich von Kirchenbank zu Kirchenbank bis zu jener in der Nähe des Portals, unter der sie noch immer kauerte. Bleich und blutleer. Ihre Augen waren geschlossen, die Gebete verstummt. Lange bevor er ihre schmale Hand ergriff, wusste er, dass sie tot war – er wollte es nur nicht glauben.

Sanft zog er sie aus ihrer Höhle in die Arme. Die Bewegung fuhr in seine übel zugerichtete Schulter und schickte einen qualvollen Stich Richtung Lungen, doch der Schmerz fühlte sich richtig und gerecht an. Er ließ das Kinn auf die Brust sinken. Er hatte sie im Stich gelassen.

Das plötzliche elektrische Knistern rüttelte ihn nicht auf. Ebenso wenig das Ploppen in seinen Ohren oder der leichte Duft von Zitronen. Sein Körper schrie nach Schlaf, und er hätte ihm beinahe nachgegeben.

»Ich habe mich auf den Weg gemacht, sobald ich das Gebet hörte«, sagte eine ruhige Männerstimme. »Doch ich sehe, dass ich zu spät komme.«

In einem Schwall bitterer Enttäuschung hob Brian den Kopf und funkelte den Engel wütend an – einen schlanken, lässig gekleideten jungen Mann mit einer hellbraunen Lockenmähne, die ihm bis auf die Schultern fiel. Für jemanden, der so schön war, strahlte er eine kernige Eindringlichkeit aus. »Ihr Jungs kommt doch sowieso immer zu spät.«

Der Engel ging neben ihm in die Hocke. »Das stimmt nicht. Ich habe schon gegen jede Menge Dämonen gekämpft.«

»Seit wann das denn? Ich dachte, Engel aus dem Fußvolk holen nur Seelen?«

Ein angedeutetes Lächeln umspielte die Lippen des Engels. »Ich bin nicht aus dem Fußvolk. Mein Name ist Uriel.«

Brian runzelte die Stirn. »›Uriel‹ wie der ›Erzengel Uriel‹?«

So als würden Erzengel jeden Tag bei Seelenwächtern vorbeischauen, nickte der Besucher beiläufig. Es passte gut zu seinen Baggyjeans und den Sneakers. Sein Blick wanderte zu dem gefallenen Dämon. »Herzlichen Glückwunsch zu deinem Sieg. War wohl nicht ganz einfach.«

Richtig, Brian wurde bei jedem Atemzug daran erinnert,

wie wenig einfach es gewesen war. Sein Körper würde mit unsterblicher Geschwindigkeit heilen, doch ihm standen noch einige Stunden böser Schmerzen bevor. »Was ist das für ein Biest? Der Bastard hat meinen Schild einfach weggehustet.«

Uriel stand auf. »Ein Kriegsdämon. Du hast Glück, dass du noch da bist. Nur eine Handvoll Wächter haben bisher eine Begegnung mit einem Kriegsdämon überlebt.«

Brian blinzelte. Gerüchten zufolge hatte sein Kumpel MacGregor einmal im Alleingang zwei Kriegsdämonen erledigt. Sein Respekt vor dem Burschen schoss um zwanzig Punkte in die Höhe.

»Ich sorge am besten dafür, dass unser großer Freund hier verschwindet«, sagte der Erzengel. »Es wäre ein bisschen schwierig, das den Behörden zu erklären. Wenn du so weit bist, übernehme ich jetzt deine Seelen.«

Brians Blick fiel auf das schlaffe Mädchen in seinen Armen. Sein Magen krampfte sich zusammen. Er schob eine blutverkrustete Locke aus ihrem Gesicht, um die scharfen Kanten und eingesunkenen Augen eines unglücklichen Lebens zu betrachten, das viel zu früh geendet hatte. »Manchmal hasse ich diesen verfluchten Job.«

Uriels Stimme wurde tiefer vor Mitgefühl. »Wir werden uns gut um sie kümmern – das verspreche ich.«

Dann überließ der Engel ihn seinen Gedanken.

Brian legte die Leiche des Mädchens sachte auf die zerborstenen Fliesen. *Das arme Ding wiegt fast nichts*. Er wollte ihr schon die Hand an die Kehle legen, da hielt er inne. Ein Kriegsdämon. Einer von Satans wehrhaftesten Kriegern war ausgesandt worden, dieses schmächtige Mädchen abzumurksen, eine Bedrohung von gerade einmal 45 Kilogramm. Das ergab doch keinen Sinn.

Er betrachtete erneut ihr Gesicht, die großen Augen und die scharf geschnittenen Wangenknochen. War sie eine wichtige Person? Mächtig? Die billige Kleidung, die an ihrer verhungerten Figur hing, sprach eine andere Sprache. Sein Blick wanderte zu ihrer geballten linken Faust. Es erschien ihm unwahrscheinlich, dass ein Mädchen von der Straße etwas besaß, das der Teufel höchstpersönlich in seinen Besitz bringen wollte. Aber sie hatte die Hand immer geschlossen gehalten und nicht ein einziges Mal ihren Griff gelockert. Bis in den Tod hinein.

Er öffnete ihre Finger.

In der Handfläche lag eine angelaufene Silbermünze. Der Rand war unregelmäßig. Das Konterfei eines lockigen Burschen war darauf eingestempelt. Brian konnte kein Prägejahr erkennen. Die Münze sah alt aus.

Unbehagen überkam ihn, während er auf die Münze starrte. Er hatte das Gefühl, dass ihm etwas daran vertraut vorkam, und doch war er überzeugt, dass er sie nie zuvor gesehen hatte. Er musste über seinen eigenen Aberglauben lachen, als er die Münze mit dem Saum seines Ärmels hochhob. Auf der Rückseite war irgendein seltsamer Vogel eingeprägt.

»Uriel …«

Der Erzengel war mitten in einem himmlischen Zauber, mit dem er die Leiche des Dämons besprach. Weiße Funken tropften ihm von beiden Händen, während er einen Blick über die Schulter zurückwarf. »Ja?«

»Weißt du, was das ist?« Brian hielt die Münze hoch.

Uriels Augen verengten sich. »Es ist ein tyrenischer Schekel. Damit hat man in Jerusalem früher die Tempelsteuern bezahlt.«

»Kann es sein, dass der Dämon hinter ihm her war?«

Der Erzengel wandte sich wieder den Überresten des Dämons zu. Ein beiläufiges Schnippen seiner langen Finger, ein funkelnder Blitz aus weißem Licht, und alles, was von dem Ungeheuer übrig blieb, war ein ordentliches Häufchen roter Sand. Mit einem tiefen Seufzer sah Uriel wieder zu Brian. »Ist auf der Rückseite ein kleiner Stern eingestempelt?«

Brian schaute nach. »Ja.«

»Dann wäre das durchaus möglich. Petrus hat alle dreißig Münzen mit einem Stern gekennzeichnet, als er sie von dem Töpfer bekam.« Er wirkte ein wenig enttäuscht darüber, dass Brian die Anspielung nicht sofort verstand. »Es ist eines der Silberstücke, für die Judas Gottes Sohn verraten und verkauft hat.«

»Aha.« Antik also, nicht nur alt. Und wahrscheinlich sehr wertvoll. »Sie gehören euch?«

»Nein, ich würde nicht einmal wagen, sie zu berühren.« Uriel fuhr sich mit der Hand durch die langen Locken. Eine Falte durchzog seine makellose Stirn. »Die Judas-Münzen gehören zu einer Handvoll Artefakte, die mit dem Bösen behaftet sind. Die Niedertracht, die ihnen innewohnt, ist so groß, dass man sie nur Monate nach der Kreuzigung in zwei separate Sammlungen aufteilte und an entgegengesetzte Enden der Welt sandte. Eine davon in der Hand dieses Mädchens zu sehen, ist sehr beunruhigend. Siebzehn Münzen befanden sich hier in New York in der Obhut eines untadeligen Protektors.«

Eines Protektors? Eines Priesters wie zum Beispiel Vater O'Shaunessy? *Mist.* »Du willst damit sagen, dass die Münzen ein zweites Pontius-Pilatus-Linnen sind«, sagte er rundheraus.

»Ja.«

Brian seufzte. »In Ordnung, dann spuck's aus. Die Münzen haben eine ganz fiese Eigenschaft. Was ist es?«

»Jemand, der sich mit Artefakten der mittleren Ebene auskennt, könnte natürlich mehr ins Detail gehen, aber wenn ich mich recht entsinne, verleiht jede Münze ihrem Besitzer die Fähigkeit, die Menschen um sich herum zu beeinflussen. Es geschieht unbewusst, sodass der Besitzer es oft als Glück interpretiert. Die Macht der Münzen verdirbt am Ende die Seele ihres Besitzers und stiftet ihn zu Verrat in großem Stil an. Die Geschichte hat ebenfalls erwiesen, dass, je mehr Münzen man besitzt, ihr Einfluss umso stärker ist und die Korrumpierung umso schneller vonstatten geht.«

»Reizend.« Brian übte sich im Kopfrechnen. »Wenn siebzehn Münzen hier in New York sind – wo sind dann die anderen dreizehn?«

»Das ist ungewiss. Sie gingen während der Verfolgung der Tempelritter im vierzehnten Jahrhundert verloren.«

»Ist es möglich, dass sie sich bereits in Satans Händen befinden?«

»Das ist unwahrscheinlich.«

»Warum?«

»Dafür ist es zu ruhig. Aber wenn er heute sechzehn in seinen Besitz gebracht hat, wovon wir ausgehen müssen, dann wird sich das ändern. Eine Welle der Korruption und öffentlicher Skandale wird bald über den Globus schwappen. Viele Arbeitsplätze werden verloren gehen, ebenso die Ersparnisse der Leute, und während die Preistreiberei auf dem Vormarsch ist, verlieren die Menschen ihren Glauben daran, dass die, die sie anführen, in der Lage sind, für Recht und Ordnung zu sorgen. Sie bekommen Angst. Und Menschen, die Angst haben, tun verzweifelte und dumme Dinge.« Uriel runzelte die Stirn.

»Angst ist die mächtigste Waffe Satans. Wenn es ihm gelingt, die fehlenden dreizehn Münzen aufzuspüren, wird es noch schlimmer. Er wird Regierungen stürzen und große Unternehmen in den Ruin treiben. Die Angst wird eskalieren. Aufstände und vielleicht Kriege sind die Folge. Und wenn er die letzte Münze an sich bringt … Nun ja, das muss ich dir sicher nicht in allen Einzelheiten ausmalen.«

Eine unsichtbare Last senkte sich auf Brians Schultern. »Mal sehen, ob ich das richtig verstanden habe: Dieses kleine Silberstück in meiner Hand könnte die Arschkarte sein, die die Menschheit gezogen hat, wenn der Teufel sie in die Finger kriegt.«

Die Augenbrauen des Engels schnellten in die Höhe, aber seine Augen blitzten in einem Anflug von Belustigung auf. »Das wären nicht ganz die Worte, mit denen ich es ausdrücken würde, aber ja – das ist des Pudels Kern.«

»Großartig. Danke.«

Brian steckte die Münze in seine Hosentasche. Sobald er wieder in San Jose wäre, würde er das verdammte Ding MacGregor in den Schoß werfen. Das Letzte, was die Welt brauchte, war Brian Webster als Retter der Menschheit.

»Beeilen wir uns«, drängte der Engel. »Wir haben nur noch weniger als eine Minute, bevor die New Yorker Feuerwehr durch diese Tür kommen wird.«

Brian nickte.

Sein Blick fiel noch einmal auf das leblose Mädchen. Es fühlte sich falsch an, dass er nicht einmal ihren Namen kannte. Zur Hölle, sie war hier die Heldin! Vielleicht hatte sie gewusst, was sie tat, vielleicht auch nicht – jedenfalls hatte sie ihr Leben hingegeben, um die Münze zu schützen. Und niemand außer ihm würde jemals davon erfahren. Keine Statue würde ihr zu Ehren errichtet werden, keine Lobrede würde je ihre unglaubliche Tapferkeit preisen.

Verflucht.

Wenn ein schwaches junges Mädchen dieses Opfer bringen konnte, dann war doch das Mindeste, was er selbst tun konnte, dafür zu sorgen, dass es nicht umsonst gewesen war. Diese Münze zu beschützen hatte ihr etwas bedeutet. Sie nun ohne reifliche Überlegung MacGregor zu überlassen, hätte ihr Opfer mit Füßen getreten.

Das Leben hatte diesem armen Mädchen übel mitgespielt – und nicht nur einmal, so wie sie aussah. Sie hatte Monate, vielleicht Jahre auf der Straße verbracht: verloren, halb verhungert und mittellos. Und die ganze Zeit über war ihr niemand zu Hilfe gekommen. Niemand hatte sie gerettet. Nicht einmal er.

Was hieß, dass er nun den Tod von *zwei* Mädchen auf dem Gewissen hatte.

Er legte ihr die Hand auf die Kehle und holte ihre Seele heim.

2

Ein Schwarm Spatzen schlug über ihrem Kopf Kapriolen und zwitscherte bei jedem launischen Windstoß. Vom Fuß der Treppe zum Metropolitan Museum of Modern Art blickte Lena in den makellosen blauen Himmel. Ihr Herz klammerte sich an die Normalität dieses schönen Frühlingsmorgens. Es hätte eigentlich regnen müssen. Oder wenigstens bewölkt sein. Irgendetwas, das erkennen ließ, dass diese Welt ein wenig schlechter geworden war, nun nach dem Tod eines jungen Mädchens.

Oder ging Gott einfach über Amandas Verlust hinweg?

Während sie die Treppe hinaufstieg, nickte sie dem kahl werdenden katholischen Priester zu, der vor einer Säule beim Haupteingang stand. Er lächelte zurück und gab ihr damit die Gewissheit, dass von den Tränen auf ihrem Gesicht keine Spur zurückgeblieben war. Make-up übertünchte die violetten Flecken unter ihren müden Augen, und ein frisches weißes T-Shirt sowie eine khakifarbene Hose erfüllten erstaunlich gut ihren Zweck, die Passanten von Lenas innerer Ruhe zu überzeugen.

Doch innere Ruhe war ein Zustand, den sie nie wieder würde genießen können.

Sie bezahlte den Eintrittspreis und schlug den Weg zur Ägyptischen Sammlung im Sackler-Flügel ein. Sie hatte sich den Tempel von Dendur als Treffpunkt ausgesucht. Seine wohltuende Vertrautheit gab ihr Kraft. Außerdem war er außerordentlich beliebt und gut besucht, oft kamen ganze Busladungen von Kindern dorthin, dazu der stete Strom von Touristen. In der Tat sperrte gerade eine Horde von uniformierten Schulmädchen bewundernd Mund und Nase vor den Reliefs auf, die in die Sandsteinwände des Tempels gemeißelt waren.

Sie wusste, dass der genaue Zeitpunkt, wann sie einander treffen würden, außerhalb ihres Einflusses lag, und so umrundete sie langsam den Tempel und rief sich die atemlose Aufregung in der Stimme ihres Vaters in Erinnerung, als sie ihn zum ersten Mal über den Tempel hatte sprechen hören. Solches Interesse hatte er nur noch selten nach dem Tod ihrer Mutter gezeigt, es sei denn, es ging um Kunstgegenstände.

»Verzeihung?«

Sie fuhr auf dem Absatz herum.

Hinter ihr stand ein dunkelhaariger Mann von vielleicht fünfunddreißig Jahren in einem karierten Hemd. Sein Arm lag um die Schultern eines jungen Mädchens mit Brille. Er lächelte und hielt Lena seine Nikon-Kamera hin. »Wären Sie wohl so freundlich und würden ein Foto von meiner Tochter und mir vor dem Tempel machen?«

Sie sah ihm tief in seine blauen Augen, bevor sie antwortete. Er wirkte echt.

»Sehr gern.«

Die beiden stellten sich in Positur, strahlten in die Kamera und blieben angenehm geduldig stehen, während sie ein paar Fotos schoss. Fröhliche Erinnerungen an glückliche Zeiten. Ihre Hand zitterte, als sie ihm die Kamera zurückgab.

»Danke«, sagte der Mann. Seine Tochter zog an seinem Arm und flüsterte ihm zu, dass sie eine Münze in das L-förmige, schimmernde Wasserbassin werfen wollte. Er gab ihr eine Handvoll Münzen, sah ihr einen Augenblick lang nach und schenkte Lena ein weiteres Lächeln, diesmal begleitet von ehrlichem Interesse. »Ich bin wirklich froh, dass Sie eingesprungen sind. Es ist immer schwierig, Fotos von uns beiden zu bekommen.«

Lena zermarterte sich das Hirn nach den richtigen Worten, um ihren neuen Verehrer zu entmutigen. Bevor sie antworten konnte, stieß eine altmodisch gekleidete Frau mit grauem Haar und hölzernem Gang gegen seinen Arm. Lenas Bewunderer schnappte nach Luft. Normalerweise wäre es eine vollkommen natürliche Reaktion gewesen. Jemand, der weniger vertraut damit war, wie es sich anhörte, wenn ein Höriger Dämon von einem Wirt zum anderen wechselte, hätte ihr keinerlei Bedeutung beigemessen.

Das antike Goldamulett um Lenas Hals begann zu pulsieren, und ihr Blick versenkte sich in seine Augen. Ja, da war er: der tiefschwarze Makel des Bösen. Der Dämon Malumos war in diesen Körper gefahren.

Übelkeit wühlte in ihrem Magen.

Die Lippen des Mannes kräuselten sich in der Nachbildung eines Lächelns. Doch an die Stelle der ehrlichen Bewunderung war nun dämonische Hinterlist getreten. »Sie sehen sehr gut aus, Ms Sharpe. Niemand, der Ihrer Schönheit ansichtig wird, würde meinen, dass Ihnen vor zwei Tagen ein Kriegsdämon fast alle Knochen im Leib gebrochen hat.«

Sie erwiderte nichts darauf.

»Wir sind noch immer verblüfft darüber, dass Sie ihn angegriffen haben. Es war eine sinnlose Geste.«

»Er war hinter Amanda her.«

»Natürlich war er das. Das elende Gör hat es gewagt, eine der Münzen aus dem Mantelfutter des Protektors, das ich aufgerissen hatte, zu stehlen.« Er musterte sie nachdenklich. »Sie ist trotz Ihrer Bemühungen gestorben. Alles, was Sie ihr verschafft haben, waren ein paar Minuten mehr Leben.«

»Dessen bin ich mir bewusst.« Sie wandte sich ab und schluckte hart, doch die Trockenheit in ihrer Kehle besserte sich nicht. Ihr Gegenüber, das sie an ihr Versagen erinnerte, verletzte sie tiefer, als sie es für möglich gehalten hätte. »Warum haben Sie darauf bestanden, dass wir uns treffen?«

»Sie haben Ihren Teil der Abmachung nicht eingehalten, meine Liebe.«

Ihr Herz setzte einen Schlag lang aus. »Ihr habt, was ihr wolltet. Ihr habt die Münzen.«

»Was wir *wollten?* Wohl kaum. Der Bund definiert ganz klar, welche Präsenz auf der mittleren Ebene akzeptabel ist, und die angerichtete Verwüstung hat meinem Lord Beelzebub Kummer ohne Ende gemacht.«

»*Sie* haben den Kriegsdämon ins Spiel gebracht, nicht ich.«

»Was soll ich sagen? Meine Brüder waren anderweitig beschäftigt. Außerdem – wenn Sie sich an den Plan gehalten und einfach wie vorgesehen den Priester auf dem Treppenabsatz ans Messer geliefert hätten, wäre es nicht nötig gewesen, den Kriegsdämon aus der Hölle zu rufen. Stattdessen haben Sie sich hinter meinem Rücken mit O'Shaunessy verbündet und versucht, mich mit falschen Münzen aufs Kreuz zu legen. Ich hatte keine andere Wahl.«

»Sie hatten andere Alternativen. Amanda war einem Kriegsdämon nicht gewachsen.«

»Wollen Sie andeuten, ich selbst hätte sie verfolgen sollen? O bitte. Sie war gläubige Anglikanerin. Ich konnte ebenso wenig in ihren Körper fahren wie in *Ihre* seelenlose Hülle. Oberste Priorität hatte für mich, O'Shaunessy zu beseitigen und die Münzen an mich zu bringen.«

»Sie hat nur versucht, das Richtige zu tun.«

»Blödsinn. Sie hat nicht einmal den wahren Wert der Judas-Münzen begriffen. Sie ging einfach davon aus, dass sie es wert waren, beschützt zu werden, da Sie sich ja unbedingt davor drücken wollten, sie für uns zu stehlen.« Er zeigte auf die von Hieroglyphen bedeckte Mauer vor ihm. »Da wir gerade von Familie sprechen – haben Sie eigentlich diesen Treffpunkt vorgeschlagen, weil er Sie an zu Hause erinnert? Sie müssen in Ihrem früheren Leben einige Tempel wie diesen hier ausgeraubt haben.«

Obwohl ihr bei der Berührung anfallsartig Ekel durch Mark und Bein fuhr, packte sie ihn am Arm und zog ihn von der Menge um den Tempel fort, näher an den Rand des glänzenden Wasserbeckens. Dort gab es weniger Erinnerungen. Der Dämon mochte über Amandas unseligen Diebstahl spotten, doch ihr Mut und ihre Entschlossenheit waren nicht zu leugnen. Irgendwie hatte sie der bösen Verlockung der Münze widerstehen und an ihrer Mission festhalten können. »Sie haben mir noch immer nicht erklärt, warum wir uns hier treffen.«

»Das liegt doch auf der Hand! Wir wollen die Münze, die Amanda gestohlen hat, wiederhaben.«

»Ihr habt sie nicht?« Sie runzelte die Stirn. »Aber sie war fort, als ich in die Kirche kam.«

»Wir glauben, dass ihr Seelenwächter sie mitgenommen hat.«

»Warum hat der Kriegsdämon sie nicht an sich genommen?«

»Weil er umgebracht wurde.«

»Oh.« Von dem Wächter? Lena streckte die Finger ihrer rechten Hand so weit wie nur möglich, um die Anspannung zu lösen, die sich darin aufgebaut hatte. Wenn es sich tatsächlich so verhielt, hatte er Erfolg gehabt, wo sie versagt hatte. Gütiger Gott. Das bedeutete, dass sie Amanda vielleicht hätte retten können, wenn sie nur ein bisschen stärker gewesen wäre. Ihre Brust schmerzte. Aber wenigstens war ihr Tod nicht völlig sinnlos gewesen. Die Münze, um die sie so verzweifelt gekämpft hatte, befand sich nicht in Satans Fängen. »Sie sollten diese Münze verloren geben. Einen Seelenwächter zu bestehlen ist so gut wie unmöglich.«

»Alles, was man tun müsste, wäre, sich mit dem Burschen anzufreunden.«

Mit einem Seelenwächter, der nichts anderes als die Erlösung im Kopf hatte? Was für ein unangenehmer Gedanke.

»Rückblickend«, fuhr Malumos fort, »ist es ein Jammer, dass er im Treppenhaus nicht über Sie gestolpert ist, wie Sie blutend am Boden lagen. Wenn er versucht hätte, eine schöne Frau wie Sie zu retten, hätte ihn das sicher lange genug aufgehalten, sodass mein Krieger das Rennen gemacht hätte. Leider mussten Sie sich ja außer Sichtweite schleppen, bevor er auftauchte.« Er zuckte die Achseln. »Aber die Vergangenheit ist irrelevant. Was zählt, ist die Gegenwart. Beelzebub verlangt, dass Sie uns den Rest der Münzen bringen. *Alle* Münzen.«

Sie befühlte die blauen Saphire, die in das Goldamulett eingearbeitet waren. Die zehn kleinen, perfekt geschliffenen Steine wurden unter ihrer Berührung warm. »Ginge es nicht schneller, wenn Sie sich die dreizehn Münzen von Duverger beschaffen würden?«

»Normalerweise schon«, entgegnete Malumos. »Aber es ist ein unerwartetes Problem aufgetreten. Der Wahnsinn hat wieder einmal von dem armen Kerl Besitz ergriffen. Er ist zum paranoiden Einsiedler geworden und fürchtet Verrat in ebensolchem Maße, wie er ihn selbst begeht. Er hat einen Haufen religiöser Fanatiker als Leibwächter angeheuert.«

»Und da ihr keine Gläubigen verführen könnt, kommt ihr nicht an ihn heran. Wie bedauerlich.«

»Vorsicht, Ms Sharpe.« Er schien Lena mit seinem Blick aufspießen zu wollen. »Sie haben noch immer viel zu verlieren.«

Die Drohung glühte wie heiße Kohlen in ihrem Bauch. »Wenn Sie es wagen sollten –«

»Was? Heather etwas anzutun? O bitte. Die Krallen auszufahren ist doch unter Ihrer Würde. Wir wissen, dass Sie alles tun werden, um sie zu retten.«

Sie presste die Lippen fest zusammen. Es stimmte. Hatte sie nicht bereits bewiesen, dass sie ihre Seele verkaufen würde, um die Mädchen zu retten? Leerer Protest war alles, was ihr von ihrer Ehre geblieben war.

Malumos lächelte wieder. »Sobald die restlichen vierzehn Münzen in unserem Besitz sind, lassen wir sie frei.«

»Ausgeschlossen.« Lena bedachte ihren dämonenbesessenen Gesprächspartner mit einem selbstbewussten Blick. Er war so falsch wie die Münzen, die sie und O'Shaunessy vor zwei Tagen dem Dämon hatten andrehen wollen, doch sie legte alles, was sie hatte, in diesen Blick. Malumos würde Heather niemals gehen lassen, solange er sie dazu benutzen konnte, Lena zu kontrollieren. Das hier *musste* einfach funktionieren. »Sie können nicht ernsthaft erwarten, dass ich Ihnen vertraue. Das wäre völliger Wahnsinn. Ich kann Ihnen nicht mehr vertrauen als Sie mir. Es gibt nur eine Möglichkeit: einen direkten Austausch.«

»Inakzeptabel. Wir hatten uns mit Amanda auf einen direkten Austausch geeinigt, und Sie sehen ja, wohin es geführt hat.«

Seine Worte trafen sie wie ein Schlag ins Gesicht. Jeder Versuch, Malumos zu bezwingen, war bisher gescheitert. Aber sie konnte die Hoffnung nicht fahren lassen. Nicht jetzt. Heather war noch am Leben, und sie brauchte ihre Hilfe. *Versteck deine Angst. Gib dich kämpferisch.* Lena beugte sich näher zu ihm. »Amanda glaubte an Gott. Heather tut das nicht. Sie wissen bereits um die Macht, die Sie über sie haben. Ich brauche drei Wochen, um Duvergers Münzen zu beschaffen und dann die letzte Münze aufzutreiben. Wir können uns am siebzehnten Juni in L. A. treffen.«

Er starrte sie für eine Weile an, dann schüttelte er den Kopf. »Es wird nicht so lange dauern, die fehlende Münze zu finden. Nicht mit dem Amulett. Sie haben bis zum Zehnten Zeit.«

»Zwei Wochen? Das reicht nicht! Normalerweise brauche ich schon die Hälfte an Tagen davon, um einen Raubüberfall vorzubereiten.«

»Das ist alles, was Sie kriegen. Unser Bruder Mestitio ist nicht gerade für seine Geduld bekannt. Wenn er zu viel Zeit hat, wird er widerborstig. Dann können wir nicht mehr für Heathers Sicherheit garantieren. Verstanden?«

Lena nahm seine Worte auf, ohne mit der Wimper zu zucken. »Absolut.«

»Gut.« Langsam ließ er den Blick über das Menschengewühl in dem großen Raum schweifen. »Kooperieren Sie, und es wird ein gutes Ende nehmen.« Sein Blick verweilte auf der grazilen Gestalt seiner heranwachsenden Tochter, die sich entfernt hatte, um die beiden Kolossalstatuen Amenhoteps III. zu bewundern. Er lächelte. »Gehen Sie. Die Uhr tickt. Es wird Zeit, dass wir den liebenden Daddy spielen.«

Wie eine Blase kochend heißen Dampfes stieg Ekel in ihr auf.

Dieser kranke Bastard.

»Hört sich lustig an«, presste sie irgendwie hervor. Es juckte sie in den Fingern, ihre Bibel aus der Handtasche zu ziehen und die heiligen Worte, die dort standen, zu rezitieren, bis er sich in unausweichlicher Todespein in dem Körper krümmte, von dem er Besitz ergriffen hatte. Ihn sichtbar, in aller Öffentlichkeit, zu bestrafen, wäre so wunderbar befriedigend gewesen! Aber solch ein offensichtlicher Übergriff hätte die Situation nur verschlimmert. Lena holte tief Luft, drehte sich um und ging Richtung Ausgang. Selbst das, was sie vorhatte, barg Risiken. Doch sie brauchte ihre Genugtuung. Amandas Tod durfte nicht ungesühnt bleiben.

Als sie eine Gruppe schnatternder Drittklässlerinnen passierte, suchte sie den Blick der Betreuerin und nickte.

Die Frau, eine Spionin von Lenas Freundin Kiyoko Ashida, nickte mit einem angedeuteten, zufriedenen Lächeln zurück, zum Zeichen, dass sie das Okay verstanden hatte. Dann rief sie ihre Schülerinnen mit herrischer Stimme zusammen.

Lena sah nicht, was dann geschah. Sie hörte nur, dass die Kindergruppe sich lachend, kichernd und schwatzend dem Wasserbecken näherte. Und sie hörte den lauten Platscher, als Malumos *versehentlich* angerempelt wurde und ins Wasser fiel. Ihn hörte sie auch. Husten und Spucken, jede Menge Entschuldigungen von Seiten der Mädchen und das Angebot, ihm herauszuhelfen. Neben diesen harmlosen Geräuschen deutete nichts darauf hin, dass der Hörige Dämon den Körper des dunkelhaarigen Mannes bereits wieder verlassen hatte.

Doch der dreckige Kerl war mit einem Tritt in den Hintern zurück in die Hölle befördert worden. Garantiert. Das war die Konsequenz, wenn man in ein riesiges Wasserbecken fiel, über das ein Priester den Segen gesprochen hatte – einen Segen übrigens, den ein Kollege von ihr nur zu freudig erteilt hatte. Es war eine kleine und behelfsmäßige Strafe, aber Malumos würde gezwungen sein, in der Unterwelt erst wieder Kräfte zu sammeln, bevor er zurückkehren konnte. Das war Rache genug.

Für den Augenblick.

Für Amanda.

Brian händigte der gestressten Französin hinter der Theke in der Autovermietung seine Kreditkarte aus. Als sich ihre Blicke begegneten, lächelte er. Einige verspätete Landungen hatten die Schlange hinter ihm anwachsen lassen, sodass sie nun bis in die Halle reichte, und der Kunde vor ihm war alles andere als höflich gewesen.

Die Angestellte erwiderte sein Lächeln zaghaft.

Carlos ließ sich gegen die grüne Theke aus Resopal plumpsen und starrte auf seine schwarzen Springerstiefel. Es war unmöglich, hinter dem Vorhang aus langen dunklen Haaren in dem schmalen Gesicht des jungen Mannes zu lesen, aber seine hängenden Schultern waren beredt genug.

»Okay, spuck's aus«, sagte Brian. »Was ist passiert? Hat sie Schluss gemacht?«

Carlos sah auf. »Nein.«

»Was dann?«

Der junge Seelenwächter schob die Hände in die Taschen seines bodenlangen schwarzen Trenchcoats. »Es ist kompliziert.«

»Natürlich ist es das. Mit einer Frau zu leben ist immer kompliziert.«

»Nein, es ist mehr als das. Sie sagt, ich hätte mich verändert.«

Brian hob eine Augenbraue. »Du meinst, seitdem Drusus …?«

»Ja.«

»Oh.«

»Genau. Was zum Teufel soll ich damit anfangen? Natürlich habe ich mich verändert. Hallo? Ich wurde von einem gottverdammten Dämon gefoltert. Wie hätte mich das nicht verändern sollen? Sie sagt, ich muss –«

»Sie?« Jamie Murdoch kam von der Toilette zurück. In seinem lockigen Bart glitzerten Wassertropfen, und seine Nasenspitze war gerötet von der Katzenwäsche. Der schottische Seelenwächter bahnte sich einen Weg an die Spitze der Schlange, ohne auf die verärgerten Blicke zu achten, die sein Verhalten provozierte. »Du lässt dich in Frauensachen doch nicht von Webster beraten, oder, Junge? Wenn ich an die vielen Weiber denke, die er so anschleppt, ist das jedenfalls keine gute Idee.«

Carlos grinste.

»Ach, weißt du …« Brian kritzelte seine Unterschrift auf den Mietvertrag, den die Angestellte vor ihn hingelegt hatte, und bedachte sie zum Dank mit einem aufrichtigen Lächeln. »Wenn ich so was von einem Kerl höre, der schon von einer Langzeitbeziehung spricht, wenn er ein zweites Date hat, könnte ich mich totlachen. Gehen wir.«

»Du hattest deine Chance, das Team zu führen, und du wolltest sie nicht ergreifen, Webster.« Murdoch riss ihm den Vertrag aus den Händen, warf einen Blick darauf und ging dann voran nach draußen zu dem dort abgestellten BMW X5. Dicker Nebel hüllte die gesamte Côte d'Azur in salzige Feuchtigkeit. Es erinnerte ihn an San Francisco. »Gib mir die dämlichen Schlüssel.«

Brian schwenkte sie vor dem Gesicht des Schotten hin und her. »Blöd, oder? Dass die Macht dem Geld folgt?«

Gerade als der andere die Faust ballte und ausholte, gab Brian ihm die Schlüssel und stieg in den Fond des SUV.

»Hat sich jeder die Pläne eingeprägt?«, fragte er, während er den Kopf an die lederne Stütze lehnte und die Augen schloss. Die Datenbank der Seelenwächter hielt mehr Informationen bereit, als man in einer Lebensspanne lesen konnte, darunter auch Gebäude- und Sicherheitspläne. Sie waren nicht immer hundertprozentig aktuell, aber Brian war bisher noch nie mit einem Gebäude konfrontiert gewesen, aus dem er eine Seele nicht hatte holen können, gleichgültig, wie hoch das Sicherheitsbedürfnis des Besitzers sein mochte.

»Ja«, antwortete Carlos, der mit den Radioreglern spielte. »Es ist kinderleicht, ins Haus zu kommen. Aber was ist mit dem Tresorraum? Safeknacken gehört nicht zu unserem Repertoire.«

»Es ist ein Schloss wie jedes andere auch.«

Murdoch verließ den Flughafen von Nizza und fädelte sich in den Verkehr auf der A8 ein. Dazu wummerte der rhythmische Beat des jüngsten Nummer-eins-Hits der Black Eyed Peas durch den Wagen.

Vielleicht sprach Murdoch wegen der pulsierenden Musik so wenig. Brian nutzte die Gelegenheit, im Kopf noch einmal alles durchzugehen. Der Nebel lichtete sich zwar, doch es war schon fast Mitternacht, und zudem grenzte Duvergers Haus an einen bewaldeten Park, deshalb würde es kein Problem mit Zeugen geben. Mit der Alarmanlage, der Beleuchtung und den Schlössern würden sie leichtes Spiel haben. Die einzige Größe in der Gleichung, die sich nicht im Voraus berechnen ließ, war menschliche Intervention.

Das Auto wurde langsamer, und Brian beugte sich nach vorn. Riesige, weiß getünchte Villen, von Mauern umgebene Grundstücke und peinlich gepflegte Gärten legten nahe, dass dies eine reiche Gegend war.

»Park da drüben«, sagte er und deutete auf den Schotterplatz vor einem Wasserhäuschen. »Wir gehen den Rest zu Fuß.«

Der große Schotte warf ihm im Rückspiegel einen genervten Blick zu, sagte aber nichts.

Die drei Männer hielten sich im Schutz der Bäume, die die Promenade säumten, und näherten sich Durvergers Anwesen schweigend. Selbst unter den anderen Schmuckstücken der Nachbarschaft stach dieses herrschaftliche Haus heraus. Das Grundstück war doppelt so groß wie die meisten anderen und das Haus selbst von einer altmodischen Eleganz, die ihresgleichen suchte. Die cremefarbenen Mauern waren mit Efeu bewachsen, die mediterranen Torbögen wuchtig. Es gab einen Tennisplatz und eine Garage für acht Fahrzeuge.

Es schien ein hartes Leben zu sein, aber jemand musste es ja leben.

»Webster, du schaltest den Alarm aus«, befahl Murdoch. »Rodriguez, du kümmerst dich um den Hund.«

Der junge Mann nickte.

»Lasst uns das ohne großes Palaver erledigen.«

Sie warteten, bis ein einzelnes Auto – ein schnittiger silberner Maybach 62 – auf der Straße vorbeigefahren war, dann liefen sie hinüber. Brian setzte die Bewegungsmelder mit einem Bannstrahl außer Gefecht, zeigte den anderen den erhobenen Daumen und übersprang die Steinmauer mit einem mühelosen Satz. Seelenwächter zu sein hatte auch seine Vorzüge.

Die drei Männer bahnten sich einen Weg durch ein Wäldchen aus Olivenbäumen, Pinien und Oleanderbüschen, um schließlich die mit Schieferplatten gedeckte Terrasse zu erreichen. An diesem Punkt wurde es etwas seltsam. Noch in dem Wäldchen stolperten sie über den Wachhund, einen großen, muskelbepackten Bordeaux-Mastiff-Mix. Er lag auf der Seite. Und schnarchte.

»Ich war das nicht«, flüsterte Carlos. »Er hat schon gedöst.«

Nicht nur gedöst. Brian beobachtete, wie sich die Brust des Hundes stetig hob und senkte. Er schlummerte tief und fest.

»Haltet die Augen offen«, ordnete er an.

Hochleistungsscheinwerfer waren überall in den Boden eingelassen und beleuchteten den rechteckigen Pool sowie die zahlreichen Topfpalmen. Brian wandelte den Bannzauber von zuvor ein wenig ab und schaltete die beiden Lampen aus, die den Weg zur Terrassentür auf der Poolseite erhellten. Er winkte die anderen beiden Wächter weiter. In den Räumen des oberen Stockwerks brannten einige Lichter, aber mit etwas Glück befand sich der Tresorraum in einem tiefer gelegenen Stockwerk.

Murdoch betrat das Haus als Erster, und zwar auf bemerkenswert leisen Sohlen für einen Mann seiner Größe. Als alle drei in die blauweiß geflieste Küche geschlüpft waren, sah er mit gerunzelter Stirn über die Schulter.

»Die Alarmanlage ist ausgeschaltet.«

Es gab ein Dutzend Erklärungen dafür, warum das so sein mochte, doch Brian stellten sich die Nackenhärchen auf. Zuerst der Hund und jetzt die Alarmanlage. Wenn es nicht der unwahrscheinlichste Zufall der Welt gewesen wäre, hätte er geschworen, dass gerade jemand dabei war, Duverger auszurauben.

»Ich schlage vor, dass wir uns an den Plan halten«, sagte er. »Wir suchen den Tresorraum, schnappen uns die Münzen und sind wieder weg.«

»Vorausgesetzt, die Münzen sind wirklich hier«, erwiderte Murdoch.

Brian hielt dem dreisten Blick des Mannes stand. Der Schotte ging ihm schon seit Monaten auf die Nerven, seit dem Moment, als er aus dem Flugzeug aus Glasgow gestiegen war. Die Lust, ihm eine Abreibung zu verpassen, war kaum zu bändigen. Aber das hob er sich besser für eine andere Gelegenheit auf. »Mein Insider bei Sotheby's sagt, dass sie hier sind, und meine Nachforschungen stützen das. Das hat MacGregor als Auskunft gereicht, da wird es auch dir reichen.«

»Die Münzen zu klauen war deine Idee, nicht seine.«

»Ich glaube nun mal zufällig, dass es nach einer tickenden Zeitbombe klingt, wenn Satan innerhalb von sechs Monaten nach zwei dunklen Reliquien sucht. Sag's mir, wenn du ein Problem damit hast.«

Carlos trat zwischen die beiden Streithähne. »Was soll ich tun, wenn ich Probleme im Tresorraum habe?«

»Dann holst du mich«, erwiderte Brian, der nur mühsam seinen Ärger unterdrückte.

Der junge Seelenwächter nickte und verschwand im dunklen Esszimmer.

Murdoch deutete auf die andere Tür. »Hier entlang.«

Sie umrundeten eine Kücheninsel, über der gehämmerte Kupfertöpfe hingen, und schlichen einen breiten Flur entlang, der in die Empfangsdiele führte. Gobelins mit Landschaftsszenen, schwere Holzmöbel und glasierte Töpferware fanden sich in jedem Winkel des riesigen Hauses. Murdoch blieb stehen, bevor er durch die Diele zur Treppe ging, und hob warnend die Hand.

Das zunächst nur gedämpfte Geräusch von Schritten auf Fliesen wurde lauter. Wahrscheinlich wollte jemand zu einem nächtlichen Imbiss in die Küche. Jemand, der nicht entspannt genug war, Hausschuhe oder Socken zu tragen, was auf eine Wache hindeutete.

Einen Augenblick später erschien ein Mann im Anzug auf dem Absatz zum oberen Stockwerk und kam dann die Treppe herab, geradewegs auf sie zu. Sein offenes Sakko gab den Blick frei auf ein Pistolenhalfter unter seinem Arm. Eine Neun-Millimeter-Beretta. Brian wollte Murdoch gerade Zeichen machen, noch zu warten, da brach der Mann mitten auf der Treppe zusammen und plumpste wie ein Kartoffelsack die restlichen Stufen auf den Fliesenboden herunter.

Beide Wächter zogen sich auf der Stelle in die Deckung des Schattens zurück. Lange, herzklopfende Sekunden verstrichen. Als niemand anderes auf der Treppe erschien, stieß Brian einen Seufzer der Erleichterung aus.

»Filmreifer Abgang«, sagte er ironisch.

Der Schotte zuckte die Achseln. »Er wird eine ganze Weile lang schlafen.«

Während der große Seelenwächter den Wachtposten um die Ecke zog und ihn in einem Schrank verstaute, stieg Brian die Treppe zum ersten Stock hinauf. Dort blieb er stehen und sah nach oben. Die Schlafzimmer lagen im obersten Stockwerk. Mehr Leute, mehr Risiko. »Wenn ich es mir recht überlege, sollte ich vielleicht den zweiten Stock übernehmen. Manchmal lässt deine Kontrolle zu wünschen übrig.«

Murdoch starrte ihn kalt an. »Wir halten uns an den Plan.«

Da Brian ebendiesen Plan aufgestellt hatte, auf der Grundlage von Daten, die er selbst erhoben hatte, konnte er schlecht widersprechen. Er nickte und entfernte sich dann über den Flur im ersten Stock, um den Tresorraum zu suchen.

Jeder Seelenwächter wurde an seinem ersten Tag mit einer Art magischem Erste-Hilfe-Koffer ausgestattet. Einige Zauber davon waren brauchbarer als die anderen. Bann- und Entriegelungszauber erwiesen sich immer als nützlich, ebenso Eilzauber. Doch hyperscharfe Sinne waren ein zweischneidiges Schwert und nicht im Entferntesten zu begrüßen, wenn man mit einem Burschen im Lift festsaß, der schon länger nicht mehr geduscht hatte. Aber sie waren ein echtes Geschenk des Himmels, wenn man sich auf der Jagd befand.

Selbst wenn die Beute ein lebloser Gegenstand war.

Metall hatte einen sehr charakteristischen Geruch. Die meisten Tresorräume bestanden aus stahlverstärktem Beton, deshalb fahndete Brian nach einer größeren Menge Stahl, die sich hinter irgendeiner Art Vertäfelung verbarg. Für eine feine Nase war das kein Problem.

Bevor Brian die Türen öffnete und einen Raum nach dem anderen durchsuchte, kontrollierte er, ob sich jemand darin befand. Eine private Kunstgalerie, ein Heimkino, eine Bibliothek. Das Fitnessstudio, das voller Gewichte und anderer Gegenstände aus Metall war, kostete ihn am meisten Zeit. Als er die letzte Tür auf der linken Flurseite erreichte, blieb er stehen.

Menschen.

Einer, zwei … Er schnupperte noch heftiger … Drei.

Die Atemgeräusche ertönten langsam und gleichmäßig, aber es gab keinen anderen Weg herauszufinden, ob die Leute dort drin tatsächlich schliefen, als die Tür aufzubrechen. Die Chancen standen gut, dass sie wach waren – hier befanden sich keine Schlafzimmer. Doch der Nutzen überwog das Risiko, den Gebäudeplänen zufolge musste hier Duvergers Büro liegen.

Brian betete, dass die Menschen, die sich im Raum befanden, alle saßen, und belegte ihn mit einem Schlafzauber. Dann öffnete er die Tür und schlich hinein.

Der Stiefelabsatz, der ihm ans Kinn trat, kam von nirgendwoher. Einen normalen Burschen hätte der kräftige, gut gezielte Tritt kalt erwischt, garantiert. Auch Brian brachte der unerwartete Angriff aus dem Gleichgewicht, und er wäre mit dem Gesicht voran auf den farbenfrohen marokkanischen Teppich gefallen, wenn sein Angreifer ihn nicht freundlicherweise am Arm gepackt und seinen Sturz abgefangen hätte.

Mit einer kleinen Hand, bemerkte er. Vielleicht ein Kind?

Es galt, keine Zeit zu verlieren. Er bekam einen Knöchel zu fassen und riss seinen Angreifer um. Eine kleine Drehung mit seiner Hand, und der Körper fiel, begleitet von einem leisen Grunzen, auf einen Ledersessel. Ohne jeden Laut, der Aufmerksamkeit erregt hätte, oder Poltern, wie Brian mit Stolz registrierte. Er sprang auf die Füße, ohne den schlanken Knöchel loszulassen, und sah sich im Raum um. Er überzeugte sich davon, dass die beiden Wachtposten auf dem Sofa schliefen, bevor er sich wieder seinem Gefangenen zuwandte.

Ihm blieb die Luft weg.

Kein Kind. Eine Frau.

Um genauer zu sein: eine elegante Frau mit braunen Killeraugen und Massen von schimmerndem dunklem Haar, das sie in einen straffen Knoten zurückgebunden hatte. Ihre schwarze Armykluft war langweilig, aber der Körper, der darin steckte, war alles andere als das. Die langen Beine und üppigen Kurven öffneten die Schleusen von Brians Hormonhaushalt, und er wurde davongespült wie ein Ertrinkender. Etwa einen Kilometer flussabwärts wurde ihm bewusst, dass seine Finger über die weiche Haut oberhalb ihres Stiefels strichen, und er löste den Griff.

Ein schneller Kick mit dem Bein gegen seinen Daumen, und Lena befreite sich aus seiner Umklammerung. Was ein Wunder war, wenn man bedachte, dass ihr Herz heftig in ihrer Brust hämmerte und ihr die Muskeln kaum gehorchten. Dem ersten Tritt hätte rasch ein zweiter folgen müssen. Stattdessen zögerte sie. Warum? Ließ sie sich wirklich so leicht von einem hübschen Gesicht aus der Fassung bringen?

Einem überwältigend hübschen Gesicht, um ehrlich zu sein, aber trotzdem …

Sie beschloss, den Eindringling für den Moment der Verzauberung zu bestrafen, und versetzte ihm einen kompromisslosen Tritt in seine Kronjuwelen. Seine Augäpfel rollten nach oben, und mit einem schwachen Stöhnen fiel er auf die Knie. Lena verschwendete keine Zeit. Sie sprang vom Sessel auf, hechtete über den großen Schreibtisch aus Teak und riss das Münzkästchen aus dem offenen Tresorraum an sich. Jeder normale Mann wäre ihrem Schlafzauber erlegen. Die Tatsache, dass dieser es nicht getan hatte, sprach Bände.

Raus hier, raus hier, raus hier!

Es blieb keine Zeit, den Job zu beenden, keine Zeit aufzuräumen, keine Zeit, den Rucksack mitzunehmen. In einem kurzen, gedankenlosen Moment hatte dieser Dummkopf all ihre sorgfältig ausgearbeiteten Pläne zunichtegemacht. Und diesmal stand nicht nur ihr Ruf auf dem Spiel.

Jetzt raus hier.

Sie presste den Münzkasten an die Brust und sprang kurzerhand aus dem riesigen Panoramafenster, das über den Garten blickte. Mit dem Kopf voraus brach sie durch das Bleiglas und schlug im Fallen eine Rolle, um zwischen den Scherben auf ihren Füßen zu landen. Sie schüttelte den Kopf, um das Glas aus ihrem Pferdeschwanz loszuwerden, dann rannte sie los. Das Klirren der Scherben hätte allein schon das ganze Haus aufwecken können, doch vorsichtshalber schleuderte sie einen Belebungszauber zurück auf das Gebäude.

Die Alarmanlage erwachte sofort zum Leben, und Sekunden später spürte sie, wie die Bewegungssensoren ein lautloses Signal an Duvergers Wachstube funkten. Ihr Rivale hatte sich verstohlen, wie ein Panther auf Raubzug, durch den Raum bewegt. Er arbeitete ganz sicher nicht für Duverger. Es war sehr wahrscheinlich, dass er dieselbe Absicht wie sie gehabt hatte – die Münzen zu stehlen. Doch nun würde sich die Armee der Leibwächter des Franzosen in wenigen Minuten auf ihn stürzen.

Schau, wie du damit klarkommst, Mr *Groß, Dunkel und Lästig.*

Während sie einen Anflug von schlechtem Gewissen verscheuchte, kletterte sie über die Mauer. Sie wandte sich nach links, hielt sich aber weiter im Schatten und sprintete zum Parkplatz. Lächerlich. Warum tat es ihr um einen Fremden leid? Er würde sich erholen. Wenn man bedachte, wie leicht er sie in den Sessel geworfen hatte, würde er ihr wahrscheinlich sogar innerhalb eines Wimpernschlags auf den Fersen sein, um ihr wild entschlossen die Münzen wieder streitig zu machen.

Was allerdings eine Katastrophe wäre.

Gnadenlos brachte sie ihre Schuldgefühle zum Schweigen und reaktivierte den Gartenalarm.

Murdoch jagte den Motor des BMWs hoch, drückte das Gaspedal durch und schoss vom Parkplatz, sodass der Kies spritzte. Seine Wangen waren gerötet, und seine Hände umklammerten das Lenkrad in kaum gezügeltem Zorn. Blut tropfte von einer Schürfwunde über seinem rechten Ohr. »Sag mir, dass ich mich nicht umsonst habe anschießen lassen, Webster. Sag mir, dass du die Münzen hast!«

Mit einem Taschenmesser holte Brian eine Kugel aus seinem Oberschenkel. Nicht gerade der eleganteste Abgang, den er jemals gemacht hatte. »Tut mir leid. Nein. Sie hat mich ausgeknockt.«

»*Sie?*«

»Schau auf die Straße, Schwachkopf.«

»Du hast dich von einem *Mädchen* übers Ohr hauen lassen?«

Ja, er war so dumm gewesen. Er hätte nicht davon ausgehen sollen, dass sie eine Sterbliche war, noch hätte er seinen Griff lockern sollen, weil sie eine Frau war. Aber offen gestanden hatte sie ihn auf dem falschen Fuß erwischt. Er konnte sich nicht erinnern, wann er zum letzten Mal so eine verflucht heiße Anziehungskraft gespürt hatte. »Offensichtlich ist sie kein Mensch. Vielleicht ein Dämon.«

»Himmel, du solltest hoffen, dass sie keiner ist.«

Brian ignorierte Murdochs Bemerkung, zog seinen Black-

Berry aus der Tasche und drückte die Kurzwahltaste von MacGregors Nummer. Als eine weibliche Stimme ertönte, sagte er: »Hey, Mrs L, ist der große Kerl da?«

»Er trainiert gerade mit Em.«

»Es ist wichtig.« Ein Blick aus der Heckscheibe sagte ihm, dass ihnen keine Autoscheinwerfer folgten. Sie hatten es geschafft. Was kein gutes Gefühl war angesichts der Tatsache, dass er sich gerade eine immens wertvolle Reliquie mit der Macht, die Welt aus den Angeln zu heben, hatte abjagen lassen. »Er wird es dir nachsehen, wenn du ihn störst, versprochen.«

Während Rachel ihren Mann holte, sah Brian zu Carlos, der im Fond saß, den Kopf gegen die Tür gelehnt und einen Fuß auf das Lederpolster gestellt. Seine Augen waren geschlossen, und tiefe Furchen hatten sich um seinen Mund gegraben. Brian legte eine Hand über das Handy und fragte: »Du bist nicht getroffen worden, oder?«

»Nein.« Der Junge riss ein Auge auf. »Im Gegensatz zu euch alten Säcken kann ich noch rennen.«

Brian drohte ihm mit dem Finger.

»Webster?« MacGregors Missfallen war nicht zu überhören. »Was ist los?«

»Ich hab's vergeigt«, gestand Brian übergangslos. Seine Schultern waren breit, er konnte die Verantwortung für den Fehlschlag auf sich nehmen. »Ich habe mir die Münzen vor der Nase wegschnappen lassen. Von einer Frau, die immun gegen meinen Schlafzauber war und mich mit einem Tritt außer Gefecht gesetzt hat, gegen den Bruce Lee alt aussieht.«

»Eine Unsterbliche?«

»Ziemlich sicher, ja.«

»Ist sie durch einen Riss in der Barriere geflohen?«

»Nein«, erwiderte Brian, während der Druck auf seine Brust ein wenig nachließ. Gute Frage. Das bedeutete, dass sie kein Dämon war und nicht Satan die Münzen bekommen würde. »Durch ein Fenster.«

»Dann ist sie eine Wächterin.«

»Eine was?« Brian blinzelte. Er wusste, dass es Seelenwächterinnen gab, aber in den sechs langen Jahren, seit denen er der Herrin des Todes diente, war ihm nicht eine einzige begegnet. Musste eine Frau, die fähig war, einen Dämon auszuschalten, nicht größer und weniger … weich sein? »Wirklich?«

»Lass mich mal in der Datenbank nachsehen.« Nach einer kurzen Pause fuhr MacGregor fort: »Aye, hier steht es. Das System hat eine Wächterin gefunden, die sich nicht weit von deiner Position befindet. Lena Sharpe. Sie sitzt in einem Auto und passiert gleich die Mautstelle auf der A8 Richtung Nizza.«

»Was macht denn ein weiterer klauender Wächter bei Duverger?« Seine Frage trug ihm sofort die Aufmerksamkeit der beiden anderen Männer im Wagen ein. Brian zuckte ihnen gegenüber mit den Achseln. »Weiß sie Bescheid über unseren Plan?«

»Nein, laut ihrer Registrierung tut sie nur das, was sie immer tut. Sie ist eine Diebin.«

»Hä? Muss sie sich nicht wie wir anderen die Befreiung aus dem Fegefeuer verdienen?«

»Das ist nicht unser Problem, Webster«, gab MacGregor zurück. »Holt euch einfach die Münzen.«

»Kein Problem. Ich bin dran. Weiß das System auch rein zufällig, wo sie wohnt?«

»Aye«, antwortete sein Freund. »In einem Hotel an der Rue Juan Allègre. Hier kommt die Adresse …«

Brian merkte sich die Hausnummer und legte dann auf.

Lena Sharpe. Klang irgendwie britisch, aber die Frau hatte nicht wie eine englische Rose ausgesehen. Mit dem dunklen Haar und den rauchgrauen, schrägstehenden Augen wirkte sie eher exotisch. Nicht, dass es eine Rolle gespielt hätte, woher sie kam oder wie sie aussah. Die Frau hatte seine Münzen, und sie würde sie verdammt noch mal herausrücken müssen.

3

Tariq wartete an genau der Stelle, die er angekündigt hatte.

Als Lena ein paar Minuten nach ein Uhr morgens an der verabredeten Straßenecke in der Altstadt von Nizza anhielt, glitt der Ägypter, die Kapuze seines burgunderroten Sweatshirts tief ins Gesicht gezogen, auf den Beifahrersitz ihres kleinen Peugeots. Nur die schmale Spitze seiner Nase war noch zu sehen. »Bieg hier links ab«, murmelte er. »Dann fährst du zwei Blocks und biegst rechts ab.«

Sie fuhr um die Straßenecke. »Du hast die Adresse in Los Angeles?«

»Ja.«

Lena holte tief Luft und schob einen Umschlag und das Ebenholzkästchen mit den Münzen auf seinen Schoß. »Dein Ticket steckt in dem Umschlag. Wir treffen uns dort in drei Tagen.«

Seine schlanken Hände hielten das Kästchen einen Augenblick lang umklammert, bevor er es in die Kängurutasche seines Sweatshirts steckte. Es waren Künstlerhände, imstande, große Schönheit hervorzubringen, doch Tariq setzte seine

Begabung nur selten dazu ein, Skulpturen zu erschaffen. Das schnelle Geld reizte ihn viel mehr. Er war der beste Hehler, mit dem Lena jemals zusammengearbeitet hatte. Er war in der Lage, für jedwede Ware rasch einen interessierten Käufer aufzuspüren, wie ungewöhnlich oder heiß sie auch sein mochte, und besaß ein untrügliches Gespür dafür, wie weit er den Preis in die Höhe treiben konnte, ohne dass der Handel platzte.

»Stimmt es, dass man verflucht wird, sobald man die Münzen berührt?«, fragte er.

»Ja, du setzt deine Seele aufs Spiel, wenn du sie in die Hand nimmst.« Es machte ihr zu schaffen, dass sie die Aktion von ihm verlangte, aber sie kannte niemanden, dem sie mehr vertraut hätte. Er hatte über die Jahre viele Geschäfte für sie abgeschlossen und sie nicht ein einziges Mal betrogen. Nur seinen vereinbarten Anteil genommen und nicht mehr.

»Es ist ein fairer Deal. Du hast meine Seele gerettet, als du mich aus Ägypten geschleust hast, direkt vor Reyhans Nase. Er hätte mich umgebracht.«

»Die Münzen sind fast so gefährlich wie dein Cousin.«

Tariq lächelte. »Du kannst dein Gewissen etwas erleichtern, wenn du mir dreißig Prozent ihres Verkaufswertes auf mein Schweizer Konto überweist.«

Sie hatten fünfundzwanzig ausgehandelt. So viel dazu, dass er ihr sein Leben schuldete. »Das ist unverschämt. Du weißt doch, dass ich sie nicht verkaufe.«

Er nickte. »Aber sie sind extrem wertvoll. Und ich weiß, dass du zahlen wirst.«

»Wirklich?« Lena warf ihm einen ernsten Blick zu. »Dann solltest du auch wissen, dass dein Leben verwirkt ist, wenn du mein Vertrauen in dich enttäuschst. Ich würde nicht aufgeben, bis ich dich finde.« Sie lächelte, um die Drohung abzuschwächen. »Aber natürlich ist das bei unserer langen und gemeinsamen lukrativen Geschichte sehr unwahrscheinlich.«

Sein dunkler Blick bohrte sich in ihren.

Bei den Geschäften ging es immer um Dollars, doch Schmerz und Tod waren die eigentlichen Währungen des Schwarzmarkts, und Tariq wusste das. Er ahnte nichts von ihrer Aufgabe als Seelenwächterin, aber er war an jenem Tag Zeuge ihrer Kampffertigkeiten geworden, als sie seinem Cousin ein Juwelenkollier geraubt und dabei kurz entschlossen Tariq gerettet hatte. Noch Wochen später hatte er von ihrer Schnelligkeit und Wendigkeit geschwärmt.

Er setzte sich ein wenig aufrechter hin. »Mach dir keine Sorgen. Ich bin dabei.«

Lena fuhr an den Bordstein. In der Sekunde, als der Wagen anhielt, sprang der Ägypter hinaus und drückte sich in den dunklen Gang zwischen zwei alten, verfallenen Backsteingebäuden. Innerhalb eines Wimpernschlags war er verschwunden, hatte sich zwischen den Schatten verloren, die von schmiedeeisernen Balkonen und ausgeblichenen Markisen geworfen wurden.

Lena fuhr rasch wieder an, zurück zur Stadtmitte.

Die Übergabe hatte keine fünf Minuten gedauert. Wenn sie ihren Job gut gemacht hatte, würde niemand je erfahren, dass sie sich überhaupt getroffen hatten.

Brian starrte zu dem hell erleuchteten Hoteleingang hinüber. Seine süße kleine Münzdiebin hatte sich ein geschäftiges, modernes Novotel ausgesucht, von dem aus sie mit Leichtigkeit jederzeit kommen und gehen konnte, selbst mitten in der Nacht. Genau die Adresse, die auch er selbst gewählt hätte.

Aus irgendeinem Grund ärgerte ihn das.

Aber nicht annähernd so sehr, wie es ihn ärgerte, als er ein paar Minuten später Lena Sharpes Hotelzimmer betrat und leer vorfand. Sie hatte einen zehnminütigen Vorsprung. Die einzige gute Nachricht war, dass ihre Habseligkeiten noch da waren – ein Laptop auf dem Schreibtisch, ein abgenutzter, alter Überseekoffer unter dem Fenster, Toilettenartikel im Badezimmer –, was bedeutete, dass sie wiederkommen würde. Irgendwann.

»Behalte die Tür im Auge, Webster«, befahl Murdoch. »Der Junge und ich durchsuchen ihre Sachen.«

Der Schotte klappte sofort den Koffer auf und begann, darin herumzuwühlen, doch Carlos legte viel weniger Enthusiasmus an den Tag. Der junge Mann drückte sich die Finger auf die Augen und trottete ins gekachelte Bad.

Brian folgte ihm. »Was ist los?«

»Nichts.« Der Teenager fing Brians skeptischen Blick auf, zuckte die Achseln und ergänzte: »Kopfschmerzen, das ist alles.«

»Bist du sicher, dass dich keine Kugel gestreift hat?«

»Ja, ganz sicher. Das hier« – er deutete auf seinen Kopf – »hat schon im Flieger angefangen. Ich dachte, es würde vorbeigehen, aber es wird eher schlimmer.«

»Nimm eine Tablette. Ich brauche dich fit.«

»Okay.« Carlos hob Lenas Kulturbeutel hoch und schaute hinein. »Sie hat Aspirin dabei.«

Zufrieden kehrte Brian ins Hotelzimmer zurück. Er stellte sich neben die Tür und lauschte auf den Aufzug.

»Und was stellt man hiermit an?«, fragte Murdoch.

Brian warf einen Blick zu ihm.

Der große Schotte hielt ein Holzkreuz hoch, eine zerlesene

Bibel und eine Glasflasche, die mit einer klaren Flüssigkeit gefüllt war. Er schraubte den Verschluss auf und schnupperte daran. »Weit und breit kein Knoblauch, aber ich könnte wetten, dass das Weihwasser ist.«

»Sie jagt Vampire?« Carlos spähte mit weit aufgerissenen braunen Augen fragend um die Badezimmertür.

»Blödsinn. Es gibt keine Vampire.« Brian zuckte die Achseln. »Sieht so aus, als wäre sie der typische Seelenwächter, der im Alleingang arbeitet. Sie versucht offenbar, das Beste aus den dürftigen Mitteln zu machen, die uns die Herrin des Todes zur Verfügung stellt. Ohne Roma-Magie oder ein Schwert muss sie eben auf das traditionelle Zeug zurückgreifen. Ignorier es und such weiter nach den Münzen.«

Gerade als er wieder seinen Wachtposten neben der Tür bezog, ging die Fahrstuhlglocke, und auf dem Teppich im Hotelflur wurden leichte Schritte hörbar, die in ihre Richtung kamen. Brian machte den anderen Zeichen, sich zu verstecken, und drückte sich so flach wie möglich an die Wand. Wenn sie den Raum mit ihren geschärften Sinnen checkte, bevor sie eintrat, hatten sie nicht die geringste Chance. Aber vielleicht sorgte der Umstand, dass sie nach ihrer Flucht offenbar nicht verfolgt worden war, dafür, dass sie nicht die übliche Vorsicht walten ließ.

Die Schritte endeten vor der Tür zum Hotelzimmer, und eine Schlüsselkarte klickte im Schloss. In der Sekunde, da sie die Tür aufschob, sprang er los. Er warf sie zu Boden, presste ihre Arme auf den Teppich und legte sich mit seinem ganzen Gewicht auf sie.

Trotzdem wollte sich Lena nicht so leicht geschlagen geben.

Zunächst schlug sie ihm mit einem raschen Kopfstoß die

Nase blutig. Dann trat sie ihm gegen das Schienbein. Da er größer und stärker als sie war, kostete es ihn keine Mühe, sie festzuhalten, doch ihre Hände blieben frei, um weiteren Schaden anzurichten. Sie grub ihm die Finger in die Oberschenkel und kniff und kratzte, was das Zeug hielt. Sein Gemächt pochte noch immer von dem Kick, den sie ihm eine halbe Stunde zuvor verpasst hatte, daher schlang er seine Beine um ihren Leib, um ihren Bewegungsspielraum einzuschränken.

Nichts, was er tat, schien ihren Kampfgeist brechen zu können. Sie hörte nicht auf, jeden erreichbaren Körperteil von ihm zu schlagen und zu kratzen.

»Aufhören«, krächzte er ihr ins Ohr. Blut tropfte von seiner geschundenen Nase. »Wir sind keine Feinde. Wir sind Seelenwächter wie du.«

Noch ein Kopfstoß, diesmal gegen den Mund.

»Brauchst du Hilfe, Webster?«, fragte Murdoch amüsiert von der Tür aus.

Brian achtete nicht auf ihn.

»Wie, meinst du wohl, haben wir dich so schnell gefunden?« Brian machte sich noch etwas schwerer. »Wir haben Zugang zur Datenbank der Wächter.«

Ihre Fingernägel fanden die Wunde von der Kugel an seinem Schenkel und gruben sich hinein. Der Heilungsprozess war schon im Gange, aber sie riss den Schorf wieder auf.

»Verdammt!«

Ein Stück weit den Flur hinunter knarrte eine Tür.

»Leute«, sagte Carlos leise. »Können wir das bei geschlossener Tür weiterbesprechen?«

Brian unternahm einen letzten Versuch, Gehör zu finden. »Denk doch mal nach, Lena. Wenn ich ein Dämon wäre, würde ich Feuer auf dich regnen lassen und mich nicht mit dir auf dem Teppich wälzen und für nichts und wieder nichts Prügel kassieren.«

Ihre Gegenwehr erlahmte abrupt.

Sobald sie sich entspannte, beschleunigte sich sein Herzschlag. Zum Teil deshalb, weil ihr Parfümduft endlich den Weg zu seinen geschwollenen Nasenschleimhäuten fand, aber hauptsächlich deshalb, weil er entdeckte, dass sein Arm gegen ein Paar sehr hübscher Brüste drückte. Nur eine miese Ratte würde in einem Moment wie diesem dergleichen registrieren, aber da hatte er es: Er war eben eine miese Ratte.

»Was willst du?«, fragte sie.

»Reden.«

»Ich bezweifle, dass das alles ist.«

Zur Hölle, nein. Sein Blut schrie, dass er viel mehr als Konversation mit ihr treiben wollte. Aber Reden war der einzige gesellschaftsfähige Posten auf der Liste. »Du hast recht. Es gibt noch etwas.«

Brian ließ sie los, und beide kamen wieder auf die Beine, nicht ohne sich gegenseitig argwöhnisch zu beäugen, während sie ihre Kleider in Ordnung brachten. Er deutete auf die offene Zimmertür, und nach einem kurzen Augenblick schloss Lena sie. Drinnen setzte sie sich im Schneidersitz und mit geradem Rücken auf das große Doppelbett. Sehr Prinzessin-Diana-mäßig.

Brian sandte einen fragenden Blick zu Murdoch, der die Achseln zuckte. Augenscheinlich hatte der große Krieger nichts dagegen, dass Brian die Befragung in die Hand nahm.

Er schloss die Tür. »Die Münzen, die du Duverger gestohlen hast – gib sie uns.«

Lena schüttelte den Kopf. »Ihr seid nicht die, für die ihr euch ausgebt.« Ihr Blick wanderte zu Carlos und Murdoch, dann kehrte er wieder zu ihm zurück. »Wenn ihr es nämlich wärt, würdet ihr wissen, dass Wächter allein und nicht in Gruppen arbeiten.«

»Seelenkollekten erledigt man tatsächlich üblicherweise allein«, pflichtete er ihr bei. Ihr Gesicht war einen Hauch zu schmal. Es ließ sie sehr zart aussehen, was in krassem Gegensatz zu ihrem Wag-es-nicht-mich-reinzulegen-Gesichtsausdruck stand. »Aber Satanvermöbeln ist eher ein Mannschaftssport, deshalb arbeiten wir zusammen, wenn es sinnvoll ist.«

Sie schnaubte. »Du willst mir weismachen, dass ihr es mit dem Teufel selbst aufnehmt?«

»Nein«, gab er lächelnd zu. »Das überlassen wir dem Burschen da oben. Wir versuchen nur zu verhindern, dass der Gehörnte auf der mittleren Ebene ernsthaft einen Fuß in die Tür kriegt. Was uns zurück zu den Münzen bringt. Wo sind sie?«

»Warum sollte ich dir das verraten? Was ist für mich drin?«

»Es ist ganz einfach. Du wirst deinen Teil dazu beitragen, die Welt vor dem Bösen zu retten.«

Sie runzelte die Stirn. »Die Münzen sind böse?«

»Eine dunkle Reliquie«, bestätigte er mit einem Nicken. »In den falschen Händen können sie ein finanzielles und politisches Erdbeben auslösen. Das werde ich nicht zulassen. Auf gar keinen Fall.«

»Wie edel von dir. Aber ich bin nicht daran interessiert, die Welt zu retten, sondern nur an meinem Anteil.«

Die anderen beiden Männer erstarrten bei diesen nüchternen Worten, doch Brians Lächeln wurde noch breiter. »Bitte erspar mir die Tour ›Ich bin ein gieriges Luder‹. Wir brennen auch im Fegefeuer, schon vergessen? Man hat dir eine zweite Chance gegeben, um da rauszukommen, und die würdest du nicht für Geld verspielen. Nicht, wenn du gesehen hast, was in den unteren Etagen abgeht. Das hier ist keine Verhandlung. Komm einfach zum Punkt und gib mir die Münzen.«

»Ich habe sie nicht.«

Kein Zucken, kein Zögern, kein verkrampfter, starrer Blick. Sie log nicht. Aber sie hatte sie auch noch nicht verkauft. Nicht, wenn es ihr immer noch um ihren Anteil ging. »Dann hast du sie versteckt, bevor du ins Hotel gekommen bist. Wo?«

Sie erwiderte nichts.

Er rückte näher, bedrängte sie, bis seine Knie an ihre stießen. »Ich kann ziemlich resolut werden. Ich werde diese Münzen bekommen – das kannst du mir glauben. Mach dir die Sache etwas leichter. Sag mir, wo sie sind.«

»Ich kann dir nicht sagen, was ich nicht weiß.«

Als sie trotzig das Kinn hob, entdeckte er ihren Puls, der am Halsansatz klopfte. Schneller als normal. Sie war besorgt? Nach einem Blick in diese eiskaffeefarbenen Augen hätte man das nie gedacht. Er schnappte sich ihre Handtasche vom Bett und warf sie Carlos zu. »Durchsuchen.«

Dann wandte er sich wieder an Lena. »Warum hast du sie gestohlen?«

Sie zuckte die Achseln. »Ich hatte eine Million sehr gute Gründe.«

»Wegen des Geldes? Das ist einigermaßen schwer zu glauben.«

Sie machte sich nicht die Mühe zu antworten, sondern erwiderte nur seinen starren Blick mit einem Anflug von Spott, der nahelegte, dass sie Brian für ziemlich beschränkt hielt.

»Es kann nicht nur wegen des Geldes gewesen sein«, behauptete er. »Wenn du wirklich so knallhart wärest, wie du vorgibst, wärest du direkt in die Hölle gewandert, anstatt im Fegefeuer zu landen. Gott glaubt offenbar, dass du noch Potenzial hast. Wie kommt's?«

»Ich habe keine Ahnung.«

Jesus. Es war ihr ernst. Diesen Blick konnte man auf keinen Fall vortäuschen. Brian überlegte noch, wie er reagieren sollte, als Carlos ein Stück Papier von dem Haufen Zeug nahm, das er aus der Tasche auf den Schreibtisch geleert hatte, und es hochhielt.

»Ich hab was gefunden. Ein FedEx-Formular.«

»Steht ein Datum darauf?«, wollte Brian wissen.

Der junge Mann schüttelte den Kopf. »Aber als Gewicht sind drei Pfund angegeben. Das könnte hinkommen.«

Brian musterte Lenas teilnahmsloses Gesicht. Man musste schon sehr dreist sein, um etwas so Wertvolles mit einem normalen Kurier zu verschicken. »Wohin sollte die Sendung gehen?«

»Nach Los Angeles.« Carlos filzte die Tasche weiter. Er fand einen Umschlag, öffnete ihn und überflog den Inhalt. »Wir haben außerdem ein Flugticket auf ihren Namen für morgen Vormittag elf Uhr nach – Überraschung! – Los Angeles.«

Ein Schatten verdunkelte Lenas Augen – das kurze Aufflackern eines Gefühls, das Brian vielleicht entgangen wäre, wenn er sie nicht genau im Auge behalten hätte. Los Angeles war ihr wichtig. Er beschloss, die Taktik zu ändern, ging vor ihr in die Hocke und legte seine Arme links und rechts neben ihr aufs Bett, sodass sie wie in einem Käfig gefangen war. Ihr exotisch-blumiges Parfüm, das ihm schon vertrauter wurde, umfing ihn. »Die Münzen sind gefährlich, Lena. Wenn Satan sie in die Finger bekommt, wird er den ganzen Globus ins

Chaos stürzen. Ganze Städte werden in Anarchie versinken. Menschen werden Schaden nehmen.«

Die Schatten wurden tiefer.

»Tu das nicht, Lena«, sagte er sanft. »Bring die Menschen, die du kennst und liebst, nicht in Gefahr. Sag mir, wo sie sind.«

Sie senkte abrupt die Lider, um ihre Augen zu verdecken. Er konnte sich gerade noch einen Fluch verbeißen.

Er hatte das Falsche gesagt.

Lena schlängelte sich gewandt unter seinen Armen durch und stand vom Bett auf. Sie unternahm keinen Versuch, an Murdoch vorbei zur Tür zu gehen, sondern durchquerte den Raum und blieb vor dem Spiegel stehen, der über der schmalen Kommode hing. Sie starrte hinein, während ihre Finger den goldenen Anhänger umklammerten, den sie um den Hals trug. Ihr Gesicht war ruhig, fast nachdenklich, und Brian schöpfte neue Hoffnung. Doch am Ende riss der Hohn ihre Mundwinkel nach unten.

»Für eine Million Dollar verrate ich euch den Ort, wo sie sind.«

»Vergiss es. Hier geht's nicht um Geld. Davon wirst du mich niemals überzeugen.«

»Wenn du Zugriff auf die Aufzeichnungen der Herrin des Todes hast, wie du sagst, kennst du die Wahrheit. Ich bin eine Diebin. Ich stehle wertvolle Dinge von Berufs wegen.« Ihr Blick begegnete im Spiegel dem seinen. »Glaub mir, ich mache das nicht aus irgendwelchen höheren Motiven. Sondern wegen des Geldes.«

Brian erwiderte ihren Blick. Wenn er das, was sie sagte, für bare Münze nehmen wollte, war Lena auf dem besten Wege in die Hölle. Es sah schlecht aus. Das begriff er. Aber aus irgendeinem Grund – vielleicht wegen ihres Anflugs von Verletzlichkeit oder aber auch wegen der unsachlichen Beeinflussung seitens seines Gemächts – glaubte er ihr nicht.

Doch so oder so war er festgefahren. Seine einzige, ziemlich dürftige Spur zu den Münzen führte nach Los Angeles, und er musste ihr folgen. Leider war es unwahrscheinlich, dass Lena so nett sein und auf ihre Seite wechseln würde. Er blickte Murdoch, der näher gekommen war und nun genau hinter der Seelenwächterin stand, vielsagend an.

Und der große Schotte übernahm freudig das Kommando. Ohne weitere Umstände zog er Lena die schmiedeeiserne Schreibtischlampe über den Schädel.

Sie zuckte zusammen. Verwirrung zeichnete sich in ihrem Gesicht ab, und ihre Hände flatterten kurz durch die Luft. Dann überrollte sie die dunkle Welle des Vergessens. Mit einem leisen Seufzer und erstaunlicher Anmut fiel sie in Brians ausgebreitete Arme.

Nun stand auch noch Kidnapping auf der langen Liste seiner Vergehen.

Das Licht war gedämpft, und es herrschte Ruhe in der Flugzeugkabine, aber wie bequem die riesigen Erste-Klasse-Sitze auch waren, Lena konnte nicht schlafen. Der Grund dafür lag gleich neben ihr, über 1,80 Meter groß und 90 Kilo schwer. Brian Webster. Der gutartige Kerl war sowohl der Ruin ihrer Existenz als auch die Antwort auf ihre Gebete.

Ein Kribbeln unterbrach ihre Gedanken, und sie sah nach links. Natürlich beobachtete er sie aus seinen ruhigen silbernen Augen.

Lena bemühte sich nach Kräften, die Welle sinnlicher Hitze niederzukämpfen, die ihren Körper überrollte. »Was ist?«

»Nichts.«

Nach den langen Stunden, die sie bereits in seiner Gesellschaft verbracht hatte, hätte der Eindruck, den seine gut aussehende äußere Erscheinung auf sie machte, nachlassen müssen. Aber das war nicht der Fall. Jedes Mal, wenn sie den Mann anschaute, erlitt sie einen neuerlichen Schock. Das lässige Lächeln, die markante Linie seines Kinns, selbst die sonnengebleichten Spitzen seines locker gestylten braunen Haars – all das ließ ihren Puls flattern, wieder und wieder. Es war so unfair! »Dann hör auf, mich anzustarren.«

»Starre ich?«

»Du weißt, dass du das tust.« In dem Versuch, ihn abzulenken, deutete sie auf die GQ-Ausgabe, die aufgeschlagen auf seinem Schoß lag. Brian Webster hätte die heißen Männermodels darin mit Leichtigkeit ausstechen können, wenn er nicht so breite Schultern gehabt hätte. »Trägst du wirklich solche Klamotten?«

Er schenkte ihr ein nachsichtiges Lächeln, das signalisierte, dass er ihr Manöver durchschaute, dann blickte er gehorsam auf das Foto einer neonpinkfarbenen Jacke hinab. »Nö. Ich mag es ein bisschen gedeckter.« Er blätterte ein paar Seiten zurück, bis er einen grübelnden Mann fand, der einen dunkelgrauen Anzug trug. »Mehr in diese Richtung.«

Sie studierte das Bild und musste ihm zustimmen. Der moderne Schnitt stand nur jemandem, der eimerweise über Selbstvertrauen verfügte, und der leichte Schimmer des anthrazitfarbenen Stoffs passte zur Farbe seiner Augen. Angesichts des Preises schnürte es ihr allerdings die Kehle zu. »Dreitausend Dollar? Für einen Anzug?«

»Das zahlt man eben für Maßarbeit vom Schneider«, sagte er achselzuckend. »Ich habe schon mehr ausgegeben.«

»Dann solltest du dich schämen.«

Er hob den Blick. »Bitte?«

»Man kann sein Geld besser anlegen als in teuren Fummeln.«

Dunkel funkelte ein Anflug von Belustigung in seinen Augen auf. »Entschuldigung, hab ich richtig gehört? Die Frau, die lieber eine Million Dollar einstreicht, als die Welt zu retten, nennt *mich* einen Verschwender?«

Verlegenheit kroch Lenas Hals hinauf und in ihre Wangen, bevor sie es verhindern konnte. Trotzdem bemühte sie sich, die Situation zu retten. »Kleider tragen sich schnell ab und kommen bald aus der Mode. Keine kluge Geldanlage. Ich investiere in Edelsteine, Edelmetalle und Immobilien.«

»Oh, wirklich?«

»Wirklich.« *Mein Gott.* Der Mann war ein Besserwisser vor dem Herrn. Er beäugte sie, als wäre sie ein Rätsel, das gelöst werden musste, und am Ende würde er auf jeden Fall die Wahrheit herausfinden. Was es riskant machte, bei ihm zu bleiben. Aber sie hatte keine Wahl. Das Amulett hatte bestätigt, dass er der Wächter war, der den Kriegsdämon in der Kirche besiegt und die vierzehnte Münze an sich genommen hatte. Der Wächter, der Amandas Seele geholt hatte. Sie nestelte an ihrem Sitzgurt und bekam ihn endlich auf. »Lass mich mal bitte raus. Ich will in den Waschraum.«

»Nein.«

Sie blinzelte. »Du willst mir doch nicht das Recht absprechen, einem gewissen Bedürfnis nachzukommen?«

»Natürlich nicht. Aber wenn du aufs Klo musst, komme ich mit.«

»Du meinst: mit rein?«

»Jep.«

Der Gedanke an sie beide zusammen in der winzigen Zelle war kaum zu ertragen. »Bist du übergeschnappt?«

»Das hast du dir selbst eingebrockt«, gab Brian zurück und blätterte seine Zeitschrift um. »Wenn du nicht versucht hättest, auf dem Weg zum Flughafen aus dem Taxi zu springen, hätte ich dir vielleicht ein paar Freiheiten gelassen.«

Der Fluchtversuch war nur Show gewesen. Er hatte erwartet, dass sie irgendetwas unternehmen würde, also hatte sie es getan. Solange er glaubte, ihr Ziel sei die Flucht, würde er wahrscheinlich nicht entdecken, worum es ihr wirklich ging – die Münze. Die leider nicht mehr in seinem Besitz war. Das Amulett hatte im Hotel nur schwach angezeigt. Genug, um ihr zu sagen, dass die Münze durch seine Hände gegangen war, aber nicht genug, um ihr den Aufenthaltsort preiszugeben.

Lena seufzte. »Wovor hast du Angst? Wir befinden uns in einem Flugzeug in elftausend Metern Höhe. Wohin, glaubst du, könnte ich wohl abhauen?«

Die Belustigung in seinen Augen schwand. »Komm schon, Lena. Wir wissen doch beide, dass du aus dem Flugzeug springen, im betonharten Wasser landen und einfach davonschwimmen könntest. Du hast schon bewiesen, dass du bereit bist, Verletzungen zu riskieren. Ich werde dich jedenfalls auf keinen Fall allein in den Waschraum lassen.«

Sie biss sich auf die Lippen. Für einen Seelenwächter war es relativ einfach, durch den Kabinenboden in den Frachtraum vorzudringen. Aber aus dem Flugzeug springen? Ins Nichts? Nein danke. Flugreisen waren eine moderne Errungenschaft, mit der sie noch immer ihre Schwierigkeiten hatte. Selbst nach zahlreichen interkontinentalen Flügen ohne jeglichen Zwischenfall blieb sie ein Kind der Dampfschiffära, und beim

Gedanken daran, durch die Luft zu jagen, war ihr nach wie vor nicht wohl.

Was allerdings nicht hieß, dass sie sich von ihm einschüchtern lassen sollte.

Ihr Blick riss sich von seinem Gesicht los und wanderte über seinen schlanken Hals hinab zu der breiten Brust und seinen Schultern – es war eine rein analytische Erkundung des Terrains, das sie würde überwinden müssen, um freizukommen. Eleganter Kaschmir umschmeichelte seinen Körper und ließ die harten, kraftvollen Muskeln darunter erahnen. Muskeln, die ihr bereits sehr vertraut waren, nachdem er sich mit allem, was er hatte, im Hotel auf sie gelegt hatte.

»Wir würden gut zusammenpassen«, sagte er.

Ihr Blick flog zurück nach oben. *Zusammenpassen?* Sie beide? »Bitte?«

»Im Waschraum, wir beide. Das habe ich schon mal erlebt.«

Natürlich. Und man brauchte nicht viel Fantasie, um sich vorzustellen, was er dort getrieben hatte. Für sie gab es nur einen Grund, warum sich ein Mann und eine Frau gemeinsam in den Waschraum eines Flugzeugs zwängen sollten.

Er schaute sie genauer an. »Wirst du etwa rot?«

»Hör auf.« War diese Ermahnung an ihn gerichtet oder an ihre Fantasie? »Das ist doch lächerlich. Ich gehe jetzt aufs Klo, ob es dir passt oder nicht.«

Lena langte über ihren Kopf und drückte einen Knopf, um die Stewardess zu rufen.

»Ich bin dir immer einen Schritt voraus, Süße«, sagte Brian sanft.

Sie sah ihn verwirrt an.

»Ich hab den Rufknopf mit einem Bannzauber belegt.«

Um seine Aussage zu prüfen, sah sie sich nach der Stewardess um. Die Frau sprach gerade mit einem Mann in der ersten Reihe und bot ihm eine Flasche Evian an. Sie schien nicht bemerkt zu haben, dass Lena ihre Hilfe angefordert hatte.

»Und bevor du irgendeine Dummheit machst, zum Beispiel schreien«, fuhr er ruhig fort, »sollte ich vielleicht erwähnen, dass ich einen hervorragenden Roma-Stimmenfluch kenne. Ich würde ja einen komplikationslosen Flug vorziehen, aber man hat mir gesagt, dass zu den Nebenwirkungen ganz fiese Anfälle von Übelkeit gehören, und deshalb wäre es mir lieb, dich nicht verhexen zu müssen, wenn es nicht unbedingt nötig ist.«

Angst strich mit leichtem Finger Lenas Wirbelsäule hinab. Vielleicht hatte sie ihm zu schnell die Ich-will-die-Welt-retten-Geschichte geglaubt. »Du verkehrst mit Roma-Magiern?«

»Klar. Stefan ist ein toller Bursche. Vielleicht ein bisschen seltsam, aber er ist uns sehr nützlich. Er schmiedet unsere Schwerter und verstärkt unsere Grundzauber mit ziemlich wirksamem Zeugs.«

»Zum Beispiel mit dem dimensionalen Verschiebungszauber, mit dem er deine Schwertscheide belegt.«

Brian runzelte die Stirn. »Das ist ein Wahrnehmungsschirm.«

»Das hat er dir gesagt?« Kein Wahrnehmungsschirm bewirkte, dass ein Gegenstand verschwand. Das war typisch für einen Roma-Magier: das ganze Ausmaß seiner Kunst selbst vor jenen zu verbergen, die davon profitierten. »Roma-Magie ist sehr effektiv. Aber du bist ein Narr, wenn du einem Magier vertraust, da doch so viele –«

»Gibt es ein Problem?«, fragte eine kühle weibliche Stimme.

Lena hob den Blick. Eine Stewardess war hinter Brians Schulter erschienen. Ha! Sein dämlicher Bannzauber hatte nicht einmal funktioniert. »Ja, ich –«

»Hallo, Boss.« Brian sah zu der schlanken Frau auf. Er lächelte flüchtig und widmete sich dann wieder seinem Magazin. »Schön, Euch zu sehen.«

Die Stewardess musterte sein Gesicht mit frostigem Interesse und verschränkte die Arme über der Brust. »Als ich MacGregor Zugang zur Datenbank gewährt habe, habe ich das selbstverständlich nur getan, damit er Kandidaten für das Training suchen konnte. Aber nicht, damit er meine Wächter aufspürt und ihnen auflauern lässt.«

Lenas Herz setzte aus. *Meine* Wächter? Sie fasste die Frau nochmals ins Auge. Ihre Uniform war schwarz, nicht dunkelblau wie die der Stewardessen … ordentlich frisiertes weißes Haar … ein langer weißer Nagel an ihrem rechten Zeigefinger. Die Beweise waren erdrückend.

Die Herrin des Todes.

Lena sank in ihrem Sitz zusammen. Alle Passagiere um sie her waren mitten in der Bewegung, mitten im Satz erstarrt. Niemand rührte sich. Nicht einmal Websters zwei Freunde, die eine Reihe hinter ihnen saßen. Die Halbgöttin hatte ihr seit über hundert Jahren keinen Besuch mehr abgestattet – nicht seit jenen ersten Seelenwächterlektionen nach ihrem Tod. Doch die Erinnerungen waren lebhaft. Niemand hatte ihr angesichts der dramatischen Veränderung in ihrem Dasein Mut zugesprochen. Niemand stand ihr nach dem Verlust bei, den sie erlitten hatte. Man hatte ihr nur kurz ihre neue Rolle erklärt, es hatte ein paar Tests gegeben und eine spöttisch geäußerte Einschätzung ihrer Überlebenschancen. Die sie glücklicherweise Lügen gestraft hatte.

»Eben wegen des Trainings«, erwiderte Brian sanft, »haben wir Ms Sharpe gesucht.«

Ihre Majestät sprach weiter, als hätte sie ihn nicht gehört. »Und drei Wächter vom Dienst abzuziehen und zu einer privaten kleinen Mission abzukommandieren ist nichts Geringeres als eine Beleidigung meines guten Willens.«

Brian steckte sein Magazin in die Tasche an der Lehne des Vordersitzes. »Eigentlich war die Mission nicht MacGregors Idee, sondern meine. Satan wildert schon wieder in unserem Revier, klaut dunkle Reliquien und versucht, unsere Seelenkollekten zu stören.« Er zuckte mit erstaunlicher Nonchalance die Schultern. »Ich leiste nur meinen Beitrag dazu, dass Euer Geschäft reibungslos läuft.«

»Deine Bemühungen, mir die Arbeit zu erleichtern, nehme ich zur Kenntnis«, gab die Halbgöttin zurück. Ihre steife Körperhaltung wurde etwas weicher, aber nur ein wenig. »Aber von diesem Moment an wird MacGregor keinen Zugriff mehr auf die Datenbank haben. Und du in dieser Sache auch nicht. Ausnahmslos alle Auskünfte über Wächter werden in Zukunft über mich laufen. Genauso, wie es war, bevor MacGregor angefangen hat, Wächter zu trainieren.«

»Das müsst Ihr nicht tun.«

»O doch.« Die Herrin des Todes funkelte ihn an. »Seine Arbeit untergräbt meine Autorität.«

»Ihr könntet seine Arbeit unterstützen und sie offiziell machen«, schlug Brian freundlich vor. »Dann wären wir alle glücklich.«

»Ihr müsst nicht glücklich sein. Ihr sollt nur Seelen holen.«

Seufzend sagte er: »Satan sammelt diese Reliquien aus einem bestimmten Grund, und Ihr könnt Eure Seelensammlung darauf verwetten, dass er nicht vorhat, Euch ein Stück vom Kuchen abzugeben. Wir müssen ihm einen Schritt voraus sein.«

Ihre Augen verengten sich. »Satan und seine Machenschaften sind meine Sorge. Nicht deine.«

»Ich arbeite für Euch«, wandte Brian ein. »Ich bin Euer verlängerter Arm. Es liegt in Eurem ureigenen Interesse, Satan in die Schranken der unteren Ebene zu weisen. Warum also sollten wir uns nicht um beides kümmern – Seelen holen *und* ihm in den Hintern treten?«

Ihre dünnen Lippen kräuselten sich. »Bei den Göttern, ich schwöre, du könntest eine Fliege von einem Hund herunterschwatzen, Webster. Aber du musst klüger zu Werke gehen, oder du riskierst meinen Zorn. Ich bin keine Schachfigur, die du nach Belieben auf deinem Brett herumschieben kannst.«

»Die Botschaft ist angekommen«, sagte er.

»Da bin ich mir nicht sicher. Ich habe meine eigenen Pläne, Satans Mütchen zu kühlen, aber deine kindischen Detektivspiele werden mir alles verderben. Hör mit der Verschwörerei auf und konzentriere dich auf die einfache Aufgabe, die dir aufgetragen ist: Seelen zu holen.«

Er runzelte die Stirn. »Das kann ich nicht.«

»Ich habe dich wohl nicht richtig verstanden.« Die Halbgöttin legte ihm ihren langen weißen Fingernagel unters Kinn und hob seinen Kopf an. »Verweigerst du einen direkten Befehl von deiner Herrin?«

»Interpretiert es, wie Ihr wollt«, antwortete er sanft. »Aber ich werde die Jagd nach den Judas-Münzen nicht aufgeben.«

Lenas Magen krampfte sich zusammen. Der Mann schien eine unbändige Todessehnsucht zu haben.

»Wirklich?« Ein unvermittelter Temperatursturz in der Kabine sorgte dafür, dass Lenas Atem als Kältehauch sichtbar wurde. Ein Tropfen Blut rann Brians Kehle hinab und auf den Kragen seines schönen Pullovers. »Warum denn nicht?«

Er zuckte weder zusammen, noch wich er zurück.

»Weil ich an der Frontlinie gegen eine Armee des Bösen stehe, darum. Satan missbraucht die mittlere Ebene als Schlachtfeld, um einen massiven Angriffsschlag gegen Gott zu führen. Wenn *ich* nicht kämpfe, wer dann? Ihr glaubt vielleicht, dass die Judas-Münzen im großen Weltgefüge keine Rolle spielen, aber jede Münze, die er in seine Gewalt bringt, stürzt meine Welt ein bisschen mehr ins Chaos und schadet den Menschen, die ich beschützen soll.« Er schob ihren tödlichen Nagel von seiner Kehle fort. »Ich werde die Menschen nicht im Stich lassen, nur weil Ihr es mir befehlt.«

Die Herrin des Todes wich zurück. »Ein Heldenkomplex. Wie furchtbar unsympathisch.«

Brian lehnte sich in seinen Sitz zurück, während die Andeutung eines Lächelns seine Lippen umspielte. »So etwas wie einen Heldenkomplex gibt es gar nicht.«

»Du glaubst nicht wirklich, dass mich ein dummer Ausbruch von Leidenschaft überzeugt, oder?« Trotz ihrer scharfen Worte sah die Halbgöttin nicht wütend aus. Eine Hand in die Hüfte gestemmt, die andere locker herabbaumelnd, wirkte sie eher wie ein Eiszapfen in der Sonne – hell, glänzend und dahinschmelzend. Offenbar konnte sich selbst eine mitleidlose Halbgöttin für ein schönes Gesicht und ein charmantes Lächeln erwärmen.

»Nein«, sagte er. »Aber darum geht es auch gar nicht.«

»Aha. Und worum geht es dann?«

»Um einen Kompromiss«, sagte er bestimmt.

Die Halbgöttin blieb einen Augenblick lang still. Dann entgegnete sie: »Meine Vorstellung von einem Kompromiss deckt sich möglicherweise nicht mit deiner, Wächter.«

»Mag sein, aber –«

Die Herrin des Todes brachte ihn mit erhobener Hand zum Schweigen. »Der Zugriff auf die Datenbank wird dir und MacGregor verwehrt bleiben, doch ich erteile dir die Erlaubnis, dunkle Reliquien aufzuspüren – zu dem einzigen Zweck, dafür zu sorgen, dass sie nicht in Satans Besitz gelangen.«

»Ihr bindet uns die Hände, wenn Ihr uns die Datenbank nicht zugänglich macht.«

»Nein, ich gehe nur sicher, dass eure Loyalität mir gilt und niemand anderem.« Die Halbgöttin rümpfte die Nase. »Auf Anfrage bekommt ihr ja eure Informationen.«

»Wenn ich Euch wegen jeder Kleinigkeit zu Rate ziehen muss, werden wir im Schneckentempo vorankommen.«

»Das liegt in der Natur von Hierarchien, fürchte ich.«

Brian sah so aus, als wollte er weiterstreiten, doch nach einer Weile nickte er. »Okay. Und was ist mit Lena? Habt Ihr Einwände gegen unseren Plan, sie zu trainieren?«

Zum ersten Mal heftete die Herrin des Todes ihren Blick auf Lena. Kühl und abwägend.

Es war schwer, gleichgültig auf diese blassblauen Augen zu reagieren, die sich tief in ihre eigenen bohrten. Die Herrin des Todes war nie sonderlich begeistert von Lenas Karriere als Diebin gewesen, doch solange sie ihre Seelenkollekten nach Plan durchführte, hatte sie über ihre nebenberuflichen Aktivitäten hinweggesehen. Bis jetzt. Spürte die Halbgöttin ihren inneren Aufruhr oder sah sie den Plan, den Lena geschmiedet hatte – nämlich, sich mit den Münzen abzusetzen? Lieber Gott, hoffentlich nicht.

»Nein«, sagte die Herrin des Todes endlich.

Lena stieß die Luft aus, die sie angehalten hatte. Sie hatte keine Ahnung, was unter einem Wächtertraining zu verstehen war, aber wenn es bedeutete, dass sie in Brians Nähe blieb, und wenn es ihr erlaubte, die vierzehnte Münze zu lokalisieren, konnte es ihr tatsächlich sehr nützlich sein.

»Dann, schätze ich, sind wir alle zufrieden«, schloss Brian.

»Das glaube ich auch.« Lächelnd winkte die Herrin des Todes, und zwei milchgesichtige Geister erschienen hinter ihr. Die knochigen Gesellen wirkten zugleich wehrhaft und servil. »Ich freue mich auf unsere weiteren Plaudereien. Bis dahin habe ich eine dringende Verabredung mit einem übergewichtigen, äußerst gestressten Flugkapitän.« Sie drehte sich um und schritt, begleitet von einem kühlen Hauch und ihrem Gefolge, den Gang Richtung Cockpit entlang.

Lena starrte ihr nach. Während die Menschen um sie herum langsam wieder zu sich kamen, fiel ihr das Herz in die Hose. »Will sie damit etwa sagen …?«

»Jep.« Brian lächelte sie beruhigend an. »Mach dir keine Sorgen. Sie liebt dramatische Abgänge. Wir werden nicht abstürzen. Der Erste Offizier kann das Flugzeug genauso gut landen.«

Was er sagte, klang einleuchtend.

Trotzdem schloss Lena die Augen und kreuzte die Finger.

4

In seinem Rücken öffnete sich kreischend das massive Tor des von Schleim und Schlamm überzogenen Schlosses. Während der geflügelte Dämon auf ihn zukam, lauschte Malumos jedem einzelnen, markerschütternden Schritt von Beelzebubs dreizehigem Fuß auf dem Holzboden. Das Protokoll wollte es, dass er sich umwandte und seinen Herrn begrüßte. Stattdessen blieb er stehen, wo er war, vor Beelzebubs exquisiter Sammlung von Gladiatorenwaffen an der Wand. Es war ungefährlicher, Maleficus reden zu lassen.

»Mein Lord Beelzebub«, sagte sein Bruder zum Gruß an den Schlossbesitzer.

»Ich hoffe, dass ihr gute Neuigkeiten bringt.« Die kehligen Worte hingen in der Luft, triefend vor unausgesprochener Drohung. Malumos sah förmlich vor sich, wie sich Beelzebubs mächtige grüne Hand, aus der drahtige, dunkle Haare sprossen, gerade zur Faust ballte, sodass die Knöchel weiß hervortraten. Geduld war keine Tugend, die der Dämon besaß.

Malumos sah auf seine eigenen Hände hinab und bewunderte den mitternachtsblauen Rauch, der durch seine weiße Haut schimmerte. Hier in der Hölle nahm er seine natürliche, durchscheinende Gestalt an – sie erinnerte entfernt an die menschliche Form und kam allein durch die Stärke seines Willens zustande.

»Wie versprochen«, sagte Maleficus, »hat die Wächterin die dreizehn Münzen zurückgeholt.«

»Wo sind sie jetzt?«

Eine sehr gute Frage. Wie würde sein Bruder darauf antworten?

»Spielt das eine Rolle? Sie wird sie uns in zwölf Tagen übergeben. Das war die Abmachung.«

»Es spielt eine Rolle«, blaffte Beelzebub. »Weil sie versucht, uns zu betrügen.«

»Das ist sehr unwahrscheinlich –«

»Sie hat sich mit anderen Wächtern verbündet. In diesem Augenblick sitzt sie mit ihnen in einem Flugzeug und erzählt ihnen alles, was sie weiß.«

»Nein.« Heiser kam das Wort von Mestitio, Malumos' jüngstem Bruder. »Das würde sie nie tun. Sie kennt den Preis.«

»Dann schlage ich vor, dass ihr sie dazu bringt, ihn zu zahlen. Meine Quelle ist einwandfrei.«

»Mein Lord, Ms Sharpe ist ein ziemlich schwieriges –«

Ein erstickter Schrei aus Maleficus' Kehle legte nahe, dass Beelzebub des Debattierens überdrüssig geworden war und sein Zorn die Oberhand gewonnen hatte. Es war nicht klug, den Dämonlord über Gebühr zu reizen.

Malumos wandte sich endlich um.

Beelzebubs Hand umklammerte Maleficus' Hals, und seine gesprungenen, rissigen Klauen stachen in rauchig-blaues Fleisch. Der gewaltige grüne Leib des Dämonlords, gehüllt in eine schwarze Tunika aus Leinen, flirrte von heißen Wellen kaum gezügelter Kraft. »Blutleer« war das treffende Wort für

Maleficus' bleiches Gesicht, während er mit einem Fuß bereits vom Boden abgehoben hatte. Mestitio stand schäumend neben dem Kamin. Seine Augen glühten rot und wild aus einer Wolke flaumigen blauen Haars. Mestitio war eine ungezähmte Kreatur, deren Fähigkeit zu töten bei weitem ihre Intelligenz überstieg und damit schwer zu kontrollieren war. Nur seine Loyalität Malumos gegenüber hielt ihn zurück.

»Ich will diese Münzen *jetzt*«, knurrte Beelzebub. »Holt sie mir her.«

»Mein Lord«, sagte Malumos ruhig. Der ehrerbietige Ton war ihm nur möglich, weil er wusste, dass es – wenn alles nach Plan lief – nur noch ein paar Tage bis zum Sturz des großen Dämons waren. »Wenn es Euch gefällt, werden wir mit voller Kraft angreifen und die Münzen an uns bringen. Aber seid gewarnt. Da wir nicht in die Körper der Seelenlosen oder Gläubigen eindringen können, werden wir gegen unschuldige Menschen kämpfen müssen.« Er machte eine bedeutungsschwangere Pause. »Wenn wir sie töten, werden wir gewiss Gottes Zorn auf uns laden.«

Und Gottes Zorn nahm meist die Gestalt von Engeln an.

Der Dämonlord ließ Maleficus los. »Nehmt so viele Menschen, wie ihr wollt. Satan ist noch nicht bereit, die ganze Reichweite seines Arms zu enthüllen, doch der Bund wird uns nicht länger die Hände binden. Vergeudet zu viel Zeit mit den Wächtern, und ihr werdet euch dem gerechten Zorn einer Heerschar von Engeln ausgesetzt sehen. Selbst eure Drillingskräfte könnten dem nicht gewachsen sein.«

Jetzt noch nicht, vielleicht. Aber bald war das anders. Malumos lächelte und deutete eine Verbeugung an. Seine körperliche Gestalt war bereits dabei, sich in blauschwarzen Dunst aufzulösen, als Beelzebub ihm noch eine Mahnung nachrief.

»Sorgt dafür, dass ihr mir alle *vierzehn* Münzen bringt!«

Ihre Blicke begegneten sich, und Malumos spürte erneut den Stachel seines Versagens.

»Natürlich«, erwiderte er leise. Dann entfernten er und seine Brüder sich.

Emily lag im Bett und starrte auf das tanzende Muster, das das Mondlicht an die Decke warf. Es spiegelte auf gespenstische Weise den Pool im Garten. Die Uhr auf dem Nachttisch leuchtete neongrell: 2 Uhr 17.

Sie war aus ihren Träumen gerissen worden von etwas – schon vertrauter werdendem – Fremdem, das in ihre Gedanken eindrang. Eine dunkle, kochende Wut, die nicht ihre war. Sie waberte im Äther – irgendwo zwischen der mittleren und der unteren Ebene – und drohte, um sich zu schlagen und alles in ihrer Reichweite zu vernichten. Jedes Mal, wenn diese Spirale Zugang zu ihren Gedanken fand, bekam Emily Gänsehaut. Sie drückte die Augen zu und wünschte, sie könnte die zornige Präsenz vertreiben.

Aber das Wünschen änderte gar nichts.

Sie beide waren miteinander verbunden. Über Raum und Zeit hinweg aneinander gefesselt. Sie hatte keine Ahnung, woher sie das wusste, aber sie wusste es. Sie war die Dreifaltige Seele, und das bedeutete, dass die Schranken zwischen den Ebenen für sie praktisch nicht existierten. Es war leicht, sie zu durchbrechen und hinüberzuhorchen, und unmöglich, zu schweigen.

Was ihr daran Angst machte, war die Tatsache, dass die kochende Wut jeden Tag heftiger wurde, während ihre jüngst entdeckte Fähigkeit, die Menschen um sie herum zu beschwichtigen, nicht mehr stark genug war, diese Wut zu bezähmen. Ihr Stiefvater, Lachlan, würde dies mangelnder Selbstbeherrschung zuschreiben, aber dessen war sie sich nicht so sicher. Ja, sie hatte Probleme, ihre geheimnisvollen Kräfte zu bündeln, doch das hier war etwas anderes. Der Zorn und die Bitterkeit, die sie spürte, schienen ihr zu gelten.

Aber das war doch verrückt. Was hatte sie getan, um solch eine brennende, alles verzehrende Raserei zu wecken? Emily zog sich die Decke über den Kopf und sperrte die lachenden Mondkobolde an der Zimmerdecke aus. Es gab nichts, wofür sie sich schuldig fühlen musste. Nichts.

Na gut. Sie hatte alle angelogen, als sie sagte, wo sie Carlos' Seele gefunden hatte, an jenem Tag, als sie ihn wieder ins Leben holte. Er war nicht erst in der Vorhölle gewesen, in der die Seelen darauf warteten, dass Satan sie einsammelte. Na und? Er hatte es nicht verdient gehabt, auf diese Weise bestraft zu werden. Er hatte nicht einmal eine reelle Chance bekommen, sich die Auffahrt in den Himmel zu verdienen. Alles, was sie also getan hatte, war, eine würdige Seele aus den Tiefen der Hölle zu befreien.

Daraus konnte ihr doch niemand einen Strick drehen.

Das Taxi hielt vor einem Bungalow in der Vorstadt, die der Morgendämmerung entgegenschlummerte. Große Paradiesvogelblumen und orangefarbener Klatschmohn säumten den Weg, der Rasen war akkurat getrimmt, und ein schmiedeeiserner Zaun umschloss den Garten. Das Haus ließ die liebevollen Instandhaltungsarbeiten vermissen, die an den umstehenden Gebäuden vorgenommen worden waren, aber es passte trotzdem perfekt in die Nachbarschaft.

»Hier lebst du?«, fragte Brian Lena, nachdem er den Taxifahrer bezahlt hatte. »Warum?«

»Ich habe gern Nachbarn.« Sie umfasste den Ledergriff des Überseekoffers mit beiden Händen, hievte ihn hoch und ging schwerfällig an dem Dodge Neon in der Einfahrt vorbei. »Mr Cooper von nebenan mäht meinen Rasen, wenn ich weg bin, und meine Freundin Nancy kommt regelmäßig mit einem selbstgemachten Auflauf vorbei. Diese Frau kann wahre Wunder mit einem Hühnchen vollbringen.«

»Aber Nachbarn bespitzeln einen.« Er konnte ihre Plackerei mit dem Koffer nicht länger mit ansehen. Also nahm er ihn ihr kurzerhand aus der Hand und gab ihr dafür seinen kleinen Trolley mit Rädern. Ihre Finger berührten sich bei der Übergabe, und plötzlich war ihm sein marineblauer Pullover mit dem V-Ausschnitt viel zu warm. »Sie neigen dazu, es zu merken, wenn man mitten in der Nacht heimkommt.«

»Ich kann meinen Koffer sehr gut selbst tragen.«

»Das ist kein Koffer – das ist ein Schrank. Erspar uns das Emanzengeschwätz und schließ die Tür auf.«

Ihre Lippen wurden schmal. »Er ist nicht schwer, er ist nur unhandlich.«

Sicher, und die Erkenntnis, dass er unnötigerweise den Kavalier herauskehrte, nervte ihn. Aber es reichte nicht, sich geschlagen zu geben. »Jetzt mach die verdammte Tür auf.«

Lena war klug genug, nicht weiterzustreiten. Sie zog seinen Trolley bis vor die Tür, griff in ihre Handtasche und steckte den Schlüssel ins Schloss. Dann schob sie die Tür auf, bückte sich, um einen Stapel Post vom Boden aufzuheben, und winkte ihn ins dunkle Haus. »Meine Nachbarn wundern sich nicht über mein Kommen und Gehen. Sie glauben, dass ich mit Antiquitäten handle.«

»Und das erklärt deine Ausflüge mitten in der Nacht?« Er

sah sich auf der Veranda nach weiteren Postsendungen um, bevor er eintrat. Nur für alle Fälle.

»Ich habe ihnen erzählt, dass Antikensammlungen oft angeboten werden, wenn jemand stirbt. Wer zuerst kommt, mahlt zuerst.«

»Das haben sie dir abgekauft?« Er stellte den Koffer ab, schaltete das Licht an und schaute sich um. Hübsch, wenn man dick gepolsterte Möbel mit Blümchenmuster und Bilderrahmen aus Zinn mochte. Sein Blick kehrte zu Lena zurück.

»Ja.«

»Aha.« Es fiel ihm schwer, sie sich auf einem Straßenfest vorzustellen, im Gespräch mit den Nachbarn und mit einem Glas Chardonnay in der Hand. »Planst du so deine Raubzüge? Indem du die Todesanzeigen liest?«

Ein erschöpfter Ausdruck trat auf ihr Gesicht und verschwand wieder, während sie aus dem gardinengesäumten Panoramafenster auf das freudlose weiße Haus gegenüber sah. »Das Durcheinander, das mit einem Todesfall einhergeht, kann ein Vorteil sein, aber ich interessiere mich eher für antike Gegenstände und nicht für das, was manche Leute auf dem Dachboden haben.«

»Du willst also damit sagen, dass du richtige Recherchen anstellst?«

»Ja.« Ihr Blick, der nun ausdruckslos und leer war, suchte den seinen. »Wie lange wirst du hierbleiben?«

Ihre emotionale Reaktion auf ein Gespräch über den Tod überraschte ihn angesichts des Jobs, den sie beide hatten. Entweder bröckelte ihre Fassade, oder sein eigenes Geschick, sich zu verstellen, verlieh ihm die Fähigkeit, Risse in der Maske des anderen zu entdecken. »Ich gehe nicht eher, als bis ich die Münzen habe.«

»Das wird aber Stunden dauern.«

»Egal. Ich bleibe so lange, wie es dauert.«

»Dann also Frühstück für zwei.« Sie warf die Post auf den Tisch in der Diele und ließ ihre Lederhandtasche auf den Parkettboden plumpsen. »Magst du Haferflocken?«

Er folgte ihr in die winzige, L-förmige Küche. Als er die jungfräulichen weißen Arbeitsflächen ohne irgendwelche Kochutensilien entdeckte, fragte er: »Sprechen wir über Haferflocken mit Wasser?«

»Ja.«

»Dann: nein danke.« Er öffnete den Kühlschrank und warf einen Blick hinein. Gewürzgläser, ein Krug Milch und zwei verschrumpelte Zitronen, auf denen eine Lage grünen Flaums wucherte. Es war keine Überraschung, eher eine Enttäuschung. Er konnte auch nicht kochen. Es wäre schön gewesen, wenn wenigstens einer von ihnen dazu in der Lage gewesen wäre. »Vielleicht könnten wir so tun, als wäre es ein paar Stunden früher, und beim Chinesen anrufen.«

»Oder vielleicht solltest du aufgeben und einfach wie deine Freunde nach San Jose fahren.«

Er musste lächeln und sah sie über die Kühlschranktür hinweg an. »Keine Chance, Süße. Ich bleibe bei dir, bis der FedEx-Kurier kommt.«

Sie schaute fort.

Jesus, wurde sie etwa rot?

»Wir könnten das Essen auch auslassen«, schlug er freundlich vor, während er den Kühlschrank schloss, »und einfach nur reden. Ich könnte ausufernd über das Kampftraining referieren, das wir dir auf der Ranch angedeihen lassen werden, oder dich mit den Namen der Schwertmeister langweilen, bei denen MacGregor gelernt hat.«

Ihr Blick begegnete dem seinen. »Aber du willst nicht reden.«

»Nein, will ich nicht.« Er überbrückte den Abstand zwischen ihnen mit einem entschlossenen Schritt. Er konnte der Versuchung nicht widerstehen, mit dem Fingerknöchel über ihre rote Wange zu streichen. Sie war überraschend weich für solch eine starrsinnige Frau. Beinahe wäre er dem Drang erlegen, seine Finger in ihren Nacken zu legen und sie in ihrem Haar zu vergraben. »Aber du auch nicht.«

Sie schob seine Hand zur Seite. »Ich werde nicht mit dir schlafen, nur um die Zeit totzuschlagen.«

»Wenn ich nur die Zeit totschlagen wollte, würde ich fernsehen. Dabei schwitzt man weniger.«

Die Farbe auf ihren Wangen wurde dunkler.

Stellte sie sich sie beide gerade nackt und schwitzend vor? Er tat es jedenfalls. Und es fiel ihm überhaupt nicht schwer. »Außerdem rede ich mir gern ein, dass die Frauen, mit denen ich schlafe, dem mehr abgewinnen können, als nur dem Minutenzeiger dabei zuzuschauen, wie er seine Runden dreht.«

Ihre Lippen kräuselten sich zu einem widerstrebenden Lächeln. »Hast du eine Befragung durchgeführt?«

»Das hat keinen Sinn. Es wären zu wenige für ein aussagekräftiges Ergebnis.«

Das schien sie zu überraschen. Flüchtig legte sich ihre Stirn in Falten, um sich dann erneut zu glätten. Sie öffnete den Mund, als wollte sie etwas sagen, und schloss ihn wieder. Schließlich drehte sie sich um und zog die Schranktür hinter sich auf. »Ich kann uns Pfannkuchen machen.«

Er sah sie noch immer nackt in seinen Armen, an die Tür gedrückt, stöhnend unter dem Ansturm seiner Lippen. Was schlecht war. Sehr schlecht. Erst mussten einige selbst auferlegte Bedingungen erfüllt sein, bevor er Sex haben konnte. Dies war nicht der richtige Zeitpunkt, um sein Leben noch komplizierter zu machen.

»Pfannkuchen wären toll.«

Sie griff nach einer Schachtel mit Pfannkuchenmischung und bückte sich, um in einem anderen Schrank nach einer Pfanne zu wühlen.

Brian schloss die Augen, um nicht ihren perfekt geformten Po sehen zu müssen. Es wäre trotzdem schön gewesen, wenn sein Penis auch zu seinem Recht gekommen wäre. Denn alles, was Lena tun musste, um ihn anzumachen, war atmen.

Aber warum nur? Über die Jahre hatte er eine Menge attraktiver Frauen kennengelernt, darunter auch MacGregors schöne Frau Rachel, und keine von ihnen hatte in ihm mehr als einen vorübergehenden Anfall von Lust ausgelöst, der leicht zu bezähmen gewesen war. Lena zu ignorieren erwies sich als viel schwieriger. Eigentlich nahezu unmöglich. Selbst jetzt noch, ohne jede visuelle Unterstützung, betörte ihn ihr dezentes Parfüm – eine exotische, würzig-süße Mischung, die ihm unter die Haut ging und ihn ganz kribbelig machte in dem Verlangen nach …

»Blaubeeren?«

Er öffnete die Augen. »Was?«

Sie stand am Herd und sah ihn an. »Willst du deinen Pfannkuchen mit tiefgefrorenen Blaubeeren?«

Nein, er wollte keine Blaubeeren. Er wollte auch keinen Pfannkuchen. Und das Schlimmste: Er war sich ziemlich sicher, dass in seinem Gesicht zu lesen stand, was er stattdessen wollte. Er log trotzdem. »Klar, liebend gern.«

Er blieb wohlweislich am anderen Ende der Küche auf Abstand, während sie den Eichentisch deckte und die Pfannkuchen auftrug. Etwas hatte sich seit dem Flug aus Paris verändert. Die drei kleinen Falten zwischen ihren Augenbrauen waren verschwunden, und ihre Schultern wirkten nicht mehr so steif. Er brauchte einen Augenblick, um herauszufinden, woran es lag: Sie war zu Hause. Obwohl auch er sich unter ihrem Dach aufhielt, entspannte sie sich dank der vertrauten Umgebung ein wenig.

Er beneidete sie. Gleichgültig, wohin er ging, er gab nie gern seine Wachsamkeit auf. Brian verschränkte die Arme vor der Brust. Es war wahrscheinlich nicht so gut, wenn sie sich in seiner Gegenwart entspannte. Gott wusste, wohin das führen konnte.

»Du lebst offenbar allein«, sagte er. »Hast du einen Fickfreund?«

»Einen *was?*«

Das Wort »Schock« beschrieb nicht annähernd Lenas Gesichtsausdruck. Ihre schönen braunen Augen weiteten sich, bis sie doppelt so groß waren wie sonst. Brian musste sich ein Lächeln verkneifen. »Du weißt schon … jemanden, der es dir besorgt, wenn du's brauchst, ohne jede Verpflichtung.«

»Der es mir *besorgt?*«

Die Pfanne in ihrer Hand neigte sich gefährlich nach unten. Er sprang hinzu, nahm sie Lena ab und ließ den Pfannkuchen darin auf einen Teller rutschen.

Dann sah er sie an. »Ich will mich nicht auf die Stelle bewerben. Ich bin nur neugierig.«

Die Unterbrechung hatte ihr Zeit gegeben, ihre Haltung zurückzugewinnen. Der Schock war vorüber. An seine Stelle war die alte Ausdruckslosigkeit getreten.

»Mein Sexleben geht dich nichts an.« Sie trat an den Tisch, rückte einen Stuhl zurecht und setzte sich. »Deine Sprache ist ziemlich unerträglich. Kannst du kein Gespräch führen, ohne Kraftwörter zu benutzen?«

Kraftwörter? Er ließ sich auf dem Stuhl ihr gegenüber nieder und nahm seine Gabel in die Hand. Benutzte überhaupt noch jemand diesen Ausdruck? »Natürlich kann ich das. Das mache ich oft genug. Wann bist *du* denn auf die Welt gekommen?«

Sie goss Sirup über ihren Pfannkuchen. »Spielt das eine Rolle?«

»Hey, komm schon. Ich führe gerade ein Gespräch ohne Kraftwörter. Das Mindeste, was du tun kannst, ist, daran teilzunehmen.«

»Achtzehnhundertdreiundsiebzig.«

»Ach, du Scheiße.« Auf ihren Gesichtsausdruck hin verbesserte er sich: »Sorry. Ich meine: Ach, du glaubst es nicht.«

Es war ihm bisher nie in den Sinn gekommen, dass sie aus einem anderen Jahrhundert stammen könnte. Ihr körperliches Alter war wie seines auf immer und ewig zum Zeitpunkt ihres Todes eingefroren, und da sie in etwa gleich alt zu sein schienen, hatte er angenommen …

»Dann bist du ja 106 Jahre älter als ich.«

Sie lächelte. »Vergiss das nie.«

Er forschte in ihrem Gesicht nach einem Beleg für ihr Alter, aber der einzige Hinweis auf eine harte Lebenserfahrung war der argwöhnische Ausdruck in ihren Augen. Er verschwand nie ganz, selbst wenn sie lächelte. Brian verspürte den unvernünftigen Drang, ihn zu vertreiben, und sei es auch nur für einen Moment. »Ich wette, du hast ein paar tolle Geschichten zu erzählen.«

Das Lächeln erstarb. »Eigentlich nicht.«

Okay, dann eben ein paar nicht ganz so tolle Geschichten.

Er nahm einen erneuten Anlauf. »Du hast einen leichten Akzent, aber ich kann ihn nicht einordnen. Kommst du aus England?«

»Nein.«

Brian hätte sich am liebsten eine Ohrfeige gegeben. Er wusste doch, dass man sich vor geschlossenen Fragen hüten sollte. »Ich bin in Brick, New Jersey, geboren, in einem kleinen Nachkriegshaus wie diesem hier. Meine Eltern leben noch immer dort. Wie ist es bei dir? Wie ist es dort, wo du herkommst?«

»Anders.« Sie nahm ihren Teller und stand auf. »Bist du fertig?«

Sein Pfannkuchen war noch unberührt. »Nein.«

Er sah sich mit zwei Möglichkeiten konfrontiert: das Gespräch fortzusetzen oder den Pfannkuchen zu essen und damit zu vermeiden, Lena zu kränken. Er entschied sich für Letzteres, er aß. Als er fertig war, trug er seinen Teller zur Spüle, wo Lena schon das Geschirr wusch. Er stellte den Teller ins Spülwasser, ergriff dann ein Geschirrtuch und trocknete die Teller auf dem Abtropfgestell ab. »Hast du Lust, mich ein bisschen herumzuführen, während wir warten?«

»Nein.«

Er seufzte. »Dann lass es mich anders ausdrücken, damit wir beide wissen, wie das hier funktioniert: Während wir auf Mr FedEx warten, wirst du mir das Haus zeigen.«

Die Hände tief ins heiße Wasser getaucht, schrubbte sie die benutzte Pfanne. »Und wenn ich mich weigere, was passiert dann?«

Der Dampf brachte ihn um den Verstand. Ein Blick auf ihre geröteten Wangen, den feuchten Haaransatz und die vielen kleinen Locken, die ihre Stirn umkringelten, und seine Entschlossenheit, sie in Ruhe zu lassen, war nur mehr eine nebulöse Erinnerung.

»Es gibt nur eine Möglichkeit, das herauszufinden«, sagte er ruhig. »Versuch's.«

Lena stand wie zur Salzsäule erstarrt da.

Es war erstaunlich verlockend, sich zu weigern. Von dem Augenblick an, als er ihr kleines Haus betreten hatte, hatte er sie mit einer wirksamen Mischung aus Intelligenz, Humor und sexueller Anziehungskraft belagert. Er unternahm absolut keinen Versuch zu verbergen, dass er sich von ihr angezogen fühlte.

Und dieses Gefühl beruhte auf Gegenseitigkeit.

Zu einem anderen Zeitpunkt und an einem anderen Ort hätte sie ihn liebend gern bis zum Äußersten gereizt. Aber der Ablauf ihrer Frist rückte näher, die Münzen waren noch immer in alle Winde zerstreut, und Heather schwebte in großer Gefahr. Dies war also nicht der geeignete Moment, sich in eine Affäre zu stürzen, gleichgültig, wie stark und symbiotisch die Anziehungskraft war. Egal, wie spektakulär das Feuerwerk wäre. Egal, wie heiß das Blut durch ihre Adern wallte oder wie sehr ihre Haut nach seiner Berührung gierte.

Bedauerlicherweise würde sie ihn durch ihr Haus führen … und auf ewig darüber grübeln müssen, ob er so gut schmeckte, wie er roch.

Seine schöne Kriminelle hob den Kopf und sah ihm in die Augen.

Sekunden verstrichen, jede einzelne davon schwer von Erwartungen. Obwohl er wusste, dass es ein Fehler war, sie zu drängen, brachte Brian nicht das kleinste bisschen Reue für seine Worte auf. Die Luft zwischen ihnen vibrierte, und Brian betete förmlich um die falsche Antwort, während Lena noch darüber nachdachte. Der schnelle Pulsschlag an ihrem Hals sagte ihm alles, was er wissen musste – sie wollte ihn.

Abrupt zog sie den Stöpsel aus dem Spülbecken und wandte sich ab. »Es ist ein kleines Haus. Es wird nicht sehr lange dauern.«

Er grinste. Es gefiel ihr wohl nicht, dass sie ihn wollte. Er warf das Geschirrtuch auf die Arbeitsfläche und folgte ihr den kurzen Gang hinunter.

»Das ist die Waschküche.«

Hier gab es nicht viel zu sehen. Waschmaschine, Trockner, ein mit Waschutensilien vollgestelltes Regal. Und ein ordentlich zusammengelegter Stapel Kleidungsstücke auf der Arbeitsplatte. Die meisten davon blau, grün und dunkel. Kein einziges pink.

»Das Gästezimmer.«

Sie öffnete die Tür zum angrenzenden Raum, und er warf einen Blick hinein. Ein Einzelbett mit elfenbeinfarbenem Bettzeug und einem Quilt darüber, eine kleine Kommode und ein Stuhl. Keine persönlichen Gegenstände, nur der Druck einer windumtosten Küstenlandschaft an der Wand.

»Und das ist mein Schlafzimmer.«

Überflüssig zu erwähnen. Er wusste, dass es ihr Zimmer war, sobald er es betreten hatte. Nicht nur, weil es größer war, sondern weil ein Hauch ihres würzigen Duftes in der Luft lag und ihn zu verhöhnen schien. Das Bett selbst war ein schmales Doppelbett, auf dem eine flauschige, weiße Daunendecke und ungefähr eine Million Kissen lagen. Ein kleiner Zweisitzer stand zwischen den beiden Fenstern, die mit transparenten blauen Gardinen verhängt waren.

Obwohl sich sein Blick von den Verheißungen des Bettes magisch angezogen fühlte, lenkte die Neugier seine Aufmerksamkeit auf eine verspiegelte Truhe mit mehreren Schubfächern. Ein geschnitztes Mahagonischmuckkästchen, eine Haarbürste und ein Miniatursarkophag aus Messing. Auf dem Nachttisch lagen drei Bücher – zwei Bände mit ägyptischen Hieroglyphen und ein Roman. Das große Gemälde über dem Bett war sehr einfach gehalten: Sanddünen und ein wolkenloser, blauer Himmel. Es hätte eine Strandszene sein können, aber irgendwie glaubte er das nicht.

»Du bist in Ägypten geboren«, riet er.

Ihre Augenbrauen hoben sich. »Sehe ich wie eine Ägypterin aus?«

»Nicht ganz.« Aber diese Augen hatten definitiv einen Nofretete-Touch. Auch das dunkle, fast schwarze Haar stützte diese Annahme. Was nicht wirklich dazu passte, war Lenas porzellanfarbener Teint. »Wie eine Halbägypterin vielleicht.«

Ihr plötzliches Verstummen sagte ihm, dass er ins Schwarze getroffen hatte.

»Meine Vergangenheit spielt keine Rolle.«

Oh, Süße, das stimmt ganz und gar nicht. Ein Blick in ihre Augen, und er wusste, dass ihre Vergangenheit *alles* für sie war. Aber ihr Gesicht hatte wieder diesen seltsam zerbrechlichen Ausdruck angenommen, und so beschloss er, sie nicht weiter zu bedrängen. Er hatte bereits eine Menge herausgefunden. Die sachlichen Einzelheiten, etwa die Namen ihrer Eltern, würde er ein andermal erfahren.

»Und jetzt das Wohnzimmer«, verlangte er.

»Nein, ich habe keine Lust mehr«, entgegnete sie und wandte sich plötzlich zum Gehen. »Schau dir den Rest allein an.«

Da nur noch das Wohnzimmer und das Bad übrig waren, ließ er es gut sein. Er folgte ihr und warf im Vorbeigehen einen raschen Blick ins Badezimmer. Makellos wie der Rest des Hauses auch. Perfekt abgestimmte Handtücher auf der Stange, Flüssigseife in einem Spender aus geätztem Glas. Nicht ein Fleck, nirgends. Seine Lena hatte einen Sauberkeitsfimmel.

Während sie ihren Überseekoffer ausräumte, Sachen verstaute oder sie in die Waschküche warf, ging er durch das Wohnzimmer. In den Bilderrahmen steckten Fotos von lächelnden Menschen, aber bei näherer Betrachtung stellte sich heraus, dass es noch die Platzhalterfotos der Originalverpackung waren. Alles nur Show.

Gelangweilt ließ er sich auf dem geblümten Sofa nieder. Er streifte die Schuhe ab, legte die Füße auf den Couchtisch und sah Lena beim Arbeiten zu. Sie kniete auf dem Parkettboden und holte die letzten Habseligkeiten aus dem Koffer. Eine schimmernde, dunkle Locke hatte sich aus ihrem strengen Knoten gelöst und streifte bei Lenas Bewegungen die elegante Linie ihres Kieferknochens. Sie fiel bis zur Kinnspitze, blieb dort einen Augenblick lang und schwang wieder zurück.

Sein Gehirn und sein Körper schienen definitiv voneinander abgekoppelt zu sein. Sein Gehirn bestand darauf, dass es doch nur eine Haarlocke sei, aber Brians Atem geriet aus dem Takt – je mehr das verdammte Ding hin und her schwang.

»Was, wenn der Kerl von FedEx gar nicht kommt?«, fragte sie und schloss die Schnappriegel aus Messing.

»Als ich beim Depot angerufen habe, sagten sie, die Sendung würde zwischen neun Uhr und Mittag geliefert.« *Mann.* Warum musste er sich von allen Frauen auf der Welt ausgerechnet diese hier in den Kopf setzen? Er sah auf seine Uhr.

»Es ist jetzt zwanzig nach fünf, er könnte also schon in ein paar Stunden hier sein.«

»Oder du verschwendest am Ende einen halben Tag Zeit.«

»In diesem Fall sollte ich vielleicht fernsehen«, gab er trocken zurück. *Sie* die ganze Zeit anzusehen, stand jedenfalls nicht zur Debatte.

Ein Lächeln umspielte ihre Lippen. »Das ist eine Idee, und es würde dich weniger ins Schwitzen bringen als einige der Alternativen.«

Verdammt. Nur eine winzige, neckische Bemerkung, und seine Haut fühlte sich an, als stünde sie in Flammen. Eine lebhafte Fantasie zu haben, hatte eindeutig seine Nachteile. »Wir könnten uns stattdessen immer noch ausziehen«, schlug er leichthin vor.

Sie hob den Blick, und ihm blieb das Herz stehen.

Wenn sie nicht aufhörte, ihn so anzuschauen, würde er keine Verantwortung mehr für seine Taten übernehmen. Er war flirttechnisch völlig aus der Übung.

Lena kam auf die Füße, indem sie ihre Beine in der erotischsten Weise entwirrte, die er jemals gesehen hatte. Fließend, elegant und in höchstem Maße weiblich. Sie stand für einen Moment nur da, starrte ihn mit einem unverhohlen sinnlichen Blick an und ging dann auf ihn zu.

Sein Herzschlag setzte wieder ein, um das Blut durch seine Adern zu pumpen, heiß und schwer, und zwar in eine einzige Richtung: gen Süden. Während er zusah, wie sie näher kam, Schritt für Schritt, mit leicht wippenden Brüsten, zog er kurz in Erwägung, ihr zu sagen, sie möge stehen bleiben. Sie war gefährlich, und er wusste das. Stattdessen ließ er geschehen, dass sie ihn erreichte. Und als sie sich über ihn beugte und ihn in ihren Duft einhüllte, schloss er die Augen und sog sie tief ein.

Das Gefühl ihrer Lippen auf seinen, seidig-kühl und honigsüß, setzte allen rationalen Überlegungen ein Ende. Er wusste nur, dass er sie wollte. Unbedingt. Hatte er dem Sex wirklich abgeschworen? *Gott, warum nur?*

Ein rascher Griff, und er hatte sie unter sich auf dem Sofa.

Ihre Hand glitt unter seinen Pullover, um Haut zu spüren, während seine Hand ihre Brust durch das Baumwollshirt umfasste. Sie quoll unter seiner Hand hervor, und die Weichheit ihres Fleisches versprach alles, was er sich ausgemalt hatte, und mehr. Er stöhnte auf, als sie ihm ihre Fingernägel in die Rückenmuskeln grub, und vertiefte ihren tastenden Kuss zu einer hungrigen Vereinigung ihre Münder. Jeder Zentimeter seines Selbst pulsierte vor plötzlichem, explosivem Verlangen. Er vergaß eine Sekunde völlig seine Wachsamkeit.

Leider war eine Sekunde alles, was sie brauchte, um einen Gegenstand von dem Beistelltisch zu angeln und ihm diesen Gegenstand über den Kopf zu ziehen.

Nur sein Instinkt rettete ihn. Als er spürte, wie sich die Muskeln in ihrer Schulter kontrahierten, hob er den Ellbogen und fing die Wucht des Schlags ab. Der kristallene Briefbeschwerer verpasste ihm eine hübsche Beule am Schädel, aber er beförderte ihn nicht ins Land der Träume.

»Verdammt noch mal!« Genervt von seiner eigenen Dummheit, entrang er ihrer Hand die schwere Kugel. »Du willst es wirklich wissen. Dabei habe ich mir geschworen, niemals eine Frau zu schlagen.«

Er ließ den Briefbeschwerer polternd zu Boden fallen, ergriff Lena bei den Handgelenken und riss sie ihr über den Kopf. Dann küsste er sie, nur weil er Gelegenheit dazu hatte und das schwere Pochen enttäuschter Lust durch seinen Körper kreiste. Er küsste sie lange und fordernd.

Nur ein einziges Mal.

»Versuch nicht noch einmal, mich umzubringen.« Er sagte es ruhig und sah ihr tief in die Augen.

Es war unmöglich, in ihrem Gesicht zu lesen. Eine leichte Röte färbte ihre Wangen, und ihr Atem war flach – Körperreaktionen, die er normalerweise einer allgemeinen Erregung zugeschrieben hätte. Aber wer konnte das bei Lena schon sagen? Er traute sich selbst nicht ganz, als er sie losließ und aufstand.

Wirklich, wenn es um diese Frau ging, funktionierte sein Gehirn nicht richtig. Er hatte gewusst, dass sie zu fliehen versuchen würde, hatte gewusst, dass sie ihn zu manipulieren versuchen würde, und trotzdem hatte er ihr die Chance dazu gegeben. Warum?

Sie setzte sich auf. »Du hast mich doch schon geschlagen. In Nizza, im Hotel.«

»Nein, das war ich nicht«, sagte er. »Das war Murdoch.«

»Aber du hast es ihm befohlen.«

Er nickte langsam. »Stimmt. Es tut mir leid.« Aber dabei wollte er es auch belassen. »Ich muss dich trotzdem warnen: Noch so ein Versuch, und ich ziehe die Samthandschuhe aus. Ich werde dir genauso hart in den Hintern treten wie jedem Typen, der mich angreift. Hast du mich verstanden?«

Ganz Luder, das sie war, lächelte sie. »Du weißt doch, dass ich immer wieder versuchen werde zu fliehen, oder?«

Zur Hölle, ja, das wusste er. Was er nicht wusste … »Warum?«

Ihre Lider fielen wie Rollläden und schlossen ihn aus ihrem Inneren aus.

»Warum sagst du mir nicht einfach die Wahrheit?«, fragte er in einer scharfen Reaktion auf ihre Abwehr. Verdammt, für einen kurzen Augenblick war sie die echte Lena Sharpe gewesen – keine Lügen, keine Tricks. Nun war sie wieder hinter der Maske verschwunden. »Sag mir, warum du die Münzen gestohlen hast. Ich weiß, dass es um mehr geht als Geld, also verrate es mir. Vielleicht kann ich dir ja helfen.«

Sie ging hinüber zu dem Panoramafenster, durch das ein Streifen frühen Morgenlichts hereinfiel. Mit Blick auf das heruntergekommene Haus auf der gegenüberliegenden Straßenseite sagte sie: »Sagen wir es mal so, wenn wir schon darüber reden müssen – ich habe dir eine Geschichte erzählt. Eine anrührende, ergreifende Geschichte, um dich davon zu überzeugen, dass ich einen guten Grund hatte, die Münzen an mich zu nehmen. Aber würdest du zulassen, dass ich sie behalte? Sei ehrlich.«

Die Welt vor Satan zu retten war jederzeit besser als jede herzzerreißende Story. Satan und seine Höllenbrut würden niemals aufgeben, und *er* konnte es sich ebenso wenig leisten aufzugeben, auch nicht für eine schöne Frau, die die Macht hatte, diese Welt aus den Angeln zu heben. Außerdem geisterte die Erinnerung an das Mädchen in der Kirche – an das ausgezehrte Gesicht und die blutige, abgerissene Kleidung – noch immer durch seinen Kopf. »Nein.«

»Dann habe ich nichts weiter zu sagen.« Sie fuhr herum und sah ihm ins Gesicht. »Weil die Wahrheit nämlich nicht halb so schön ist.«

5

Lena bekam noch fünf Stunden später Brians schlechte Laune zu spüren, als ihr Taxi vor seiner aparten, zweistöckigen Ranch in den Hügeln über San Jose vorfuhr.

Er hielt dem Taxifahrer ein Bündel Geldnoten hin, ergriff Lenas Arm und seinen Koffer und zerrte sie beide die Stufen zu der rundum laufenden Veranda hoch. Da er keine Hand frei hatte, benutzte er einen Zauber, um die Tür zu öffnen, was ihm umgehend die Aufmerksamkeit all derer eintrug, die sich im Haus befanden.

Ein Mann in Jeans, der am gemauerten Kamin gesessen hatte, sprang auf. Gut gebaut und einiges über 1,80 Meter groß. »Webster, was zum Teufel –« Sein Blick aus graublauen Augen fiel auf Lena. »Warum hast du sie hergebracht?«

»Weil ich es wollte, deshalb.« Brian warf seinen Koffer in eine Ecke. Seinen Griff um ihren Arm lockerte er nicht. »Und weil ich die verfluchten Münzen nicht habe. Sie waren nicht im FedEx-Paket. Sondern ein gottverdammtes Schachspiel.«

»Brian!« Eine der anderen Personen im Raum stand auf. Eine dunkelhaarige Frau mit einem ungezwungenen Lächeln.

»Wie oft soll ich dir noch sagen, dass du vor Em auf deine Ausdrucksweise achten sollst?«

Der blonde Teenager, auf der Couch neben dem jungen spanischstämmigen Mann zusammengerollt, den Lena schon als Carlos kannte, verdrehte die Augen. »Ich kriege in der Schule viel schlimmere Dinge zu hören als das, Mom.«

»Das heißt nicht, dass du es auch hier zu hören bekommen sollst.« Die Mutter trat mit ausgestreckter Hand vor. »Hi, ich bin Rachel MacGregor. Sie müssen Lena sein.«

Lena ergriff ihre Hand und runzelte sofort die Stirn. »Sie sind keine Seelenwächterin.«

»Nein«, bestätigte Rachel und rümpfte die Nase. »Ich habe meine Seele Gott sei Dank noch.«

»Rachel, Liebling, geh doch mit Lena nach oben und hilf ihr, sich in einem der Zimmer einzurichten«, schlug der große Mann am Kamin vor. Der sagenumwobene MacGregor vielleicht? Er sah jedenfalls ganz wie ein Krieger aus.

»Gib ihr das Zimmer neben meinem«, sagte Brian. »Und nimm jemanden mit, für den Fall, dass sie wieder abhauen will.«

Der bärtige Wächter, der mit ihnen im Flugzeug gesessen hatte, erhob sich. Murdoch. »Ich gehe mit.«

Aus irgendeinem Grund schien sich Brian darüber zu ärgern. Seine Körpertemperatur stieg augenblicklich. Aber er sagte nichts und funkelte den Wächter nur an. Dann zog er Lena etwas näher zu sich und flüsterte ihr ins Ohr: »Wenn du Rachel auch nur ein Haar krümmst, werde ich sehr, sehr wütend.«

»Ich würde niemals –«

Er erstickte ihren Protest mit einem Kuss. Einem fetten Schmatz mitten auf den Mund. Vor allen anderen.

Angesichts seiner öffentlichen Reviermarkierung schoss ihr die Hitze in den Kopf, was ihr das Stirnrunzeln der gesamten Runde eintrug. Rachel erholte sich als Erste. Sie warf Brian einen sonderbaren Blick zu, dann geleitete sie Lena zur Holztreppe. Murdoch folgte ihnen.

»Wo ist Ihr Koffer?«, fragte sie.

»Alles, was ich dabeihabe, ist meine Handtasche und das, was ich am Leib trage. Er war nicht in der Stimmung, mich packen zu lassen.«

»Oh. Okay, Sie sind schlanker als ich, aber die Größe stimmt in etwa. Ein Pyjama von mir wird es heute Nacht wohl tun.«

Oben im ersten Stock wandten sie sich nach links. Rachel schüttelte bedauernd den Kopf, während sie Lena den Flur entlangführte. »Ich muss schon sagen, das hätte ich nicht gedacht.«

»Was?«

Die andere Frau biss sich auf die Lippen. »Sie und Brian – ein Paar.«

Lena wollte schon widersprechen, aber bei dem verwirrten Ausdruck auf Rachels Gesicht änderte sie ihre Meinung. »Warum ist das so eine Überraschung?«

»Weil wir dachten, dass er eine Schwuchtel ist«, sagte Murdoch.

»Schwul«, verbesserte Rachel und bedachte den bärtigen Schotten mit einem tadelnden Stirnrunzeln. »Wir dachten, er sei schwul. Na ja, wir alle, bis auf Lachlan.«

Lena schnaubte. Sie konnte einfach nicht umhin. »Wie zum Teufel seid ihr denn darauf gekommen?«

Murdoch hob seine große, rechteckige Hand und zählte an den Fingern ab: »Er geht permanent shoppen, er lässt sich die Fingernägel *maniküren*, und er hat nicht eine einzige Frau abgeschleppt, seitdem wir ihn kennen. Ziemlich eindeutig, würde ich sagen.«

»Aber er ist so …«

»Groß und männlich?« Rachel nickte. »Das Meiste hat er in den letzten Monaten zugelegt, beim Training mit Lachlan. Wir dachten nur, er wolle etwas kompensieren.«

Murdoch knurrte. »Gib's zu, Mädchen. Er ist verdammt hübsch für einen Kerl.«

Hübsch? Im Leben nicht. Brians gutes Aussehen resultierte aus einer berauschenden Mischung von Sinnlichkeit, Stärke und dunkler Verheißung. Hatten sie dem Mann noch nie in die Augen gesehen? Lena vermochte kaum zu glauben, dass jemand auch nur für einen Moment denken konnte, Brian sei schwul.

Rachel blieb vor einer getäfelten Holztür stehen, drehte den antiken Messingknauf und stieß sie weit auf. Drinnen stand ein schweres Himmelbett aus Ahornholz mit einer wunderbaren Zedernholztruhe am Fußende. Die Einrichtung entsprach dem klassischen Stil des Südwestens und wurde von Braun-, Grün-, Orange- und Cremetönen dominiert. Ein Läufer bedeckte den knorrigen Kiefernholzboden. Das Zimmer hatte sogar einen Kamin.

»Ein sehr schönes Haus«, sagte Lena.

»Das finde ich auch. Brian hatte einen großartigen Innenausstatter aus San Diego«, erwiderte Rachel. »Lachlan, Emily und ich haben unsere eigene kleine Hütte hinten im Garten. Nicht so hübsch wie das hier, aber sie ist hell und luftig und wie für uns geschaffen. Stefan und Dika leben in ihrem Wohnmobil, und die meisten Wächter haben ein Zimmer in der Schlafbaracke. Nur Murdoch und Carlos wohnen zusammen mit Brian im Haupthaus.«

»Eine Männerwirtschaft«, bemerkte Lena trocken.

»Ja«, pflichtete ihr Rachel bei. »Wenn Sie das nervös macht – die Tür hat ein Schloss.«

»Ein Schloss hält uns nicht auf.« Murdoch hatte die Arme vor seiner mächtigen Brust verschränkt und lehnte sich an den Türstock. »Außerdem hat das Mädel kein Recht auf Privatsphäre.«

»Warum nicht?«

»Solange wir die Münzen nicht haben«, erklärte Murdoch, »steht sie unter Hausarrest.«

»Oh.« Diesmal war es an Rachel, Lenas Blick zu meiden. Sie lächelte schwach. »Machen Sie sich ein bisschen frisch, und dann kommen Sie zu uns nach unten. Ich sorge dafür, dass Sie etwas zu essen erhalten.«

Dann ging sie.

Lena musterte Murdoch. Wild wuchernde Bärte waren leider längst aus der Mode, aber der Mann trug sein Gesichtsgestrüpp mit einzigartiger Arroganz zur Schau. Und irgendwie stand es ihm auch. Seine Augen waren schön – von der Farbe warmen Sherrys. Doch die vierzehnte Münze zu beschaffen hatte absoluten Vorrang, und selbst große Männer mit schönen Augen ließen sich in die Knie zwingen.

»Bevor du darüber nachdenkst, dich mit mir anzulegen«, sagte er und zeigte ihr flüchtig seine weißen Zähne, »solltest du wissen, mit wem und was du es zu tun hast. Zu meinen Lebzeiten nannte man mich einen Berserker. Nicht ganz richtig im Kopf, würdest du vielleicht sagen. Ich diene schon zum zweiten Mal der Herrin des Todes, und darum gibt es auch wenig, was ich nicht tun würde. Nicht mal, ein Mädel umzulegen.«

Sie glaubte ihm aufs Wort.

Anders als Brian, der, wie sie intuitiv wusste, es vermeiden würde, ihr wehzutun, hatte Murdoch keinerlei Skrupel. Seine Entschlossenheit war ihm deutlich anzusehen. Sie machte sich darauf gefasst, in Ausübung ihrer Pflicht Schmerzen erdulden zu müssen, und verschwendete keinen Gedanken daran, dass ihre Bemühungen vielleicht vergeblich sein könnten.

»Danke für die Warnung«, erwiderte sie. Dann öffnete sie die Tür zum Badezimmer und trat ein. Während Murdoch sie nicht aus den Augen ließ, drehte sie den Wasserhahn auf und wusch sich die Hitze eines kalifornischen Frühlingstags vom Gesicht.

Sie würde den Zeitpunkt zur Flucht sehr sorgfältig wählen müssen.

»Herrgott, verteidigst du sie etwa?«, fragte MacGregor und beugte sich über den Schreibtisch.

»Nein.« Brian ließ sich vom düsteren Blick und der drohenden Körperhaltung des anderen nicht einschüchtern. Seine Bibliothek, sein Schreibtisch, sein Revier. »Ich sage nur, dass sie meiner Meinung nach ihre eigenen unsinnigen Gründe hatte, die Münzen zu stehlen.«

»Und welche wären das?«

»Keine Ahnung. Sie will es mir nicht verraten.«

»Murdoch meint, sie ist nur auf Geld aus.«

Brian schwoll der Kamm. »Und du willst lieber diesem Trottel glauben als mir?«

Sein Freund sah ihn schräg von der Seite an. »Ich glaube, dass du diese Frau vielleicht nicht so siehst, wie sie ist. Dass du mit deinem Schwanz denkst statt mit deinem Kopf.«

Da Brian dies schon selbst in Erwägung gezogen hatte, konnte er MacGregor die Äußerung nicht verübeln. »Das mag schon sein«, gab er zu. »Aber sie lügt, was das Geld betrifft. Ich sehe es in ihren Augen.«

»Aber niemand sonst sieht es. Selbst Carlos hat sie ein kaltschnäuziges Luder genannt.«

»Ja, aber dann hat er eben unrecht.«

MacGregor richtete sich auf. Sein Ellbogen stieß an die Zugkette der Messinglampe auf dem Schreibtisch und versetzte sie in Schwingung. »Murdoch ist cleverer, als du denkst.«

»Verschon mich damit.« Na gut, der Kerl war fünfhundert Jahre älter als er, aber älter bedeutete nicht automatisch klüger. »Wenn er solch ein Händchen für Leute hat, dann erklär mir mal, warum die Herrin des Todes so angefressen von ihm war, dass sie ihm eine zweite Runde im Fegefeuer aufgebrummt hat!«

»Sagen wir, es gab besondere Umstände.«

»Blödsinn.«

Der andere schwieg für einen Augenblick. Dann fragte er: »Hast du irgendeine Ahnung, was sie mit den Münzen angestellt hat?«

»Sie hat sie nicht – dafür lege ich meine Hand ins Feuer. Sie hat sich schon in Frankreich davon getrennt. Ich habe mir ihr iPhone vorgenommen, aber überhaupt keine Nachrichten gefunden, weder neue noch alte. Gibt es irgendeine Möglichkeit, ihre Bewegungen nachzuvollziehen, nachdem sie Duvergers Grundstück verlassen hatte?«

»Ohne Zugriff auf die Datenbank?« MacGregor schüttelte den Kopf. »Nein.«

»Verdammt.« Brian gab über die Computertastatur ein paar Buchstaben ein, und Google Maps öffnete sich. »Sie kann in fünfzehn Minuten nicht viel getan haben. Ich schätze, dass sie die Münzen einem Kurier übergeben hat.«

»Wenn, dann war die Übergabe ziemlich gut organisiert.« MacGregor seufzte. »Kann es nicht sein, dass du dich irrst, Webster? Wäre es nicht möglich, dass sie genau das ist, wonach sie aussieht – eine professionelle Diebin, die darauf aus ist, einen großen Coup zu landen?«

»Ja, das könnte natürlich auch sein«, stimmte Brian ihm ruhig zu. Lena hatte bewiesen, dass sie eine Lügnerin war. »Aber ich halte mich lieber an meine Nase. Und die sagt mir, dass dahinter mehr steckt.«

MacGregor studierte für eine Weile die Spitzen seiner Schuhe, ehe er wieder den Blick hob. »Dann überlasse ich sie dir. Ich habe großes Vertrauen in deine Nase.« Er streckte sich. »Was mich praktischerweise zum zweiten Punkt bringt.«

Eine Streicheleinheit fürs Ego, der ein Themenwechsel folgte? Oha. Das musste eine schlechte Nachricht sein. »Kann ich nicht noch einen Moment lang dein Kompliment genießen? Das war doch ein Kompliment, oder?«

»Ich treffe mich morgen mit Simon Reed, und ich hätte gern, dass du mit mir hingehst.«

»Das Arschloch vom Protektorat?«

»Aye.« MacGregor lächelte. »Aber sag ihm das bitte nicht direkt ins Gesicht.«

»Warum ich? Der Bursche ist ein hohes Tier. Es wird ihm nicht gefallen, wenn irgendein dahergelaufener Wächter eurem Gespräch lauscht.«

»Eigentlich freut er sich darauf, dich kennenzulernen.« MacGregor deutete auf Brians geöffneten Terminkalender. »Schreib's dir auf. Wir treffen ihn morgen früh um zehn in seinem Büro in San Francisco.«

»Der nordamerikanische *magistrato* will mich kennenlernen? Warum?«

»Zunächst will er hören, wie du an die Münze gekommen bist. Ich habe ihm außerdem gesagt, dass du mich als Anführer unserer kleinen Gruppe ablöst und sein neuer Kontakt bist.«

Brians Blut gefror. »Du hast ihm *was* gesagt?«

»Wir haben doch schon darüber gesprochen. Ich habe dir erklärt, warum ich kürzer treten will, und du warst einverstanden.«

MacGregor hatte offenbar eine ganz andere Erinnerung an das Gespräch als er. »Wir waren uns einig, dass es nicht viel Sinn macht, wenn ein Sterblicher einen Haufen Seelenwächter anführt, aber ich habe nie gesagt, dass *ich* den Job machen will. Im Gegenteil, ich erinnere mich genau, dass ich sagte, die Idee sei vollkommen idiotisch.«

»Mein Rücktritt steht nicht zur Diskussion.«

»Das habe ich begriffen«, erwiderte Brian. »Aber ich bin nicht der, den ihr braucht. Ehrlich. Zu meinen Stärken gehört es, die richtige Krawatte auszuwählen, aber ich kann keine Horde untoter Haudegen in einen Krieg gegen Satan führen.«

»Die anderen Wächter hören auf dich.«

»Nein, sie lachen über meine Witze. Das ist etwas ganz anderes, glaub mir.«

MacGregor erwiderte nichts auf Brians Einwand. Er verschränkte nur die Arme und sah ihn an.

»Schau«, setzte Brian erneut an und würzte sein Lächeln mit einer großzügigen Prise jenes Charmes, der ihn bei Merrill Lynch zum Starbanker mit Millionenumsatz gemacht hätte. »Ich habe keinen Trumpf in diesem Spiel. Murdoch hat zehnmal mehr Erfahrung als ich. Er ist derjenige, der ans Ruder sollte, nicht ich.«

MacGregors Augen verengten sich. »Was soll das werden, Webster?«

»Was?«

»Vor nicht einmal fünf Minuten hast du noch versucht, mich davon zu überzeugen, dass Murdoch ein Volltrottel ist. Bei der Vorstellung, dass du seine Befehle befolgen sollst, müsste sich dir eigentlich der Magen umdrehen. Und trotzdem bist du bereit, in den sauren Apfel zu beißen, statt selbst die Führung zu übernehmen. Warum?«

Brians Hand war schon auf halbem Wege zu seinem linken Ellbogen, bevor er es verhindern konnte. Gerade noch rechtzeitig tat er so, als müsste er sich am Unterarm kratzen. »Ich will nur das Beste für uns Wächter«, sagte er. »Ich mag meine Differenzen mit Murdoch haben, aber der Bursche ist der geborene Krieger. Ich kann mich damit arrangieren, dass er die bessere Wahl ist.«

»Um es mit deinen Worten auszudrücken: Blödsinn.« MacGregor wandte sich angewidert ab. Er ging hinüber zum Bücherregal, machte dann auf dem Absatz kehrt und kam wieder zurück. »Verdammt noch mal, Webster! Ich habe dich in Aktion gesehen. Du zögerst nie, egal, wie die Chancen stehen, du hältst dich nie zurück und du gibst niemals auf. Ich weiß, dass du kein Feigling bist. Und trotzdem kneifst du jedes Mal den Schwanz ein, wenn ich dir die Führung übertragen will. Erklär mir das bitte!«

Brian ließ sich nicht einschüchtern.

»Ich kenne meine Grenzen, das ist alles«, sagte er fest.

MacGregor schwieg erneut. Dann sagte er: »Jetzt musst du diese Grenzen eben auf den Prüfstand stellen. Wir haben keine Zeit für einen verdammten Wettbewerb, wer der bessere Anführer ist. Satan zeigt überall Präsenz, und zwar auf ziemlich unschöne Weise. Plötzlich gibt es Staatsstreiche in Südamerika, Aufstände in Indonesien und Firmenpleiten auf der ganzen verfluchten Welt. Wenn ich sage, dass du unser Mann bist, dann bist du es. Kapier das endlich.«

Er stürmte an Brian vorbei aus dem Raum. Die Tür schlug laut hinter ihm zu.

Brian hielt die Zugkette der Lampe an, die noch immer hin und her schwang. Offensichtlich war Lena nicht die Einzige, deren Fassade bröckelte. MacGregor hatte ihm nie ganz seine Show als Pausenclown abgekauft, aber er hatte mitgespielt.

Bis Brian anfing, Kriegsdämonen umzubringen.

Verdammt, er hatte keine Wahl. Dieses Spiel hier lautete: Friss oder stirb. Dennoch konnte er keinesfalls zulassen, dass MacGregor ihm die Führung übertrug. Die Gruppe hatte nicht die winzigste Chance, wenn das passierte. Sein Leben in die Hand eines Versagers zu legen, wie er einer war, kam einem Freifahrtschein ins Leichenschauhaus gleich. Man brauchte nur einen Blick auf seine jämmerliche, hässliche Vergangenheit zu werfen, um das zu begreifen.

Also musste er den sturen Bock davon überzeugen, seine Meinung zu ändern.

Aber wie?

Als Lena in den Wohnraum zurückkehrte, war Brian verschwunden. Die Enttäuschung darüber versetzte ihr einen kleinen Stich. Sie hätte selbst sein fortwährendes Grinsen diesen ganzen bohrenden Blicken vorgezogen. Alle Unterhaltungen brachen abrupt ab, als sie eintrat, und die vollen Schüsseln mit Popcorn und Chicken Wings verloren offenbar plötzlich ihre Anziehungskraft. Alle musterten kritisch ihr Gesicht.

Murdoch führte sie herum und stellte sie jedem einzeln vor.

»Tyrone Bale, Piers Atheborne und Stefan Wahlberg.« Er

blieb vor einem fülligen Mann mit einem Mop aus schwarzen Locken stehen. Aus den Tiefen des Sofas streckte ihr Stefan seine Hand entgegen. Aber Lena schüttelte sie nicht, vielmehr hütete sie sich, ihm zu nahe zu kommen.

»Sie sind der Magier«, sagte sie. Der Anhänger an ihrem Hals klopfte. Das Besondere des alten ägyptischen Amuletts lag in seiner Fähigkeit, dunkles *Ba* mit verblüffender Leichtigkeit zu erspüren, und sein Protest gegen Stefan Wahlberg war heftig.

Er ließ seine Hand sinken. »Das bin ich. Woher wissen Sie das?«

»Sie stinken nach dunkler Magie. Der Pesthauch kommt Ihnen aus jeder einzelnen Pore.«

Alle im Raum fuhren zusammen. Der Griff von Murdochs starkem Arm um Lenas Schulter wurde fester, doch der Magier zuckte kaum mit der Wimper.

»Lena«, sagte eine männliche Stimme schneidend. »Sie sollten sich entschuldigen. Hier wird keiner unserer Freunde beleidigt.«

Sie fuhr zu dem Mann herum, der eben aus dem Flur hereingekommen war. MacGregor. »Das war keine Beleidigung. Nur die Wahrheit.«

»Wörter wie ›stinken‹ und ›Pesthauch‹ sprechen eine andere Sprache.« Diese graublauen Augen kannten kein Pardon. »Entschuldigen Sie sich, sofort.«

Lena prüfte ihre Optionen. MacGregor war ein Mensch – sie bemerkte den Puls einer Seele unter seiner Haut –, aber er war auch sehr groß und stark. Und er hatte jedermann hier auf seiner Seite, so viel war klar. Ihn herauszufordern wäre sehr dumm gewesen.

Langsam drehte sie sich zu dem Magier um.

»Ich bitte für meine *unpassenden* Worte um Entschuldigung«, sagte sie vorsichtig.

Er lächelte ehrlich amüsiert. »Hübsch ausgedrückt.«

Murdoch schien es für eine gute Idee zu halten, das Thema zu wechseln. Er schob Lena um den Couchtisch herum zum anderen Ende des Sofas. »Rodriguez hast du ja schon kennengelernt, und das ist … Emily.«

Er nannte den Namen, als müsste mindestens ein Trommelwirbel folgen, aber Lena konnte damit nichts anfangen. Emily sah wie ein ganz normales Mädchen im Teenageralter aus. Sie war schlank und hatte langes blondes Haar mit schwarzen Strähnen, hellblaue Augen und ein herzförmiges Gesicht, das die Verwandtschaft mit Rachel nahelegte.

»Du bist Rachels Tochter.«

»Jep.«

»Hat dir schon mal jemand gesagt, dass der Umgang mit Seelenwächtern gefährlich ist?« Sie wies mit dem Kinn auf den jungen Mann, der seinen Arm mit dem Kobratattoo um Emilys Schulter gelegt hatte. »Wenn er gerade eine Seele geholt hat, könnte jederzeit ein Dämon versuchen, ihn umzubringen.«

Emily zuckte die Achseln. »Mein letzter Freund *war* ein Dämon. Carlos ist also schon ein Riesenfortschritt.«

Lena starrte sie an und versuchte herauszufinden, ob das Mädchen sie auf den Arm nahm.

»Hab ich was verpasst?«, fragte Brian, der gerade hereinkam. Sein silberäugiger Blick fand ihren sofort. Er ging zu ihr hinüber und schlug ohne Vorwarnung Murdochs Hand von ihrer Schulter. Aus unerklärlichem Grund musste Lena lächeln.

»Nicht viel«, antwortete Carlos. »Deine Freundin versprüht nur ihren Charme.«

Brian sah Lena stirnrunzelnd an. »Was hat sie denn gesagt?«

»Nichts, was es wert wäre, wiederholt zu werden.« MacGregor zog Rachel aus dem großen Lehnstuhl am Kamin und ließ sich mit ihr auf dem Schoß wieder darauf nieder. So leicht, wie dies scheinbar vonstatten ging, hatte es etwas von einem eingespielten Ritual. »Am Montag fängt eine neue Trainingsgruppe an. Ich brauche einen Helfer, der sie in die Schlafbaracke einweist. Meldet sich jemand freiwillig?«

Der Afroamerikaner, Tyrone, hob die Hand. »Ich.«

»Danke, Bale. Ich brauche außerdem jemanden, der sich rund um die Uhr um Lena kümmert«, fuhr MacGregor fort. Als Brians Hand in die Höhe schoss, fügte er rasch hinzu: »Jemand anderen als Webster.«

Alle verfielen in Schweigen.

Als sich die Stille in die Länge zog und die Blicke betreten zu Boden wanderten, verschränkte Lena die Arme vor der Brust. Sie war völlig MacGregors Meinung.

»Kommt schon, Leute«, drängte MacGregor grimmig. »Muss ich euch erst in den Hintern treten?«

Emily stieß Carlos den Ellbogen in die Rippen. Nachdem er seiner Freundin einen gequälten Blick zugeworfen hatte, meldete sich der junge Mann widerstrebend. »Ich mache das.«

Hervorragend. Der Junge wog höchstens 70 Kilo.

»Süße«, flüsterte Brian Lena ins Ohr. »Mach dir keine Hoffnungen. Er ist viel stärker, als er aussieht. Er ist erst achtzehn, aber der Junge ist höllisch zäh.«

Vielleicht, aber seinen Gothic-Klamotten nach zu urteilen, war er noch nicht lange Wächter, und »nicht lange« bedeutete: Er war zu schlagen. Außerdem erschöpfte sich seine Motivation darin, seiner Freundin einen Gefallen zu tun, während sie –

»Gehen wir rauf«, ergänzte Brian. Durch seinen warmen Atem bewegten sich die feinen Härchen an ihrem Ohr. Die verheißungsvolle Zweideutigkeit in seiner Stimme ließ eine Welle der Vorahnung durch ihren Körper schwappen.

Was sie ignorierte. »Ich bin nicht müde.«

»Wer hat was von Ausruhen gesagt?«, murmelte er. Laut sagte er zu den anderen: »Lena und ich haben Jetlag, deshalb gehen wir heute früher ins Bett. Wir sehen uns morgen früh.«

Dann nahm er ihre Hand, ergriff den Koffer und schlängelte sich durch die anderen Wächter zur Treppe.

»Niemand kauft dir die Jetlag-Geschichte ab«, sagte Lena auf dem Weg nach oben. Sein Daumen strich fortwährend und langsam über ihre Hand, sodass ihr Gänsehaut den Arm hinaufkroch. »Sie wissen doch alle, dass Seelenwächter keinen Schlaf brauchen.«

Er grinste sie an. »Stimmt, aber mit der Wahrheit hätte ich mir einen Rüffel von Rachel eingefangen.«

Sie stemmte die Fersen in den Boden und zwang ihn, vor ihrem Schlafzimmer stehen zu bleiben. »Und was genau ist die Wahrheit?«

»Dass wir miteinander ins Bett gehen.«

»Nein«, sagte sie bestimmt, »das tun wir nicht.«

Er griff an ihr vorbei nach dem Knauf und öffnete die Tür. »Doch, das tun wir. Wenn du es vorziehst, in deinem Zimmer zu schlafen statt in meinem, ist das in Ordnung. Aber wir werden im selben Bett nächtigen.«

Lena schloss die Augen, sog den berauschenden Duft seines Zitronenparfüms ein und genoss den Druck seines muskulösen Arms. Es war viel zu leicht, sich vorzustellen, wie es sein würde, sich in seiner Umarmung zu verlieren und die beruhigende Stärke seines Körpers auf ihrem zu spüren. Ihm zu erlauben, sie mit Worten und Taten zum Höhepunkt des Verlangens zu treiben. »Nein.«

»Baby?«

Sie riss die Augen auf, und ihr Blick fand sofort den seinen. Nicht allzu überraschend, da ihre Gesichter nur Zentimeter voneinander entfernt waren. Was sie allerdings erstaunte: Unter seinem gewohnten, lässigen Humor hörte sie eine rauhe Aufrichtigkeit heraus, die sie bis ins Mark traf und die ihr den Atem raubte.

»Du trickst hier niemanden aus«, sagte er ruhig. »Und schon gar nicht mich.«

»Du glaubst, dass ich dich attraktiv finde.«

Er schob sie sanft in den Raum, lehnte seinen Koffer an die Kommode und schloss die Tür. »Nein, ich *weiß*, dass du mich attraktiv findest. Ich weiß nur noch nicht, wie lange es dauern wird, bis du dich ergibst.«

Lena tat so, als würde sie nicht sehen, wie er das Schloss verriegelte.

»Wirklich?«, spottete sie. »Ich will dir ja nicht die Hoffnung rauben, Webster, aber erinnerst du dich, wie ich dich bei mir zu Hause angemacht habe? Ich habe geblufft.«

Wieder ein Grinsen, diesmal breit genug, um seine Augenwinkel zu erreichen. »Wirklich? Also, wenn ich an deinen kurzen Atem und den harten Nippel in meiner Hand denke, könnte ich schwören, dass das echt war.«

Bastard. »Ich schlafe *nicht* mit dir.«

»Hör auf zu zetern.« Er ging hinüber zum Bett und hob die karierte Pyjamahose und das Tanktop hoch, die darauf drapiert waren. »Süß. Ich hätte trotzdem nicht gedacht, dass du auf Pink stehst.«

Sie riss ihm die Nachtwäsche aus der Hand. »Das gehört Rachel.«

Er runzelte die Stirn. »Ich fahre morgen nach San Francisco. Sag mir, welche Größe du hast, und ich besorge dir ein paar neue Sachen.«

Lena wurde rot, obwohl sie sich dagegen wehrte. Kein Mann außer ihrem Vater hatte ihr jemals Kleider gekauft. Azim hatte es gewollt, aber er hatte sich leicht durch ihre Ablehnung umstimmen lassen. »Nein danke.«

»Du kannst das, was du anhast, nicht die ganze Zeit tragen.«

»Vielleicht hättest du daran denken sollen, bevor du mich aus meinem Haus gezerrt hast, ohne mir Zeit zum Packen zu geben«, giftete sie. Sie legte den Pyjama zurück aufs Bett und strich die Falten glatt.

»Ich war genervt.«

Verärgert, dass seine Worte nicht den Hauch einer Entschuldigung erkennen ließen, funkelte sie ihn an. »Dann wasche ich meine Sachen eben jeden Abend.«

»Drei Monate lang?«

»Ich werde nicht –« Sein Blick fiel ihr auf, und sie unterbrach sich. Sie hatte nur über ihre Rückkehr nach L. A. nachgegrübelt und ganz vergessen, dass die Herrin des Todes sie zum Training mit MacGregor abkommandiert hatte.

Brian strich ihr leicht mit einem Finger über die Wange.

»Sag mir die Wahrheit über die Münzen«, bat er leise. »Du weißt, dass du es mir am Ende sowieso erzählen wirst. Warum redest du es dir nicht gleich von der Seele? Du wirst dich viel besser fühlen.«

Die Wahrheit? Lenas Magen krampfte sich zusammen. Nein, sie konnte ihm die Wahrheit nicht sagen. Brian gehörte zu den guten Jungs, die die Welt vor der Katastrophe retten wollten, und es gefiel ihm zu glauben, dass alle anderen dasselbe Ziel hatten. Es würde sein Weltbild erschüttern, wenn er erfuhr, dass ihre Gründe, die Münzen einem Dämon zu übergeben, selbstsüchtig gewesen waren. Wenn die Münzen in Satans Besitz gerieten, waren die Folgen verheerend. Es war nicht einfach gewesen, sich zu dem Handel durchzuringen, und Gewissensbisse nagten an ihr, wann immer sie daran dachte. Es zu tun war natürlich nicht richtig. Aber diesmal, in diesem besonderen Fall, musste sie ignorieren, was richtig war. Nur dieses eine Mal musste sie das Wohl einer Person über das Wohl aller stellen.

Doch Brian würde das niemals akzeptieren. Nach seiner leidenschaftlichen Rechtfertigung vor der Herrin des Todes und seiner entschlossenen Antwort in L. A. war das glasklar.

Wenn er auch nur eine leise Ahnung von ihrem Plan hatte, würde er sich ihr in den Weg stellen.

Deshalb musste sie schnell und entschlossen handeln. Die vierzehnte Münze aufspüren und türmen. Selbst eine kurze Verzögerung konnte Heathers Leben gefährden. Und Heather war alles, was sie noch hatte. »Die Wahrheit ist, dass es einen Käufer für die Münzen gibt und ich hier weg will, um das Geschäft abzuschließen.«

Ihre Worte klangen echt – wie sie es sollten –, und Brian runzelte die Stirn. »Vielleicht können du und ich ein anderes Geschäft abschließen.«

»Hast du eine Million Dollar zu bieten?«

»Hör auf mit dem Mist«, sagte er freundlich. »Erzähl die Geschichte jedem anderen, wenn du willst, aber ich kaufe sie dir nicht ab. Dieser Kunde, von dem du redest, hat etwas, das du willst. Vielleicht kann ich dir helfen, es zu bekommen.«

Die Wärme in seinen Augen war so aufrichtig, und das Angebot war so verlockend …

Aber der Kompromiss, den er im Sinn hatte, war nicht realisierbar. Die Münzen waren die einzige Ware, die die Dämonen akzeptierten, und Lena wusste nur zu gut, was es bedeuten würde, wenn sie ihre Forderungen nicht erfüllte. Sie hatte bereits einen gesalzenen Preis für ihren Widerstand gezahlt. Sie konnte es sich nicht leisten, noch mehr zu zahlen.

»Sie mit Gold oder Silber aufzuwiegen, wäre sicher auch annehmbar.«

Enttäuschung verdunkelte seine Augen. Er hob die Hand, und Lena wappnete sich. Doch sie deutete die Geste falsch. Seine Finger vergruben sich in ihren aufgelösten Haarknoten, umfassten ihren Hinterkopf und rissen sie an seine Lippen.

Es war ein anderer Kuss als der auf ihrem Sofa in L. A. Die sexuelle Spannung war noch immer spürbar, aber sie lag unter der offensichtlichen Begierde begraben, Lena seinem Willen gefügig zu machen. Sein Mund verlangte mit drängender Härte den ihren, seine heiße Zunge forderte Einlass, und er wurde ihr gewährt. Es war eine erbarmungslose, sinnliche Belagerung.

Sie hätte ihn zurückdrängen können. Stark genug dazu war sie.

Doch ihre Sehnsucht konnte sie nicht zurückdrängen.

Sein Kuss sandte in alle Richtungen elektrische Stromstöße durch ihren Körper, winzige Schauer der Wollust. Feuchte Hitze durchfuhr sie, hinab zu ihren Brüsten, ihrem Bauch und hinterließ nichts als zitternde Not. Sie spreizte ihre Finger über seiner Brust und genoss den weichen Kaschmir und das wie gemeißelte Fleisch darunter. Es war schon lange her, dass ein Mann ihr dieses Gefühl gegeben hatte. Zu lange. Lena legte alles in den Kuss, schlang ihre Arme um Brians Nacken und zog ihn noch näher.

Abrupt stieß er sie von sich.

»Verdammt.«

»Ich dachte, du willst das.« Die Worte kamen atemlos aus ihrem Mund. In seinen Augen glomm ein seltsamer Ausdruck auf, ein Schimmer von etwas Dunklem und Rohem. Er war fort, bevor sie ihn benennen konnte. »Bist du nicht deshalb mit in mein Zimmer gekommen? Wegen Sex?«

»Eigentlich nicht.«

Die Betonung, die er auf »nicht« legte, versetzte ihr einen Stich. »Und warum dann?«

»Ich habe die Arschkarte gezogen. Ich muss heute Nacht auf dich aufpassen.«

»Du lügst.«

Er lachte, und sein Lachen war wie eine Windbö. »Okay, du hast mich erwischt. Ich habe mich freiwillig gemeldet. Aber nur, weil ich sowieso kein Auge zumachen würde. Nicht, wenn Murdoch im Haus ist.«

Also war er eifersüchtig. Das nahm dem Stachel die Spitze.

»Und morgen früh werde ich fort sein, deshalb dachte ich, ich erledige meine Schicht lieber gleich.«

Lenas Herzschlag verlangsamte sich. Ihre Chance würde kommen: dann, wenn Brian fort und sie dem wachsamen Auge des jungen Carlos unterstellt war. Sie durfte sie nicht ungenutzt vorübergehen lassen. Aber das bedeutete auch, dass dies ihre letzte Nacht mit Brian war, und *sie* ungenutzt vorübergehen zu lassen, war genauso sinnlos.

Sex war normalerweise etwas, das Lena ebenso gut tun wie lassen konnte. Ein erfolgreicher Raubzug und eine Tafel Schokolade befriedigten sie genauso.

Aber ihre Gefühle für Brian waren alles andere als normal. Alles an ihm lockte sie – sein unglaublich gutes Aussehen, sein Humor und selbst sein Geschick, ihr immer einen Schritt voraus zu sein. Die Erregung begann mit einem einzigen lässigen Blick und wurde durch eine kokette Berührung zum Fieber. Sie hatte noch nie so viel Hitze gespürt und Verlangen und … Leere. Nicht einmal bei Azim. Und da alles, was in ihrem Leben von Wert war, sich stets an jenen kostbaren Monaten mit Azim messen lassen musste, sagte das eine Menge aus.

Ja, es war verrückt, über Sex mit Brian auch nur nachzudenken – ihre Beziehung konnte man in Stunden zählen, maximal Tagen, wenn sie großzügig war. Aber sie wollte nicht, dass das unerträgliche Bedauern über diesen verlorenen Augenblick an ihr kleben bleiben würde. Bereits zu viele ungenutzte Gelegenheiten trieben sie um.

Lena zog die Haarnadeln aus ihrem Knoten und schüttelte ihre Mähne frei, sodass sie in dicken Wellen auf die Schultern und bis zur Mitte des Rückens hinabfiel.

Sofort hatte sie Brians ungeteilte Aufmerksamkeit.

Er wandte die Augen erst von ihrem Haar, als ihre Finger die Bluse aufzuknöpfen begannen und den V-Ausschnitt einige Zentimeter nach unten erweiterten.

»Du solltest lieber selbst Maß nehmen, statt dir von mir meine Größe sagen zu lassen«, murmelte sie, während sie einen weiteren Knopf öffnete und den spitzenbesetzten Saum ihres weißen BHs freilegte. Gleichzeitig schüttelte sie ihre flachen Ballerinas von den Füßen, ohne darauf zu achten, wo sie hinfielen.

Brian hatte den Atem angehalten, seine breite Brust bewegte sich kaum. Sein Herzschlag jedoch hatte sich extrem beschleunigt, etwas Farbe in seine Wangenknochen und einen dunklen Glanz in seine Augen getrieben. Fast jeder Muskel seines Körpers spannte sich an und signalisierte, dass er bereit zum Sprung war.

Lena öffnete die letzten beiden Knöpfe und zog ihre Bluse weit auseinander.

Er schluckte.

Sie lächelte. Im zarten Alter von dreiundzwanzig Jahren zu sterben hatte auch seine Vorzüge. Ihre Haut würde in alle Ewigkeit glatt und faltenlos sein, prall und voller jugendlicher Lebenskraft. Ihre Brüste und Hüften würden für immer üppig bleiben, die Taille für immer schlank, der Bauch flach. Dieser Körper hatte vor hundert Jahren ihren Untergang herbeigeführt – und heute Nacht würde er Brians Untergang sein.

Die Bluse fiel zu Boden. Es war wie ein Flüstern von Baumwolle auf Holz.

Brian stand absolut still, gefangen im Auge des Sturms.

»Ich wette«, begann er mit einer Stimme, die zu einem heiseren Grollen herabgesunken war, »dass dieser BH das teuerste Kleidungsstück ist, das du in deiner Garderobe hast. Es ist schon ein sehr begabter Designer nötig, um etwas so Schönes aus einem Hauch von Nichts zu erschaffen.«

»Ich habe eine Schwäche für französische Dessous«, gab sie zu, während sich ihre Finger auf den Knopf ihrer Hose legten. Sie öffneten ihn. Dabei sah Lena zu, wie sich seine Hände an den Seiten zu Fäusten ballten – sie deutete es als Übersprungshandlung angesichts der zunehmenden Spannung in seinem Körper –, und es erregte sie. Der Reißverschluss gab immer mehr frei.

»Okay.« Als sein ersticktes Wort sie nicht davon abhielt,

ihren Hosenbund nach unten zu schieben und die makellose Haut auf ihren Hüftknochen freizulegen, blaffte er: »Hör auf!«

»Warum?«

Sein Blick hob sich, langsam, tastete sich Zentimeter um Zentimeter auf ihrem zur Schau gestellten Körper nach oben. Dabei erinnerte er an einen Verhungernden, der gerade ein Brötchen frisch aus dem Ofen zurückgewiesen hatte. »Weil wir das hier nicht tun werden.«

»Warum nicht?«

Er wandte sich ab. Er wandte sich wirklich ab! »Es ist keine gute Idee.«

Lena konnte kaum glauben, dass sie ihn so rasch, so entschieden verloren hatte, in weniger als einem Herzschlag. Sie fuhr ihn an: »Aber du hast doch gesagt, dass wir in einem Bett schlafen werden!«

»Ja, ich sage eben viele dumme Sachen.« Er schaltete den gasbetriebenen Kamin ein, ließ sich im Lehnstuhl nieder und legte die Füße auf den Polsterhocker. Dann entdeckte er die *Mercury News* auf dem Beistelltischchen, schlug sie auf und begann zu lesen. »Das heißt nicht, dass ich mich daran halten muss.«

»Mit mir zu schlafen wäre also dumm?«

»Vollkommen dämlich«, bestätigte er.

Lena funkelte ihn wütend an. Dann zerrte sie das pinkfarbene Tanktop vom Bett und zog es sich über den Kopf. Beim nächsten Mal – falls es jemals ein nächstes Mal gab – würde er sie anbetteln müssen. Auf Knien. Mit Worten, die schöner und kunstvoller als die wunderbarste Zuchtperle waren. Sie entledigte sich ihrer Hose mit zwei Handgriffen, warf sie beiseite und zog die karierte Pyjamahose an. Dann riss sie die Überdecke fort und ließ sich aufs Bett fallen.

Selbst dann würde sie ihn vielleicht noch abweisen. Denn – bei allem, was recht war – da er sie so frustriert und vor den Kopf gestoßen hatte, würde er ganz gewaltig katzbuckeln und zu Kreuze kriechen müssen.

Später, nach langem Zähneknirschen und Wühlen im Bettzeug, lag sie ruhig und mit geschlossenen Augen da.

»Süße Träume«, murmelte Brian.

Diverse blumige Kraftausdrücke lagen ihr auf der Zunge, aber keiner davon wurde ihrem Gefühl des Verlustes gerecht. Die Wahrheit lautete: Eine derartige Gelegenheit würde sich nie wieder ergeben. Sie hatte ihre Chance ungenutzt verstreichen lassen.

»Leck mich!«

6

MacGregor stieg aus dem schwarzen Audi, wartete, bis Brian seine Einkäufe für Lena im Kofferraum verstaut hatte, und verriegelte dann den Wagen per Fernbedienung. Nach einem raschen Blick auf den Morgenverkehr überquerte der Wächtertrainer vor Brian die Straße und hielt auf ein verglastes Bürohochhaus zu. »Ich will, dass du das Gespräch mit Reed führst.«

»Warum?«

Während sie das Gebäude betraten, warf der Freund Brian einen schiefen Blick zu. »Diplomatie, dein Name ist *nicht* Lachlan MacGregor.«

»Du hast ihn geärgert?«

»Es war überraschend einfach.« Der andere drückte auf den Liftknopf. »Der Mann hat eine Aversion gegen das Wörtchen ›nein‹.«

»Klingt, als hättet ihr beide etwas gemeinsam.«

»*Du* bist doch der eloquente Verkäufer«, sagte MacGregor. »Und der Bursche mit den Fragen. Du übernimmst das Reden.«

Brian ließ sich schnell umstimmen. Es passte ihm, heute das

Sprachrohr zu sein. »Ich würde natürlich gern wissen, wie O'Shaunessy in dieses Treppenhaus kam. Er hatte eine Stunde später mit mir eine Verabredung.«

»Vielleicht gibt es eine Verbindung zwischen den beiden Ereignissen.«

»Vielleicht.« Brian zuckte die Achseln. »Schwer zu beurteilen, da er nur sagte, dass er lebenswichtige Informationen über einen Wächter hätte.«

Reeds Büro lag im einundzwanzigsten Stockwerk, die Fahrt nach oben dauerte keine drei Minuten. Die Türen öffneten sich in eine große Lobby voller moderner Leder- und Chrommöbel, die durch einige unbezahlbare Familienerbstücke aufgelockert wurden. Nirgendwo verkündete ein Schild den Namen der Firma. Nur ein schlanker junger Mann saß hinter einem halbmondförmigen Schreibtisch.

»Lachlan MacGregor und Brian Webster. Wir haben eine Verabredung mit Simon Reed.«

»Ja, natürlich«, antwortete der junge Mann. Kein Lächeln. Eigentlich überhaupt kein Gesichtsausdruck. Ein Protektoratszombie. »Er erwartet Sie. Hierher bitte.«

Sie wurden einen holzgetäfelten Gang entlanggeführt. An den Wänden hingen künstlerische Schwarzweißfotos von verschiedenen Kirchen rund um den Globus. Brian verzog das Gesicht, als er eine Weitwinkelaufnahme von St. Pat sah, vermutlich vom Rockefeller Center aus fotografiert. Die Kathedrale im gotischen Stil sah nun nicht mehr ganz so aufgeräumt aus.

Ihr Führer öffnete einige Doppeltüren und geleitete sie in ein Eckbüro von der Größe eines Fußballfeldes, in dem ein Mann mit beginnender Glatze und einem Jay-Leno-Kinn hinter einem antiken Kirschholzschreibtisch saß. Er trug keine

Klerikerkluft, doch der strenge Schnitt seines Anzugs und das gestärkte weiße Hemd verliehen ihm eine dezidiert ernste Ausstrahlung. Er hob den Blick, als sich die beiden Männer näherten.

»Gentlemen«, grüßte er mit einem Nicken und entließ seinen jungen Angestellten mit einer hoheitsvollen Handbewegung. »Schön, dass Sie so kurzfristig kommen konnten. Setzen Sie sich, bitte. Wenn Sie gestatten, spare ich mir die Artigkeiten und komme gleich zum Thema. Ich bin sicher, wir alle haben Besseres zu tun, als unsere Zeit mit eitlem Geschwätz zu vergeuden.«

Brian runzelte die Stirn, während er sich in einen der beiden Ledersessel vor dem Schreibtisch sinken ließ. Hirnlose Bemerkungen über das Wetter waren das eine – etwas anderes war es, aufzustehen, wenn ein Gast den Raum betrat, und ihm höflich die Hand zu geben.

»Ich habe gehört, dass Sie uns die Münze beschafft haben, Mr Webster.«

Brians und Reeds Blicke trafen sich. »Ja.«

»Könnten Sie mir die schuldige Person beschreiben?«

»Sicher. Rotgrau, so groß wie ein Haus, der Schwanz voller fieser Stacheln.«

»Nein, nein.« Der *magistrato* rümpfte die Nase. »Ich meine diejenige, die die Münze ursprünglich gestohlen hatte. Das Mädchen.«

Brian erstarrte. »Hören Sie, Mr Reed, ich –«

»*Dr.* Reed.«

Brian nahm die aalglatte Berichtigung mit einem Nicken zur Kenntnis. »Dr. Reed. Ich glaube, Sie verstehen nicht ganz, wie es sich zugetragen hat. Das Mädchen war nicht die Täterin. Sie hat Ihre Münze vor einem Dämon *gerettet*.«

»Angesichts Ihrer beschränkten Sicht auf das große Ganze ist mir bewusst, warum Sie das glauben.« Der *magistrato* lächelte. »Ist Ihnen klar, dass an jenem Tag ein Protektor gestorben ist? Ein sehr begabter und ehrbarer Mann, der geschworen hatte, diese Münzen sicher zu verwahren, selbst wenn er sein Leben dafür opfern müsste?«

Arroganter Bastard.

»Ja, das wurde mir klar, als Uriel erwähnte, es gäbe siebzehn Münzen in New York.«

»Wie bitte?«

»Uriel –«

»Mr Webster«, unterbrach Reed ihn kalt. »Bitte hören Sie auf. Man wirft den Namen eines Erzengels nicht einfach in die Runde wie einen Hundeknochen. Seine Heiligkeit steht so weit über Ihnen, junger Mann, dass Sie sich glücklich schätzen können, jemals seine gebenedeite Person erblickt zu haben.«

»Ich schätze, ich habe die Benimmregeln nicht so drauf«, gab Brian achselzuckend zurück. »Offen gestanden sah er aber gar nicht wie einer von diesen Wolkenheinis aus.«

»Er hat Ihnen Ihre Respektlosigkeit vergeben. Das heißt nicht, dass Sie damit fortfahren können.«

Brian zwang sich, den Blick zu senken und das Paisley-Muster auf seiner Brioni-Krawatte zu studieren. Früher hatte er dieses dämliche Gesabber gut beherrscht. Aber irgendwann hatte er seine Geduld verloren. Dieses Treffen zu vermasseln war viel einfacher als angenommen. »Gut. Seine Heiligkeit. Verstanden. Aber was kreiden Sie dem Mädchen an?«

»Sie hat Vater O'Shaunessy in einen Dämonenhinterhalt gelockt. So hat er die Münzen verloren.«

»Sekunde. Sie sagen, dass sie mit den Dämonen gemeinsame Sache machte?« Brian schnaubte. Sie hatte bis zum Ende diese Münze festgehalten, hatte mit all ihrer Kraft darum gekämpft, damit zu entkommen. »Ausgeschlossen.«

»Hatte sie Hautkontakt mit der Münze?«

»Ja.«

Reed zuckte die Achseln. »Dann sprechen die Fakten für sich. Sobald sie die Münze berührte, waren ihr ihre Spießgesellen auf den Fersen.«

»Äh – ihre Seele ist in den Himmel gekommen. Nicht in die Hölle.«

»Aber nur, weil sie Gott im Sterben um Verzeihung anflehte.«

»Nehmen wir mal an, dass Sie recht haben.« Es nur auszusprechen, hinterließ einen gallebitteren Nachgeschmack in seinem Mund. »Warum sind die Dämonen eigentlich so heiß darauf, die Münzen an sich zu bringen? Was hat es damit auf sich?«

Reed runzelte die Stirn. »Ich war davon ausgegangen, dass Sie wissen, welche Macht sie besitzen.«

»Ja, die Verratsgeschichte. Das habe ich schon verstanden. Aber es muss mehr dran sein, als dass sich Satan nur ein neues Spielzeug zulegen will. Es ist erst ein paar Monate her, dass er fast das Pontius-Pilatus-Linnen in die Hände bekommen hätte, und jetzt jagt er den Judas-Münzen nach. Zufall? Das glaube ich nicht. Es gibt irgendeinen Zusammenhang.«

»Sie meinen, außer dem, dass beide Reliquien mit der Kreuzigung in Zusammenhang stehen.«

»Vielleicht versucht Satan, *alle* Kreuzigungsreliquien in seinen Besitz zu bringen. Vielleicht ist er, sobald er sie alle hat, in der Lage, die kollektive menschliche Erinnerung an das Ereignis auszulöschen und den Glauben zu zerstören oder so.«

»Das ist ja sehr kreativ.« Reed lehnte sich in seinen Stuhl zurück, der daraufhin auf dem Parkett ein Stück nach hinten rollte. »Aber wenn Ihre Theorie stimmen würde, hätte es auch Versuche gegeben, bedeutende Reliquien wie das Turiner Grabtuch, den Heiligen Rock, die Dornenkrone oder die zahllosen Splitter des Kreuzes Christi zu rauben. In Bezug auf sie sind indes keine dämonischen Aktivitäten aktenkundig.«

»Möglicherweise sind sie gefälscht«, erwiderte Brian. Eine ruhige Stimmlage hätte der zunehmenden Hitzigkeit des Gesprächs die Spitze nehmen können, aber sie hätte zugleich den Zweck, den er im Sinn hatte, verfehlt. »Vielleicht sind die einzigen echten Reliquien das Linnen und die Münzen.«

»Machen Sie sich nicht lächerlich.« Reed beugte sich so heftig über den Schreibtisch, dass sich der goldene Füllfederhalter darauf wild um die eigene Achse drehte. »Ich kann Ihnen versichern, dass – obwohl einige Reliquien von fragwürdiger Herkunft sind – die meisten vom Protektorat für echt erklärt wurden.«

»Okay«, sagte Brian. Er vermied es, MacGregor anzusehen, der die Stirn runzelte. »Seine *Heiligkeit*, der Erzengel Uriel, erwähnte, dass es eine Reihe von Reliquien gäbe, die als dunkel bekannt sind. Stehen alle dunklen Reliquien in irgendeiner Verbindung zueinander? Gibt es Satan einen Extrakick, wenn er es schafft, alle an sich zu raffen?«

»Echte Reliquien können nicht dunkel sein. Alles, was von Gottes Sohn berührt wurde, ist von lauterer Makellosigkeit, die nicht getrübt werden kann.«

Brian schnaubte erneut. »Dann ist das Pontius-Pilatus-Linnen also ein Schwindel?«

Reed schüttelte den Kopf. »Kein Schwindel. Das Linnen war fast ununterbrochen in unserem Besitz, seitdem sich Pontius Pilatus damit die Hände abgetrocknet hat. Es ist echt. Aber der Sohn Gottes hat es nie berührt. Es ist nicht per se eine heilige Reliquie.«

»Was?« MacGregor sprang auf. »Wenn es keine heilige Reliquie ist, warum zum Teufel zerstören wir dann das verfluchte Ding nicht einfach?«

»Ich habe nicht gesagt, dass es nicht von Bedeutung ist«, wiegelte Reed mit gerunzelter Stirn ab. »Es ist Teil der Reise, die Jesus unternahm, um unsere Seelen zu retten. Wir würden es niemals zerstören. Dasselbe gilt auch für die Judas-Münzen.« Er heftete den Blick wieder auf Brian. »Nach bestem Wissen und Gewissen kann ich Ihnen sagen, dass es keine weiteren dunklen Reliquien gibt. Deshalb vermag ich Ihnen auch kaum eine Liste zu präsentieren.«

»Sind Sie sicher?«

»Hat Seine Heiligkeit empfohlen, nach anderen zu suchen?«

»Nein«, gab Brian zu. »Aber er deutete an, dass es noch weitere gäbe. Satan führt irgendetwas im Schilde.«

»Wie dem auch sei, Sie suchen am falschen Ort nach Antworten.« Reed warf MacGregor einen strengen Blick zu. »Ich weiß, dass einer der Ihren im Besitz der dreizehn übrigen Münzen ist. Eine Seelenwächterin namens Lena Sharpe.«

Brian gab MacGregor keine Gelegenheit, sich zu erklären. »Wo haben Sie das gehört?«

Der Doktor nahm den BlackBerry von seinem Gürtel und hielt ihn hoch. »In meiner Position hat man seine Quellen. Zufällig stand in Vater O'Shaunessys Kalender, dass er am Tag seiner Ermordung eine Verabredung mit einem Wächter hatte.«

Brian kniff die Augen zusammen. Ja. Mit ihm. »Lena war gar nicht in New York.«

»Sie sollten sich besser über die Fakten informieren«, blaffte Reed. »Das Blut, das man im Treppenhaus von Saks Fifth Avenue gefunden hat, hatte keine brauchbare DNA. Unser Labor analysiert es noch, um ganz sicherzugehen, aber ich vermute, wir werden herausfinden, dass es das Blut eines Wächters ist. Genauer gesagt einer Wächterin.«

»Was? Sie wollen andeuten, dass auch sie mit den Dämonen unter einer Decke steckt?«

»In der Tat. Ja.«

»Ach, kommen Sie. Ihr Job ist es, die Bastarde umzubringen.«

»Ich bin mir sicher, dass es nicht ganz leicht für sie ist, den Schein zu wahren.«

Brian war aufgesprungen, noch bevor er realisierte, dass er zornig war. Ehe er Zeit hatte, sich darüber zu wundern, dass es ihn so aufwühlte, wenn Lenas Ehre in Frage gestellt wurde. »Jetzt hören Sie mir mal zu, Sie arrogantes Arschloch. Alles, was Sie getan haben, seitdem wir zur Tür hereingekommen sind, ist, Gift zu verspritzen. Ich weise nicht gern darauf hin, aber es war ein Wächter, der Ihnen mit dem Linnen den Protektoratshintern gerettet hat, und ich persönlich musste einen Kriegsdämon um die Ecke bringen, um eine Ihrer kostbaren Reliquien zu retten. Also zeigen Sie verdammt noch mal etwas mehr Respekt.«

Reed stand auf. Sein Gesichtsausdruck war kalt. »Ich glaube, wir haben uns nichts mehr zu sagen.«

»Verflucht richtig. Wir haben uns nichts mehr zu sagen.« Brian zerrte an seinem Krawattenknoten. »Vielleicht sollten wir das nächste Mal, wenn wir über einen Dämon stolpern, der gerade die Hand in Ihrer Keksdose hat, in die andere Richtung schauen.«

»Mein Assistent bringt Sie hinaus.«

Wie aufs Stichwort öffnete sich die Tür in Brians Rücken. Ohne auf den Zombie zu warten, marschierte Brian aus dem Büro, den Korridor entlang und in die granitverkleidete Lobby. Diesmal drückte er auf den Knopf. Das Treffen hatte hitziger geendet als gedacht, aber das Ergebnis war genau das, was er sich erhofft hatte: Reed hasste ihn.

Der Fahrstuhl traf mit einem leisen Pling ein, und die Tür glitt auf. Als sie nach unten fuhren, sagte MacGregor ruhig: »Zweck der Übung war eigentlich, Informationen aus dem Mann herauszubekommen, und nicht, uns von ihm mit einem Tritt in den Hintern vor die Tür setzen zu lassen.«

»Ich weiß. Tut mir leid.« Brian hatte sein Ziel erreicht. Er konnte es sich leisten, großherzig zu sein.

»Du brauchst dich nicht zu entschuldigen. Mein letztes Treffen mit Reed endete in etwa dem gleichen Wortlaut, aber ich hatte gehofft, dass du es ein bisschen besser hinkriegst.«

»Schätze, ich bin nicht der Schönredner, für den du mich gehalten hast.«

»Reed ist ein Trottel.«

Brian zog sich die Krawatte über den Kopf, rollte sie ordentlich zusammen und steckte sie in die Tasche. MacGregor erstaunte ihn. Wo blieb seine Wut? War er nicht wenigstens ein bisschen verärgert, dass Brian das Treffen in den Sand gesetzt hatte? »Und er ist ein Lügner.«

»Du glaubst immer noch, dass die Diebstähle etwas miteinander zu tun haben?«

»Jetzt mehr denn je. Hast du sein Gesicht gesehen, als ich laut darüber nachgedacht habe, Satan könnte dabei sein, alle Kreuzigungsreliquien in seinen Besitz zu bringen? Ich dachte schon, ihm würde ein Blutgefäß platzen. Für meinen Geschmack war er zu überzeugt davon, dass das Turiner Grabtuch echt ist, während er bei dem Gespräch über die dunklen Reliquien vollkommen ausgeflippt ist.«

Sie verließen das Gebäude und gingen über die Straße zum Wagen. MacGregor setzte sich ans Steuer. »Leider war er unsere einzige Hoffnung, offiziell an Informationen zu kommen. Die meisten im Protektorat würden uns erst gar nicht vorlassen.«

»Warum nicht?«

»Ihr Vertrauen in Sünder ist nicht allzu groß. Wir bedienen uns – zusätzlich zu unseren ureigenen Kräften – heidnischer Magie, und in den Augen des Protektorats ist das Ketzerei.«

»Und jetzt? Es muss noch einen anderen Weg geben, um herauszufinden, ob Satan hinter bestimmten Reliquien her ist.«

MacGregor ließ den starken Motor des S6 an und fädelte sich mühelos in den Stadtverkehr ein. »Als ich Stefan nach den Reliquien fragte, meinte er, das Christentum sei nicht sein Fachgebiet. Eine wohldurchdachte Antwort, die nahelegt, dass es in seiner Organisation jemanden gibt, der ein Fachmann ist. Es könnte sehr gut sein, dass der Roma-Rat über hilfreiche Informationen verfügt.«

»Kann Stefan das für uns in Erfahrung bringen?«

»Das würde ich nicht empfehlen«, entgegnete MacGregor. »Er steht zwar noch auf der Liste der zugelassenen Magier, aber er gilt als schwarzes Schaf. Wenn er sich einmischt, würde uns das wahrscheinlich mehr schaden als nutzen.«

»Wir sind also auf uns allein gestellt. Hast du eine Ahnung, wo wir den Roma-Rat finden?«

»Um diese Jahreszeit? In Rumänien.«

»Großartig.« Brian knurrte. »Schon wieder ein Trip nach Europa.«

MacGregor nickte. »Aber nicht für dich. Für mich. Ich brauche dich hier. Bearbeite Lena Sharpe weiter. Sie weiß, wo die Münzen sind, und es ist dein Job, sie zu finden.«

»Äh, aber am Montag kommen deine neuen Schüler an.«

»Murdoch kann sich um sie kümmern.«

Brian stieß erleichtert die Luft aus. Eine Sekunde lang hatte er schon geglaubt, all seine Mühe sei umsonst gewesen und MacGregor würde ihn mit der Betreuung der Neuankömmlinge betrauen.

»Aber wenn du lieber einen anderen dafür einsetzen willst – ich bin offen für alles.«

»Was?«

MacGregor beschleunigte auf der Auffahrt zum Highway. »Ich übertrage dir während meiner Abwesenheit meinen Posten. Außerdem sollst du nicht nur die Stellung halten – ich will auch, dass du ein Auge auf Emily hast. Ich werde Rachel mit nach Rumänien nehmen, aber da Satan einen Gang zulegt, kann es sich die Dreifaltige Seele nicht leisten, ihr Training schleifen zu lassen.«

Brian lehnte den Kopf an die Stütze und schloss die Augen. Es war zwecklos zu streiten. MacGregors Meinung ändern zu wollen war, als würde er versuchen, mit einem Bagger die Rocky Mountains zu versetzen.

»Klar, kein Problem.«

Aber verdammt noch mal, die Welt musste aus den Fugen geraten sein, als er gerade nicht hingesehen hatte. Zuerst die Münzen, dann Lena und jetzt der gesamte Wächterhaufen.

Plötzlich schien er die Verantwortung magnetisch anzuziehen.

Lena wartete auf den geeigneten Moment.

Gleich nach dem Frühstück nahm Carlos sie zu einem Spaziergang über das Anwesen mit. Sie gingen nach Norden, fort von der langen, geteerten Zufahrt, die von der Hauptstraße abzweigte. Jenseits der Schutzmauer aus Ziegelstein wichen der getrimmte Rasen und die grünen, dichtbelaubten Bäume trockenem Gras und gelegentlichem, weitläufig verstreutem Gebüsch. Die Zikaden zirpten endlos und einschläfernd, und die Aura um die Morgensonne wies darauf hin, dass es noch wärmer werden würde. Im Augenblick war die Hitze noch zu ertragen.

Ein Besuch in den Stallungen und ein paar Minuten am Teich, wo sie die Fische mit Brotkrumen fütterten, lullten Carlos in eine entspannte, wenn auch ein wenig düstere Stimmung ein. Als sie sich der Hügelkuppe näherten, die die gesamte Ranch überblickte, fand Lena, dass die Zeit nun gekommen war. Sie ergriff das goldene Amulett mit einer Hand, murmelte lautlos die Suchzauberformel und wartete darauf, dass die Bilder in ihrem Kopf auftauchten.

Was sie rasch taten.

Ein malerischer Bungalow mit vielen Fenstern. Ein Geheimzimmer hinter der Speisekammer. Ein Gewölbe, das mit diversen Grenzzaubern belegt war … und die Münze. Erleichterung löste den Knoten in ihrem Magen. Sie war hier, in dem kleineren Gebäude, das Rachel und Lachlan MacGregor bewohnten.

Lena bückte sich und zog den Schnürsenkel an ihrem Stiefel fest. Ihrem jungen Gefängniswärter zu entwischen stand als Nächstes auf der Tagesordnung.

»Das Wetter ist hier viel schöner als in L. A.«, sagte sie. »Es ist nicht so heiß.«

Der Junge blieb neben ihr stehen. »Kann schon sein.«

Während er noch eifrig in den Himmel starrte, stützte sie sich mit beiden Händen im harten Gras ab, verlagerte das Gewicht auf eine Seite und trat ihm mit all der Wächterkraft ins Knie, die ihr zu Gebote stand. Es war ein perfekt ausgeführter Kick, der auf den schwächsten Teil seines Beins zielte. Er hätte ihn zu Fall bringen müssen. Zumindest hätte er ihn aus dem Gleichgewicht bringen müssen, wenn er richtig platziert war.

Aber er bekam ihren Fuß mitten in der Bewegung zu fassen.

Präzise. Mühelos. Ohne auch nur in ihre Richtung zu blicken.

Lena hatte schon viele erstaunliche Bewegungsabläufe gesehen – Wächter besaßen unglaubliche Reflexe –, aber das hier war mehr. Seine Hand war ein verschwommener Pfeil gewesen, der ihren Knöchel in einer verblüffenden Mischung aus Genauigkeit und Kraft getroffen hatte. Fast als hätte er gewusst, wo ihr Bein zu diesem Zeitpunkt sein würde.

Carlos' Blick fiel auf sie herab.

»Versuch das nicht noch mal«, sagte er ruhig.

Die erbarmungslose Dunkelheit in seinen braunen Augen sandte einen Schauer ihren Rücken hinab. Das Böse stand darin zu lesen, kaum gebändigt. Nicht dasselbe Böse, das sie bei einem Hörigen Dämon entdeckt hatte, aber nichtsdestotrotz das Böse. Und wenn sie es nicht mit eigenen Augen gesehen hätte, hätte es ihr das Amulett gesagt. Es vibrierte an ihrem Hals wie eine Stimmgabel. Irgendetwas stimmte mit dem Jungen nicht. Er war so ganz anders als ein menschlicher Teenager, ja selbst als ein Wächter. Sie wusste nicht, wie sie es nennen sollte.

Lena nickte.

Nur noch wenige Dinge jagten ihr Angst ein – nach dem schrecklichen Tod, den sie gestorben war. Aber bei Carlos Rodriguez bekam sie schweißnasse Hände.

Er ließ ihr Bein sanft los, dann wandte er sich um und stieg den Hügel hinan. Sein langer schwarzer Trenchcoat streifte den Schaft seiner Kampfstiefel. »Komm mit, der Blick über das Tal von da oben ist der Hammer.«

Lena rappelte sich wieder auf. Es musste die Mutter in ihr gewesen sein, die ihr die nächsten Worte eingab, denn sie hatte das Gefühl, ihre Existenz aufs Spiel zu setzen, indem sie sie aussprach. »Hältst du es für klug, mit Emily zusammen zu sein?«

Er blieb stehen. Für einen langen Augenblick stand er einfach nur da, regungslos, mit dem Rücken zu ihr.

»Nein«, antwortete er endlich. »Ich halte es nicht für klug.«

»Dann solltest du vielleicht gehen.«

»Das kann ich nicht.« Carlos drehte sich um. Das Böse hatte sich aus seinem Gesicht zurückgezogen und war durch ein trauriges Lächeln ersetzt worden. »Sie ist das Einzige, das mich davon abhält, vollständig die Kontrolle zu verlieren. Klar habe ich Angst, dass ich ihr wehtun könnte, aber es macht mir noch mehr Angst, mir vorzustellen, wie es ohne sie wäre. Ich glaube nicht, dass ich das kann. Und ich glaube genauso wenig, dass ich irgendjemandem einen Gefallen tue, wenn ich ausraste. Oder siehst du das anders?«

Lena schluckte. »Nein.«

»Das hab ich mir schon gedacht.« Er machte auf dem Absatz kehrt und setzte seinen Weg hügelaufwärts fort.

Lena sah hinunter auf den Bungalow der MacGregors. Sie war an einen Haufen Irrer geraten. *Gefährlich fähiger* Irrer. Es würde schwieriger sein, die Münze zu entwenden und einen geschmeidigen Abgang zu machen, als sie ursprünglich geplant hatte. Aber Tariq landete in zwölf Stunden auf dem Flughafen von L. A., was bedeutete, dass ihr die Zeit davonlief. Der Ägypter kannte den Wert der Münzen. Wenn sie nicht am vereinbarten Treffpunkt war, stand außer Frage, was er tun würde.

Brian musterte die verdrossenen Mienen der Gefolgsleute, die er soeben von MacGregor geerbt hatte, dann hievte er dessen letztes Gepäckstück in den Kofferraum. »Wann, sagtest du, kommt ihr wieder?«

»Ich sagte gar nichts.«

»Es kann doch nicht länger als eine Woche dauern, oder?« Er öffnete die Beifahrertür für Rachel, die ihm zum Dank ein Lächeln schenkte. Sobald sie saß, schloss er die Tür, die mit einem leisen Klicken einrastete. »Einen Tag hin, einen zurück, ein paar Tage dazwischen für die Arbeit. Das wird doch reichen.«

MacGregors Blick traf über das Dach des Audi hinweg den von Brian. »Den Rat zu treffen ist wahrscheinlich nicht so einfach. Sie sind Zigeuner – sie ziehen herum. Außerdem muss das Protokoll befolgt werden.«

»Ja, ich weiß.«

»Tu mir und der ganzen Welt einen Gefallen – treib die Münzen auf. Bis jetzt haben die Unruhen, die in Westeuropa auf dem Vormarsch sind, Rumänien noch nicht erreicht, aber mein Job wird viel schwieriger werden, wenn ich erst einen Bogen um blutrünstige Mobs und einheimische Terroristen schlagen muss, um zu meinen Antworten zu gelangen.«

Brians Blick glitt nach links und heftete sich auf Murdochs

gewaltige Gestalt und die viel kleinere Frau, die neben ihm stand. Der Schotte war vor Wut fast geplatzt, als MacGregor verkündete, wer nun die Gruppe an seiner Stelle anführen würde. Lena sah nicht viel glücklicher aus. »Ich weiß, was du meinst.«

»Lass mich nicht im Stich, Webster.«

»Keine Sorge.«

Der andere Mann stieg in den Wagen, startete den Motor und fuhr los, die Zufahrtsstraße hinunter. Und ließ Brian mit einem Riesenberg Pflichten zurück.

»Brian?« Emily kam zu ihm gelaufen. Sie strahlte, als hätte sie im Lotto gewonnen. Sie war als Einzige glücklich über Lachlans und Rachels Abreise, denn sie hoffte auf etwas Teenagerfreiheit. Genau das war auch der Grund, weshalb Brian darauf bestanden hatte, dass sie eine Tasche packte und ins Haupthaus zog, solange ihre Eltern verreist waren. »Können wir Pizza bestellen?«

»Wenn du sie holen fährst – nur zu.«

Sie zog eine Schnute. »Ach, komm schon. Es dauert eine halbe Stunde hin und eine halbe wieder zurück. Wenn wir sie uns liefern lassen, halbieren wir die Zeit. Es ist eine alberne Regel, uns nichts liefern zu lassen.«

»Es ist mir ziemlich egal, ob du sie für albern hältst.« Brian griff nach Lenas Ellbogen und zerrte sie die Verandastufen hinauf. »Wenn du Pizza willst, such dir jemanden, der dich in die Stadt fährt.«

Murdoch lächelte, als er an ihm vorbeiging. Das selbstgefällige Kräuseln seiner Lippen legte nahe, dass sich Brian soeben bei Emily den Mund verbrannt hatte.

Brian blieb auf der Veranda stehen. »Murdoch, du bist verantwortlich für die neuen Schüler, die am Montag ankommen. Stell einen Trainingsplan zusammen und zeig ihn mir morgen.«

Der große Krieger erstarrte, als er diesen Befehl hörte, aber nach einem kurzen Moment nickte er zustimmend.

Die Last auf Brians Schultern fühlte sich bereits leichter an, und er ergänzte: »Atheborne, besprich dich mit dem Koch und finde heraus, ob wir noch Lebensmittel bestellen müssen. Bale, leg eine Inventarliste der Krankenstation an. Wir sollten sichergehen, dass wir für kleinere Notfälle gewappnet sind. Carlos, du hast den Schlafsaal unter dir. Ist alles für ein Dutzend neue Wächter vorbereitet? Wenn nicht, dann sorg dafür. Ihr steht mir dafür ein, dass die kommende Woche so reibungslos wie möglich verlaufen wird.«

Dann zog er Lena ins Haus.

»Wir beide müssen uns unterhalten«, sagte er zu ihr. Die Bibliothek war leer, daher schob er sie hinein und schloss die Tür. »Ich weiß, dass du nicht deinen gesamten Aufenthalt hier unter Arrest in deinem Zimmer verbringen willst, also gib auf. Wo sind die Münzen?«

»Es ist keine alberne Regel.«

»Was ist keine alberne Regel?«

»Die, die besagt, dass nichts hierher geliefert werden soll.«

Brian seufzte. »Das ist mir ziemlich egal. Können wir jetzt bitte über die Judas-Münzen sprechen?«

»Ich hab's dir doch schon gesagt. Ich weiß nicht, wo sie sind.«

»Aber du weißt, wer sie hat. Die Lage ist sehr ernst, Lena. Innerhalb einer Woche ist es zu Revolten in Spanien, einem entmachteten Premier in Großbritannien und einem Militärputsch in China gekommen. Satan tritt uns bereits mit den Münzen, die er schon hat, in den Hintern – ich kann nicht zulassen, dass er auch noch die anderen in die Finger bekommt. Die Spielchen, die du spielst, müssen aufhören. Wann bist du mit dem Kurier verabredet?«

»Ich habe mit niemandem eine Verabredung.« Sie senkte den Blick auf den Schreibtisch. »Weißt du, es wird auf Dauer ziemlich langweilig werden, wenn du mir immer wieder dieselbe Frage stellst.«

Auf dem Schreibtisch befanden sich diverse Gegenstände, darunter eine Digitaluhr. Wenn sie unter Zeitdruck stand, sollte er sie vielleicht ein bisschen zappeln lassen. Den Druck erhöhen, sodass sie ins Schwitzen geriet. »Keine Sorge, ich habe ein paar neue Fragen. Fangen wir mit dem FedEx-Paket an. Warum hast du dir die Mühe gemacht, eine falsche Fährte zu legen? Du musst das Schachspiel schon vor deinem Raubzug aufgegeben haben, als du gar nicht wissen konntest, dass ich dir im Nacken sitze.«

Sie zuckte die Schultern. »Alte Angewohnheit. Ich verwische immer meine Spuren.«

»Und was ist mit der Methode, mit der du die Münzen überhaupt aufgespürt hast? Wie hast du das gemacht?«

Sie umrundete den Schreibtisch, ließ sich auf den ledernen Bürostuhl fallen und schaltete den Computer ein. »Es war relativ einfach. Ich habe bei den Aufzeichnungen der Tempelritter angefangen und bin dann der Spur von Reichtum und Verrat bis direkt vor Duvergers Tür gefolgt.«

Im Grunde dieselbe Route, die auch er genommen hatte, auch wenn einige Gedankensprünge nötig gewesen waren, um die Lücken in den Aufzeichnungen zu schließen. »Was ist mit den New Yorker Münzen? Wie hast du *die* gefunden?«

»Ach, dort sind die anderen? In New York?« Sie traf gerade den richtigen Ton zwischen Interesse und Überraschung. Mit weit aufgerissenen Augen, leicht geöffnetem Mund und der Andeutung einer gerunzelten Stirn. Wenn sie den Aufenthaltsort gekannt hatte, bevor er ihn erwähnte, verbarg sie diese Tatsache sehr gut.

»Waren«, korrigierte er sie sanft. »Sie sind verschwunden.«

»Wie schade. Vollständig wären die Münzen um vieles mehr wert als nur eine Million Dollar.«

»Meinem Kumpel bei Sotheby's zufolge ungefähr fünf«, stimmte er ihr zu. Es war offensichtlich, wie sie so lange als Seelenwächterin hatte überleben können. Sie war aalglatt. »Weshalb ich zuversichtlich bin, dass du von ihrem Verbleib in New York wusstest.«

Sie schüttelte den Kopf. »Ich wurde nur angeheuert, um Duvergers dreizehn Münzen zu klauen. Es gibt keinerlei Unterlagen über die anderen.«

Außer im Protektorat. Was nahelegte, dass sie einen Insidertipp bekommen hatte. Von O'Shaunessy? Aber was würde das über ihre Beteiligung an seiner Ermordung aussagen?

»Ich war an dem Tag, an dem die Münzen gestohlen wurden, in New York«, eröffnete er ihr. Er musste die Wahrheit wissen. Selbst wenn sie nicht schön war. »Shopping bei Saks.«

Sie wurde vollkommen ruhig. »Wirklich?«

»Auf meiner Liste der miesesten Tage, die ich jemals erlebt habe, steht dieser ganz oben. Ein Kriegsdämon hat den ganzen Laden auseinandergenommen und zusätzlich die Kirche auf der anderen Straßenseite, und ich musste die Seelen von viel zu vielen Augenzeugen holen.«

Lenas rechte Hand ballte sich, dann öffnete sie sich wieder. »Kriegsdämonen sind sehr groß und mächtig. Schon viele Wächter sind ihnen zum Opfer gefallen.«

»Dieser Bastard hätte mich auch tatsächlich beinahe umgebracht«, gestand er. »Wenn ich nicht dasselbe Training durchexerziert hätte, das auch dir bevorsteht, wäre er bestimmt erfolgreich gewesen. Nach dem Kampf habe ich eine der Judas-Münzen aufgelesen. So bin ich in all das hineingeschlittert.«

Sie schloss die Augen.

Er studierte die scharfen Züge ihres schönen Gesichts und fragte sich, welche Rolle sie bei dem Diebstahl gespielt hatte. Denn sosehr er auch etwas anderes glauben wollte, sagte ihm sein Bauch doch, dass sie irgendwie in die Sache verwickelt war.

»Und warum warst *du* in New York, Lena?«

7

Emily starrte wütend auf die Fliegengittertür des Hauses. »Er behandelt mich wie ein Baby«, sagte sie. Warum hatte er ihr keine Aufgabe übertragen? Sie war genauso fähig, einen Auftrag zu erfüllen, wie Carlos oder Bale. Vielleicht sogar fähiger.

»Nicht wie ein Baby«, wiegelte Carlos ab. »Wie eine Schülerin. Die du nun mal bist.«

»Ach ja?« Sie zog an Carlos' Hand. »Okay, diese Schülerin braucht eine Pizza. Und wenn wir jetzt nicht fahren, wird mich Murdoch finden und zum Übungsplatz zerren.«

Er blieb, wo er war, und sah sie weiter mit seinem festen, dunklen Blick an. »Das wäre auch richtig. Du brauchst keine Pizza. Du brauchst mehr Übung.«

»Ich hab die Nase voll vom Training. Seit sieben Monaten tue ich nichts anderes. Trainieren, lernen. Lernen, trainieren. Alles, was ich will, ist ein verdammtes Stück Pizza. Das ist doch nicht zu viel verlangt, oder?«

Seine Finger verschränkten sich mit ihren, und er zog sie sanft an seine Brust.

»Em, du musst auf das, was kommt, vorbereitet sein.« Er

küsste sie auf die Nasenspitze. »Du bist die Dreifaltige Seele. Die Menschen zählen auf dich. Ich weiß, dass du viel mehr kannst, als du beim Üben zeigst. Ich fühle es. Du musst nur lernen, dich zu konzentrieren, den Strom der Urenergie anzuzapfen.«

Sie schnitt eine Grimasse. »Bei dir klingt es, als wäre ich ein Power Ranger oder Transformer oder so etwas. Das bin ich aber nicht. Ich bin einfach ich. Okay, vielleicht unsterblich, aber trotzdem noch immer die normale alte Em.«

Die flüchtige Ahnung eines Lächelns hellte sein Gesicht auf und ließ die kleine Narbe auf seiner Lippe weiß schimmern. »Wenn du ein normales Mädchen bist, dann, nehme ich an, bin ich ein normaler Kerl.«

Sie grinste. Doch das Grinsen verschwand rasch, als sie Murdoch entdeckte, der den gepolsterten Trainingsanzug Richtung Übungsplatz schleppte. Niemand sonst musste diesen lächerlichen Anzug tragen, nur sie. Ein unsterbliches, gepolstertes Mädchen. Wie dämlich war das denn? »Normale Mädchen und Jungen sollten normale Dinge tun. Was kann es schon schaden, wenn wir einen Abend aus sind? Bitte!«

»In den Unterkünften gibt es jede Menge tief gefrorene Pizzas. Wir können eine davon in den Ofen schieben.«

»Das ist nicht dasselbe. Tiefgefrorene Pizza schmeckt wie Pappe.«

Er starrte sie unbewegt an.

Emily seufzte. »Gut, dann bleiben wir eben zu Hause.« Sicher, dass Murdoch sich jede Sekunde umdrehen und sie entdecken würde, zerrte sie heftig an Carlos' Hand. »Aber ich brauche eine Pause, okay? Einen einzigen Abend, an dem ich nicht trainieren muss.«

Kopfschüttelnd ließ er es zu, dass sie ihn den kieselsteinbestreuten Pfad entlangführte. Von hier aus war das Haus kaum noch zu sehen – nur noch ein paar gebleichte Zedernschindeln des Dachs blitzten zwischen den Ästen eines Walnussbaums hindurch.

»Du nimmst deine Rolle nicht ernst genug, Em.«

Von fern hörte sie Murdoch ihren Namen rufen.

Emily warf einen Blick über die Schulter. Sie waren nun hinter dem Haupthaus verborgen, und selbst wenn Carlos auf stur schaltete, verschaffte ihr das doch eine kurze Verschnaufpause. »Ich glaube, das Kopfweh macht dir schlechte Laune. Früher hast du dich immer mit mir weggeschlichen. Es ist noch gar nicht so lange her, dass du es sogar ziemlich spannend fandest, mich zu einem Rave mitzunehmen oder mich im dunklen Kino anzugrabschen.«

»Das finde ich auch jetzt noch spannend.« Er blieb stehen und zwang auch sie anzuhalten. Der pikante Geruch, der von den wilden Zwiebeln herüberdrang, umwaberte sie. »Aber es wird allmählich richtig schlimm, Em. Satan fängt mit wirklich üblem Mist an.«

»Das ist nicht meine Schuld.«

»Das habe ich auch nicht gesagt.«

Sie drehte sich um und sah Carlos an. Er hatte sich in den letzten sechs Monaten das Haar wachsen lassen, das nun in tiefschwarzen Wellen das schmale Gesicht umspielte. Fast als versuchte er, sich dahinter zu verstecken. Doch seine Augen waren noch von demselben verdrossenen Braun. In sie hatte sie sich damals verliebt, und ihnen konnte sie noch immer kaum widerstehen.

»Aber du erwartest von mir, dass ich es richte.«

»Nein«, widersprach er. »Das tue ich nicht. Jedenfalls erwarte ich nicht, dass du es allein richtest. Aber du hast eine

Gabe, Em. Du weißt, was du bist. Ich würde alles geben, um deinen Einblick in die Dinge zu besitzen, deine Mission. Ich verstehe einfach nicht, warum du nicht das Beste aus deinen Talenten machen willst.«

»Bist du mir deshalb so böse?«

»Ich bin dir nicht böse.«

»Machst du Witze? Ich spüre den Zorn in dir brodeln. Manchmal wache ich sogar mitten in der Nacht davon auf.«

Kies knirschte, nicht weit entfernt, aber außer Sichtweite hinter der Myrtenhecke. »Emily?« Murdochs barsche Stimme drang durch die schwüle nachmittägliche Luft zu ihnen.

Sie stand vollkommen still und wagte nicht zu atmen. Seelenwächter hatten ein übernatürlich scharfes Gehör, und sie konnten jedes Parfüm noch durch geschlossene Türen riechen. Em suchte Carlos' Blick und flehte ihn stumm an, sie nicht zu verraten. Murdochs Stiefeltritte kamen näher, und wieder rief er ihren Namen. Zu Ems immenser Erleichterung schwieg Carlos. Sie standen einfach nur da und bissen sich auf die Lippen, für eine lange Weile, bis Murdoch endlich in die entgegengesetzte Richtung davonging.

»Ich bin nicht böse auf dich«, wiederholte Carlos ruhig. »Es ist nur –«

»Nimmst du es mir übel, dass ich Drusus deinen Namen verraten habe? Das war keine Absicht. Ich wusste ja nicht, dass er etwas gegen dich unternehmen würde.«

»Nein, das habe ich dir nie krumm genommen.«

»Dann bist du vielleicht böse, dass ich dich so lange dort unten gelassen habe? Dabei wollte ich es doch gar nicht, okay? Ich hatte einfach keine Ahnung, wie ich dich zurückholen sollte.«

Er senkte die Lider über seine dunklen Augen. »Em –«

»Ich habe mein Bestes gegeben.«

»Das weiß ich«, entgegnete er. Der warme Goldton seiner Haut nahm ein teigiges Grau an. »Ich weiß, dass du versucht hast, das Richtige zu tun. Aber du hättest meine Seele dort lassen sollen, wo du sie gefunden hast.«

Ihr Magen stülpte sich um. »Als hätte ich –«

»Drusus hat mich gebrochen, Em. Lange bevor er mich gegrillt hat.«

Sie blickte starr in sein Gesicht. »Was?«

»Er hat mich gebrochen. Nach der Hälfte der Nacht hatte er mich so weit, dass ich darum bettelte, ihm in der Hölle dienen zu dürfen.« Angewidert von sich selbst verzog er den Mund. »Ich habe wie ein verdammtes Baby geheult und versprochen, alles zu tun, was er will. Ich bin aus freien Stücken mit ihm gegangen und nicht, weil er mich gezwungen hat.«

Mit einem Kloß im Magen packte Em seinen Arm. Die Muskeln unter seinem Jackenärmel waren hart wie Stein. »Aber doch nur, weil er dir das Fleisch ganz langsam von den Knochen gebrannt hat.«

»Das spielt keine Rolle.« Carlos öffnete die Augen. Die Asche der Wut glomm in ihren schwarzen Tiefen. »Die Sache ist die, Em: Ich gehöre nicht hierher. Ich gehöre dort hinunter. In die Hölle.«

»Nein!« Das war doch lächerlich. Carlos war ein guter Kerl, so anders als Drusus, wie man nur sein konnte. Er war nicht perfekt, aber er war auch nicht böse. »Das glaube ich nicht.«

»Doch, du glaubst es«, sagte er. »Du willst nur nicht zugeben, dass du einen Fehler gemacht hast.«

Emily hätte ihn am liebsten geschlagen. Stattdessen glitt ihre Hand seinen Arm hinab, über die kalte silberne Schnalle an seinem Ärmel, und sie verschränkte ihre Finger mit seinen. »Warum tust du das, Carlos? Warum versuchst du, mich wegzustoßen?«

Sein Körper blieb steif, aber seine Finger schlossen sich um ihre. »Ich versuche, dich zu beschützen.«

»Wovor? Vor einem gebrochenen Herzen?«

Ein schroffes Lachen entrang sich seinen Lippen. »Nein. Ein gebrochenes Herz ist das Einzige, wovor ich dich nicht beschützen kann.«

»Wovor dann?«

»Vor dem hier.« Er hielt ihre ineinander verflochtenen Hände hoch, und fast sofort schoss eine Welle versengender Hitze durch ihre Finger. Ihre bleiche Haut nahm ein wütendes Dunkelrot an. Emilys Blick flog hinauf zu seinem, unsicher. Die Hitze wurde noch schlimmer, bis es sich anfühlte, als stünde ihre Hand in Flammen. Schmerz sägte sich durch ihr Fleisch, aber einen Augenblick, bevor es unerträglich geworden wäre, ließ er ihre Hand los und trat zurück.

Em starrte entsetzt auf ihre mit Brandblasen übersäte Hand.

Sie pochte heftig, und Ems Augen füllten sich mit Tränen. »Was hast du getan?«

»Fast nichts«, knurrte er mit einer Stimme, die wie zerreißendes Sandpapier klang. Seine Augen schienen sich nicht von ihrer Hand lösen zu können, und sein Gesicht war von Kummer verzerrt. »Das ist nur ein Bruchteil der verfluchten unheimlichen Fähigkeiten, die ich mich jeden Tag zu unterdrücken bemühe. Du hattest recht. Ich bin nicht mehr der, der ich vorher war. Ich bin ein Monster, Em.«

Er machte auf dem Absatz kehrt und entfernte sich über das Feld.

Fassungslos und wütend, wie sie war, ließ sie ihn gehen.

Schmerz strahlte mit jedem schwerfälligen Schlag ihres

Herzens in ihren Arm aus. Emily schloss die Augen, stellte sich den Arm ohne Verbrennungen vor und fühlte den Schmerz weichen. Die Brandblasen glätteten sich, ihr Fleisch heilte. Als sie die Augen wieder öffnete, waren ihre Finger noch ein wenig geschwollen, aber gesund und unversehrt.

Carlos war verschwunden. Nur eine Spur im Gras Richtung Haus war geblieben.

Sie konnte noch immer nicht glauben, dass er ihr absichtlich Verbrennungen zugefügt hatte. Obwohl er wusste, dass sie sich selbst zu heilen vermochte, war es wirklich gemein gewesen. Aber sie verstand, warum er es getan hatte.

Er wollte sie davon überzeugen, dass es nicht recht von ihr gewesen war, ihn zurückzuholen. Aber das konnte doch nicht wahr sein! Gleichgültig, zu welchen Worten Drusus ihn gezwungen hatte, gleichgültig, was er in seinem früheren Leben getan hatte, er hatte die Ewigkeit in der Hölle nicht verdient. Jenes Feuer in ihm war nur der gerechte Zorn, den die Folter durch Drusus – die Hilflosigkeit, ihm ausgeliefert zu sein – in ihm entfacht hatte.

Ein Gefühl, das sie selbst nur zu gut kannte.

Emily steckte die Hände in die Taschen ihrer Jeans und zog die Schultern hoch. Aber sie war nicht mehr hilflos, nun besaß sie Macht. Viel mehr Macht als jeder andere auf der Ranch. Und Carlos musste das endlich begreifen. Er musste begreifen, dass sie mit ihm und sich selbst fertig werden würde. Gleichgültig, was das bedeutete.

Sie holte tief Atem.

Es gab zumindest eines, was nur sie vollbringen konnte. Und wenn ihr das gelang, dann würde es ihr sofort den Respekt aller eintragen. Dann würde sie niemand mehr wie ein Baby behandeln.

Erleichterter, als sie sich seit Tagen gefühlt hatte, setzte sie ihren Weg zum Haus ihrer Mutter fort.

Lena hätte sich beinahe auf Brians Schuhe erbrochen.

Er weiß es, schrie ihr Gewissen. Er weiß alles.

Allerdings … war das gar nicht möglich.

Nur eine Handvoll Leute wusste, was genau an jenem Tag in New York geschehen war. Alle außer zweien waren nun tot. Und falls Brian Fakten in der Hand hatte und nicht nur spekulierte – falls er also wusste, dass sie es gewesen war, die einen Protektor in dieses Treppenhaus gelockt hatte –, durfte er keine Zeit verlieren, indem er ihr Fragen stellte. Er würde sie einfach umbringen.

»Ich war nicht in New York«, log sie.

Es war ein gutes Gefühl zu wissen, dass Brian Amandas Seele geholt hatte. Brian war der Beste, den sie sich hätte wünschen können. Ehrenhaft, fähig, respektvoll und … scharf. Amanda hätte Letzteres gefallen. Seit Jahren zierten Poster von Brad Pitt und Zac Efron die Wände ihres Zimmers.

»Aber interessant zu erfahren, dass *du* da warst«, fügte sie hinzu. Um Zeit und ihre Fassung wiederzugewinnen, öffnete sie einige seriöse Online-Archive und tat so, als wäre sie mit Tippen beschäftigt. »Du könntest überall im ganzen Land sein, und du gehst genau in das New Yorker Gebäude, das ein Dämon gerade angreift? Das ist ein bisschen viel Zufall, oder?«

Er lächelte. »Es war kein Zufall. Ich bin einer Spur gefolgt.«

»In Saks Fifth Avenue?«

Sein Lächeln wurde breiter. »Ich wollte zwei Fliegen mit einer Klappe schlagen. Ich brauchte ein neues Hemd, und ich wollte dort einen Kontaktmann treffen, einen Priester namens Graeme O'Shaunessy.«

Es kostete Lena alle Selbstbeherrschung, die sie besaß, um bei O'Shaunessys Name nicht blass zu werden. Sie konzentrierte sich auf den Monitor, während sie sich in eine historische Datenbank einloggte. Hoffentlich bemerkte Brian nicht das Datum am unteren Rand des Bildschirms – jenes Datum, das besagte, dass sie die Seite zuletzt vor zwei Jahren besucht hatte.

»Das klingt noch immer schrecklich unspektakulär.«

»Nicht für O'Shaunessy«, erwiderte Brian trocken. »Er ist bei dem Angriff gestorben.«

»Das tut mir leid.«

Und das stimmte. Mehr, als Brian je erfahren würde. O'Shaunessy hatte alles getan, was in seiner Macht stand, um die Münzen zu schützen, und war einen sehr schweren Tod gestorben. Es wäre sicher besser gelaufen, wenn der Priester nicht die echten Münzen zusammen mit den gefälschten zum Treffen mitgebracht hätte, aber Lena konnte es ihm kaum verübeln. Sein Schwur hatte es nicht erlaubt, die Münzen zurückzulassen, nicht einmal für kurze Zeit.

Brian kam um den Schreibtisch herum und stellte sich neben sie. »Was machst du da?«

Der warme Duft seines Parfüms, das nach Limonen und Zedernholz roch, lenkte sie ab, und es fiel ihr schwer, sich daran zu erinnern, was sie mit der Recherche bezweckte. »Du hast gefragt, wie ich Duvergers Münzen aufgespürt habe. Da dachte ich, ich zeige dir mal, wo und wie ich an meine Informationen gekommen bin.«

»Sehr großmütig von dir.«

Das wäre es gewesen, wenn es denn gestimmt hätte. »Zum

Glück stellen immer mehr historische Gesellschaften und akademische Institutionen ihre Datensätze online«, erläuterte Lena und startete eine Suchanfrage über die Tempelritter. »Trotzdem ist das Beste weiterhin nur auf Papier zugänglich. Man muss sich erst mit dem schrägen Bibliothekar anfreunden.«

»Was du offenbar tust.«

Sie zuckte die Achseln. »Die meisten Leute, die ich kennengelernt habe, finden es aufregend, einen anderen Geschichtsfan zu treffen, und freuen sich, wenn sie mir helfen können, ungewöhnliche Details zu ermitteln.«

»Können wir auch eine doppelte Suchanfrage eingeben?«, fragte er, während er über ihre Schulter auf die Website spähte, die sich gerade aufbaute. »Ich habe die Theorie, dass die Münzen mit anderen Reliquien in Zusammenhang stehen.«

»Natürlich.« Sie tippte »Judas Ischariot Münzen« ein und hielt inne. »Welche anderen Reliquien könnten deiner Meinung nach mit ihnen zu tun haben?«

»Ich weiß bisher nur von einer. Dem Pontius-Pilatus-Linnen.« Er runzelte die Stirn, während er den Blick nicht vom Bildschirm wandte. »Aber soweit ich weiß, befand sich das Linnen nie im Besitz der Templer.«

»Kümmert sich das Protektorat darum?«

Sein Blick wurde wachsam. »Ja. Du weißt von ihnen?«

Wie viel wollte sie preisgeben? »Ich bin mal einem seltsamen Protektor über den Weg gelaufen.«

»Und er hat dir einfach so von der Rolle des Protektorats erzählt, ohne dass du danach gefragt hättest? So viel zur Geheimorganisation.«

Lena begegnete seinem silberäugigen Blick. »Was willst du mir unterstellen?«

»Dass du ein bisschen zu viel weißt über Dinge, über die du nichts wissen solltest«, sagte er. Er sprach leise, aber seine Worte klangen nach einem Hauch von Stahl. »Das Protektorat lässt sich ziemlich ungern in die Karten schauen.«

»Du weißt doch auch von ihnen.«

»Aber nur, weil MacGregors Bruder zu ihnen gehörte.«

Lena setzte sich auf. Das Leder des Stuhls protestierte knarzend. »Ich bin im Reliquiengeschäft. Überrascht es dich wirklich, dass ich weiß, wer für den Schutz welcher Reliquie verantwortlich ist?«

»Nein, aber es würde mich schon ins Grübeln bringen, wenn du wirklich nicht gewusst hättest, dass sich der Rest der Münzen in New York befand. In der Obhut eines Protektors.«

Jetzt wurde es gefährlich.

»Sie haben mir nie eine Liste der Reliquien ausgehändigt, die sie schützen«, sagte Lena ehrlicherweise. Die Wahrheit würde doch sicher überzeugend klingen? »Wir sind nur wegen der einen Reliquie aneinandergeraten.«

»Ich würde dir gern glauben.« Er griff über sie hinweg, streifte dabei ihre Finger und gab ins Suchfeld »Pontius-Pilatus-Linnen« ein. Dann drückte er die Eingabetaste. »Ich habe das verrückte Gefühl, dass du und ich ein Team hätten sein können. Vielleicht sogar mehr als das. Ich streite nicht einmal ab, dass du meinen Schwanz Samba tanzen lässt und mein Gehirn zu Brei machst. Aber es gibt da ein kleines Problem. Wir arbeiten nicht für dieselbe Seite, oder?«

Sie hob den Kopf und sah ihm in die Augen. Augen, in denen eine verwirrende Mischung aus heißem Verlangen und grimmiger Selbstironie stand. Augen, die gleichermaßen eine Verheißung und eine Drohung enthielten und ihr den Atem raubten. Bevor sie eine zusammenhängende Antwort herausbrachte, klopfte es an der Tür.

»Brian?« Es war die Stimme des Magiers. »Wir haben ein Problem.«

Brian starrte die Zufahrt hinunter.

»Erickson hat vom Tor aus angerufen und gesagt, ein Kerl vom Pizzaservice sei da«, erklärte Stefan, während sie auf der Veranda warteten. »Bale meinte, er solle ihn zum Teufel jagen, bekam aber keine Antwort. Einen Augenblick später habe ich gespürt, wie der Grenzzauber fiel. Bale bestätigte, dass das Tor jetzt offen steht.«

»Ich bringe sie um«, sagte Brian ohne Wut.

Welchen Sinn hätte es gehabt, einen Tobsuchtsanfall zu bekommen? Emily war ein Teenager, und Teenager machten nun mal Dummheiten. Er zog sein Schwert aus der Scheide. Wenn er unbedingt jemandem die Schuld geben wollte, musste er nur in den Spiegel sehen. Er hätte einen Wächter in die Stadt abkommandieren sollen, anstatt davon auszugehen, dass sie sich an seine Anweisungen hielt.

Am Horizont tauchte ein winziger weißer Fleck auf, der von Sekunde zu Sekunde größer wurde.

»Alarmiere die anderen Wächter«, befahl er Stefan. »Und dann such Emily und sorge dafür, dass sie irgendwo in Sicherheit gebracht wird.«

»Bale hat ihnen schon Bescheid gesagt«, erwiderte der Magier. »Aber du brauchst mich vielleicht –«

»Kümmere dich um Emily. Dann kommst du wieder her.«

Stefan hätte vielleicht noch weiter diskutiert, aber Lena fuhr herum, rümpfte die Nase und deutete mit dem Finger auf den Kiesweg zu den anderen Häusern. »Ich habe sie gerade durch das Fenster der Bibliothek gesehen. Sie ist in diese Richtung gelaufen.«

Stefan musterte Lena einen Moment lang, dann stieg er die Stufen hinunter und ging auf die Hausecke zu. »Ich komme zurück, so schnell ich kann.«

Brians Schultern entspannten sich. Stefan würde ihnen ganz sicher bei der Verteidigung fehlen, aber er musste wissen, dass Emily in Sicherheit war. Er stieg die Treppe hinab, ohne den Blick von dem sich nahenden Auto zu wenden.

Ein Honda des neuesten Typs.

Drei Köpfe wippten darin auf und ab, aber es war nicht sehr wahrscheinlich, dass die beiden Seelenwächter darunter waren, die das Tor bewachen sollten. Nur ein Narr hätte einen fremden Wagen auf das Anwesen gelassen, und Narren überlebten nicht lange im Wächtergeschäft.

»Lena, wenn du irgendetwas über das weißt, was da gerade auf uns zufährt«, sagte Brian ruhig, »dann wäre jetzt ein guter Zeitpunkt, um darüber zu reden.«

»Es könnten Hörige Dämonen sein.«

»Das sind die, die von Menschen Besitz ergreifen, richtig? Sie schlüpfen in ihren Körper und machen mit ihnen, was sie wollen?«

»Ja.«

Einige andere Wächter erschienen im Laufschritt mit gezogenen Schwertern, und Murdoch rannte vom Übungsplatz herbei. Nun wären sie acht gegen drei, Lena nicht mitgezählt. Offen gestanden war sich Brian nicht sicher, ob er auf Lena zählen konnte.

»Trennt sie voneinander«, riet Lena. »Dann habt ihr es leichter, euch gegen sie zu wehren.«

Er runzelte die Stirn.

»Die Dreifaltigkeit gilt für Dämonen genauso wie für heilige Wesen«, erklärte sie achselzuckend. »Sie stärken sich gegenseitig.«

Das weiße Auto wurde nicht langsamer, als es sich dem Haus näherte. Im Gegenteil, es nahm Fahrt auf. Es hielt sich nicht damit auf, die Kurve zu nehmen, sondern fuhr auf den Rasen, verfehlte um Haaresbreite den Steingarten und raste aufs Haus zu. Brian wich bis zuletzt nicht von der Stelle, dann hechtete er zur Seite.

Er rollte sich ab und kam gerade rechtzeitig wieder auf die Beine, um zu sehen, wie der Wagen in die umlaufende Veranda krachte.

Sie faltete sich unter der Wucht des Aufpralls wie eine Ziehharmonika zusammen, doch es reichte nicht, um das Fahrzeug zu stoppen. Es raste in das Panoramafenster der Frontwand. Wahrscheinlich hätte es die gesamte Westseite des Hauses zum Einsturz gebracht, wenn nicht die Vorderachse gebrochen und ein Rad in die Rosensträucher gerollt wäre. Das Auto kam knirschend und stöhnend über dem großen Metallkasten zum Stehen, in dem der Kompressor für die Klimaanlage untergebracht war.

»Und haltet euch von blauem Rauch fern«, murmelte Lena.

Drei Männer im Collegealter quollen aus dem Wrack – blutbefleckt, verletzt, aber lebendig. Sie schossen aus den Fingern Feuerbälle auf die Seelenwächter ab, die mit gezogenen Schwertern um das Autowrack Stellung bezogen hatten. Der Kampf geriet rasch außer Kontrolle, als die Wächter zurückschlugen. Die Feuerbomben prallten von Schildzaubern und geschwungenen Schwertern ab und flogen in alle Richtungen.

Brian musste nicht lange über Lenas kryptische Rauch-Bemerkung rätseln. Nur Augenblicke nach Beginn des Kampfes stiegen dunkelblaue Nebelstreife aus der Kleidung der drei Männer auf.

Brian schlug einen Feuerball mit dem Schwert fort und eilte einem der anderen Wächter namens Mick Wilson zu Hilfe. Der arme Junge war auf die Knie gefallen und wurde von blauem Rauch eingeschlossen. Benommen und mit offen stehendem Mund hatte der Ire das Kämpfen eingestellt. Sein Schwert hing kraftlos von seiner Hand hinab.

Brian griff nach dem Hemdkragen des Burschen, um ihn aus der Gefahrenzone zu ziehen. Doch bevor er ihn zu fassen bekam, sprühte der wirbelnde Rauch um Wilson Funken, und ein wildes Feuerwerk entlud sich. Hungrige rote Flammen verzehrten rasch seine Kleidung und sein Haar, aber Wilson wehrte sich nicht, noch schrie er. In weniger als zehn Sekunden hatte das Feuer den jungen Wächter vollständig verschlungen.

Der Gestank verbrannten Fleisches paralysierte Brian einen Schreckensmoment lang. Dann verdrängte er das, was geschehen war. Er wollte es fühlen, doch er hatte keine Zeit dazu.

»Haltet euch von dem verfluchten blauen Rauch fern!«, brüllte er den kämpfenden Wächtern zu.

Dann sprang er zurück in das Gewimmel aus Leibern.

Bei acht gegen drei hätten die Chancen gar nicht so schlecht stehen dürfen.

Aber einer der übrigen Wächter versäumte es, Brians Warnung rechtzeitig zu beherzigen, sodass auch er von dem Rauch regelrecht verschluckt und zur menschlichen Fackel wurde. Nun waren sie nur noch zu sechst. Einige von ihnen standen unter Schock und bewegten sich, als wären sie von Götterspeise umgeben. Nur Brian, Carlos und Murdoch hieben und stachen mit der üblichen Schnelligkeit und Kraft um sich.

Brian rückte gegen die drei Hörigen Dämonen vor, entschlossen, sie voneinander zu trennen, wie Lena es ihm geraten hatte. Er wich einem sich windenden Tentakel aus Rauch aus und duckte sich unter das versengte Gerippe von Rachels erst kürzlich gepflanztem Palisander. Ein Feuerball sauste auf ihn zu, den er mit einem Schwerthieb parierte. Die Schneide zerteilte die Bombe in zwei Hälften. Eine fiel harmlos zu Boden, während die andere wild nach links wegtrudelte.

Sie segelte durch die Luft und landete auf dem Dach von MacGregors Bungalow. Aus dem Augenwinkel sah Brian, wie die Zedernschindeln in Flammen aufgingen, und das Herz fiel ihm in die Hose.

Emily.

Brian wollte sich schon aus dem Kampf zurückziehen, um zu ihrer Rettung zu eilen, und machte einen Schritt rückwärts. Doch Carlos war bereits unterwegs. Der junge Mann bewies, dass große Geister oft dasselbe denken, stürzte den Kiesweg hinunter und rannte in das schon brennende Haus.

Beruhigt konzentrierte sich Brian wieder auf die Angreifer.

Es war erstaunlich, wie viel Schaden drei Dämonen anrichten konnten. Sie arbeiteten perfekt Hand in Hand, trafen ihre Ziele in rascher Folge und rotteten sich beim ersten Zeichen von gegnerischer Schwäche zusammen. Es war, als würden sie wechselseitig ihre Gedanken lesen und wüssten im Voraus, welche Bewegungen die anderen planten. Das hohe Tempo ihres Angriffs machte es fast unmöglich, ihre Verteidigungslinie zu durchbrechen.

Und dann war da noch der unheimliche blaue Rauch.

Kringel aus Dunst lösten sich fortwährend von den dreien

und waberten auf der Suche nach den Wächtern durch die Luft. Wenn der Ostwind nicht gewesen wäre, hätten noch mehr der fedrigen Nebelfetzen den Weg zu Brian gefunden, und das wäre – da alle, die mit ihnen in Berührung kamen, sofort von einer seltsamen Lähmung befallen wurden – nicht sehr gut gewesen.

Vor ihm ging gerade Greg Hill unter einer glühenden Salve von Feuerbällen zu Boden. Brian sprang ihm zu Hilfe, indem er seinerseits das Sperrfeuer abwehrte. Das Timing war perfekt – er trat gerade in dem Augenblick vor Hill, als eine der flammenden Kugeln auf den liegenden Wächter geschleudert wurde.

Hill kam wieder auf die Beine, und Brian ging zum Angriff über. Es war schwer, einem Dämon in Gestalt eines pickelgesichtigen Pizzaboten in die Augen zu sehen und zu wissen, dass er in ihm einen unschuldigen Menschen töten würde, aber weitere Männer durch diese Bastarde zu verlieren war noch schlimmer. Zu viele Leute, die sich auf ihn verlassen hatten, waren bereits umgekommen.

Über das, was von der Veranda übrig geblieben war, schlug er sich bis zum Wrack des Wagens durch. Er wehrte jedes Geschoss der Dämonen ab und war einmal mehr dankbar für die Wendigkeit seiner Klinge. Murdoch sah, dass Brian vorrückte, und drängte mit einigen strategischen Schwerthieben ebenfalls in die Richtung. Das Gesicht des Schotten war rot, seine Stirn grimmig gefurcht, und sein Schwertarm ging mit solcher Kraft zu Werke, dass er Brian eine kurze Pause verschaffte. Wenn er erst die Kontrolle verlor und wie ein Berserker wütete, würden alle innerhalb der Reichweite seines riesigen Claymoreschwerts Zielscheiben werden. Er selbst ebenfalls.

Aber das allein würde die Schlacht nicht entscheiden.

Brian kehrte zurück in den Kampf. Sie schienen gerade Fortschritte zu machen, da änderten die Dämonen plötzlich die Taktik. Zwei von ihnen verließen den relativen Schutz des Fahrzeugs und drangen in wachsender Raserei auf die Wächter ein, während der dritte ausbrach und auf MacGregors brennendes Haus zurannte.

Seine Absicht lag auf der Hand.

Die Judas-Münze.

Aber Brian steckte knietief in dem Autowrack und in einem schwierigen Scharmützel mit den zwei verbliebenen Dämonen. Wenn er hinter dem Dritten herjagte, würde er seinen Rücken dem Angriff preisgeben und die anderen Wächter in eine missliche Lage bringen.

Er musste beten, dass die Münze – ebenso wie Emily – bei Carlos und Stefan in Sicherheit war.

Lena stand am Rande des Gefechts und wünschte sich sehnlichst, sich ins Getümmel zu werfen. Der ungeduldige Schlag ihres Herzens drängte sie, den anderen beizuspringen und ihnen mit all den Zaubern, die sie beherrschte, zur Seite zu stehen.

Aber sie hielt sich zurück.

Malumos würde nicht zögern, das Mädchen für seine Auflehnung zu bestrafen, wie er es schon in der Vergangenheit getan hatte. Amanda und Heather hatten für jede ihrer anfangs häufigen Verfehlungen mit Schlägen und Essensentzug büßen müssen. Innerhalb weniger Wochen waren sie von gesunden, lächelnden jungen Frauen zu hohläugigen Schatten ihrer selbst aus Haut und Knochen geworden. Und das nur, weil Lena es gewagt hatte, sich Malumos' Befehlen zu widersetzen.

Nein, so befriedigend es auch wäre, endlich zurückzuschlagen, so war es doch ganz und gar unmöglich, Brian und seinen Waffenbrüdern zu Hilfe zu kommen.

Im Gegenteil, es war viel sinnvoller, diesen Moment der Ablenkung für ihre eigenen Zwecke zu nutzen. Dies war die perfekte Gelegenheit, die Münze an sich zu bringen.

Lena wich einen Schritt zurück.

Dann noch einen.

Niemand bemerkte ihren Rückzug. Alle hatten verständlicherweise für nichts anderes Augen als für die Dämonen – sie schleuderten Bindezauber, wehrten Feuerbälle ab und versuchten, den Rauchfahnen fernzubleiben, die sich durch die Luft schlängelten.

Langsam bahnte sie sich einen Weg durch die Trümmer, ohne den Blick von Brian zu wenden. Sie hoffte, dass ihm nichts geschehen würde, und gleichzeitig betete sie, dass er sich nicht umdrehte und sie entdeckte.

Sie musste gehen. *Jetzt*. Wenn die Hörigen hier waren und mit den Wächtern kämpften, waren sie offenbar mittlerweile zu ungeduldig geworden, um abzuwarten. Sie hatten die Absicht, die Münzen gewaltsam an sich zu bringen. Wenn sie sich jetzt nicht wieder ins Geschäft brachte, würde sie auch noch den letzten Rest ihrer Verhandlungsmacht verlieren. Heather würde nur ein weiteres Zwischenspiel in Malumos' langer Geschichte des Seelenzerstörens sein. Sie musste an die Münzen kommen, bevor dies den Dämonen gelang: zuerst die Münze in MacGregors Safe, dann die anderen dreizehn.

Tariq würde vielleicht einen Tag auf sie warten. Aber darüber hinaus konnte sie nicht darauf zählen, dass seine Begeisterung für sie seine Habgier im Zaum zu halten vermochte. Der Wert der Münzen würde ihn dazu drängen, sein Wort zu brechen. Wenn sie jetzt nicht ging, war es sehr wahrscheinlich, dass sie *alles* verlieren würde.

Lena holte tief Luft, drehte sich um und rannte los.

Die Schnittwunden, die Brian und Murdoch den beiden dämonenbesessenen Pizzaboten beibrachten, verschafften ihnen keinen Vorteil – ihr Blut war menschlich, daher erwies sich der Dämonenblutzauber ihrer Schwerter als nutzlos. Und trotz ihrer immer schwereren Verwundung fuhren die zwei Dämonen fort zu kämpfen, als wären sie gesund und munter.

Die einzige Möglichkeit, die wirbelnden Derwische zur Strecke zu bringen, war rohe Gewalt.

Brian warf Murdoch einen Blick zu. Der Schotte hatte bereits ein Glänzen in den Augen, aber er war noch bei sich. Er nickte.

Die beiden Wächter stürmten auf die Dämonen zu. Dabei stieß Murdoch aus den Tiefen seiner Kehle ein Knurren aus, fast als wäre er eine wilde Bestie. Brian blieb stumm, erzielte aber dieselbe Wirkung, indem er den Schild mit gut gezielten und mächtigen Stößen durchbrach. Sein Schwert war gerade dabei, den Leib des Dämons, der ihm am nächsten stand, zu durchbohren, als eine Welle ungezügelter Energie durch den Garten flutete. Die Luft schwamm, alles wackelte, und es riss jeden – Wächter wie Dämon – von den Füßen.

Von dort, wo Brian mit kribbelndem Körper flach auf dem schmutzigen Boden lag, hatte er einen perfekten Blick auf die purpurne Wolke, die über MacGregors Haus in die Luft schoss und zu einem Atompilz aufquoll. Es war kein Rauch von einem Feuer, sondern eine helle, funkensprühende, geheimnisvolle Ausdünstung.

In einem absonderlichen Orangepurpur stand die Wolke

wie ein Leuchtfeuer am blauen Himmel, aber darüber konnte Brian jetzt nicht nachdenken. Er sprang wieder auf die Füße und schwang sein Schwert. Jedoch nur, um zu entdecken, dass die Dämonen nicht länger an diesem Kampf interessiert waren. Zwei rote, zischende elektrische Entladungen schossen zu dem Schrottauto, während sie ein unsichtbares Tor öffneten und in die Hölle entwischten. Die beiden Pizzaboten sanken auf die Knie, zerbeult und blutend, aber am Leben.

Die Schlacht war vorüber.

Brian steckte sein Schwert in die Scheide zurück und klopfte sich Schmutz und Gras von der Hose. Unter anderen Umständen hätte er sich darüber gefreut, dass sie die Dämonen in die Flucht geschlagen und überlebt hatten. Aber als er entdeckte, dass die purpurne Wolke noch immer über dem Bungalow hing, verkrampften sich seine Eingeweide in großer Angst. Etwas sehr Schlimmes war gerade passiert.

Garantiert.

8

Mein Gott, Emily, was hast du getan?«

Em starrte erst auf den kleinen Ledersack und dann in Stefans schockiertes Gesicht.

Warum dachten die Leute nur immer, dass sie eine Ahnung hatte, wie dieses Zeug funktionierte? Es war ja nicht so, dass ihr der Erzengel Michael an dem Tag, als er ihre Wange mit dem Mal gezeichnet hatte, auch die Gebrauchsanleitung für die Dreifaltige Seele ausgehändigt hätte. Lachlan wusste mehr als jeder andere, weil er irgendein verstaubtes Buch über alte Zauber gelesen hatte, aber auch er hatte freimütig zugegeben, dass niemand mit Bestimmtheit etwas über ihre Begabungen sagen konnte.

»Ich weiß nicht«, gestand sie.

Er trat in die Speisekammer, ging an dem offen stehenden Safe vorüber, nahm ihr den Beutel aus der Hand und spähte hinein. Er zuckte zusammen.

»O nein.«

»Was ist?« Sie stellte die Frage, aber um ehrlich zu sein, war sie sich gar nicht so sicher, ob sie die Antwort wissen wollte.

»Die Judas-Münze ist nicht mehr das, was sie einmal war«,

erwiderte der Roma-Magier. Er hob den Blick. »Kannst du mir sagen, was du vorhattest?«

»Ich wollte meine Fähigkeiten dazu einsetzen, die fehlenden Münzen aufzuspüren. Ich habe mir vorgestellt, dass alle dreißig Münzen auf der mittleren Ebene durch Fäden miteinander verbunden sind.«

»Das kann gut sein«, bestätigte Stefan und lächelte sie schwach an. »Das war eine geniale Idee. Aber etwas ist schiefgelaufen, nehme ich an?«

»Ich wusste, dass ich die Münze nicht direkt berühren durfte, deshalb habe ich es mir nur im Geiste vorgestellt. Komisch, Brian meinte, sie sei silbern, aber in meinem Kopf war sie schwarz. Klebrig, mit Blasen. Wie Teer.« Em biss sich auf die Lippen. Sie erinnerte sich nur zu gut an den schwarzen Schlamm. Es war derselbe dunkle Schleim, in den Drew sie vor sieben Monaten gezogen hatte. »Ich wollte gerade aufhören.«

»Warum hast du's dann nicht getan?«

»Ich hörte dieses Krachen am Haupthaus und hatte Angst, wir wären unter Beschuss. Ich dachte, dass wir vielleicht die Münze verlieren und nie mehr zum Zuge kommen würden.«

Stefan nickte wieder. »Okay. Was –«

»Em«, keuchte Carlos. Er kam in die Speisekammer gestürzt und riss fast ein Regal um, sodass einige Konserven über den Boden rollten. »Du lebst noch!«

Emily fielen die graue Färbung seines Gesichts und die Brandflecken auf seiner Jacke auf – sie war sofort an seiner Seite und griff nach seiner rußgeschwärzten Hand. »Natürlich lebe ich noch. Was ist denn mit dir passiert?«

»Ich musste das Feuer auf dem Dach löschen«, entgegnete er hustend. »Und dann war da noch dieser dämonische Pizzabote im Wohnzimmer.«

»Pizzabote?« Em blinzelte. »Welcher Pizzabote?«

Carlos sah weg. »Ich hab's vermasselt. Was passiert war, tat mir leid. Was ich mit dir gemacht habe. Deshalb habe ich Pizza bestellt. Die mit Fleisch, die du so gern magst.«

»Brian wird dir dafür einen Tritt in den Hintern verpassen«, sagte sie sanft.

»Stimmt.«

Sie beugte sich vor und küsste ihn, ohne Stefan zu beachten. »Ich liebe dich, du Trottel.«

Er hob den Blick, ernst, intensiv. »Ich dich auch.«

»Zurück zur Münze«, unterbrach Stefan brüsk. »Mir ist immer noch nicht klar, was passiert ist.«

»Ehrlich?« Emily warf ihm über die Schulter einen spöttischen Blick zu. »Mir auch nicht. Aber als ich versuchte, den Fäden zu folgen, die sie mit den anderen Münzen verband, spürte ich plötzlich, wie lange, schwarze Tentakel über meinen ganzen Körper glitten und sich an meinen Augen, meinen Wangen, meinem Mund festsaugten. Ich konnte nicht mehr atmen und bekam es mit der Angst zu tun. Ich bin in Panik geraten.«

»Wie genau bist du in Panik geraten?«, wollte Stefan wissen.

»Es war, als würde sich eine Kaugummiblase in mir aufblähen und dann platzen. Das Nächste, woran ich mich erinnere, ist, dass ich auf dem Rücken lag und mich wie Kartoffelbrei fühlte.« Em sah auf den hellbraunen Lederbeutel in Stefans Hand. »Was habe ich denn damit angestellt?«

Der Magier schüttelte den Beutel, bis das, was darin war, in seine ausgestreckte Hand fiel. Dann hielt er es hoch, damit sie es sehen konnte.

Die Münze blitzte im Licht.

»Positiv betrachtet hast du eine ziemlich beeindruckende neue Gabe demonstriert.« Stefan stieß einen tiefen Seufzer aus. »Nicht ganz so positiv betrachtet haben wir die Verbindung zu den anderen Münzen verloren. Weil du nämlich Silber in Gold verwandelt hast.«

Brian blickte über den versengten Garten und schluckte.

Mindestens zwei Wächter waren tot, wahrscheinlich mehr, wenn man davon ausging, dass Erickson sicher nicht nur das Tor geöffnet hatte, um die Dämonen hereinzulassen. Wenn er nur Emily wegen der Pizza härter rangenommen hätte, wäre all das nicht passiert. Und wenn Lena ihn nur früher wegen des verfluchten blauen Rauchs gewarnt hätte, wäre alles –

Brian fuhr herum.

Lena.

Er überflog die Gesichter vor ihm, suchte nach den dunklen Augen und der elfenbeinfarbenen Haut, die ihm in diesen drei Tagen so schmerzlich vertraut geworden waren. Keine Spur von ihr. Er hob den Blick und erforschte den Horizont. Seine Laune sank. Zehn Dollar darauf, dass sie den Kampf zu ihren Gunsten genutzt hatte und fortgelaufen war.

Sein erster Gedanke hätte den Münzen gelten sollen. Nun, da Lena fort war, würde die Spur der fehlenden dreizehn Münzen erkalten. Die Gefahr, dass Satan sie bekam, würde exponentiell steigen und der Untergang in greifbare Nähe rücken.

Aber er dachte nicht an die Münzen. Jedenfalls nicht gleich.

Stattdessen spürte er bohrende Leere – das Gefühl, eine Gelegenheit verpasst zu haben. Verrückt, wirklich. Sie kannten sich erst seit drei Tagen, aber in dem Augenblick, als sie sich begegnet waren, hatte es zwischen ihnen gefunkt. Nicht nur in eine Richtung. Sondern wechselseitig. Es war etwas Großes. Etwas von bleibender Kraft.

Aber Lena war offenbar nicht interessiert daran, herauszufinden, was es war.

»Schwärmt aus!«, bellte er die untätigen Wächter an, während er über die Trümmer der Veranda zur Haustür sprang. »Sucht Lena Sharpe!«

Drinnen raste er die Treppe hoch und riss die Tür zu ihrem Zimmer auf. Auf der Kommode lag nichts. Die Frau hatte Nerven. Sie hatte sich noch die Zeit genommen, ihre Handtasche zu holen.

»Äh, Brian?«

Er drehte sich um. Es waren Emily und Carlos. Emily wirkte unversehrt, dem Himmel sei Dank, aber der junge Mann sah schrecklich aus. Sein Gesicht war grau, und tiefe Furchen hatten sich um seinen Mund eingegraben. Doch es war erst der freudlose, schwarze Blick, der den Eindruck abrundete. Wenn er noch einen Beweis gebraucht hatte, dass die Purpurwolke eine Katastrophe barg, dann war er das hier. »Was zur Hölle ist bloß passiert?« Dann schüttelte er den Kopf. »Wenn ich genauer darüber nachdenke, habe ich jetzt keine Zeit, mir die Geschichte anzuhören, und ich gehe davon aus, dass es ein Prachtexemplar von einer Geschichte ist. Ihr rührt euch nicht vom Fleck, bis ich wiederkomme. Ihr geht nirgendwohin. Kapiert?«

Sie nickten wie zwei begossene Pudel.

Brian fühlte sich, als würde ein großes Zirkuszelt über ihm zusammenstürzen. Er rannte zur Treppe. Lena hatte kein Auto genommen, daher hatte er noch eine Chance. An ihrer Stelle wäre er zur westlichen Mauer gelaufen und von dort aus die unterholzbestandenen Hügel hinunter, durch die adretten

Vorstädte und bis in die City von San Jose. Ein Wächter würde für die ganze Strecke etwa zehn Minuten brauchen. Wenn er sie einholen wollte, würde er es in acht Minuten schaffen müssen.

Nur gut, dass er früher ein erstklassiger Langstreckenläufer gewesen war.

Lena hatte gerade den Bungalow betreten wollen, als die Druckwelle sie zu Boden warf. Obwohl der Grund für diese rätselhafte Erschütterung unklar war, hatte das Amulett sofort aufgehört zu vibrieren und ihr dadurch mitgeteilt, dass sich die Münze nicht mehr im Bungalow befand. Und als sie versuchte, ihr nachzuspüren, erstand kein Bild vor ihrem geistigen Auge. Sie schien nirgends zu sein. Sie war verschwunden.

Und so rannte Lena davon.

Mit Hilfe ihrer Wächterkräfte sprang sie über die Westmauer und schlug sich mit halsbrecherischer Geschwindigkeit durchs Unterholz. Sobald sie die relative Sicherheit eines Villenviertels erreicht hatte, erlaubte sie sich, Atem zu schöpfen. Nur ein bisschen. Selbst während sie durch Gärten sprintete und über Zäune sprang, tat sie mehrere Dinge gleichzeitig. Sie rief in ihrem iPhone eine Karte der Umgebung auf, bestellte sich ein Taxi und buchte einen Flug nach L. A. Aber keinen Passagierflug, denn er hätte Brian innerhalb von Sekunden auf ihre Spur gebracht. Das Chartern eines Privatjets riss ein riesiges Loch in ihre Ersparnisse, doch Tariq in der Manhattan Village Mall zu verpassen würde sie noch viel mehr kosten.

Es würde sie Heather kosten.

Lena stolperte über einen Gartenschlauch. Nur ein rascher, reflexartiger Griff verhinderte, dass ihr die Handtasche von der Schulter und in eine Buchsbaumhecke rutschte. Sie fand ihr Gleichgewicht wieder und rannte weiter.

Sie hielt sich links, um ein Grüppchen plaudernder Mütter in einem Garten hundert Meter vor ihr zu umgehen, und lief eine ruhige Gasse entlang. Wie lange hatte Brian gebraucht, um zu bemerken, dass sie fort war? Zwei Minuten? Zehn? Sie weigerte sich, in Betracht zu ziehen, dass er verletzt sein könnte oder noch etwas Schlimmeres. Das konnte nicht sein, da sie doch gesehen hatte, wie er das Schwert führte. Da sie nun wusste, dass er denselben Kriegsdämon getötet hatte, der sie um Haaresbreite erledigt hätte. Er *musste* einfach außer Gefahr sein.

Würde er ihr verzeihen, dass sie weggelaufen war?

An der Ecke bog sie links ab. Diese Straße war belebter, was sie dazu zwang, ihr Tempo auf Jogginggeschwindigkeit zu drosseln. Eine Frau lud Einkäufe aus ihrem Wagen, zwei Kinder malten Kreidezeichnungen in eine Einfahrt, und ein älterer Mann trimmte seine Wacholderhecke mit einer Heckenschere, die so groß war, dass sie ihn fast zu erschlagen drohte.

Lenas Hände begannen zu schwitzen. Noch zehn Häuser, um die nächste Ecke, und sie war frei.

Sie beschleunigte nur ein bisschen.

Der Wind trug einen flüchtigen Hauch Parfüm heran – die scharfe Duftnote von Limone, abgemildert durch warmes Zedernholz. Lenas Herz schlug einen Purzelbaum. *O mein Gott*. Die süße Sehnsucht nach Brian schwand. *Nein*.

Wieder lief sie schneller. Sie ignorierte den Wächterkodex, ignorierte die Zeugen und drehte zu unmenschlicher Geschwindigkeit auf. Sie konnte das Taxi sehen und seinen laufenden Motor riechen. Die Freiheit war keine zwanzig Meter entfernt. Sie war ihr so nahe …

Da trieb die Luft plötzlich weiße Zauberbänder aus, die sich um ihren Körper wanden, ihr die Arme an die Seiten hefteten und ihre Beine umwickelten. Der Kontrollverlust über ihren Körper kam plötzlich und verhängnisvoll. Lena geriet ins Wanken. Der Bürgersteig kam schnell näher, traf sie, zerrte an ihren Kleidern, warf sie auf die Seite und verpasste ihrer Wange einen wütenden Schlag. Der Schwung riss sie noch ein Stück weit mit, bis sie endlich liegen blieb.

Obwohl ihr der drohende Verlust die Brust zusammenschnürte und ihr angesichts ihres Versagens das Herz schwer wurde, war es Zorn, den sie ausspie, als Brian Websters Schuhe in ihr Gesichtsfeld traten.

»Lass mich gehen«, fauchte sie, während sie sich zappelnd gegen ihre Fesseln wehrte. »Was fällt dir ein, mich mit Roma-Magie zu belästigen! Lass mich sofort frei.«

»Das kann ich nicht.«

»Doch, du kannst.« Die Fesseln waren stark, und in Lenas jämmerlichem Wächter-Waffenarsenal befand sich nichts, womit sie sie hätte lösen können. »Heb einfach den Bändigungszauber wieder auf, du verdammter Fiesling.«

»Lena Sharpe«, sagte er, während er neben ihr in die Hocke ging. »War das etwa ein Kraftausdruck?«

»Wenn ich beschließe, dich zu beschimpfen, wirst du es merken.« Sie unternahm einen letzten Versuch, sich zu befreien, dann sackte sie zusammen und gab sich geschlagen. »Bitte. Könntest du nicht einfach wegschauen? Nur dieses eine Mal?«

Sein Blick begegnete dem ihren. »Nein.«

Sie spürte sein Bedauern und schloss die Augen. Nur weil er sich nicht gut damit fühlte, war es nicht automatisch in Ordnung. Es war noch gar nicht so lange her – weniger als ein Jahr –, dass sie in demselben rechtschaffenen Feuer gebrannt hatte und dreist auf ihre Fähigkeit vertraut hatte, das Richtige zu tun. Aber dieses Feuer war mit dem Blut Unschuldiger erstickt worden. An den eigenen Prinzipien festzuhalten fühlte sich nicht mehr sehr ehrenhaft an, wenn andere Leute dafür sterben mussten. Unter diesen Umständen konnte es zum Rettungsanker werden, auch nur ein Leben zu retten.

Großer Gott, wie sollte sie Heather nun befreien?

»Ich sollte aufstehen«, sagte sie. »Bevor jemand kommt, um nach dem Rechten zu sehen.«

»Lena –«

»Sei ruhig«, unterbrach sie ihn. Das Letzte, was sie jetzt gebrauchen konnte, war eine freundliche Stimme und seine Sympathie. Sonst würde sie wie ein plärrendes Baby zusammenklappen. »Ich bin nicht an deiner Phrasendrescherei interessiert.«

Einen Augenblick lang sah es so aus, als wollte er zu diskutieren anfangen, aber dann lösten sich die weißen Fesseln auf. Er nahm ihre Hand fest in seine und zog sie auf die Füße. »Weißt du, es wäre sehr viel einfacher, wenn du mir einfach erzählen würdest, was zum Teufel eigentlich los ist.«

Meine Güte. Wie viel einfacher wäre es, wenn sie nicht jedes Mal, da sie ihm in die Augen sah, dieses Ziehen spüren würde! Wenn ihr nicht ein warmer Schauer durch den Körper rieseln würde, nur weil ihre Hand in seiner lag!

»Wirklich? Was genau würde sich denn ändern? Egal, was ich auch sage, du wirst mich doch nicht mit den Münzen ziehen lassen.«

»Nein, aber wir könnten uns zusammentun. Es muss doch einen anderen Weg geben, das zu bekommen, wogegen du sie eintauschen willst.«

Sie lachte. Es klang selbst in ihren Ohren kalt und hohl. Sie hatte dieselbe Ansicht noch vor zwei – nein, drei – Todesfällen vertreten. »Glaub mir, es gibt keinen.«

»Blödsinn.« Brian führte Lena zu dem Taxi, das noch immer geduldig auf seinen Fahrgast wartete. »Wir haben jede Menge Mittel an der Hand. Wir können so einiges tun.«

»Was du an der Hand hast, ist ein Haufen Irrer und ein Magier mit dubiosen Beziehungen.«

»Ach ja? Na, das ist jedenfalls mehr, als du zu bieten hast.« Nachdem er dem Fahrer die Adresse der Ranch genannt hatte, schob Brian Lena auf den Rücksitz und setzte sich neben sie. »Ich bin alles, was du hast, Süße. Du solltest anfangen, mir zu vertrauen.«

Sie musterte ihn von der Seite.

Eigentlich vertraute sie ihm ja. Sie vertraute darauf, dass er ein Mann von Ehre war und Mut hatte und zu seinem Wort stand. Sie vertraute darauf, dass er ein fähiger Krieger war. Sie vertraute sogar darauf, dass er ein aufmerksamer, wenn auch von sich selbst eingenommener Liebhaber war, sollte das jemals virulent werden. Nicht er war es, dem sie nicht vertraute. Es waren Malumos und seine beiden Brüder. Wieder und wieder hatten die dämonischen drei sie getäuscht.

Außerdem hatte Brian in einem Punkt unrecht.

Er war nicht der einzige Verbündete, den sie hatte.

»Bring sie in die Bibliothek und pass auf sie auf«, befahl Brian und schob Lena am Ellbogen zu Carlos. »Ich muss mit Emily reden.«

Der junge Wächter, noch immer ein wenig blass, nickte. »Wenn du vorhast, Em wegen des Pizzaboten rundzumachen, dann spar dir die Mühe. *Ich* hab den Lieferservice angerufen, nicht sie.«

»Das würdest du auch sagen, wenn es nicht stimmte.«

»Vielleicht«, gab er zu. »Aber es ist wahr.«

»Okay. Wir beide unterhalten uns später.« Brian sah zu, wie Carlos Lena ins Haus führte, dann ging er quer über den Hof zu Emily und Stefan. Hinter ihnen hing die schimmernde Dunstwolke wie ein riesiger purpurner Ballon am Nachmittagshimmel.

»Würde mir mal jemand erzählen, was eigentlich passiert ist?«

»Ich wollte nicht –«

»Es war ein Un… –«

»Halt.« Er hielt die Hand hoch. »Einer nach dem anderen, bitte. Emily, du als Erste.«

Mit gesenktem Kopf verschränkte sie die Arme vor der schmächtigen Brust. »Ich habe die Pizza nicht bestellt.«

»Ich weiß. Carlos hat's mir schon gebeichtet.«

Während er geduldig darauf wartete, dass sie zum Wesentlichen kam, trat sie von einem Fuß auf den anderen. Ihr Gesicht war ein Zerrbild des Bedauerns. »Es tut mir leid. Sehr, sehr leid. Ich hatte ein kleines Problem mit der Münze, die du aus New York mitgebracht hast.«

Sie sah zu Stefan, holte tief Luft, sprudelte die ganze unschöne Geschichte hervor und beendete sie mit einem schwachen Lächeln. »Wenn du also mal wieder Geld brauchst, bring mir einfach dein Tafelsilber.«

»Kannst du sie zurückverwandeln?«

Em biss sich auf die Lippen. »Ich weiß gar nicht, wie ich sie überhaupt in Gold verwandelt habe.«

Stefan schüttelte den Kopf. »Ich bezweifle, dass das möglich ist. Eine Wolke wie die hier über uns erscheint immer dann, wenn eine Reliquie zerstört wurde. Sie wird bleiben, bis der letzte Rest Magie absorbiert wurde. Mindestens ein paar Stunden.«

»Du willst mir also erzählen, dass es jetzt nur noch neunundzwanzig Münzen gibt.«

»Ja.«

Brian fuhr sich mit der Hand durch sein ohnehin schon zerzaustes Haar. Für immer dahin. Unter *seiner* Obhut. »Ich nehme nicht an, dass damit die Kraft der Judas-Münzen insgesamt gelitten hat? Dass wir wunderbarerweise durch Zufall einen Weg gefunden haben, Satans Pläne zu durchkreuzen?«

»Ich fürchte, nein. Die Wolke ist dafür nicht groß genug.«

»Was bedeutet es dann?«

Der Blick des Magiers fiel auf den Lederbeutel in seiner Hand. »Die Antwort liegt in der Mathematik. Wenn die Gesamtmenge sich nun auf neunundzwanzig beläuft, hat jede einzelne Münze an Macht gewonnen.«

Mathematik war Brian immer leichtgefallen. Er rechnete rasch im Kopf nach. »Du sagst, dass Satan bisher dreiundfünfzig Prozent der Reliquie besessen hat und jetzt fünfundfünfzig Prozent hält.«

»Ja.« Stefan führte nicht aus, wie sich das auf die Macht des Teufels auswirken würde. Das war gar nicht nötig. Zwei Prozent von sechs Milliarden Menschen waren 120 Millionen.

»Such eine Möglichkeit, das zu reparieren«, befahl Brian grimmig. »Am besten schon gestern. Und während du dabei bist, belege diese verfluchte Ranch mit deinem Roma-Hokuspokus. Ich hab nämlich keinen Bock mehr auf irgendwelche beschissenen magischen Überraschungen.«

Lena saß vor dem Computer, als Brian die Bibliothek betrat. Die Schramme, die sie sich geholt hatte, als sie die Straße küsste, war fast vollständig von ihrer Wange verschwunden und hatte nur ein paar dünne Kratzer hinterlassen. Immer noch genug, um sofort sein Bedauern darüber zu wecken, dass er ihren Sturz herbeigeführt hatte. Schon wieder. Carlos lehnte am Rahmen des Panoramafensters und starrte in den Garten. Beide sahen auf, als das Türschloss hinter Brian einrastete.

Er fing Carlos' Blick auf.

»Du bist ein schlauer Bursche«, sagte er. »Aber die Pizza zu bestellen war ziemlich idiotisch. Wenn du noch mal einen Befehl von mir missachtest, befördere ich dich mit einem Tritt in den Hintern nach draußen und mach das Tor hinter dir zu. Verstanden?«

Carlos nickte.

»Okay, dann geh und nimm dein Mädchen in den Arm. Sie ist ziemlich fertig.«

Der junge Mann verließ den Raum.

Lena sah ihm nach. Ihre Hände lagen erstarrt auf der Tastatur.

»Du hast einen komischen Gesichtsausdruck«, bemerkte Brian und kam durch den Raum auf sie zu. Hinter ihrem Stuhl blieb er stehen und strich ihr leicht mit dem Finger über die Wange. Ein Teil von ihm hatte sich zutiefst gewünscht, sie laufen lassen zu können. Denn offenbar war ihr die Flucht verdammt wichtig. »Was hat er getan?«

Sie schlug seine Hand fort. »Er ist kein normaler Wächter.«

»Wie das?«

»Seine Reflexe sind unglaublich. Und er spürt Dinge.«

Brians Augenbrauen hoben sich. »Wir alle besitzen diese Fähigkeiten.«

»Nein, es ist mehr als das.« Sie schob den Stuhl zurück, stand auf und entfernte sich ein paar Schritte. »Schau ihm in die Augen. Etwas stimmt nicht mit ihm.«

»Das ist doch nur die typische Angst eines Teenagers.«

»Ich sage dir –«

»Es reicht«, schnitt er ihr das Wort ab. Plötzlich hatte er dieses Kräftemessen satt. Offenbar war die Verbindung, die er zwischen ihnen sah, nur einseitig. Lena konnte nichts von ihm annehmen, nicht einmal eine Geste der Sympathie. »Ich will nicht über Carlos reden. Ich will über dich reden.«

»Über mich?«

Das Bild von ihr in dem Augenblick, bevor er den Bindezauber aufgehoben hatte, hatte sich in seine Erinnerung eingebrannt: ihr zerschrammtes Gesicht, die Wut in jeder Faser ihres Körpers und das verzweifelte Glitzern in ihren Augen.

»Ich will wissen, warum es dir so verflucht schwerfällt, mir zu vertrauen. Seitdem wir uns kennengelernt haben, habe ich nichts anderes getan, als dir Vertrauensvorschuss zu geben. Im Zweifel für den Angeklagten, sozusagen. Wir haben bewiesen, dass wir in der Lage sind, dir zu helfen. Aus dem Schlamassel herauszukommen, in den du offenbar geraten bist. Warum willst du dann trotzdem so dringend fortlaufen? Selbst wenn du dabei draufgehen könntest? Bin ich wirklich so eine miese Alternative?«

»Du bist überhaupt keine miese Alternative«, sagte sie leise. Die Erstarrung war vollständig von ihr gewichen. Geblieben waren ein leichter Glanz auf ihrer Nase dank der übereifrigen Klimaanlage, ein paar lose Strähnen aus ihrem wirren Pferdeschwanz und ein leichtes Lächeln auf ihren vollen Lippen. »Vertrauen fällt mir nicht besonders leicht.«

»Das merke ich«, gab er zurück. »Aber du musst aufhören,

mich als deinen Feind zu betrachten. Das bin ich nämlich nicht.«

»Ich weiß.« Ihre Finger spielten mit dem goldenen Anhänger an ihrer Halskette. »Mir ist durchaus klar, wer der wahre Feind ist. Ich mag dich und ich respektiere dich. Ich bewundere sogar dein Engagement für dein Ziel. Wenn *mein* Ziel nicht deinem entgegengesetzt wäre, könnten wir sogar Freunde werden.«

»Freunde helfen einander. Lass mich dir helfen, Lena.«

Sie lächelte traurig. »Du kannst mir nicht helfen.«

»Blödsinn.« Er hätte sie am liebsten geschüttelt. Aber sie jetzt zu berühren wäre ein Fehler gewesen. Also ging er auf der anderen Seite um den Schreibtisch herum und ließ sich auf die Ledercouch fallen. »Willst du meine Theorie hören? Ich glaube, dass es für dich in dieser Sache um Leben oder Tod geht. Ich glaube, dass sie jemanden bedrohen, den du liebst, und im Austausch für diesen Jemand die Münzen fordern. Du bist viel zu verzweifelt, als dass es nur um Geld gehen könnte.«

Lena wandte sich zu ihm um. Sie sah unglaublich schön und noch immer geradezu elegant aus, trotz ihres Sturzes. »Für manche Leute bedeutet Geld Leben oder Tod.«

Brian sog scharf die Luft ein.

Er kannte dieses Gefühl – den kalten Biss des Schreckens, der im Bauch begann und sich langsam im ganzen Körper ausbreitete, Stück für Stück. Er hatte es an dem Tag erlebt, als ihm klar wurde, dass das Heroin ihn beherrschte und er kein Geld für den nächsten Schuss hatte. Er hatte es damals ein ganzes Jahr lang jeden Tag aufs Neue erlebt. Er wusste auch, wie weit er zu sinken bereit gewesen war, um an Geld zu kommen.

Aber Lena war nicht drogenabhängig. Die Selbstheilungskräfte eines unsterblichen Wächterkörpers hoben die Wirkung von Drogen und Alkohol auf. Im Fegefeuer war kein Rausch zugelassen. Vielleicht war sie spielsüchtig. Es bestand aber auch durchaus die Möglichkeit, dass dies wieder eine Geschichte war, die ihn auf eine falsche Fährte locken sollte.

»Das verstehe ich. Geld ist auch für mich ein wichtiger Motor in meinem Leben.« Mit lässigem Lächeln fügte er hinzu: »Wir müssen an der Sache mit dem Vertrauen arbeiten. Warum fangen wir nicht an, indem wir ans Eingemachte gehen, zumal wir doch gemeinsame Interessen im Kampf gegen den Feind zu haben scheinen?«

»Ans Eingemachte gehen?«

»Ja. Du sagst mir, was du weißt, und ich sage dir, was ich weiß.« Alles, was sie von sich gab, jedes Wort, das sie aussprach, enthielt Hinweise darauf, wer Lena Sharpe wirklich war. Wenn er genug Geduld hatte, konnte er vielleicht langsam die verschiedenen Schichten abtragen, bis er auf die Wahrheit stieß. »Wir machen es ganz zivilisiert und freundlich bei einer Tasse Kaffee.«

Sie legte den Kopf schief. »Amerikaner können keinen Kaffee kochen.«

»Du bist eine Niete in der Küche, aber du willst Kaffee kochen können?«

Achselzuckend ging Lena in die Küche voran. »Man muss Prioritäten setzen.«

Während Lena die Bohnen in einer elektrischen Kaffeemühle mahlte, stellte Brian einen Beutel Popcorn in die Mikrowelle. Das Popcorn war lange fertig, bevor Wasser und Kaffee gekocht hatten, aber Brian begann einfach aus der Schüssel zu essen. Dabei sah er zu, wie Lena den schaumigen Kaffee in zwei kleine Tassen goss.

»Kein Zucker für dich, nehme ich an?«, fragte sie und rührte einen gehäuften Löffel für sich selbst ein.

Das war ein vielversprechender Beginn. Sie ahnte bereits, wie er seinen Kaffee trank. »Keinen Zucker«, bekräftigte er.

Sie kehrten in die Bibliothek zurück. Überzeugt davon, dass es seine Sinne über ein tolerables Maß hinaus reizen würde, wenn er neben ihr saß, wählte Brian den Lehnstuhl und überließ Lena das Sofa. Er wartete, bis sie es sich gemütlich gemacht und einen Schluck von ihrem Kaffee getrunken hatte. Dann holte er zum Schlag aus.

»Fangen wir bei unseren Gästen von heute an. Du weißt verflucht mehr über diese drei Hörigen Dämonen, als du zugeben willst. Dann lass mal hören.«

Lena kniff die Augen zu.

Dieser Schuft. Es schien ihm zu gefallen, ihr den Boden unter den Füßen wegzuziehen. So viel zu ihrer Hoffnung, er hätte ihre fachkundigen Warnungen vergessen. »Eigentlich weißt du schon alles.«

»Du hast mir geraten, sie voneinander zu trennen. Warum?«

»Ich hab's dir doch gesagt. Die Macht der drei.«

Er schlüpfte aus den Schuhen und legte seine bestrumpften Füße auf den Couchtisch. »Ich habe schon mal gegen drei Dämonen gleichzeitig gekämpft. Aber ich habe nie dieses Zusammenspiel beim Angriff erlebt wie bei unseren drei Freunden. Versuch's noch mal.«

Großer Gott, der Mann war ein Pitbull. Dressiert auf die Kehle, biss er sich fest und ließ nicht los, gleichgültig, wie sehr man sich auch anstrengte, ihn abzuschütteln. Natürlich wäre es viel leichter gewesen, sich gegen ihn zu wehren, wenn er auch wie ein Pitbull ausgesehen hätte. Oder wenn er nur aufhörte, sie mit diesem leicht amüsierten, unverhohlen sinnlichen Gesichtsausdruck anzustarren. Das lenkte sehr ab.

»Ich kann es nicht erklären. Alles, was ich weiß, ist: Wann immer ich gegen *drei* Dämonen gekämpft habe, hatten sie unglaublich viel Kraft.« Es war eine Lüge, aber was hätte sie auch sagen sollen, außer dass sie wusste, diese drei waren einzigartig, Drillinge. Dass sie wusste, wozu sie in der Lage waren, da sie Amanda, ihren Vater Don und Vater O'Shaunessy umgebracht hatten. »Vielleicht hast du ja mehr Erfahrung als ich.«

Sein Lächeln wurde breiter. »Wow. Flirtest du etwa mit mir?«

Sie sah fort, verärgert darüber, dass die bloße Andeutung von Intimität diese Welle des Verlangens durch ihren Körper fluten lassen konnte. »Natürlich nicht.«

»Ist dieser blaue Rauch typisch für Hörige?«

»Ja. Er wirkt wie ein Willensschwächungszauber.«

»Und der Fackeleffekt?«

»Den gibt es nur, wenn die drei zusammenarbeiten.« Zu spät wurde ihr klar, dass sie »die drei« und nicht »drei von ihnen« gesagt hatte.

Brian schien es nicht bemerkt zu haben. »Sind drei von dieser Sorte deiner Meinung nach das Schlimmste, was uns die Dämonenwelt zu bieten hat?«

»Ich denke, dass drei Kriegsdämonen eine harte Konkurrenz wären«, sagte sie trocken. »Und ich hatte noch nie das Pech, einem Throndämon oder einem Erzdämon über den Weg zu laufen.«

»Throndämonen sind Satans Bodyguards.«

Sie nickte.

Brian stellte die Schüssel mit dem Popcorn auf den Tisch und ergriff seine Kaffeetasse. »Und Erzdämonen sind das höllische Pendant zu den Erzengeln.«

»Die Monster der Legende«, pflichtete Lena ihm bei. »Luzifer, Beelzebub, Mammon, Belial, Moloch, Leviathan, Abaddon und Astaroth. Jeder von ihnen herrscht über sein eigenes Reich in der Hölle.«

»Sind sie imstande, die mittlere Ebene heimzusuchen?«

Sie nickte. »So mühelos wie ein Erzengel. Aber sie tun es nicht.«

»Ich kann nicht behaupten, dass ich sehr unglücklich darüber bin, aber warum nicht?«

»Der Bund.« Lena schüttelte den Kopf. »Das hätte die Herrin des Todes bei deiner Einführung als Seelenwächter erwähnen sollen. Hast du nicht aufgepasst?«

»Meine erste Woche war ziemlich … wirr.«

Lena stand auf und trat an den Schreibtisch zurück. »Wirr« beschrieb genau, wie sie sich fühlte, wenn sie in Brians Nähe war. Und sie machte Fehler. Am Ende würde er sie noch wegen eines leichtsinnig ausgeplapperten Geheimnisses überführen.

»Dann ist es ein Wunder, dass du so lange überlebt hast. Von einer profunden Kenntnis der dämonischen Welt hängt in unserem Metier Gedeih und Verderb ab.«

»Na ja, ich glaube, die Herrin des Todes hat mich ein bisschen ins Herz geschlossen.«

Mit einem einfachen Zauber bannte Lena die Geräusche der Tastatur und begann zu tippen – nicht ehe sie sich mit einem prüfenden Blick vergewissert hatte, dass Brian den Kopf abwandte. Kiyoko ins Spiel zu bringen barg ein gewaltiges Risiko, aber sie hatte kaum noch eine Wahl. Sie brauchte jemanden, der Tariq abfing, bevor er mit den Münzen untertauchen konnte. Jemanden mit großen Fähigkeiten. Jemanden mit einem sehr langen Arm. »Was soll das heißen? Dass sie Mitleid mit dir hatte?«

»Jep. Sie hat meinen Arsch ein halbes Dutzend Mal gerettet, bevor ich den Bogen raus hatte.«

Lena drückte auf »Senden«, schloss dann das E-Mail-Programm, drehte sich um und sah aus dem Fenster. Gerade noch rechtzeitig. Brian wandte sich in seinem Lehnstuhl wieder ihr zu.

»Ich bin mir ziemlich sicher, *sie* hat es so eingerichtet, dass ich MacGregor über den Weg gelaufen bin.«

»Warum?«

»Wie ich schon sagte: Sie mag mich.« Er lächelte verschämt. »Ich habe keine Ahnung, was ich getan habe, um ihre Gunst zu gewinnen, aber ich habe jeden Fehler gemacht, den ein Wächter machen kann, und bin noch immer da. Stell dir das vor!«

»Ich schätze, einige Leute kommen als Glückspilz auf die Welt.« Aber nicht sie.

»Ja«, erwiderte er langsam. »So muss es sein. Ich bin ein Glückspilz.«

Die Art, wie er das sagte, ließ sie aufblicken. Ausnahmsweise lächelte er nicht, noch war er wütend. Seine gefurchte Stirn und der distanzierte Ausdruck in seinen Augen legten nahe, dass er sich gerade an etwas Unangenehmes erinnerte.

Die E-Mail war abgeschickt, die Räder drehten sich. Lena hätte sich freuen müssen. Stattdessen eröffnete sich ihr ein klarer Ausblick auf den Weg, der vor ihr lag. Er war einsam. Sehr, sehr einsam. Wenn sie rein zufällig die nächsten Tage überlebte, würde sie noch 386 Jahre als Wächterin dienen müssen und hätte keine einzige Person, die sie freundschaftlich begleitete. Die anderen Wächter würden sie hassen. Brian würde sie hassen.

Aber im Augenblick hasste er sie nicht.

Sie schlüpfte mit dem Fuß aus dem Schuh und drückte mit dem großen Zeh den Ausschalter des Computers.

»Heute hätten wir beinahe ins Gras gebissen«, sagte sie ruhig.

Sein Blick wurde wieder scharf und suchte sie. »Ja, das stimmt.«

»Wir haben vielleicht nicht immer so viel Glück.« Sie steckte den Fuß zurück in den Schuh und ging um den Schreibtisch herum zu Brians Stuhl. Als sie vor ihm stand, öffnete sie den obersten Knopf ihrer Bluse. »Da du offenbar Glück abzugeben hast – wie wäre es, wenn du *mir* hilfst, ein bisschen glücklich zu werden?«

Er lächelte.

Sie beugte sich vor und küsste ihn. Heiß und feucht und tief.

»Muss ich mir Sorgen machen«, stieß er heiser hervor, als sie von ihm abließ, damit er atmen konnte, »dass du wieder versuchen wirst, mir mit dem Briefbeschwerer eins überzuziehen?«

»Keine Angst. Ich verspreche, ein braves Mädchen zu sein.« Sie leckte sich über die Lippen und schmeckte Kaffee und einen Hauch von Salz. »Wenn du willst, kannst du mich ja festbinden.«

Sein Lachen klang erstickt. »Gott, bring mich nicht in Versuchung.«

»Aber ich will dich in Versuchung bringen. Ich will dich bis zum Äußersten reizen und dich dein Spiel mit mir treiben lassen.« Sie nahm seine Hand und legte sie auf ihre Brust. Und mit einem tiefen Blick in seine silbernen Augen ergänzte sie: »Bitte. Lass mich nur einen Abend vergessen, dass draußen das Böse wartet.«

9

Brian konnte kaum atmen.

Seine Hand lag auf ihrem Busen, ihr Geschmack war auf seinen Lippen, und sein Blut wallte in einem Verlangen nach ihr auf, dass er fast die Augen verdrehte. Was hatte er sich noch geschworen?

Ach ja. Keinen Sex, bis er die zwölf Stufen hinter sich gebracht hatte.

Lena öffnete ihre Bluse ganz. Ihr weißer BH bildete einen reizvollen Kontrast zum Cremeton ihrer Haut. Warum hatte er so ein schlichtes Modell gewählt? Hatte er geglaubt, dass es seiner Begeisterung einen Dämpfer versetzen würde, wenn man französische Spitze gegen langweilige Baumwolle ersetzte? Er musste verrückt gewesen sein. Wenn es überhaupt möglich war, ließ sie Lenas glattes Fleisch noch weicher und einladender aussehen.

Sie öffnete den Reißverschluss ihrer Khakihose, um den Ansatz ihres tief sitzenden Slips zu enthüllen.

Brian stöhnte. *Jesus*. Er hatte noch einen weiten Weg vor sich. Er war erst bei Stufe vier. Warum zum Henker war er nicht zu mehr Versammlungen gegangen?

Doch während er sich das fragte, kannte er die Antwort schon.

Er hing auf Stufe fünf fest. Bei dem Gedanken, jemandem – wem auch immer – von seiner Vergangenheit zu erzählen, ergriff er die Flucht. Er lief schnell und weit, bis er alles hinter sich gelassen hatte. Und doch: Wie weit er auch lief, er schien es nie ganz abschütteln zu können. Jedes Mal, wenn er stehen blieb, kroch die Vergangenheit wieder näher, wie sie es jetzt tat. Wie zur Hölle sollte er sich einer anderen Person öffnen, wenn es ihm schon schwerfiel, sich selbst seine Vergehen einzugestehen? Der Blick hinter sein Bild im Spiegel auf den egozentrischen Bastard darunter erschütterte ihn bis ins Mark.

Alle hielten ihn für lustig und schlau und charmant. *Lena* hielt ihn für lustig und schlau und charmant. Aber wenn sie die Wahrheit kennen würde, würde sie auf ihn spucken. Genauso, wie sein Cousin bei Melanies Beerdigung auf ihn gespuckt hatte. Nicht buchstäblich natürlich. Aber die vernichtenden Bemerkungen in seiner Grabrede waren dem gleichgekommen.

Er sollte einfach gehen.

Brian zwang sich, die Augen zu öffnen und in Lenas schönes Gesicht zu sehen. In mehr als einer Hinsicht. Wenn er sie zurückwies, wenn er ihr Angebot ohne Erklärung ausschlug, würde er sie verletzen. Alles, was sie wollte, war, sich gelegentlich im Heu zu wälzen, ohne jede Verpflichtung. Sie wollte Lust, und er konnte dafür sorgen, ohne seinen Schwur zu brechen. Theoretisch.

»Ich sag dir was«, murmelte er.

Sie riss die Augen auf.

»Ich helfe dir, glücklich zu sein, wenn du mir hilfst, ein paar Fantasien auszuleben.«

Sie runzelte die Stirn, und er küsste sie lächelnd. »Keine Sorge, ich bin nicht pervers. Ich wollte immer schon mal wissen, ob ich eine Frau dreimal kommen lassen kann, indem ich nur meine Hände und meine Zunge benutze.« Das Stirnrunzeln verschwand nicht. »Ich würde es zu gern ausprobieren. Aber überleg es dir gut, denn wenn du Ja sagst, wird kein Zentimeter deines Körpers mehr tabu für mich sein.«

»Ist das eine Bedingung oder ein Vorschlag?«

»Eine Bedingung.«

Sie richtete sich auf, und ihr Gesichtsausdruck war jetzt weniger missbilligend und dafür nachdenklich. »Darf ich dich anfassen?«

Junge, Junge, gute Frage.

»Ja«, antwortete er und erschauerte unwillkürlich. Es würde Folter werden, gleichgültig, von welcher Seite aus man es betrachtete. »Überall, nur Mr Willi nicht. Ich bezweifle, dass ich zu Ende fantasieren könnte, wenn du da rangehst.«

»Mr Willi?«

»Du weißt, was ich meine.«

Der Anflug eines Lächelns heiterte ihre Gesichtszüge auf. »Man nennt das Penis.«

»Kein Kerl nennt seinen Schwanz ›Penis‹. Ehrlich, das klingt doch wie eine Krankheit, und das ist die letzte Stelle, an der wir uns etwas einfangen wollen.«

»Kommst du in deiner Fantasie?«

Brian holte tief Luft und atmete langsam wieder aus. »Nein.«

»Ist das nicht … unangenehm?«

Zur Hölle, ja. Aber das war es wert. Er stand auf. »Der Thrill wird sein, zuzusehen, wie du kommst.«

»Dreimal?«

Er grinste angesichts des katzenhaften Lächelns auf ihrem Gesicht. »Das ist der Plan.«

»Hm.« Sie zog einen Finger von ihrem Bauchnabel hinauf zwischen ihre Brüste und bekam Gänsehaut. »Kann man die Tür zusperren? Ich würde den Gedanken, gefesselt auf dem Schreibtisch erwischt zu werden, gern aus dem Kopf verdrängen.«

Seine Haut juckte mit einem Mal, als wäre sie ihm zu eng geworden. Dieses Bild stand nun auch ihm lebhaft vor Augen.

Die Selbstbeherrschung, an der er in den letzten Monaten so hart gearbeitet hatte, wurde jetzt auf den Prüfstand gestellt. Absolut. Die Vorstellung, in ihren Körper einzudringen, sich selbst in ihrer seidenweichen, heißen Umarmung zu verlieren, machte seinen Mund bereits so trocken, dass er kaum noch Worte herausbrachte.

Wem wollte er etwas vormachen? Wenn er jemals richtig mit ihr schlafen würde, dann ginge das nicht langsam vonstatten. Er hatte sie sofort gewollt, als er sie zum ersten Mal sah, und jeder Augenblick seither war Teil eines sehr langen, unerträglichen Vorspiels gewesen. Sich das Unvorstellbare vorzustellen würde es ihm nur noch schwerer machen. Er streifte Anzugjacke und ledernes Wehrgehänge ab und warf beides aufs Sofa.

»Das mit dem Schreibtisch ist eine gute Idee«, sagte er.

Er ging zur Tür hinüber und ließ entschlossen den Verriegelungshebel einrasten. Dann kehrte er an den Schreibtisch zurück, stellte den Flachbildschirm des Computers auf den Boden und fegte die Lederunterlage beiseite, sodass nun nichts mehr darauf lag. Er sah sie bereits mit gespreizten Beinen vor sich – offen, bereit, bittend – und riss sich die seidene Krawatte mit einem kaum kontrollierten Ruck vom Hals.

Sein Blick begegnete dem ihren.

»Zieh dich aus, Süße.«

Lenas Puls raste.

Das kam … unerwartet.

Der Brian, von dem sie gedacht hatte, dass sie ihn kannte, war durch jemand ganz anderen ersetzt worden. Dieser Jemand war nicht lässig und charmant. Ziemlich heiß? Ja. Lustig? Nicht im Mindesten. Er sah aus, als hätte er vor, sie zu verschlingen – eine Aussicht, die sie überraschend erregend fand.

Sie entledigte sich ihrer Schuhe, diesmal beider.

»Soll ich mich langsam ausziehen?«, fragte sie mit einer Stimme, die kloßig wurde, als sie sah, wie er den Krawattenknoten aufriss. »Oder schnell?«

Er wandte kein Auge von ihr. »Tu, was dich feuchter macht.«

O Gott. Das erfüllte seinen Zweck. Sie ließ die Hüllen fallen, genauer gesagt Hose und Bluse. Sie trug nun nur noch ihre Unterwäsche. Und wartete auf eine Reaktion. Irgendeine Reaktion.

Und die bekam sie.

Als sein Blick über die Hügel ihrer Brüste wanderte und der Wölbung ihrer Hüften folgte, ballten sich seine Hände um die Krawatte zu Fäusten. Seine Lider senkten sich halb. »Dreh dich um. Langsam.«

Sie tat, wie ihr geheißen war, und schloss dabei die Augen. Nicht auszudenken, was er sich nun vorstellte. Aber ihr gefiel die heisere Forderung in seiner Stimme.

»Hübscher Hintern.«

Lena schnappte nach Luft. Er war näher, als sie erwartet

hatte. Sein Atem strich warm über ihren Nacken und sandte Schauer ihre Wirbelsäule hinab.

Ein schwieliger Finger glitt unter den Bund ihres Slips. Brian zog ihn ein winziges Stück herunter, und dabei wanderte sein Finger über ihren Hüftknochen nach vorn. Dort hielt Brian inne, legte ihr seine gespreizte Hand auf den Bauch und nahm den unsteten Rhythmus ihres Pulsschlags für einen langen, erregenden Moment in sich auf.

Dann biss er sie in den Nacken. Fest, aber nicht schmerzhaft.

Das Gefühl war so intensiv, dass Lena wimmerte und sich fallen ließ.

Er war da, genau hinter ihr, und sein Körper fing ihr Gewicht auf. Ihre unterwürfige Geste lud seine Hand dazu ein, tiefer in ihren Slip einzutauchen, und er nahm das Angebot an. Als seine Finger in die feuchten Locken zwischen ihren Schenkeln glitten, wurde ihr Atem kurz und flach wie seiner. Hitze breitete sich auf ihrer Haut aus, und Schweißperlen erschienen auf ihrer Brust.

Sie öffnete ihre Beine noch ein wenig mehr.

»Ich will dich«, stieß sie hervor.

Nicht, dass es ihres Drängens bedurft hätte – Brians Finger zauberten bereits, fuhren neckend und kreisend hinein und hinaus. Machten sie wahnsinnig. Sein Mund küsste sich ihren Nacken entlang, fand ihr Ohr und saugte sich an ihrem Ohrläppchen fest. *Hart*. Es war so leicht, sich vorzustellen, wie er mit derselben Leidenschaft an einem anderen Teil ihres Körpers saugte.

»O Gott.« Ihre Knie gaben erneut nach.

Brian lachte auf. Dann drehte er sie um und empfing sie in seinen Armen. »Zeit für den Schreibtisch, würde ich sagen.«

Er legte sie sanft auf das kühle Holz und drückte ihr einen raschen Kuss auf die Lippen, bevor er zurücktrat, um sie zu bewundern. Er ließ sich Zeit, betrachtete jeden Zoll ihrer Haut von den Zehen bis zu ihrem Gesicht, mit einer Miene, die ernster war, als sie es je an ihm gesehen hatte. »Du bist wunderschön«, sagte er.

Lena fühlte, wie ihr eine leichte Röte in die Wangen stieg, und schob die Hände hinter den Rücken, um ihren BH aufzumachen. Das Beste hatte er noch nicht gesehen.

»Langsam!« Seine Hände ergriffen ihre. »Ich mache das«, versprach er. »Wenn diese Hände unartig sind, müssen sie bestraft werden, schon vergessen?«

Sie ließ von ihrem BH ab. »Nein. Ich hab's nicht vergessen.«

Locker und doch fest schlang er seine Krawatte um ihre Handgelenke und verknotete sie. Dann schob er ihr die Arme über den Kopf, sah sie lüstern an und befahl: »Bleib so.«

Er war noch nicht fertig.

Er zog ihr den Slip aus und warf ihn über seine Schulter. Er landete auf der oberen Ecke eines Bücherregals hinter Brian, und sie fragte sich kurz, wie sie ihn von dort wieder herunterholen sollte. Aber da Brians Hände gerade über ihre Hüften hinauf zum BH glitten, blieb ihr keine Zeit für weitere Überlegungen.

Anstatt den BH zu öffnen, schob Brian ihn nach oben und legte so ihre Brüste frei. Das raue Schaben der mit Baumwolle umhüllten Bügel, in Verbindung mit der Erregung, die ihre verletzliche Lage mit sich brachte, bewirkte, dass sich ihre Brustwarzen schmerzhaft hart aufstellten.

Er starrte darauf. Dann schüttelte er den Kopf. »Ich wusste, dass sie toll sind.«

Lena runzelte die Stirn. Er klang fast *enttäuscht*. Sie blickte an sich hinunter auf die beiden elfenbeinfarbenen Erhebungen. Keine Flecken, keine unansehnlichen Abdrücke ihres BHs. Die dunklen Nippel waren rosiger als sonst, aber abgesehen davon sah alles gut aus. »Was stimmt nicht damit?«

»Gar nichts«, gab er zurück. »Sie sind perfekt.«

Sein Ton legte nahe, dass »perfekt« ein Makel war. »Aber sie gefallen dir nicht.«

Er hob den Blick. Ein gezähmtes Feuer loderte in seinen Tiefen. »Sie gefallen mir gut.«

»Hör auf damit. Ich merke, dass du es nicht so meinst.«

Ein klägliches Lächeln umspielte seine Lippen. »Tut mir leid. Aber es fällt mir schwer, so zu tun, als wäre nichts passiert, nachdem du mir alle anderen Frauen auf dem Planeten verdorben hast.«

Lena blinzelte, und eine angenehme Welle feuchter Hitze spülte jede Anspannung aus ihrem Körper fort.

»Dann halt die Klappe und küss sie«, murrte sie.

Er grinste. »Lena Sharpe, du bist hier nicht der Boss. Ich werde mich um diese schönen Brüste kümmern, wenn ich dazu bereit bin, und keine Sekunde eher. Leg dich hin und trag es wie eine Frau.«

»Wer macht hier auf dicke Hose –«

Er brachte sie zum Schweigen, indem er ihr den Mund zuhielt. »Neue Regel: Ich will nichts mehr von dir hören, es sei denn, es ist ein Stöhnen oder ein Seufzen oder ein Schrei.« Er beobachtete den Ausdruck in ihren Augen und wartete, bis der Ärger daraus gewichen war, bevor er die Hand wieder von ihrem Mund nahm. »Abgemacht?«

Sie nickte.

»Braves Mädchen.« Er verschwand einen Augenblick lang

aus ihrem Gesichtsfeld, dann kehrte er mit zwei kleinen Kissen vom Sofa zurück. Eines legte er unter ihr Steißbein, das andere ein Stück darüber. »Du sollst es bequem haben. Schließlich wirst du eine Weile lang so liegen.«

Sie verdrehte die Augen.

Er sah es und bestrafte sie, indem er an einer Brust zu saugen begann, zunächst vorsichtig, dann inbrünstig und rhythmisch. Das Beben, das er damit auslöste, durchfuhr ihren Körper bis in die Finger und Zehen. Lena wimmerte, wand sich und reckte ihm ihre Brüste noch weiter entgegen.

Er schien mit dieser Reaktion nicht ganz zufrieden zu sein und rollte ihren zweiten Nippel zwischen Daumen und Zeigefinger. Ein wunderbares Feuer loderte durch ihre Adern, bis ihr Haaransatz feucht wurde. Sie stöhnte.

Brian lächelte. »Betteln darfst du auch.«

Sie wollte nicht, dass er ihren unersättlichen Hunger nach ihm sah, der – da war sie sich sicher – in ihren Augen geschrieben stand, daher schloss sie sie. Hätte sie die Hände frei gehabt, so hätte sie ihre Begierde dadurch zum Ausdruck gebracht, dass sie sie in seinem Haar vergrub und sein Gesicht noch fester an ihre Brust drückte.

»Mehr«, verlangte sie schwach.

Aber er erlöste sie nicht sofort. Im Gegenteil, sie fand sich allein gelassen in ihrem Verlangen. Lena öffnete ein Auge, um herauszufinden, was gerade geschah.

Brian zerrte an den Knöpfen seines Hemdes. Beim dritten gab er knurrend vor Ungeduld auf und zog sich das Hemd über den Kopf. Aber er hatte die Knöpfe an den Handgelenken vergessen. Lena grinste. Dank seiner zusammengebissenen Zähne und den bestens definierten Muskeln, die sie jemals an einem Mann zu Gesicht bekommen hatte, sah er selbst mit gefesselten Händen so aus, als sei er in der Lage, Dämonen zur Strecke zu bringen.

»Verdammt«, knurrte er.

Sie schloss die Augen wieder und unterdrückte ein Lächeln. »Wenn ich die Hände frei hätte, könnte ich dir helfen …«

»Sei ruhig.«

Zwei heftige Befreiungsaktionen. Dann waren seine Hände auch schon wieder über ihren Brüsten.

Seine Finger zogen knetend, streichelnd und bewundernd abwechselnd Kreise auf ihrer Haut und rupften an ihren Nippeln. Er drückte und rollte und massierte. Nie zu fest, und trotzdem gönnte er ihr keine Verschnaufpause. Er schien genau zu wissen, wie er sie bis zur Raserei erregen konnte. Lenas Bauch zog sich unter dem Ansturm der Gefühle zusammen. Das Verlangen, ihn in sich zu spüren, begann als diffuses Prickeln, wuchs jedoch stetig unter seinen kleinen Aufmerksamkeiten und schwoll zu einem erbarmungslosen, schmerzhaften Ziehen an, das nicht wieder weichen wollte.

Dies war der Moment, in dem sein Mund ihre Brüste zu verwöhnen begann und seine Hände hinabglitten. Eine fand das runde Fleisch ihres Pos und die andere …

Lena holte zischend Luft.

»Oh, Baby, du bist so feucht«, sagte er rauh an ihrer Brust. Der verzweifelte Klang in seiner Stimme passte zu dem, was sie fühlte, und so stöhnte sie zustimmend. Sein Daumen spielte mit ihr, schnellte sanft vor und zurück, drückte zu und zog seine Kreise. »Du hast keine Ahnung, wie sehr ich mir wünsche, in dir zu sein.«

»Dann tu's«, presste sie hervor.

»Nein«, entgegnete er mit einem tiefen Seufzer des Bedauerns. »Nicht dieses Mal.«

Sein Finger glitt hinein. Nicht zu tief, aber gerade weit genug, um die Saiten ihres Verlangens anzuschlagen. Zugleich saugte er an der einen, dann an der anderen Brust, leckte und knabberte an feuchtem, geschwollenem Fleisch. Die Hand auf ihrem Po drückte und knetete. Er war einfach überall und tischte ihr ein Büfett herrlicher Sinnesfreuden auf.

Ihr Atem kam nur noch stoßweise, ihre Zehen waren verkrampft, und ihr Puls hämmerte, aber es genügte bei weitem noch nicht. Das Sehnen in ihr reichte tiefer, war heftiger. Sie wollte mehr. Sie wölbte den Leib und streckte ihm ihre Hüften entgegen.

»Mehr«, forderte sie erneut.

Aus einem Finger wurden zwei, und sie krümmte sich, während sie fühlte, wie sich die Spannung in ihr aufbaute. »Mehr!«

Seine beiden Finger spielten geschickt mit ihr. Sie wussten genau, wo und wie sie sie tief drinnen berühren mussten. Dabei drückte sein Handballen gegen ihren Venushügel, erregend, schmeichelnd, sie fast in den Wahnsinn treibend. Ihr Unterleib zog sich vorbereitend zusammen, und als der Höhepunkt in greifbare Nähe kam, stöhnte sie auf.

»Stell dir vor, dass ich in dir bin«, flüsterte er, und sein Atem schlug dampfig-heiß gegen ihre Haut. »Dass ich dich vollpumpe, dass ich es dir besorge.«

Lena wimmerte. Vor ihrem geistigen Auge war er ganz nackt, und die Muskeln seines Unterkörpers waren genauso perfekt wie die darüber. Sie konnte seine straffen Pobacken spüren, als er in sie eindrang, roch den Moschusduft seiner Haut und schmeckte das Salz seines Fleischs auf ihren Lippen.

»Brian«, keuchte sie rastlos und wusste selbst nicht genau, worum sie bitten sollte. Sie war sich nur sicher, dass er es ihr geben würde.

Er legte sich zu ihr auf den Schreibtisch, während seine Hand sie noch immer streichelte und dem Höhepunkt entgegendrängte. Seine nackte Brust rieb sich an ihrer, wobei die Härchen über ihre empfindlichen Brüste kratzten. Auch er war leicht verschwitzt, und die Berührung seiner Haut ergänzte das Vorspiel um eine weitere erotische Note. Seine Lippen knabberten sich ihren Hals hinauf bis zum Kinn.

»Mach die Augen auf«, befahl er.

Lena gehorchte. Ihr Sehvermögen war nicht so scharf wie gewöhnlich, aber die Intensität in seinen Augen konnte ihr nicht entgehen. Dieser Blick bedeutete etwas, das wusste sie – aber was war es? »Ich –«

Er küsste sie. Es war ein ziemlich grober Kuss, der wehtat und ihr den Atem raubte. Er enthielt gleichermaßen Enttäuschung wie Besitzgier. Es war der Kuss, den ein Mann einer Frau gab, wenn er sich gegen seinen Willen von ihr angezogen fühlte, wenn er sie besitzen wollte, aber wusste, dass es nicht sein durfte. Er war hart und tief und absolut vernichtend.

Sein drängender Kuss weckte einen Sturm der Gefühle in ihr. Lena erschauerte vor Lust und stürzte kopfüber in den Abgrund.

Vierzig Minuten später unterbrach ein Klopfen an der Tür Brians Fantasien abrupt.

»Webster? Du hast gesagt, du willst bei Emilys nächster Trainingseinheit dabei sein. Das wäre jetzt.«

Brian küsste die Innenseite von Lenas Oberschenkel. »Ich komme gleich.« Er wartete, bis sich Murdochs stampfender Schritt entfernt hatte, dann murmelte er: »Arschloch. Wenn er dumm genug gewesen wäre hereinzukommen, hätte ich ihn umgebracht.«

»Du hast die Tür abgesperrt«, frischte Lena sein Gedächtnis auf, während sie ihren Fuß von seiner Schulter nahm und sich an der Kante des Schreibtischs aufsetzte. Dann hielt sie ihm ihre gefesselten Hände in der stummen Bitte um Befreiung entgegen.

Er tat ihr den Gefallen und strich mit seinem Daumen über die zarte Haut ihrer Handgelenke, um sicherzugehen, dass die Seide ihr nicht wehgetan hatte. Ihre Haut war weicher als die Krawatte. »Richtig, aber Murdoch erinnert mich an diesen großen Kerl aus *Harry Potter*. Einmal am Knauf gerüttelt, und er hätte wahrscheinlich die Tür gesprengt.«

»Er sieht doch überhaupt nicht wie Hagrid aus«, widersprach Lena ihm. Indem sie ihren BH wieder zurechtrückte, lenkte sie Brians Aufmerksamkeit auf die Röte ihrer Brust, die noch von ihrer beider wilden Leidenschaft zeugte. Es war ein Hauch von mädchenhaftem Rosa. »Kein Bierbauch, und unter seinem Bart sieht er ziemlich gut aus.«

»Wie bitte?«

»Ich sagte, dass er eigentlich ganz gut aussieht.«

»Das habe ich verstanden«, erwiderte Brian grimmig.

»Ach, hör auf. Ich habe Murdoch nicht mal erlaubt, mir die Hand zu küssen, geschweige denn irgendeinen der anderen Körperteile, an die ich dich gelassen habe. Meinst du, du bekommst meinen Slip da herunter?«

Brian folgte ihrem ausgestreckten Zeigefinger und grinste. Er richtete sich zu seiner vollen Größe auf und reckte sich nach dem Slip, aber das Regal war über 2,50 Meter hoch. Er musste auf seine Wächterfähigkeiten zurückgreifen, um dort hinzureichen. »Ich hab ihn!«

»Du siehst ziemlich selbstzufrieden aus, wenn man bedenkt, dass deine Mission gescheitert ist.«

Er funkelte sie an. »Wir wurden unterbrochen. Und du hast dich nicht beklagt, als du vor ein paar Minuten zum zweiten Mal gekommen bist. Ich würde sagen, dein doppeltes Erschauern sollte als Orgasmus zwei *und* drei zählen.«

»Netter Versuch.« Lena nahm den Fetzen weiße Baumwolle aus seiner Hand entgegen. »Aber ich hebe mir Nummer drei für den Moment auf, in dem ich ihn wirklich brauche.«

Er lächelte. »Klingt fair.«

»Wie geht's Mr Willi?«

Brian sah an seiner ausgebeulten Hose hinunter. »Er leidet an einem akuten Eifersuchtsanfall auf Finger und Zunge, aber er wird darüber hinwegkommen.«

Lena hob ihre Bluse vom Boden auf und zog sie an. Dann rümpfte sie die Nase und schnupperte an dem Stoff. »Ich muss wohl duschen ... Wirst du den Überfall der Dämonen erwähnen, wenn MacGregor anruft?«

Brian fuhr sich mit der Hand durchs Haar. »Ja, ich erzähle es ihm. Es wäre aber nett, wenn ich ihm auch ein paar gute Neuigkeiten berichten könnte, um die schlechten wettzumachen. Willst du mir jetzt sagen, wo die Münzen sind?«

Schweigen.

Er sah sie eindringlich an.

»Ich mag es nicht, wenn du das tust«, sagte sie steif und wich seinem Blick aus. Sie ging an ihm vorbei und sammelte Hose und Socken auf.

Er lächelte. *Schuldgefühle*. Sie machte Fortschritte. »Es ist nur eine Frage der Zeit, bis du es mir erzählst.«

Die Worte waren leicht dahingesagt, fast neckisch, aber Lena konnte diesem Humor nichts abgewinnen. Sie wurde noch distanzierter. »Können wir hinaufgehen?«, fragte sie, während sie ihre Hose anzog. »Ich würde mich gern frisch machen.«

»Ich muss zu Emilys Trainingsstunde.«

Lena drückte Socken und Schuhe an die Brust und sah auf ihre nackten Füße. Drückte damit ihre Wünsche wortlos aus. Sie hatte wieder die Oberhand, und es geschah ihm ganz recht. Es war ohnehin nicht das romantischste Stelldichein gewesen.

»Na gut«, sagte er seufzend. »Eine Sekunde noch.«

Als er sich umdrehte und nach seinem Hemd griff, klopfte es erneut an der Tür. Während er mit reuevollem Gesicht die gesprengten Knöpfe an den Manschetten untersuchte, öffnete er.

Carlos stand da, düster und ruhig. »Ich übernehme sie.«

Brian runzelte verwirrt die Stirn. »Wen?«

»Ich bringe Lena nach oben, und du gehst zum Übungsplatz.«

Brian war noch mit der Frage beschäftigt, woher Carlos wusste, dass Lena nach oben wollte, da schob sich die Frau schon an ihm vorbei in den Flur. »Ich hab dir doch gesagt, dass mit ihm etwas nicht stimmt.«

Der junge Wächter legte die Stirn in Falten. »Als Murdoch Emily zum Training abgeholt hat, meinte er, jemand müsse ein Auge auf Lena haben.«

Brian sah Lena mit erhobenen Brauen vielsagend an. Sie zuckte die Achseln und ging Richtung Treppe.

Er verstand wirklich nicht, warum sie solche Probleme mit dem Jungen hatte. Rasch streifte er sein Hemd über, legte das Wehrgehänge mit dem Schwert an und schlug den Weg Richtung Übungsplatz ein.

Die Nacht war hereingebrochen. Um diese Uhrzeit waren Murdoch und Emily die Einzigen, die noch trainierten. Sie standen in der Mitte des umzäunten Rechtecks, beide mit

Schwertern bewaffnet. Murdoch trug nichts außer T-Shirt und Hose, aber Emily steckte von Kopf bis Fuß in einem gepolsterten Kampfanzug. Brian hatte selbst Erfahrung damit und wusste, dass es in diesem Anzug unter den Scheinwerfern des Übungsplatzes heiß wie die Hölle wurde.

Aber es war nicht die Hitze, über die sich Emily beschwerte, als er dazustieß.

»Das ist nicht mein Übungsschwert«, monierte sie. Ihre Stimme war nicht besonders laut, aber auf dem Übungsplatz hallte sie wider. »Wenn ich dich treffe, verletze ich dich.«

»Mädel, wenn du mich triffst, bekommst du einen Preis. Du bist blind wie ein Maulwurf!«

»Das ist genau mein Problem«, erwiderte Emily und griff nach der Binde über ihren Augen. »Ich kann nichts sehen.«

»Lass das verdammte Ding an«, grollte Murdoch. »Wenn ich dir das noch einmal sagen muss, leg ich dich übers Knie. Nach dem Fiasko von heute ist verflucht klar, dass du daran arbeiten musst, deine Sinne zu schärfen.«

»Hast du keine Angst, dass ich auch dich hochgehen lasse?«

»Nein. Und jetzt konzentrier dich.«

»Aber ich sollte mit meinem Übungsschwert trainieren.«

»Ich hab's dir doch schon erklärt.« Murdoch seufzte tief. »Wenn du keine Angst davor haben musst, die falsche Stelle zu treffen, wirst du dich auch nicht anstrengen, die richtige Stelle zu treffen. Du musst etwas riskieren.«

»Aber Lachlan lässt mich nie mit einem scharfen Schwert üben«, jammerte sie.

»Weil er Angst vor deiner Mutter hat.«

Brian suchte sich einen Platz, von dem aus er zuschauen konnte, und grinste. Wahrscheinlich hatte Murdoch recht. Angst nahm vielerlei Formen an. Rachel konnte zwar nicht mit einem Schwert umgehen, aber wenn sie aufhörte, mit Lachlan zu schlafen oder ihn zu bekochen, wäre er am Ende. Außerdem hatte sie ein paar wirklich nützliche Zauber gelernt.

»Ich diskutiere nicht mehr, Mädel. Wenn ich dich angreife, musst du dich verteidigen. Es ist dein Job, mit deinem Schwert mein *Schwert* zu finden. Nicht meinen Arm oder mein Bein oder meinen Hintern. Mein Schwert. Verstanden?«

»Verstanden«, nickte sie widerstrebend.

Der große Schotte wich einen Schritt zurück und schlich lautlos um Emily herum. Sie drehte sich nicht mit, sondern scharrte nur mit den Füßen im Sand. Daher schlug er ihr mit der flachen Klinge auf den Po.

»Aua!«

»Du versuchst es ja gar nicht«, tadelte er.

»Doch.«

»Wirklich? Versuchst du, mich zu hören oder zu fühlen?« Er machte einen raschen Schritt zur Seite, duckte sich unter ihrem heransausenden Schwert weg und kam um sie herum wieder nach vorn.

Emily stand still und ließ ihr Schwert sinken. Für Brian sah es so aus, als hätte sie keine Lust mehr zu üben, aber Murdoch behielt sie im Auge. Er umkreiste sie langsam, indem er fortwährend Geschwindigkeit und Abstand zu ihr veränderte. Gespenstischerweise begann Emily, sich synchron zu ihm mitzudrehen, wobei sie darauf achtete, dass er ein wenig rechts von ihr blieb. Selbst als er abrupt die Richtung änderte, folgte sie ihm, ohne zu zögern. Murdoch lächelte.

Und dann griff er an.

Mit unglaublicher Präzision riss Emily ihr Schwert hoch, um seinen Schlag zu parieren. Metall klirrte, und Funken sprühten. Die Klingen glitten aneinander entlang, dann trennten sie sich wieder. Murdoch begann erneut, sie zu umkreisen, um auf einmal nach links auszubrechen und sie auf ihrer schwachen Seite anzugreifen.

Emily traf abermals seine Klinge.

Die beiden führten ihren Tanz im Sand gute zehn Minuten fort – in einem brillanten Pas de deux, dem selbst Brian applaudieren musste, als Murdoch schließlich sagte, dass es genug sei.

»Das war hervorragend«, lobte Brian, während er über den sandigen Übungsplatz zu den beiden Schwertkämpfern ging.

Emily zerrte sich die Binde von den Augen und grinste wie ein Mondkalb.

»Ich hab's geschafft«, jubelte sie. Sie schien zu vergessen, dass sie eine tödliche Waffe in der Hand hielt, warf sich an Murdochs Brust und schloss ihn enthusiastisch in die Arme. »Danke!«

Der große Schotte schnitt eine Grimasse und sah auf seinen Arm. Er blutete.

»Gut gemacht, Mädel. Wirklich gut gemacht. Aber nimm das Schwert runter.«

»Oh«, sagte Emily und sprang zurück. »Tut mir leid.«

Brian frohlockte sadistisch über Murdochs Verwundung und lächelte. »Du hängst wohl schon ein bisschen zu lange mit Unsterblichen herum, Em. Schön, dass du ihm nicht gleich den Arm abgehauen hast.«

»Hast du das gesehen?« Sie strahlte ihn an. »Es war so cool! Als ich es richtig versucht habe, hab ich ihn wahrgenommen. Na ja, eigentlich nicht ihn, sondern Farben um ihn herum. Fast als würde ich durch eine Art Röntgengerät auf ihn schauen. Es war ziemlich schwer, auch das Schwert wahrzunehmen, aber wenn man sich konzentriert, kann man die Farben von seinem Körper in die Klinge fließen sehen.«

Okay, das war allerdings beunruhigend.

»Toll«, sagte er laut und sah zu Murdoch.

Der Schotte erwiderte ruhig seinen Blick, als wollte er andeuten, dass nichts an dem, was Emily eben berichtet hatte, ihn überraschte. *Bastard.*

»Murdoch hat keine Seele. Also – was genau siehst du?«

Emily runzelte die Stirn. »Na ja, in der Mitte jedes Wächters ist ein grellweißes Licht. Bei meiner Mom und bei Lachlan ist das Licht weicher, eher golden. Ich weiß nicht – vielleicht hat das mit Wärme zu tun?«

»Vielleicht.« Brian dachte an den Nachmittag zurück. »Was siehst du bei Dämonen?«

»Du meinst, bei den Typen von heute? Zuerst dachte ich, sie wären Menschen. Sie hatten dasselbe Licht wie meine Mom und Lachlan. Aber dann war da dieser unheimliche blaue Kern, so ähnlich wie der Rauch, der aus ihrem Körper aufstieg.«

»Du würdest es also merken, wenn du wieder einen siehst?«

»Ja, gar kein Problem.«

»Gut zu wissen.« Brian warf einen Blick zu Murdoch. »Bist du fertig? Ich will, dass Emily für mich etwas ausprobiert.«

»Es ist schon spät.« Sie ließ die Schultern hängen. »Und ich bin müde. Es war ein harter Tag. Kann das nicht bis morgen warten? Carlos und ich wollten *Star Trek* auf DVD gucken.«

Murdoch knurrte: »Carlos ist beschäftigt.«

Sie funkelte ihn an. Die Freude von eben war vollkommen verflogen. »Weil du ihn beschäftigt hast, einfach so. Wir haben doch gar nichts getan.«

»Er ist ein Kerl«, sagte der große Krieger achselzuckend.

»Lass ihn allein in einem Zimmer mit einem Mädel, und es gibt Ärger. Und wenn es dann noch ein Zimmer mit einem Bett ist –«

»Du hast Carlos in dein Schlafzimmer eingeladen?«, fragte Brian. Sein Kopf schwirrte. Und er hatte den Burschen noch dazu ermutigt, sie zu umarmen. MacGregor würde ihm jeden Knochen einzeln brechen.

»Ich war in seinem«, erwiderte Emily geduldig, als würde das einen Unterschied machen. »Und nichts ist passiert. Ehrlich, Jungs, hört auf, euch wie zwei alte Jungfern aufzuführen. Wir waren schon oft allein. Wenn wir Sex hätten haben wollen, hätten wir das schon vor Ewigkeiten gemacht.«

»Glaub mir, Mädel, der Bursche will Sex.«

Sie bedachte Murdoch mit einem vernichtenden Blick. »Als würde das eine Rolle spielen. Carlos hat mehr Selbstbeherrschung im kleinen Finger als du in deinem ganzen Körper.«

Murdochs Stirn furchte sich.

»Selbst wenn das stimmt« – Brian ergriff ihren Arm und schob sie Richtung Umkleidekabine –, »braucht Carlos dich nicht in deinem Zimmer zu besuchen, okay? Geh dich umziehen. Wir beide werden noch ein bisschen daran arbeiten, diese Münze zurückzuverwandeln.«

»Aber –«

»Kein Aber, geh einfach.«

Brian und Murdoch sahen zu, wie sie in der Umkleide verschwand. Peinliches Schweigen machte sich zwischen den beiden Männern breit, während Brian grübelte, was er zur Entschärfung sagen könnte. Doch es war vergebene Liebesmüh. Wie üblich konnte Murdoch seinen großen, breiten Mund nicht halten.

»Du hast erst seit zehn Stunden das Kommando. Muss ein neuer Rekord sein, in so kurzer Zeit alles in Schutt und Asche zu legen.«

»Halt die Schnauze.« *Lass ihn, Brian. Bring ihn nicht um. Wechsel das Thema und sei nett.* »Emily schlägt sich ziemlich gut.«

»Aye, aber wie du siehst, ist sie emotional nicht sehr stabil. Es ist sehr schwer, sie dazu zu bringen, sich zu konzentrieren.«

»Hormone. Das wächst sich aus.«

»Hoffentlich eher früher als später.« Der große Schotte klopfte ihm auf die Schulter. »Ich geh dann mal wieder ins Haus. Du bist jetzt der Babysitter. Wenn dir die Verantwortung zu schwer wird – und das wird sie –, dann komm zu mir.«

Mit großen Schritten verließ er den Übungsplatz.

Was gut für ihn war, denn Brian hatte schon die Hand am Schwert.

10

Die Mittagssonne floss durch das Fenster herein und tupfte grelle Glanzpunkte auf die orangefarbenen Fäden der Überdecke. Ersticktes Männerlachen, Gläsergeklirr und Schritte auf der Holzveranda drangen vom Garten herauf. Lena starrte auf das Foto von Heather und Amanda in ihrer Hand und verbiss sich die Tränen.

Nicht ein Wort von Kiyoko.

Der Stichtag, an dem sie sich mit Tariq hätte treffen sollen, war gestern gekommen und wieder gegangen, und das konnte nur eines bedeuten: Er war fort.

Der Schnappschuss war vor kaum zwei Jahren in ihrem Garten aufgenommen worden. Es war an einem besonders heißen Julinachmittag gewesen, die Mädchen lagen in ihren Shorts und Bikinitops in einer riesigen Hängematte, hatten die Sonnenbrillen auf der Stirn und kalte Gläser mit Eistee in der Hand. Heather sah so jung aus und Amanda so … lebendig.

»Atheborne hat den Grill angeworfen«, sagte Brian, als er ins Zimmer trat.

Lena warf das Foto in die Puzzleschachtel zurück und drückte den Deckel darauf. Etwas weniger hastig steckte sie die bunte Schachtel zurück in ihre Handtasche. Als sie aufsah, beobachtete Brian sie mit gerunzelter Stirn.

»Ein Foto«, sagte er langsam. »Von wem?«

»Von niemandem.«

Er kam zu ihr und zog die Schachtel wieder aus der Handtasche. Vorsichtig hielt er sie in der Hand, als wüsste er, wie wertvoll sie für Lena war. »Ein neueres Foto aus diesem Leben und nicht dem letzten, das dir etwas bedeutet, weil ...?«

»Es ist nur ein Foto.«

Er drehte die Schachtel um, bewunderte jedes Detail und untersuchte alle Ecken und Öffnungsmöglichkeiten. »Nein. Die Bilder auf dem Kaminsims bei dir zu Hause sind von fremden Menschen. Dieses Foto hier ist etwas Besonderes. Sag mir, warum.«

»Nein.«

Er setzte sich neben sie aufs Bett, so nahe, dass sich ihre Schenkel berührten. Heute trug er einen leichten, graugrünen Anzug und eine silberweißgestreifte Krawatte. Als sie seine festen Beinmuskeln spürte und sein Parfüm roch, rieselte ihr ein Schauer den Rücken hinunter.

»Komm schon, Lena. Erzähl ein bisschen. Ich weiß, dass dein Vater britischer Archäologe war und deine Mom seine Haushälterin in Kairo. MacGregor hat es aus der Datenbank gefischt, bevor ihm der Zugriff gesperrt wurde.«

Darauf vertrauend, dass er nicht herausfinden würde, wie sich die Schachtel öffnen ließ, überließ sie sie ihm. »Dann habt ihr euch wohl auch zusammengereimt, dass ich unehelich geboren bin. Mein Vater war in England mit einer anderen Frau verheiratet.«

»Ach so?« Brian drückte auf einigen der Verzierungen, Diamanten und Kreise herum. Der Deckel blieb fest verschlossen. »Das spielt doch heute keine Rolle mehr.«

»1873 war das noch anders.«

Er sah ihr in die Augen. »Wurdest du deswegen schlecht behandelt?«

»Von den Ägyptern? Im Grunde nicht. Ich habe mir meinen eigenen Freundeskreis aufgebaut.« Diebe zumeist. Ein paar Mörder, ein Vergewaltiger … und Azim. Der süße, mutige Azim. »Die Engländer haben mich ignoriert.«

»Und wie passt das Foto dazu?«

»Gar nicht. Es ist nur ein Schnappschuss von meinen Nachbarinnen in L. A.« In ihren Worten schwang die trockene Einfallslosigkeit der Wahrheit mit, ohne jegliches Anzeichen von Emotion. Sie hatte sich sehr darum bemüht, dass es so klang.

Aber an Brian war diese Anstrengung vergeudet. Er hob eine Augenbraue. »Wirklich? Aha.«

»Gibt es einen Grund, warum du in mein Zimmer gekommen bist?«, fragte sie gereizt.

»Ja, ich habe Carlos abgelöst. Er sitzt nicht mehr draußen vor der Tür, sondern legt unten ein halbes Rind auf den Grill. Ich wollte fragen, ob du auch ein Steak willst.«

»Was ist mit dem Gorilla vor meinem Fenster? Ist er immer noch da?«

Brian grinste. »Das weißt du doch. Du hast vor fünf Minuten nachgesehen.«

»Ich mag es nicht, gefangen zu sein.«

»Sag mir, wo die Münzen sind, und du bist frei.« Er schüttelte die Schachtel und runzelte die Stirn über das dumpfe Geräusch, das nach außen drang. »Was ist außer den Fotos noch darin?«

»Nichts, was dich etwas angeht.« Sie streckte fordernd die Hand nach der Schachtel aus.

Er gab sie ihr. »Kommst du runter?«

»Nein danke.«

»Bist du sicher?« Er stand auf. »Ich fahre nach dem Mittagessen nach San Jose. Wenn du also Gesellschaft brauchst, dann wäre das jetzt die Gelegenheit.«

In ihrer Vorfreude richtete sich Lena kerzengerade auf. Wenn sich Brian selbst ans Steuer setzte, würde ihr eine Fahrt in die Stadt mit ihm garantiert eine Fluchtmöglichkeit eröffnen. »Nimmst du das Auto oder ein Taxi?«

»Ein Taxi.«

Verflixt. Trotzdem, die Ablenkung durch das bunte Treiben in der Stadt würde helfen. »Kann ich mitkommen?«

»Nein.« Diesmal war Brians Stimme ausdruckslos.

»Warum nicht?«, fragte sie argwöhnisch. »Was ist los?«

»Nichts.« Mit leicht abwesendem Blick kratzte er sich am Ellbogen. »Ich muss mich nur um etwas kümmern, und dabei wärest du ein Klotz am Bein.«

»Hast du mich gerade ›Klotz am Bein‹ genannt?«

Er lächelte. »Ich hab das natürlich positiv gemeint.«

»Ich hab's satt, eingesperrt zu sein«, murrte sie.

Er streckte die Hand aus. »Dann komm mit mir nach unten. Wenn du kein Steak magst, treibe ich Hühnchen oder einen Hotdog für dich auf.«

Sie starrte auf seine Hand und versuchte krampfhaft, nicht an all die verlockenden und unglaublich befriedigenden Dinge zu denken, die diese Finger am Tag zuvor mit ihr angestellt hatten. Versuchte, nicht darüber zu verbittern, dass sie nie mehr für ihn sein würde als seine gelegentliche Gespielin. Weil es ihnen einfach nicht bestimmt war. »Warum tust du das?«

»Was?«

»Du behandelst mich wie deine Freundin, obwohl ich eigentlich deine Gefangene bin.«

Belustigung mischte sich in seinen Blick. »Nimmst du mir mein Wunschdenken übel?«

»Ich nehme dir gar nichts übel. Ich verstehe dich nur nicht, das ist alles.«

»Dann sind wir ja schon zu zweit.« Er wurde wieder ernst. »Du bist hier unter Freunden, Lena. Zwei Unsterbliche, die für dasselbe Team spielen – man sollte meinen, dass das eine Vertrauensgrundlage schafft. Aber du willst ja unbedingt deine Mauer aufrechterhalten. Zum ersten Mal seit Gott weiß wie langer Zeit gibt es jemanden, der bereit ist, sich auf deine Seite zu stellen, und trotzdem willst du dir nicht von mir helfen lassen. Ich muss zugeben, das verwirrt mich.«

»Leute, die sich auf meine Seite stellen, haben die schlechte Angewohnheit zu sterben«, entgegnete sie ruhig.

Er legte die Hand an ihr Kinn und strich ihr mit dem Daumen über den Kieferknochen. Es wirkte tröstend und aufwühlend zugleich. »Ich bin schon tot, Süße. Du kannst dich bei mir anlehnen, ohne Schuldgefühle zu haben.«

Die Versuchung, genau das zu tun – ihr Gesicht an die warme Haut seines Halses zu pressen und ihm all ihre Geheimnisse zu verraten –, war so übermächtig, dass sie ihr fast die Kehle zuschnürte.

Lena hatte keinerlei Zweifel, dass er alles in seiner Macht Stehende tun würde, um ihr zu helfen – außer, die Münzen aufzugeben. Aber genau dort lag das Problem. Ein Rettungsversuch ohne die Münzen stand einfach nicht zur Debatte. Vielleicht wäre alles anders gekommen, wenn sie Brian vor einem Jahr, als dieser Albtraum begann, kennen gelernt hätte. Aber das hatte sie nun einmal nicht.

Und jetzt blieb ihr nur noch eine Chance. Sie konnte es sich nicht leisten, sie in den Sand zu setzen.

»Danke für das süße Angebot«, entgegnete sie. »Aber ich bedauerte *meine* Unsterblichkeit. Alle um mich herum sterben irgendwann, nur ich lebe weiter und weiter und weiter. Deshalb finde ich Geld so attraktiv. Es stirbt nicht.«

Er lehnte seine Stirn an ihre und seufzte. »Ich hoffe bei Gott, dass du nicht einen großen Fehler machst, Lena.«

Sie schloss die Augen. Es war leichter, als in seine zu schauen. »Ich auch.«

Maleficus berichtete sachlich und gefasst von den Ereignissen auf der Ranch, doch Beelzebub reagierte mit deutlich weniger Selbstbeherrschung darauf. Er schleuderte eine Axt auf den Unglücksboten. Hätte sich sein Bruder nicht augenblicklich in eine durchsichtige Rauchfahne aufgelöst, so hätte ihn die rasiermesserscharfe Waffe enthauptet. Die vorübersausende Klinge schnitt einige Strähnen von Malumos' langem blauem Haar ab, aber der Dämon blieb, wo er war, wich ruhig aus und schien durch den plötzlichen Gefühlsausbruch seines Herrn nicht sonderlich beunruhigt.

»Als wir ankamen, spürten wir die Gegenwart nur einer Münze«, sagte er und nahm den Faden dort auf, wo sein Bruder ihn fallen gelassen hatte. »Die Wächter waren so entschlossen, sie vor uns zu beschützen, dass sie sie zerstört haben. Ich weiß nicht, was wir sonst hätten tun können.«

»Das ist eine erbärmliche Entschuldigung«, grollte der gewaltige Dämonenfürst. »Die Wahrheit ist: Ihr habt versagt.«

»Versagen ist ein relativer Begriff, mein Lord. Die Münzen, die schon in unserem Besitz sind, haben nun an Wert gewonnen.«

»Beschaff mir die anderen dreizehn Münzen, Malumos.« Der hünenhafte rote Dämon wandte sich wieder dem raumhohen Spiegel zu und zupfte sein Cape um die Schultern zurecht. »Wenn ihr nochmals versagt, wird jeder von euch dreien in ein anderes Höllenreich verstoßen. Ihr werdet in Ewigkeit getrennt voneinander schmoren. Verstanden?«

Ein Schauer durchlief Malumos. »Ja, mein Lord.«

»Und hört auf, diese Wächterin zu hätscheln.« Beelzebub riss sich eines der drahtigen Haare an seinem Kinn aus. »Presst ihr die Information ab. Nehmt sie auseinander, wenn nötig. Aber beschafft mir diese Münzen.«

»Sie wird von den anderen Wächtern beschützt. Und von einem Magier.«

Beelzebub fuhr herum. »Gebt ihr euch etwa geschlagen?«

Malumos stand so still, wie ein Höriger nur konnte. »Nein.«

»Zeigt, dass ihr Dämonen seid, um Satans willen. Nötigt sie. Manipuliert sie. Ihr müsst bei dem Mädchen, bei Heather, noch weiter gehen. Stoßt sie in den Abgrund der Verzweiflung und zeigt dieser Seelenwächterin den wahren Preis für ihren Widerstand.«

Quer durch die große Halle drang ein schadenfrohes Zischen. Es kam von Mestitios gespaltenen Lippen.

»Mein Lord, die Gesundheit des Mädchens ist angegriffen«, sagte Maleficus von seinem neuen Standort am anderen Ende des Raums aus. Außer Reichweite. »Prügel, Hunger und die Belastung durch Mestitios häufiges Eindringen in ihren Leib haben bereits ihren Tribut gefordert. Die Folter könnte zu viel für sie sein.«

»Wenn sie stirbt, stirbt sie eben.« Beelzebub sah den Hunger in Mestitios wilden roten Augen und lächelte. »Es wäre nur ein Fehler, es der Wächterin zu erzählen.« Der riesige Erzdämon prüfte ein letztes Mal sein Bild im Spiegel, dann schritt er aus der Halle mit den Schleimmauern, um Kriegsrat mit Satan zu halten.

Die drei Brüder warteten, bis die Höflinge seines Gefolges ihm nachgehuscht waren und der Raum leer war, bevor sie offen miteinander sprachen.

»Beelzebub scheint nicht zu wissen, dass Ms Sharpe fähig ist, außer den Münzen auch noch andere Reliquien aufzuspüren«, sagte Maleficus stirnrunzelnd.

»Weil ich ihm nie von dem Amulett erzählt habe«, erklärte Malumos. »Oder davon, dass *sie* allein um den Zauber weiß, wie man es gebraucht. Du bist bei deinen Recherchen in den alten Schriftrollen auf viele interessante Dinge gestoßen, Bruder. Ich verrate nur, was ich muss.«

»Wir begeben uns mit diesem Plan auf einen schmalen und steinigen Pfad«, sagte sein Bruder leise. »Wenn wir zu weit gehen, wird Beelzebub uns zerschmettern.«

»Er betrachtet uns nicht als Bedrohung.« Malumos zuckte die Achseln. Ranken aus blauem Rauch kräuselten sich empor und umrahmten seine Schultern wie Flügel. »Und wenn er erst begreift, was wir vorhaben, wird es zu spät sein.«

»Bist du sicher, dass wir es schaffen können?«

Malumos heftete seine kalten Augen auf seinen Bruder. »Natürlich.«

»Aber wir konnten ihre Erinnerungen noch nicht wieder auffrischen. Du warst zuversichtlich, dass der Besuch beim Tempel von Dendur seinen Zweck erfüllen würde, aber das war nicht der Fall. Wir wissen noch immer nicht, wo sich das

Buch des Gerichts befindet, und ohne dieses Buch ist unser Plan zum Scheitern verurteilt.«

»Ich brauche nur einen Augenblick, in dem die Vergangenheit in ihr wieder lebendig wird, und der Sieg wird unser sein«, sagte Malumos. »Wenn sich von selbst keine günstige Gelegenheit bietet, werden wir sie eben herbeiführen.«

»Aber Beelzebub wird Tatenlosigkeit nicht dulden.«

»Allerdings. Wir haben keine Wahl. Wir müssen seinen Forderungen nachgeben, wann immer es möglich ist.«

Mestitio kicherte. »Heißt das, dass ich mit dem Mädchen spielen darf? Sie in Verzweiflung stürzen? Ihren Schmerz vermehren? Sie zum Weinen bringen?«

Malumos seufzte. Es war ein Risiko, das er eingehen musste. »Ja. Leg los. Bring Heather zum Weinen.«

Lena sah zu der Uhr über der Küchentür hinauf.

Schon wieder war ein Tag vergangen, ohne dass sie von Kiyoko gehört hatte.

Wenn sie vom Schlimmsten ausging – was ein Kinderspiel für ihre Fantasie war –, bedeutete das, dass Tariq bereits nach einem Käufer Ausschau hielt. Und wenn es ihm gelang, die Münzen zu veräußern, würde Heather den Preis dafür bezahlen. Malumos würde keine Nachsicht walten lassen, Barmherzigkeit war ihm nicht gegeben. Als sie vor sechs Monaten Amanda auf die Polizeiwache begleitet hatte, um auf den Fotos die Leiche ihres Vaters zu identifizieren, hatte sie aus erster Hand gesehen, welche Qualen der Hörige einem Menschen zuzufügen imstande war. Dons Leiche war schlimm zugerichtet gewesen, mit einer solchen Brutalität, dass der Kriminalbeamte ihnen nicht ins Gesicht schauen konnte.

Lena öffnete die Augen. Sie hatte einen bitteren Geschmack im Mund.

Sie musste jetzt fliehen.

Vielleicht sollte sie ihr Glück bei Murdoch versuchen. Brian hatte dem großen Schotten aufgetragen, auf sie aufzupassen, während er fort war, aber die Lage war nicht ganz aussichtslos. Ja, der Wächter war riesig, und ja, er war ein selbsternannter Berserker, aber er war auch ein Mann. Ein Mann mit offensichtlichen Neigungen, dessen Blick ein- oder zweimal auf ihren weiblichen Vorzügen geruht hatte, obwohl Brian sehr deutlich seinen Anspruch auf sie geltend gemacht hatte. Wenn sie sich nicht täuschte, war das ihre Gelegenheit.

»Wie bist du eigentlich gestorben?«, fragte sie, während sie das schmutzige Geschirr in der Küche wegräumten.

»Im Kampf.« Er öffnete den Geschirrspüler und sortierte eine Handvoll Besteck ein.

»Wirklich? Das klingt doch ganz ehrenhaft … und trotzdem bist du ins Fegefeuer gekommen.«

Er schnitt eine Grimasse. »Das Kämpfen hat mich nicht dorthin gebracht. In meiner Jugend habe ich ein paar unschöne Angewohnheiten entwickelt.«

»Nämlich?«

»Lügen, Betrügen und Ehebrechen.«

Sie lächelte. Perfekt. »Mit wem hast du denn geschlafen?«

»Du solltest besser fragen, mit wem ich *nicht* geschlafen habe«, gestand er mit einem bedauernden Grinsen. »Aber die Tat, die mir einen Platz in der Vorhölle sicherte, war, mit der Frau meines Bruders zu schlafen.«

Tatsächlich schockiert, trat Lena einen Schritt zurück. »Ich habe gerade jeden Respekt vor dir verloren, Murdoch. Mit der Frau deines Bruders? Das ist ja entsetzlich.«

Er nickte, während er einen Teller nach dem anderen in den Geschirrspüler steckte. »Aye.«

»Das ist alles, was du dazu zu sagen hast? *Aye?*«

»Mehr Worte würden die Wahrheit auch nicht genießbarer machen. Ich könnte mich selbst als Volltrottel hinstellen, aber das wäre wohl kaum eine geeignete Verteidigung.«

Lena drückte den Deckel auf den Behälter mit dem übrig gebliebenen Salat und stellte ihn in den Kühlschrank. »Warst du sehr verliebt in sie? Wart ihr beiden längere Zeit unter schwierigen Umständen miteinander allein? Ist sie eines Abends im Nachthemd in deinem Zimmer aufgetaucht? Ich meine, du musst doch einen *Grund* gehabt haben.«

Murdoch schnaubte. »Großer Gott, Frau, du redest, als stammten du und ich aus derselben Zeit. Zu meiner Zeit hatte selbst ein hervorragender Krieger eine Lebenserwartung von unter dreißig Jahren. Ich habe nur das Beste aus der Zeit gemacht, die mir blieb. Sie war da, sie war willig, also hab ich es ihr besorgt. Ich brauchte keinen Grund.«

»Sie war die Frau deines Bruders.«

»Aye, das stimmt.« Er seufzte. »Ich habe ja nicht gesagt, dass ich keine Gewissensbisse hatte.«

Lena kam plötzlich ein Gedanke. »Hat dein Bruder dich umgebracht?«

Murdoch lächelte sie schief an. »Nein, es waren sieben MacEwens nötig, um mich zu meinem Schöpfer heimzuschicken. Soviel ich weiß, hat mein Bruder es nie erfahren.«

»Gott sei gedankt für seine kleinen Geschenke.« Lenas Auge fiel erneut auf die Uhr. Fünf Minuten verschwendet auf Murdochs Vergangenheit. Das dauerte viel zu lange. Sie tat so, als würde sie unter dem Becken nach Spülmittel suchen, und öffnete währenddessen noch einen Knopf an ihrer

Bluse. Dann richtete sie sich wieder auf und sah Murdoch an. »Du musst zu deiner Zeit ein geübter Liebhaber gewesen sein.«

Er erstarrte mitten in der Bewegung – der Teller, den er in der Hand hatte, schwebte in der Luft. Fast automatisch flatterte sein Blick zu der bloßen Haut über ihren Brüsten. »Zu meiner Zeit?«

»Na ja, das Fegefeuer hat dich doch sicher ein bisschen einrosten lassen. Ich stelle es mir ziemlich schwer vor, sich den Einzug in den Himmel zu verdienen, wenn man an seinen alten Vergehen festhält.«

»Das würdest du dann schon merken.«

»Ja«, pflichtete sie ihm bei und lächelte vielsagend. »Das ist wohl so.«

Murdoch war ein schlaues Kerlchen. Er verstand die Botschaft. Sein Blick veränderte sich fast unmerklich, er wurde dunkel, scharf und flatterhaft. Aber er sprang noch nicht an. Nicht sofort.

»Wenn wir schon von alten Vergehen reden«, entgegnete er langsam. »Mich mit dir einzulassen wäre definitiv Wildern im Revier eines anderen. Webster hat die Parole ›Finger weg‹ ausgegeben, als du hier angekommen bist.«

Sie zuckte die Achseln. »Mich hat er aber nicht gefragt.«

Murdoch verschränkte die Arme vor der Brust, lehnte sich an die Theke und musterte sie. Eingehend. Vom Scheitel bis zur Sohle, mit ein paar strategischen Pausen dazwischen. »Es gibt wenig, was ich lieber täte, als Webster eins auszuwischen. Mit dir zu schlafen wäre dasselbe, wie ihm den Fehdehandschuh ins Gesicht zu werfen.«

Lenas anzügliches Lächeln wurde breiter. Die Rivalität zwischen den beiden Männern erwies sich als vorteilhaft für sie.

Murdoch war dabei, sich von ihr einwickeln zu lassen, nur um es Brian heimzuzahlen.

Auch er lächelte. »Aber das ist ja auch deine Absicht, oder? Ärger zu machen.«

Lena blinzelte.

»Ich mag es nicht, wenn man mich als Schachfigur benutzt«, bemerkte er beiläufig, nahm ihr das Spülmittel aus der Hand und schüttete etwas davon in das Fach im Geschirrspüler. »Webster wäre zwar damit geholfen, wenn deine Intrigen ans Licht kämen, aber er scheint mehr an dir zu hängen, als klug ist, und ich vermute, er würde nicht so leicht mit der Wahrheit klarkommen. Daher werde ich mir den Sex mit dir verkneifen.« Er schloss den Spülautomat, drückte ein paar Knöpfe und packte Lena dann am Ellbogen. »Aber ich bin immer für eine Partie Schach zu haben.«

Lena ließ es mit weichen Knien geschehen, dass er sie ins Wohnzimmer zog.

Du lieber Gott.

Tariq würde im Nu einen Käufer finden. Er verfügte über ein beeindruckendes Netzwerk von Kontakten. Vierundzwanzig Stunden, vielleicht weniger. Selbst wenn ein weiterer Tag nötig war, um die Überweisung in die Wege zu leiten, würde das für sie keine Rolle mehr spielen. Die Flucht war in unerreichbare Ferne gerückt. Nach dem Überfall der Hörigen hatte Stefan irgendeinen dämpfenden Zauber über die Ranch gelegt. Ihr Amulett hatte aufgehört zu vibrieren, und jeder ihrer Versuche zu zaubern war missglückt – selbst ein magisches Wunder war nun nicht mehr möglich.

Heather war auf Gedeih und Verderb Malumos' Gnade ausgeliefert.

Das Holzportal schloss sich knarrend, als Brian die weihevolle Stille der alten Kirche wieder gegen den Verkehrslärm einer belebten Straße in San Jose eintauschte. Während er in seinem BlackBerry nach der Nummer der Taxizentrale suchte, ging er quer über den Parkplatz. Die besten Stunden des schönen Mittwochnachmittags waren vorüber, und er fühlte sich so gut wie seit Monaten nicht mehr. Seine Verfehlungen einem ganzen Raum voller mitfühlender Fremder zu gestehen, war erstaunlich leicht gewesen. Sie hatten alles akzeptiert, selbst das Schlimmste.

Selbst den Teil, der ihn nachts nicht schlafen ließ.

»Du scheinst eine gewisse Begeisterung für Kirchen zu entwickeln, Webster.«

Brians Herz knallte gegen seine Rippen und raubte ihm vorübergehend den Atem. Er fuhr herum. Zur Linken, gleich neben dem Minivan der Kirche, lehnte ein bärtiger Mann an einem liebesapfelroten Mustang mit getönten Scheiben, die Arme über der gewaltigen Brust verschränkt.

Murdoch.

»Was soll ich sagen?«, erwiderte Brian grinsend. »Wenn du der Boss bist, musst du ab und zu Kriegsrat mit den höheren Mächten halten.«

Der große Schotte betrachtete das Backsteingebäude hinter Brian für einen langen Augenblick, dann heftete er den Blick wieder auf Brian. Er lächelte nicht. »Wir hatten unerwarteten Besuch, kurz nachdem du weg warst.«

»Wirklich? Wer war es?«

»Michael.«

»Der Bursche mit dem weißen Anzug und den Flügeln hat vorbeigeschaut? Warum?«

Murdoch streckte sich. »Er wollte mit Emily reden.«

Mist. Der Erzengel wusste von der Münze. »Hast du ihn mit ihr sprechen lassen?«

Murdoch verzog das Gesicht, während er den Wagen öffnete. »Hätte ich ihn davon abhalten können?«

»Warum hast du mich nicht gleich angerufen?« Brian riss die Beifahrertür auf.

»Es hat nur ein paar Minuten gedauert. Dich anzurufen hätte keinen Sinn gehabt.« Der große Schotte stieg ins Auto und ließ den Motor an. »Obwohl es keine Frage ist, dass *du* Seiner Heiligkeit den Verlust der Münze hättest erklären sollen und nicht Emily. Du warst verantwortlich dafür.«

Brian hatte kein Problem damit. Die Schuld an dem, was mit der Münze passiert war, lag bei ihm, und die Konsequenzen dafür zu tragen gehörte einfach dazu. Er ärgerte sich nur darüber, dass Murdoch offenbar dachte, er habe Emily mit Absicht den Kopf für ihn hinhalten lassen. »Wie hat Michael reagiert?«

Die Miene des großen Schotten wurde grimmig. »Ich war bei der Unterhaltung zwischen ihm und Emily nicht dabei. Ich war ziemlich damit beschäftigt, mich um deine Frau zu kümmern.«

Um deine Frau. Brian verkniff sich ein Grinsen. Wenn Lena seine Frau war, wusste sie noch nichts von ihrem Glück. Aber seine Heiterkeit erstarb, als er die Anspielung in Murdochs Bemerkung verstand. »Er kam und ging wieder, ohne dass du davon wusstest?«

Murdoch schwieg.

»Na toll«, sagte Brian ironisch. »Und wie hast du davon erfahren?«

»Emily hat's mir erzählt.«

Es lag ein seltsamer Klang in der Stimme des Schotten, und

Brian heftete seinen Blick auf ihn. »Sie kam zu dir, nachdem Michael wieder fort war?«

Murdoch sah unverwandt auf die Straße vor ihm. »Aye.«

Brians Magen krampfte sich zusammen. »Was ist passiert?«

Nach einer kurzen Pause antwortete Murdoch: »Er hat sie ein wenig aus der Fassung gebracht.«

Brian schloss die Augen und versuchte, ruhig zu bleiben. »Hat sie geweint?«

»Aye.«

Brian riss die Augen wieder auf und funkelte den anderen Wächter an. »Spuck's endlich aus! Was zum Teufel war los?«

Murdochs Hände klammerten sich kurz am Lenkrad fest, dann entspannte sich sein Griff wieder. »Carlos kam als Erster nach unten. Er hat dich gesucht. Ich würde ja sagen, dass er wütend war, aber das trifft es nicht ganz. Als ich sagte, dass du noch immer weg bist, ist er aus dem Haus gestürmt. Keine Ahnung, wo er hingerannt ist. Emily kam ein paar Minuten später runter, heulend wie ein Baby, mit Schluckauf und so, das ganze Programm. Lena hat sie immerhin so weit beruhigt, dass man sie verstehen konnte. Michael sei ihr erschienen und habe ihr offenbar die Schuld daran gegeben, dass das Universum komplett aus den Angeln gehoben ist und Satan nun noch mehr Macht besitzt.«

Brian konnte sich ohne große Mühe die ganze Szene ausmalen. Bis zu jener Stelle, an der … »Warte mal. Wenn du hier bist und Carlos das Haus verlassen hat«, sagte er langsam, »wer zum Henker passt dann auf Lena auf?«

»Weißt du«, erklärte Stefan freundlich, »ich bin ein Mensch, kein Dämon. Ein religiöses Symbol kann mir nichts anhaben.«

»Mag sein«, erwiderte Lena, während sie das große Silberkreuz noch höher hob. »Aber ich fühle mich einfach besser damit.«

Sie saßen im Wohnzimmer: Stefan in dem großen Sessel vor dem Kamin und Lena auf der Couch. Das Panoramafenster war zugenagelt und die Klimaanlage nur noch ein Haufen Schrott, aber wenigstens kamen keine Fliegen ins Zimmer. Das Haus lag nun, da Emilys Schluchzen erstorben war, ruhig da. Das einzige Geräusch kam von der tickenden Uhr auf dem Kaminsims.

»Warum? Glaubst du, dass ich dich umbringen will? Das habe ich nicht vor.«

»Vielleicht nicht gleich«, räumte Lena ein. »Aber sobald ich zwischen dir und etwas stehe, das du haben willst, wird sich das ändern.«

Stefan trank einen Schluck Cola. »Du scheinst dir ziemlich sicher zu sein. Habe ich dir einen Grund gegeben, mich zu fürchten?«

»Du bist ein Magier.« Das sagte doch wirklich alles.

»Und deiner Meinung nach sind alle Magier böse?«

»Nein«, erwiderte Lena. Sie spitzte die Ohren, ob draußen vielleicht ein Auto zu vernehmen war – das Grollen eines kehligen Motors, das Murdochs Rückkehr verkündete. Aber sie hörte nichts. »Nicht von Natur aus. Aber Magier spielen mit dem Feuer. Ihr erlernt die dunklen Künste und denkt, dass ihr sie beherrscht, und dann seid ihr völlig überrascht, wenn die Dunkelheit euch eure Seele raubt.«

Der füllige Zauberer runzelte die Stirn. »Nicht alle Roma-Magier studieren die dunklen Künste.«

»Aber viele.« Lena sah ihn mit festem Blick an. »Du auch.«

»Da irrst du dich. Ich habe weder das *Buch Gnills* noch das *Buch T'Farc* gelesen.« Als sie fragend die Augenbrauen hob, erklärte er: »Das sind die beiden schwarzen Zauberbücher der Roma.«

Lena legte eine Hand an den goldenen Anhänger um ihren Hals. Die Erinnerung an seine wilde Reaktion auf Stefans Anwesenheit war ihr noch sehr gegenwärtig. »Soll mich das etwa beruhigen? Das sind nicht die einzigen Werke über die dunklen Künste, die es gibt. Fast jede alte Kultur besitzt eines oder zwei. Allein die Ägypter haben mehrere. Das *Totenbuch* ist nur das berühmteste.«

»Warum sollte ich auch nur eines davon lesen?« Stefan fixierte sie durch die tiefschwarzen Locken, die ihm über die Stirn fielen. »Du willst doch nicht etwa behaupten, dass ich nach dunkler Magie rieche, oder?«

Vielleicht war »riechen« nicht das beste Wort dafür, aber es beschrieb für Lena am treffendsten, wie ihr Amulett dunkle Geister erkannte. Und es erkannte sie wirklich. Bis vor ein paar Stunden hatte es an ihrer Haut in einer Art moralischen Entrüstung geklopft, wann immer sie dem Magier näher als fünfzehn Meter gekommen war. So reagierte es auch, wenn ein Dämon oder eine dunkle Reliquie auftauchte.

»Ich weiß nicht, wie du zu deinen Fähigkeiten gekommen bist«, sagte Lena. »Aber ich bin überzeugt, dass du sie besitzt. Nenn es gute Nase oder sonst was – das ist mir gleich. Aber ich vertraue meinen Sinnen.«

Den Blick auf sein Glas gerichtet, schwieg Stefan für eine Weile.

»Nicht alles, was wir lernen, ist eine Lektion, um die wir gebeten haben«, erwiderte er schließlich. »Manchmal wird uns Wissen von den Umständen aufgedrängt.«

Lena erstarrte. Sprach er von seinem Wissen ... oder ihrem?

Bis zu jenem Tag, an dem sie in einer engen Gasse von Kairo gestorben war, hatte sie ihr Wissen nur durch Erfahrung angehäuft. Nichts war ihr von einem Lehrer beigebracht worden. Die kurzen, leuchtenden Augenblicke einmal nicht mitgerechnet, in denen ihr Vater, aufgehend in seiner Liebe zu einer längst vergangenen Zeit, sie mit Vorträgen über die Legenden des alten Ägypten in den Schlaf gewiegt hatte. Hätte ihre Mutter noch gelebt, so hätte sie sie in den Künsten einer Frau unterwiesen – wie eine Frau tanzte, wie sie ihre Hände mit Henna bemalte, wie sie Brot buk und Kushari zubereitete. Stattdessen hatte Lena ihre Bildung auf den Straßen gefunden und dank der Ermahnungen ihres permanent hungrigen Bauchs an ihrer Fingerfertigkeit als Diebin gefeilt.

Sie wusste besser als die meisten, wie die Umstände den Geist formen konnten. Aber sie weigerte sich, auch nur das winzigste Verständnis für den Magier aufzubringen.

»Jeden Tag stehen wir vor der Wahl. Die Entscheidungen, die wir treffen, gehören uns.«

Ein flüchtiges Lächeln trat auf Stefans Lippen. »Da gebe ich dir recht.«

Lena runzelte die Stirn. Sie wollte nicht, dass er ihr recht gab. Es schmeckte ihr nicht im Mindesten, gleicher Meinung über was auch immer mit dem Magier zu sein. Ihre und seine Lage waren ganz und gar verschieden. »Du und nur du hast dich dafür entschieden, den Weg der dunklen Künste einzuschlagen. Du kannst nicht die Umstände dafür verantwortlich machen.«

»Ich habe meine Entscheidungen getroffen«, bestätigte er. »Aber das hast du auch getan.«

Das vermochte sie wohl kaum zu bestreiten. »Eine Diebin und ein williger Sklave des Bösen zu werden, sind sehr unterschiedliche Entscheidungen, Magier.«

»Tatsächlich?« Stefan stellte sein Glas auf den Tisch. Die Eiswürfel waren schon lange geschmolzen, aber bei der Hitze hörte das Glas nicht auf zu schwitzen. »Wenn das Diebesgut dunkle Reliquien sind, die die Macht haben, die Welt zu zerstören, dann verwischen sich die Grenzen ein bisschen, oder?«

Gerechter Zorn kochte in ihr hoch, und sie sprang auf. »Ich tue das, was ich tue, um die Menschen zu schützen, und nicht, um ihnen zu schaden.«

»Willst du mir etwa erzählen, dass dein Diebinnendasein noch nie jemandem Schaden zugefügt hat?«

Der Schlag traf sie tief. Sie schloss die Augen. Es war verlockend, auf seine Herausforderung mit der Beteuerung zu antworten, dass sie noch nie jemandem etwas gestohlen habe, das dieser nicht mit ruchlosen Mitteln erlangt hatte – dass sie es speziell auf Kriminelle abgesehen habe. Aber das würde nicht das Blut der Unschuldigen an ihren Händen erklären. Zuerst Don. Dann Vater O'Shaunessy und Amanda. Und wenn sie ganz ehrlich war, musste sie sich auch die Verantwortung für die drei Wächter aufladen, die gestern gestorben waren. Denn wenn sie nicht beschlossen hätte, das Amulett als Werkzeug für ihre kriminelle Existenz zu benutzen, hätten die Dämonen sie niemals aufgespürt.

»Nein, das kann ich nicht sagen.«

»Dann sind wir nicht so verschieden, wie du gern glauben würdest«, sagte Stefan leise.

Lena stand einfach nur da, unfähig, sich zu bewegen. Sie hörte das Auto auf der Zufahrt, hörte die Wagentüren schlagen, hörte die Haustür hinter ihr sich knarrend öffnen. Die warme Duftfahne von Brians Parfüm hätte sie beruhigen sollen. Stattdessen wurde ihr schlecht davon.

»Was ist hier los?«, fragte er, als er an ihre Seite trat.

Lena fühlte nichts außer unbändigem, zornigem Selbstekel. In diesem Moment erkannte sie, dass sie nicht anders als der Magier war – als ein Mann, den sie wegen seiner Entscheidungen verachtete. Sie tauschte mit dem Bösen um ihres persönlichen Nutzens willen Gefälligkeiten aus, und nun drohte das Böse, sie zu verschlingen. Wenn sie ihr Ziel erreichte, wenn sie Heather nur rettete, indem sie die Ermordung Unschuldiger zuließ – wie konnte sie dann noch mit erhobenem Kopf durchs Leben gehen? Wie konnte sie mit dieser Bürde jeden Morgen aufstehen und leben? Wie konnte sie Heather in die Augen schauen, in dem Wissen, was sie getan hatte?

Die Zeit war gekommen, Brian zu vertrauen.

Während sie sich langsam umdrehte, mied sie Stefans forschenden Blick. Sie sah Brian an.

»Ich werde dir sagen, wo die Münzen sind«, sagte sie.

11

Während Lena an ihm vorbei zur Treppe ging, starrte Brian unverwandt den Magier an. »Begleite sie«, befahl er gleichzeitig Murdoch. »Aber sag um Gottes willen nichts zu ihr, was ihre Meinung wieder ändern könnte. Ich bin gleich oben.«

Schwere Tritte folgten Lena die Stufen hinauf.

Stefan erwiderte lässig Brians Blick.

»Was zur Hölle hast du mit ihr gemacht?«, fragte Brian. Er fuhr sich mit der Hand durchs Haar. Nichts, was er bisher vorgebracht hatte, hatte Lena auch nur im Mindesten davon überzeugen können, die Münzen aufzugeben. Eine Stunde mit Stefan, und zack, war sie geknackt. Das hörte sich ganz und gar nicht gut an.

»Ich habe sie nicht bedroht, wenn es das ist, was du wissen willst.«

»Hast du sie verhext?«

Der Magier schnitt eine Grimasse. »Natürlich nicht. Erstens habe ich auf deine Anweisung hin die Ranch mit einem Lückenzauber belegt, und zweitens benutze ich keine Magie gegen Wächter.«

»Nie?«

Stefan zuckte die Achseln. »Nur hier und da einen Zauber zu Übungszwecken, nicht mehr.«

»Aber warum ist sie plötzlich bereit zu reden?« Brian fuchtelte mit dem Finger in Stefans Richtung durch die Luft. »Erzähl mir nicht, du hattest nichts damit zu tun. Das würde ich dir sowieso nicht abkaufen.«

Stefan lehnte sich im Sessel zurück und legte die Füße übereinander. »Bevor du hereingekommen bist, haben wir über die Vorteile von Lebenserfahrung gegenüber Schulbildung gesprochen –«

»Schwachsinn!«

»… und über die Konsequenzen der Entscheidungen, die wir treffen.«

Konsequenzen. Ein Thema, über das Brian auf Universitätsniveau dozieren konnte. Aber hatte er nicht bereits mit Lena darüber gesprochen – den Preis, den die Welt würde zahlen müssen, wenn sie zuließ, dass die Münzen Satan in die Hände fielen? »Habt ihr auch über spezielle Konsequenzen geredet?«

»Nein, nur ganz generell.«

»Aber warum sieht sie dann so durcheinander aus?«

Der Magier kratzte sich am Ohr. »Ich glaube, unsere Unterhaltung hat einige ziemlich üble Erinnerungen bei ihr geweckt.«

Brian starrte ihn wieder an. Der kleine Bastard hielt ihn hin. Er wusste es. Aber er sollte seine Zeit besser dazu nutzen, nach Emily zu sehen und sich Lenas Geschichte anzuhören, als mit finsteren Blicken zu versuchen, die Wahrheit aus Stefan herauszubekommen.

»Nur zur Warnung: Dieses Gespräch ist noch nicht zu Ende«, sagte er. Der Magier und seine Frau Dika hatten ihr

Wohnmobil hinter dem Übungsplatz abgestellt, gegenüber dem Goldfischteich. Dika kam manchmal zu ihnen herüber, schien es aber ansonsten vorzuziehen, allein zu bleiben. »Du kannst zu deinem Wohnwagen gehen, aber ich komme auf unser Gespräch zurück, sobald ich Gelegenheit dazu habe.«

Stefan erhob sich. »Ich freue mich schon darauf.«

Brian hatte bereits einen Fuß auf die unterste Stufe gestellt und eine Hand auf das Ahorngeländer gelegt, als ihm ein weiteres seiner Probleme einfiel. »Ist Carlos schon zurückgekommen?«

»Nein.« Stefan seufzte. »Im Gegenteil, vor einer halben Stunde gab es oben bei den Tennisplätzen einen Höllenkrach.«

Mist. Brian hoffte inständig, dass der Junge seine Wut nicht an der neuen Umzäunung oder dem Sandplatz ausgelassen hatte. Das Haus war versichert, aber er hatte die Police nicht umschreiben lassen, als die Tennisplätze dazugekommen waren. »Was für ein Krach genau?«

»Einer von der magischen Art.«

»Wie kann das sein? Hast du nicht eben erst gesagt, dass dein Lückenzauber so etwas unmöglich macht?«

»Es ist ein sehr komplexer Zauber. Ich konnte nur einen Radius von knapp einem Kilometer abdecken.«

Brian sah Stefan ins Gesicht, doch es war ausdruckslos. Schwer zu beurteilen, ob ein *magischer* Höllenkrach besser oder schlechter als ein kaputter Zaun oder Graffiti war. »Okay, ich kümmere mich darum. Danke.«

»Gute Nacht.«

Oben an der Treppe angekommen, klopfte Brian an der Tür zur Linken. Er bekam ein gedämpftes »Herein« zur Antwort und trat ein. Emily lag auf einem der beiden Gästedoppelbetten, das Gesicht in ein Kissen vergraben. Ausnahmsweise hatte sie nicht die Stöpsel von ihrem iPod in den Ohren. »Hey, Kürbis. Ich bin wieder da.«

Nichts.

In der Annahme, dass das wenigstens besser als ein Rausschmiss war, ging er zum Bett hinüber und legte Em leicht die Hand auf die Schulter. »Ich habe gehört, dass Michael hier war.«

Sie rollte sich auf die Seite und sah ihn an. Ihre Wimperntusche hatte schwarze Streifen auf ihrem Gesicht hinterlassen, und ihre Nase war rot. »Er sagt, ich hätte Satan noch mächtiger gemacht. Er sagt, die Dreifaltige Seele sollte Probleme lösen und nicht neue schaffen.«

Brian setzte sich auf die Bettkante. »Er ist nur ein bisschen stinkig, weil er immerzu diesen potthässlichen weißen Siebzigerjahre-Anzug tragen muss.«

Sie lächelte nicht einmal.

Er strich ihr das Haar aus den Augen. »Süße, hör mir zu. Es ist mir egal, was Michael sagt. Wir haben nur unser Bestes getan. Und damit du es nur weißt, Lena ist bereit, uns dabei zu helfen, die anderen dreizehn Münzen aufzutreiben. Sie werden Satan nicht in die Hände fallen, okay? Wir werden nicht zulassen, dass dieser üble Typ noch mächtiger wird.«

»Okay.«

»Braves Mädchen.«

Emily putzte sich die Nase mit einem zerknüllten Taschentuch. »Carlos ist durchgedreht.«

»Das habe ich gehört.« Er lächelte sie kleinlaut an. »Ich kann es ihm nicht verdenken. Ich hätte hier sein sollen, als Michael kam. Es tut mir leid.«

»Carlos ist nicht wegen dir durchgedreht«, sagte sie und

umklammerte ihr Kissen noch fester. »Er brütet irgendetwas aus. In letzter Zeit ist er oft zornig. Ich mache mir Sorgen um ihn.«

»Ich gebe ihm noch eine Stunde, um es in den Griff zu kriegen. Dann schnappe ich ihn mir.« Brian stand auf. »Frieden?«

»Ja.«

»Ich muss jetzt zu Lena. Warum gehst du nicht runter und holst dir aus der Tiefkühltruhe eine Portion Eis? Es hat noch nie ein Problem gegeben, das durch Eis nicht besser geworden wäre.«

Emily lächelte.

Brian verließ das Zimmer. Ein Posten abgehakt, noch zwei abzuarbeiten. Die Truppen zusammenhalten – das konnte er. MacGregor setzte dieses Talent allerdings fälschlicherweise mit einer angeborenen Berufung zur Führerfigur gleich. Aber nur, weil er nicht wusste, wie sehr Brian seine Vergangenheit verpfuscht hatte.

Lenas Tür war geöffnet, und Brian betrat den Raum, ohne zu klopfen. Sie stand am Fenster, mit verschränkten Armen, und starrte in die anbrechende Nacht hinaus. Sie strahlte eine vage Traurigkeit aus, auch wenn Brian nicht genau sagen konnte, woran er das festmachte.

Murdoch nickte Brian kurz zu, dann ging er.

»Alles in Ordnung mit dir?«, fragte Brian.

Ihr bleiches Spiegelbild im Fenster lächelte. Definitiv traurig. »Ja.«

»Soll ich Stefan für irgendetwas einen Tritt in den Hintern verpassen?«

Lenas Lächeln wurde breiter. »Nein, aber danke für das Angebot.«

Es war noch immer nicht das strahlendste Lächeln, das er jemals an ihr gesehen hatte, aber immerhin ein Anfang. »Das ist doch das Mindeste, was ich tun kann. Und nun lass uns den Stier bei den Hörnern packen. Setz dich und erzähl mir, wo die Münzen sind.«

Sie ignorierte seine Aufforderung, sich zu setzen, und blieb, wo sie war. Revolution. »Du hattest mit dem Kurier recht. Ich habe die Münzen einem Freund gegeben, der sie für mich nach L. A. gebracht hat.«

»Wann wolltest du dich mit ihm treffen?«

»Vor zwei Tagen.«

Brian zuckte zusammen. Das war nicht gut. »Hattest du seither Kontakt zu ihm?«

»Nein.«

»Ihr habt doch sicher eine zweite Übergabe vereinbart, oder?«, fragte er hoffnungsvoll.

»Nein.«

Er ließ den Mut sinken.

»– aber ich habe eine Freundin gebeten, sich an meiner Stelle mit ihm zu treffen.« Lena wandte sich zu Brian um. Dünne Sorgenfalten furchten ihre Stirn. »Ich habe nichts von ihr gehört.«

»Ist diese Freundin normalerweise zuverlässig?«

»Sehr.«

Brian verzog das Gesicht. »Um meiner Nerven willen hoffen wir, dass die Dämonen uns nicht zuvorgekommen sind. Gibt es irgendeine andere Möglichkeit, deinen Kurier zu erreichen? Vielleicht eine kodierte Nachricht auf einer Internetplattform?«

»Ja, aber ich kann nicht garantieren, dass er sie erhält.«

Er nickte. »Schreib sie trotzdem. Wenn du die Übergabe

verpasst hast, liegt ihm wahrscheinlich genauso viel wie dir daran, einen Kontakt herzustellen. Mit ein bisschen Glück wird er sofort antworten.« Nicht, dass das Glück bei dieser Mission bisher auf ihrer Seite gewesen wäre.

Lena ging zum Nachttisch hinüber und suchte in ihrer Handtasche nach dem iPhone.

Brian sah ihr eine Weile lang beim Tippen zu, dann fragte er: »Warum jetzt, Lena? Du hältst mich seit Tagen hin. Woher kommt dein plötzlicher Sinneswandel?«

Sie zuckte müde die Schultern. »Es sind die üblichen Gründe. Schuldgefühle. Scham. Und ich habe endlich kapiert, dass ich hier niemals wegkomme. Jedenfalls nicht rechtzeitig. Also ist es sicher besser, dir die Münzen zu überlassen, als sie ganz zu verlieren.«

Das ergab einen Sinn … doch es entschärfte den Stachel nicht, dass Stefan diesen Wendepunkt ausgelöst hatte und nicht er. »Dann hast du also beschlossen, dass die Rettung der Welt wichtiger als deine Ziele ist?«

Ihr Finger erstarrte mitten in der Bewegung.

Zuerst dachte er, dass es seine Frage war, die sie stutzen ließ. Aber die Sekunden verstrichen, und sie blieb vom Display ihres Handys gebannt – sie starrte darauf, fast ohne zu blinzeln.

»Was ist los?«, wollte er wissen und trat auf sie zu.

»Nichts.« Sie schob das iPhone zurück in die Handtasche. »Nur eine Nachricht von einem alten Freund.«

Er legte seine Hand über ihre. Sie zitterte. »Dann macht es dir sicher nichts aus, wenn ich sie mir anschaue.«

»Nein –«

Er nahm ihr die Handtasche ab und holte das Handy heraus. Ein rascher Blick auf ihren SMS-Eingang brachte nichts. Leer. »Wie lautet dein E-Mail-Passwort?«

Widerstandslos nannte sie es ihm.

Er sah auch in ihrem Postfach nach, aber dort fand sich genauso wenig.

»Was war es, Lena?«

Sie war so teilnahmslos wie Glas. Und ihrer steifen Haltung nach zu urteilen ebenso zerbrechlich. Trotz all ihrer gemeinsamen Erlebnisse, trotz all der Vorstöße, die er unternommen hatte, um sich ihr Vertrauen zu verdienen, würde sie ihm nicht sagen, was eben passiert war. Und verdammt noch mal, das tat weh.

Er gab ihr das Handy zurück. »Okay, wunderbar. Dann behalte deine verfluchten Geheimnisse eben für dich.«

Auf dem Weg zur Tür rief er in die Halle hinunter nach Murdoch. Der andere Wächter kehrte mit zwei Portionen Eis zurück, von denen er eine Lena hinhielt. Sie nahm sie, aß jedoch nichts. Doch schon der Umstand, dass sie etwas von Murdoch annahm, während sie von ihm nichts haben wollte, ließ Brian die Wände hochgehen.

Er traute sich selbst nicht mehr über den Weg. Besser, er hing nicht länger vergeblich hier herum.

»Ich gehe Carlos suchen«, schnauzte er die beiden an. »Und wenn du eine Nachricht bekommst – von wem auch immer –, dann *will* ich es wissen.«

Als Brian oben auf dem Hügel ankam, blieb er stehen. Sein Blick wurde starr. Was zum Henker …? Er schloss die Augen und schaute dann erneut hin, nur um sicherzugehen, dass er richtig sah. Seine schönen neuen Tennisplätze und das kleine Eichengehölz, das sie säumte, waren nur noch ein … Krater.

»Gut, dass du ein bisschen gewartet hast, ehe du heraufgekommen bist«, sagte Carlos leise. Von rechts hinter ihm.

Brian fuhr herum und sah sich dem Schwert des jungen Mannes gegenüber. Mondlicht spiegelte sich in der rasiermesserscharfen Klinge. Obwohl Brians Instinkt ihm eingab, seine eigene Waffe zu ziehen, widerstand er. »Wenn du nicht unbedingt sterben willst, schlage ich vor, du steckst es weg.«

Carlos lächelte. »Du glaubst wirklich, dass du es mit mir aufnehmen könntest?«

»Ich *weiß*, dass ich es mit dir aufnehmen kann.« Das war nicht nur so dahingesagt. Carlos war zu draufgängerisch, und diese Eigenschaft würde in einem Duell früher oder später zu Fehlern führen. »Aber ich will nicht kämpfen. Ich bin gekommen, um mich zu entschuldigen.«

Die Schwertspitze senkte sich. »Es gibt nichts, wofür du dich entschuldigen müsstest, Mann. Ich bin derjenige, der's vermasselt hat.«

»Was meinst du damit?«

Der junge Mann schnaubte. »Vielleicht hast du zufällig das große Loch da drüben bemerkt? Da, wo früher der Tennisplatz war?«

»Ja«, sagte Brian und wandte sich wieder zu dem Krater um. *Verdammt.* »Was ist passiert?«

»*Ich* bin passiert.«

»Hast du jemanden hochgehen lassen?« Er erinnerte sich an Stefans Worte. »Oder einen Zauber vermurkst?«

»Weder noch«, erwiderte Carlos. »Mit mir stimmt etwas nicht. In der einen Minute war ich noch am Boden zerstört, und in der nächsten stand ich in diesem Loch.« Er sah auf seine Hände hinunter. »Ich habe das Haus verlassen, weil ich das Gefühl hatte, dass es in mir brodelte. Wenn ich dort geblieben wäre – Gott weiß, was dann passiert wäre.«

Das Haus würde jetzt vielleicht wie der Tennisplatz aussehen.

»Offenbar zauberst du, wenn du durchdrehst. Du hast viel durchgemacht, und vielleicht bist du irgendwo tief drinnen noch zornig über das, was Drusus dir angetan hat.«

»Ich glaube nicht, dass das der Grund ist.«

»Aber sicher. Und es ist vollkommen verständlich.« Brian bohrte seinen Zeigefinger in Carlos' Brust. »Trotzdem geht es nicht. Jähzorn und Wutausbrüche sind kein großes Ding, wenn man sterblich ist, aber wenn man solche Kräfte hat wie du, muss man sie kontrollieren können. Dann schlägt man nicht die Hände über dem Kopf zusammen und jammert: ›Es war nicht meine Schuld.‹ Nicht, wenn man mit Atombomben hantiert.«

Für einen langen Augenblick starrte Carlos ihn nur an, ohne sich zu rühren. Dann sagte er: »Du musst mit Emily reden.«

»Warum?«

»Sie kann alles erklären.«

»Was alles?«

»Ich bin stinksauer«, erwiderte Carlos leise.

Brian wusste nicht, was er dazu sagen sollte. Sein erster Gedanke war, dass Carlos zu einem Seelenklempner gehen musste. Aber einen Seelenklempner für Wächter gab es nicht. »Hast du ihr wehgetan?«

Carlos fuhr zusammen. »Ein bisschen. Aber es wird nicht wieder passieren, das schwöre ich. Das Komische ist: Manchmal, wenn ich mit ihr zusammen bin, nimmt der Druck in mir ab –«

»Brian?«

Er drehte sich um.

Lena kam mit Murdoch im Schlepptau den Hügel herauf. »Ich habe eine Nachricht von Tariq bekommen!«, rief sie und hielt ihr Telefon hoch. Ihr Blick streifte die Überreste des Tennisplatzes, dann kehrte er wieder zu seinem Gesicht zurück. »Aber es sind keine guten Nachrichten.«

Gute Nachrichten? Gab es so etwas überhaupt?

»Bring es mir schonend bei«, sagte er trocken.

»Er ist in Kairo.«

»Ägypten?«

Sie nickte.

Die Münzen waren eine halbe Weltreise entfernt. Wunderbar. Brian rieb sich das Auge mit dem Handballen. »Na, dann schreib ihm, er soll ein Flugzeug nehmen und zurückkommen. Sofort.«

»Das wird er nicht tun.«

»Warum nicht?«

Lenas Blick flatterte wieder über den Krater. »Er behauptet steif und fest, dass die Münzen nun ihm gehören – er hätte das Risiko auf sich genommen, sie herzubringen, und ich hätte, da ich nicht gekommen sei, um sie zu übernehmen, meinen Anspruch darauf verwirkt. Seltsamerweise fordert er von mir keine irrwitzige Summe, wenn ich sie wiederhaben will. Genauso wenig scheint er nach einem Käufer Ausschau zu halten.«

»Aber warum ist er dann nach Kairo geflogen?«

»Ich weiß es nicht. Er ist dort geboren, aber er hat zahlreiche Feinde in der Stadt. Vor vier Jahren musste ich eine Menge Strippen ziehen, um ihn sicher aus der Stadt zu bringen. Es ergibt überhaupt keinen Sinn, dass er dorthin zurückgekehrt ist.«

»Er muss aber einen Grund haben.« Brian seufzte. »Was allerdings nichts ändert. Wir werden ihm nach Ägypten folgen müssen.«

»So einfach ist das nicht«, entgegnete Lena langsam. »Er weiß, wie ich arbeite.«

»Was heißt das?«

Sie zögerte. »Das heißt, dass er es uns sehr schwer machen kann, ihn aufzuspüren.«

»Natürlich.« Brian schnaubte. »Warum sollte ich auch mal Pause machen können? Also gut. Wenn wir Zugriff auf die Datenbank hätten, wäre es ein Kinderspiel, aber da das nicht der Fall ist, machen wir es eben auf die altmodische Art.« Da Lena fragend die Augenbrauen hob, ergänzte er: »Mit Beschwörungszaubern.«

Er drehte sich wieder zu Carlos um.

»Unter diesen Umständen halte ich es für das Beste, wenn du mitkommst.«

Der Junge nickte.

»Murdoch«, sagte Brian, »ich übertrage dir die Verantwortung für Emily und die neuen Rekruten. Wenn du sie aus den Augen lässt, auch nur eine Sekunde lang, sorge ich dafür, dass du dir wünschen wirst, du hättest es nicht getan. Kapiert?« Er sah zu Lena. »Du kennst dich in der Stadt aus, oder?«

»Ja.«

»Großartig. Kairo, wir kommen.«

Sie flogen ohne Zwischenfälle nach Kairo und kamen dort zwei Tage, nachdem sie von San Jose aufgebrochen waren, an. Lena wurde ganz schlecht, wenn sie an die verlorene Zeit dachte. Das Foto, das Malumos ihr gemailt hatte, stand ihr lebhaft vor Augen, auch wenn es von ihrem iPhone nur Sekunden, nachdem es aufgetaucht war, wieder verschwunden war. Jedes Mal, wenn sie die Augen schloss, sah sie Heather vor sich, an einer dunklen Straßenecke zusammengekauert, mit totenbleichem Gesicht, die Kleider zerrissen und schmutzig. Die Knochen zeichneten sich deutlich unter der Haut ab, und die Nadel in ihrem Arm sprang noch mehr ins Auge. Malumos war von Nahrungsentzug und Züchtigungen zu herzlosen Manipulationen übergegangen, die bleibenden Schaden anrichten würden. Mit jeder vergeudeten Stunde geriet Heather mehr und mehr in die Fänge der Sucht.

Es zerriss Lena das Herz.

»Schöner Flughafen«, bemerkte Brian, nachdem sie ihr Gepäck geholt hatten. »Kairo ist moderner, als ich erwartet hatte.«

Lena lächelte schief. Kairo war eine Stadt der Gegensätze. Urban und kosmopolitisch auf der einen Seite, muslimisch und fast noch mittelalterlich auf der anderen. Nach einer Fahrt in einem Kairoer Taxi würde sich Brian fragen, ob sie auf einem anderen Planeten gelandet waren.

Außerhalb des Flughafengebäudes traf sie zusammen mit dem Hauch der sengenden Hitze eine Welle der Wehmut. Lena holte tief Luft. Die trockene, staubige Luft der Wüste – die heutzutage mit Smog angereichert war – drang ihr in Nase und Mund. Der Lärm des Straßenverkehrs und der Autohupen, das laute Dröhnen der startenden Flugzeuge und die Stimmen von Jungen, die Limousinenfahrten in die Stadt anpriesen, hüllten sie ein. Vertraut und doch so anders als das Kairo, das sie als junges Mädchen kennengelernt hatte.

»Stellen wir uns an«, sagte sie und deutete auf die Schlange vor dem Taxistand. »Ich habe ein Hotel für uns gebucht, das unter amerikanischen Touristen ziemlich beliebt ist. Es ist klein, aber sauber und komfortabel. Wir bringen unser Gepäck hin und fangen mit der Suche an.«

Brian schüttelte den Kopf. »Ich habe nicht zwanzig Stunden im Flieger gesessen, um mich in ein winziges Zimmer in einem winzigen Hotel zu quetschen. Ich bin erst seit fünf Minuten in Ägypten und habe schon Sand im Haar. Wenn im Namen des Hotels nicht ›Vier Jahreszeiten‹ oder ›Hyatt‹ vorkommt, checke ich nicht ein.«

»Teuer heißt nicht besser.«

»Das sollte es aber. Und wenn das nicht der Fall ist, darfst du den Hotelmanager erschießen.« Er ergriff Lenas Arm und zog sie zu einer Reihe von wartenden Limousinen. »Komm schon. Carlos, Kumpel, zaubere ein bisschen mit Google und such uns ein hübsches Hotel.«

»Du bist ein Snob«, sagte Lena zu ihm, nachdem er mit einem Mann über den Preis für die Fahrt in die Stadt gefeilscht hatte.

»Und du bist ein Geizkragen.« Er öffnete den Schlag und winkte sie mit einem eingebildeten Grinsen im Gesicht hinein. Wirklich, er war der einzige Mann, den Lena kannte, dem Arroganz stand. »Entspann dich. Ich zahle.«

Carlos stieg von der anderen Seite ein. »Es gibt ein Vier Jahreszeiten in Garden City.«

»Nenn dem Mann die Adresse.« Brian feixte. »Siehst du? Es ist ganz leicht.«

»Wahrscheinlich kostet es vierhundert Dollar aufwärts pro Nacht«, brummte sie. Für ein Zimmer, in dem sie nur übernachten würden. Verrückt.

»Mehr, wenn wir eine Suite bekommen«, stimmte Brian ihr zu.

»Woher hast du all das Geld?«, fragte sie ihn. »Sind deine Eltern reich?«

Er lachte. »Nein. Mein Dad war Kreditberater, bis er letztes

Jahr in Rente ging, und meine Mom ist Krankenschwester. Ich fürchte, ich habe keine Erbschaft im Kreuz.«

»Und trotzdem kannst du dir teure Hotels und Designeranzüge leisten.«

»Ja, das ist witzig. Ich war Börsenmakler, bevor ich gestorben bin. Und kein schlechter.« Sein Lächeln stürzte ab. »Aber seitdem ich tot bin, habe ich eine goldene Nase. Ich habe die Hälfte des Startkapitals, das die Herrin des Todes mir gegeben hat, investiert. Ich habe mit fast nichts angefangen und es in eine hübsche Stange Geld verwandelt. Jetzt scheint es keine Rolle mehr zu spielen, wie viel ich ausgebe – mein finanzielles Polster wird dicker und dicker.«

»Hast du nicht jede Menge verloren, als der Markt zusammengebrochen ist?«, fragte Carlos.

»Nö. Ich habe die richtigen Aktien verkauft.«

»Cool«, erwiderte der junge Wächter bewundernd. »Erinnere mich daran, dich nach ein paar Tipps zu fragen, wenn ich etwas zu investieren habe. Zuerst muss ich wissen, wie du mit der Hälfte des Gehalts überlebt hast.«

»Ich habe ein Jahr lang Katzenfutter gegessen.«

Carlos lachte.

Der Fahrer hupte und scherte knapp vor einem Motorrad wieder ein, auf dem sich die Passagiere stapelten. Einige von ihnen hingen zu beiden Seiten herab. Lenas Schulter drückte an Brians Schulter. Ohne mit der Wimper zu zucken, legte er den Arm um sie und zog sie an seine Brust – nicht zu fest, nur um sicherzugehen, dass sie nicht vom Sitz rutschte.

Es war eine aufmerksame Geste, bei der sie ein schlechtes Gewissen bekam. Und bei der ihr heiß wurde.

»Nach dem Einchecken«, murmelte sie, während sie sich alle Mühe gab, locker zu klingen, »fahren wir ins Finanzviertel. Er hat viele Kontakte dorthin. Vielleicht haben wir ja Glück.« Das Amulett hatte ihr das Bild des Talaat Harb Square gezeigt.

»Ich sage dir doch, wir müssen es uns nicht so schwer machen. Es wird kein Problem sein, ihn zu finden. Wir wenden einen Beschwörungszauber an.«

Bei jeder Kurve, die die Limousine fuhr, machte Lena Bekanntschaft mit den beeindruckenden Einzelheiten von Brians Körper. Der Wagen besaß eine Klimaanlage, aber auch wenn es nicht so gewesen wäre, hätte sie wohl sein Schwitzen genossen. »Brauchst du nicht irgendeine Verbindung zu der betreffenden Person, damit der Zauber wirken kann? Erinnerungen oder persönliche Gegenstände?«

»Doch. Und da kommst du ins Spiel.« Er warf ihr einen neugierigen Blick zu. »Du und dieser Tariq kennt euch schon lange?«

»Vier Jahre.«

»Warum hast du ihm die Münzen anvertraut?«

Sie lächelte. »Ich hab's dir doch gesagt: Er war mir einen Gefallen schuldig dafür, dass ich ihn außer Landes gebracht hatte.«

»Obwohl du ihn seitdem nicht mehr gesehen hattest?«

»Habe ich das gesagt? Wir machen Geschäfte miteinander.«

Brian runzelte die Stirn. »Was für Geschäfte?«

»Er ist ein Hehler.« Zumindest betätigte er sich jetzt als einer. Bevor er aus Ägypten geflohen war, war er Reyhan Nassers ahnungsloser Partner gewesen. Nasser war ein Waffenhändler übelsten Rufs und unterhielt Verbindungen zu zahlreichen terroristischen Organisationen. »Er sucht Käufer für mich und wickelt die meisten Deals ab. Er hat eine sehr gute Menschenkenntnis.«

»Die sollte man auch haben«, sagte Carlos, »wenn man auf der Straße überleben will.«

Lena musste ihm recht geben.

Tariqs einziger blinder Fleck war sein Cousin Reyhan gewesen. Er hatte zugelassen, dass sein Verwandter ihn auf eine sehr gefährliche Bahn gebracht und in Machenschaften hineingezogen hatte, die ihm das Blut in den Adern gefrieren ließen, als er die Wahrheit erfuhr. Was geschah, nachdem Nasser ins Visier einer Interpol-Spezialeinheit geraten war.

Wieder Hupen und ein weiterer plötzlicher Schwenk.

»Hotel Vier Jahreszeiten«, verkündete der Fahrer und bremste in der geschwungenen Auffahrt eines riesigen, modernen Hotels. Der Nil lag weniger als fünfzehn Meter entfernt. Trauben von Feluken schaukelten sanft auf der Wasseroberfläche, und saftig-grüne Bäume säumten die Straße.

Als das Ausmaß von Nassers Vergehen ans Licht gekommen war, hatte Tariq eine Vereinbarung mit Interpol getroffen und ihnen im Austausch gegen die Freiheit Beweise ausgehändigt, die seinen Cousin belasteten. Leider reichten sie nicht aus, um Nasser zu überführen. Der Waffenhändler spazierte aus dem Gericht und gelobte Vergeltung – und Tariq war gezwungen zu fliehen.

Nassers Rachegelüste gegenüber seinem Cousin waren tief und inbrünstig gewesen – sie schrien nach Blut. Und sie hatten wohl kaum über die Jahre nachgelassen. Die Beziehungen des Waffenhändlers in Kairo waren immens und seine Mittel weitreichend, deshalb konnte Lena Tariqs Entscheidung zur Rückkehr nach wie vor nicht nachvollziehen. Reyhan Nasser würde ihn ohne jeden Skrupel töten.

Tariq rasch zu finden war also von äußerster Wichtigkeit.

Wäre dies noch das Kairo gewesen, in dem sie aufgewachsen

war – kein Problem. Aber heutzutage stellte es sie vor Herausforderungen. Und leider wusste Tariq um die Grenzen des Amuletts. Wenn er immer in Bewegung blieb, war es nahezu unmöglich, die Münzen genau zu orten – ein Manko, das, wie sie vermutete, gleichermaßen auch für Brians Beschwörungszauber galt.

Sie hoffte also darauf, dass Tariq ein Fehler unterlief – nur kein so schlimmer, dass er ihn mit dem Leben bezahlen musste.

Es ging ganz schnell.

Brian stieg aus der Limousine, verständlicherweise ein wenig benommen davon, dass Lena ihren weichen Körper die ganze Fahrt über an ihn geschmiegt hatte. Carlos verließ den Wagen auf der anderen Seite. Als Brian sich umdrehte, um Lena aus der Limousine zu helfen, war sie nicht mehr da.

Ihr Sitz war leer.

Er starrte darauf, und sein Herz setzte einen Schlag lang aus.

Wie konnte das sein?

Er beugte sich hinein und legte seine Hand auf das noch warme Leder. Seine Haut kribbelte, und irgendwo in seinem Hinterkopf identifizierte er diese Wahrnehmung als Restenergie eines Zaubers. Aber zu akzeptieren, was das bedeutete, dauerte länger. Die Wirklichkeit traf ihn wie ein Magenschwinger.

»So eine Scheiße. Sie haben sie geschnappt.« Er fuhr herum und suchte rasch die Straße ab. Das Ostufer des Nils lag auf der einen, das Hotel auf der anderen Seite. Keine Spur von Lenas vertrauter Gestalt. »Aber wie denn nur?«

»Nur eine Ausgeburt der Hölle kann meines Wissens jemanden durch die Barriere bringen«, sagte Carlos ruhig. »Ein Lockdämon.«

Wie Drusus, der Dämon, der den Jungen gegrillt hatte. *Jesus*.

Brian registrierte den angespannten Ausdruck auf dem Gesicht des jüngeren Wächters, weigerte sich aber, darüber nachzudenken, welche schrecklichen Dinge der Dämon genau in diesem Augenblicke tun konnte. »Sie wird sich wehren. Er wird nicht weit kommen.« Er drückte dem verblüfften Limousinenfahrer eine Handvoll Scheine in die Hand. »Keine Sorge, wir sind Schauspieler. Das ist nur eine Improvisationsübung, die wir hin und wieder machen. Tragen Sie unser Gepäck hinein.«

»Wir teilen uns auf«, sagte er dann zu Carlos. »Du gehst nach links. Ich nach rechts. Such jede Straße, jede Gasse, jeden Winkel ab. Nutze deine Sinne. Finde sie.«

Der jüngere Wächter nickte, ohne Brian in die Augen schauen zu können.

»Sie werden sie nicht umbringen«, sagte Brian. Er musste daran glauben – sein Geist wollte sich mit der Alternative nicht abfinden. »Sie wollen die Münzen.«

»Okay.«

Der gespielte Gleichmut von Carlos' Antwort ließ Brian stutzen. Wieder einem Lockdämon gegenüberzutreten, war sicher keine angenehme Vorstellung für den Jungen. »Hör zu, wenn du dich aus der Sache raushalten willst, verstehe ich das.«

Carlos reckte das Kinn, sein Blick war dunkel und ruhig. »Ausgeschlossen. Ich bin dabei.«

»Dann mal los.«

Brian lief die baumbestandene Straße an der Nordseite des

Hotels entlang und streckte seine Fühler in jede dunkle Ecke aus. Seine Kehle war trocken, er hatte die Hände zu Fäusten geballt. Jeder Muskel seines Körpers war aufs Äußerste angespannt. Aus Angst um Lena konnte er keinen klaren Gedanken fassen, aber das gleichgültige Summen des Schwertes an seinem Rücken hielt ihn davon ab, durchzudrehen. Es gab viele Fragen: wer sie entführt hatte, wie es ihr ging und ob sie überhaupt noch am Leben war. Aber einer Sache war er sich ganz sicher: Wenn diese Scheißkerle ihr auch nur ein Haar krümmten, würde er ihnen den Kopf abschlagen.

Zweimal.

12

Nur Sekunden nachdem der Lockdämon Lena geschnappt hatte, gab er sie frei und verschwand. Als der eisige Hauch des Übertritts ihren Körper schließlich aus seinen Klauen entließ, öffnete sie die Augen.

Sie befand sich in einer schmalen Gasse, konnte fast die Wände links und rechts mit ihren ausgestreckten Armen berühren. Holzkisten, Fahrräder und Tonkrüge standen überall herum, und über ihrem Kopf hing trocknende Wäsche an behelfsmäßigen Wäscheleinen. Aber die einzige Person, die sich blicken ließ, war ein schlanker Mann in einer hellblauen, knöchellangen Tunika – einer Galabia – und einem weißen Turban.

»Salaam, Lena.«

Das wieder einsetzende Pochen des Amuletts an ihrem Hals war gar nicht nötig, um ihr zu sagen, dass sie einem Dämon gegenüberstand. Sie sah es an seinen Augen. Malumos' böses Glühen wurde ihr langsam vertraut.

»Ich habe die Münzen nicht«, sagte sie.

»Sie wissen aber, wo sie sind.«

Lena erwiderte seinen starren Blick. Das Lügen fiel ihr immer leichter. »Offen gestanden: Ich weiß es nicht. Ich dachte mir schon, dass Sie nicht Wort halten würden, und habe Vorkehrungen getroffen, dass die Münzen erst am vereinbarten Datum übergeben werden. Nicht eher.«

Die dunklen Augenbrauen des Mannes flogen nach oben. »Sie *müssen* wissen, wo sie sind.«

»Ich weiß es aber nicht.«

»Beleidigen Sie mich nicht mit Lügen.« Er wies mit dem Kinn auf ihre Handtasche. »Sie haben das Foto gesehen, das wir Ihnen geschickt haben. Sie kennen die heikle Lage, in der sich Ihr kleiner Schatz Heather befindet. Warum teilen Sie mir nicht einfach mit, wo sich die Münzen befinden, und ersparen dem Mädchen damit einigen Kummer?«

Bei Heathers Erwähnung wurde Lena seltsam ruhig. Zehn Jahre, in denen sie die Mädchen hatte aufwachsen sehen, in denen sie ihnen das Essen gemacht hatte, wenn ihr Vater erst spät von der Arbeit kam, in denen sie versucht hatte, die riesige Lücke zu füllen, die der Tod ihrer Mutter gerissen hatte, machten mehr aus, als sie je hätte ahnen können. Sie würde alles tun, um zu verhindern, dass Heather weiteres Leid zugefügt wurde. Aber indem sie Tariq aufgab, rettete sie Heather nicht – die Dämonen würden Heather nur weiterhin dazu missbrauchen, Lena zu nötigen. Die einzige Möglichkeit, Heather zu retten, bestand darin, die Münzen wie geplant auszuliefern. Auch wenn sie sie natürlich Brian versprochen hatte. »Nein. Wir haben eine Vereinbarung, und ich beabsichtige, mich auf Gedeih und Verderb daran zu halten.«

»Dann auf Verderb.«

»Na los. Tun Sie, was Sie tun müssen. Meine Schilde werden Sie nicht lange abhalten, aber ich werde mich bis zum Letzten wehren. Sie können mich foltern, bis ich den Verstand verliere, aber es wird keine Rolle spielen. Ich kann Ihnen sowieso nicht sagen, wo die Münzen sind.«

Seine Augen wurden zu schmalen Schlitzen. »Der Schmerz wird unerträglich sein.«

»Furchtbar, ja. Aber nicht unerträglich.«

»Sind Sie sicher? Es gibt mehr Methoden, Sie zu foltern, als Ihr Fleisch zu verbrennen, Lena.«

Er wedelte mit der Hand, und die bröckelnden Lehmmauern begannen zu verschwimmen, bis sie sich in Luft aufgelöst hatten. Aus Tageslicht wurde Dämmerung, die Schatten vertieften sich, und der Geruch des Smogs schwand. Er wurde ersetzt vom erdigeren und stechenderen Gestank aus jenen Tagen, in denen es noch Plumpsklos gab.

Im Halbdunkel hinter Malumos erschienen zwei Männer in Galabias. Lenas Herz fing an zu rasen. Es waren Männer, die sie kannte, Männer, deren grausame Gesichter sie noch jetzt in ihren Albträumen heimsuchten. Kaab und Nazr. Malumos' Gestalt verwandelte sich – die blaue Tunika wurde schwarz, und der harmlose weiße Turban wich langem schwarzem Haar, das ihm bis auf den Rücken fiel. Seine Kieferknochen traten schärfer hervor, und eine schartige Narbe tauchte unter seinem linken Auge auf.

Dhul-Fiqaar.

Sie leckte sich über ihre plötzlich trockenen Lippen, und obwohl sie standhaft sein wollte, senkte sie den Blick zu Boden, auf den Körper, den sie, wie sie wusste, dort ausgestreckt vorfinden würde. Einen Mann mit nussbrauner Haut und magerem, sehnigem Körperbau, einen Dolch im Bauch.

Sie versuchte, den Kloß in ihrem Hals hinunterzuschlucken und schloss die Augen.

Nein. Es war nur eine Illusion.

Dies war vor über hundert Jahren geschehen, und die Männer, die sich ihr näherten, waren längst tot und zu Staub zerfallen. Und doch hatte sie einen bitteren Geschmack auf der Zunge. Wie dumm sie an jenem Tag gewesen war! So berauscht von sich selbst, nachdem sie einen Satz Kalksteinkanopen aus Luxor gestohlen hatte, dass sie Azims Warnungen in den Wind schlug. Wie oft hatte er ihr zuvor gesagt, dass es nicht klug war, mit ihren Erfolgen vor Dhul-Fiqaar zu protzen? Zu häufig, als dass man es noch hätte zählen können.

Eine rauhe Hand fasste ihr ans Kinn, und sie riss die Augen wieder auf.

Dhul-Fiqaar starrte sie an, Hass in den obsidianschwarzen Augen. »Er ist gestorben, weil er versucht hat, dich zu retten, Lena. Empfindest du gar nichts für den Narren?«

Siebzehn Jahre auf der Straße hatten ihr beigebracht, niemals Schwäche zu zeigen – stets ihre Angst zu verbergen –, und selbst jetzt, da Azims Blut in ihren Schuhen stand, konnte sie die Maske nicht fallen lassen. Selbst jetzt, da ihr das Herz in der Brust entzweigerissen wurde.

Doch ihre Teilnahmslosigkeit machte Dhul-Fiqaar rasend. Er schlug sie. So fest, dass sie fast auf die Knie fiel.

»Gib mir die Kanopen.«

Lenas Hände zitterten. Die Kanopen bedeuteten nicht nur Geld für sie. Sie standen für Hoffnung und Freiheit – und eine Zukunft für Lily. Wenn sie sie verkaufte, hätte sie genug Geld für drei Fahrscheine auf einem Dampfschiff nach England. *O Gott.* In dem Versuch, wieder klare Sicht zu bekommen, blinzelte sie. Nun brauchten sie nur noch zwei Fahrscheine.

»Gib mir die Kanopen, oder ich schlage dir die Hände ab und hole sie mir.«

Lena hätte beinahe den Fehler wiederholt, den sie an jenem

Tag gemacht hatte und der sich ihr tief ins Gedächtnis eingegraben hatte – ihm ins Gesicht zu spucken. Aber im letzten Moment fiel ihr ein, dass sie nicht an ihre Taten von vor einem Jahrhundert gebunden war. Dies war nicht das Jahr 1896.

Sie stieß ihm den Ledertornister in die Hände.

»Nimm sie – sie gehören dir.«

Dhul-Fiqaars Lächeln war verzerrt. »Das sieht dir gar nicht ähnlich, Lena. Aber es ist klug.« Er nahm eine ihrer Locken zwischen Zeigefinger und Daumen und rieb sie. »Ich frage mich, ob du auch so schlau sein wirst, dein Schicksal anzunehmen?«

»Welches Schicksal?«

Er zuckte die Achseln. »Azim ist tot. Er kann dich nicht mehr beschützen.«

Lenas Magen schlug einen Salto, und die Gegenwart legte sich über die Vergangenheit. Dhul-Fiqaars Worte waren sowohl eine Warnung als auch ein Versprechen. Vor drei Jahren, als sie gerade in den Ruinen von Karnak nach dem *Buch des Gerichts* suchte, hatte Azim sie vor der Vergewaltigung durch einen ihrer Diebesfreunde gerettet. Er hatte sie unter seine Fittiche genommen, und gemeinsam hatten sie das Buch gesucht und gefunden – obwohl es sich als unmöglich erwies, es aus seiner Umhüllung aus gehärtetem Bitumen zu befreien. Im Laufe der Jahre vertiefte sich ihre Beziehung, und sie wurden ein Paar. Ihr Angreifer bedrohte sie niemals wieder, und der Zwischenfall verblasste zu einer verschwommenen Erinnerung, wie es mit allen Albträumen geschieht. Doch ihr Angreifer – Dhul-Fiqaar – stand nun wieder vor ihr.

»Du willst mich nicht«, sagte sie und betete stumm.

»Es ist keine Frage des Wollens, sondern eine Frage des Rechts. Du gehörst jetzt mir.«

Sie biss sich auf die Lippen. Die Grenzen zwischen Illusion

und Wirklichkeit verwischten. Es wurde mit jeder verstreichenden Minute schwerer, die Vergangenheit von der Gegenwart zu trennen. Sie hatte gehofft, dass sie es abwenden könnte, ihren grausamen Tod noch einmal durchleben zu müssen, indem sie ihm die Kanopen gab und ihm nicht ins Gesicht spuckte. Aber Malumos kontrollierte ihre Vision, und er hatte nicht die Absicht, sie leicht davonkommen zu lassen.

Lenas Blick huschte zu Kaab und Nazr.

In der Vergangenheit hatten sie sie am Boden festgehalten, während Dhul-Fiqaar sie vergewaltigte. Sie hatten sie verspottet und verhöhnt, während er sie langsam fertigmachte, und sie hatten zugesehen, wie sich ihr Blut im Sand mit Azims Blut vermischte. Aber es waren nicht diese entsetzlichen Misshandlungen, die ihr den Tod gebracht hatten. Sie hatte schon viel schlimmere Verletzungen überlebt, und sie hätte vielleicht weniger gut, aber noch lange weitergelebt. Sie hätte ihren Enkeln als Warnung von ihrem Unglück erzählt. Wenn er nicht den einen Menschen bedroht hätte, der ihr mehr wert war als ihr eigenes Leben – Lily, ihre kleine Tochter. Das hatte in ihr den unkontrollierbaren Wunsch geweckt, sich zu wehren.

Ihr Blick begegnete dem von Dhul-Fiqaar.

»Mach mit meinem Körper, was du willst. Ich werde nicht kämpfen.«

Wieder ein Lächeln, diesmal breiter. »Da soll noch einer sagen, dass du nicht dazulernst, Lena. Du bist so heißblütig wie eh und je, doch die Unbesonnenheit deiner Jugend ist gezähmt. Bravo.«

In diesem Moment endete die Vision abrupt.

Der Gestank von Autoabgasen drang in Lenas Nase, und wieder war sie von Mauern umgeben. Hupen, das Gerumpel der Busse und das Geplapper von Millionen Menschen verschluckte die Stille des alten Kairo. Aber der Mann, der vor ihr stand, hörte nicht auf, sie aus seinen schwarzen Augen anzustarren.

»Da du mir versicherst, dass du dich an unsere Abmachung zu halten gedenkst, werde ich es für den Moment dabei belassen. Aber vergiss diese teuer erkauften Lektionen nicht, Lena. Zu viel Blut ist bereits wegen deiner Selbstsucht geflossen. Lass nicht zu, dass noch jemand getötet wird. Bring mir die Münzen.«

Dann war er fort.

Erleichterung machte sich in ihr breit, und dennoch blickte sie unwillkürlich auf ihre Füße.

Keine Leiche, natürlich. Nur Pflastersteine und eine dünne Schicht Sand, der von der Wüste herangeweht wurde. Doch in einem unregelmäßigen Kreis bis hin zu ihren Stiefelspitzen war der Sand dunkel. Ihr Herz klopfte so heftig, dass sie kaum noch denken konnte. Sie sank zu Boden, tastete nach dem feuchten Schmutz, spürte seine Kühle und hob die Finger.

Tatsächlich, sie waren rot.

Obwohl sie tief in ihrem Herzen wusste, dass es nicht Azims Blut sein konnte, neigte sie den Kopf. Es gab vieles, was sie bedauerte, aber das gehörte zum Schlimmsten. Ihr Tod an jenem Tag hatte auch bedeutet, dass niemand um ihn trauerte. Niemand hatte seine Leiche gewaschen, hatte sie fürsorglich in Laken gehüllt oder bestattet, wie es sich schickte. Niemand hatte das Hinscheiden eines guten Mannes gewürdigt. Er war einen sinnlosen und einsamen Tod gestorben.

Für sie.

Lena bedeckte ihr Gesicht mit den Händen und weinte.

Brian trat mit gezogenem Schwert und hämmerndem Puls in die Gasse, zu allem bereit. Zu allem außer dem, was er vorfand.

Lena. Auf den Knien.

Schluchzend.

Nachdem er sich vergewissert hatte, dass sie allein waren, suchte er an ihr nach äußeren Zeichen einer Verwundung, doch er entdeckte nichts. Keine Verbrennungen, keine Schnittwunden, kein Blut. Nur nasser Sand an ihren Fingern und Tränenfluten, die ihr Gesicht hinabströmten. Dieser Anblick kam so unerwartet, dass er sie für einen Moment nur ungläubig anstarren konnte.

Dann tat er das Einzige, was ihm einfallen wollte – er steckte das Schwert zurück in die Scheide, ließ sich neben ihr nieder und zog sie an seine Brust. Obwohl er unbedingt wissen wollte, was passiert war, hielt er ausnahmsweise seine Zunge im Zaum. In dem Moment, als er Lena in die Arme schloss, vergrub sie ihr Gesicht an seinem Hals und schluchzte noch heftiger.

Es war ein seltsames Gefühl.

Einerseits erschreckte ihn ihr Weinen. Dies war doch Lena! Die zähe, kaltblütige Lena, die ihm einen kristallenen Briefbeschwerer über den Schädel gezogen hatte. Andererseits weckte ihr Weinen Beschützerinstinkte in ihm, von denen er nicht einmal gewusst hatte, dass er sie besaß. In diesem Augenblick hätte er bereitwillig tausend Männern, die bis an die Zähne bewaffnet waren, ins Auge geblickt, nur um Lena vor weiterem Schmerz zu bewahren. Und ihm schwoll die Brust in dem Wissen, dass sie ihn brauchte – wenn auch nur in diesem Moment.

Zu dumm, wirklich.

Aber die rote Nase und die tränennassen Wimpern waren … süß.

Als ihre Schluchzer verklangen, holte er seinen BlackBerry heraus und schrieb Carlos eine SMS. Dann küsste er Lena auf den Scheitel und sagte leise: »Okay, sag's mir. Wem muss ich die Gedärme herausreißen?«

»Niemandem.« Sie seufzte, und ihr Atem traf schwül auf seine Haut. »Er ist schon tot.«

Brian erstarrte und sah sich noch einmal in der Gasse um. »Du hast den Dämon noch einmal umgebracht?«

»Nein, ich meine –« Noch ein Seufzer. »Egal. Es ist vorbei.«

Brian hätte sie gern länger an sich gedrückt, aber Carlos kam von der Straße die Gasse heraufgelaufen. Das Erstaunen darüber, Lena unverletzt zu sehen, stand ihm deutlich ins Gesicht geschrieben. »Was ist passiert?«

Lena wand sich in Brians Armen. Er ließ sie los und half ihr, aufzustehen. Überraschenderweise wies sie ihn nicht zurück. Sie nahm seine Hand und blieb dicht neben ihm.

»Ein Dämon, den ich noch nie gesehen habe, hat mich aus dem Auto gezerrt«, sagte sie. »Er brachte mich hier in diese Gasse und verschwand. Ein anderer Dämon wartete schon auf mich – einer der drei Hörigen von der Ranch.«

»Sei froh, dass die Lockdämonen Besseres zu tun hatten, als mit dir zu spielen.« Carlos' Blick wanderte über ihre unversehrte Kleidung. »Dein Schild hat erstaunlich gut gehalten.«

»Er hat mich gar nicht angegriffen.«

»Er wollte nur *reden*?«, fragte Brian ungläubig.

»Er verlangte die Herausgabe der Münzen, und da ich sie ihm nicht geben konnte, wurde er zornig.«

Carlos runzelte die Stirn. »Aber er hat trotzdem nicht versucht, dich umzubringen?«

»Nein.«

Brian verstand Carlos' Irritation. Er war selbst ein wenig verwirrt. Dämonen waren nicht gerade für ihre Geduld oder ihr weiches Herz berühmt. Selbst wenn sie Lena erpressten und relativ zuversichtlich waren, dass sie liefern würde – hätten sie sie nicht dafür bestraft, dass sie die Münzen vorübergehend aus den Augen verloren hatte? Warum ließen sie sie ohne einen Kratzer gehen?

»Kehren wir ins Hotel zurück«, schlug er vor und beschloss, Lenas Weinkrampf später anzusprechen. »Wir essen zu Abend, und dann führen wir einen Beschwörungszauber durch und sehen, ob wir Tariq orten können.«

Wenn er mit Lena allein war, würde er versuchen, ihr weitere Einzelheiten zu entlocken.

Brian gab dem Hotelpagen Trinkgeld und schloss die Tür zur Suite.

»*Das* ist ein Hotel!«

Kopfschüttelnd ging Lena um Carlos herum, der sofort die Hightech-Unterhaltungseinheit der Suite angesteuert hatte. Sie nahm eine Handvoll Datteln aus dem beeindruckenden Obstkorb, den das Hotelmanagement bereitgestellt hatte, und schlenderte durch den gewaltigen Wohnbereich bis zu der Glastür, die auf die geflieste Terrasse hinausführte. »Wahnsinn. Man sieht von hier aus die Pyramiden.«

»Rodriguez?« Als Carlos, der gerade die Fernbedienung studierte, aufblickte, zeigte Brian auf die einzelne Tür neben dem Esszimmer. »Du hast das Zimmer rechts, Lena und ich nehmen das linke.«

Mitten im Kauen fuhr sie herum und funkelte ihn an. »Wer sagt, dass wir eins zusammen nehmen?«

»Ich.«

»Nur weil wir S…–«

Brian hob abrupt die Hand, um ihren Protest im Keim zu ersticken. Sein Sexualleben vor Carlos zu besprechen, lockte ihn nicht im Mindesten. Wenn man es überhaupt so nennen konnte, da Brian derzeit ja gar keines hatte. »Ich glaube dir nicht, wenn du behauptest, dass du nicht wieder wegläufst. Sorry. Hier gelten dieselben Regeln wie in San Jose.«

Carlos schaltete den Fernseher ein. Wie in einer teuren Suite zu erwarten, war der Kanal auf einen europäischen Nachrichtensender eingestellt. Ein britischer Reporter stand vor der Fassade des deutschen Reichstags, umringt von Demonstranten und einer aufgebrachten Menge. Im Hintergrund verzehrte ein wütendes Feuer das Regierungsgebäude, viele Leute warfen Steine auf die Reihen der gepanzerten Polizisten. Der Reporter sprach schnell, als hätte er Angst, nicht mehr lange reden zu können. »Es hat den Anschein, dass Hunderte Millionen Euro verschwunden sind, und die Bundeskanzlerin hat keine Erklärung dafür. Es gibt Stimmen, die empfehlen, sie festzunehmen und auch im Rest des Kabinetts zu ermitteln, aber wie Sie sehen, ist die deutsche Öffentlichkeit damit noch nicht zufrieden.«

Brian schnitt eine Grimasse. Satan ließ einfach nicht locker.

»Schalt das ab.«

Er nahm ihre beiden Koffer und schob mit der Schulter die Flügeltür auf, die ins größere der beiden Schlafzimmer führte. Drinnen standen – großzügig verteilt – ein Kingsize-Bett, eine hellgrüne Chaiselongue und ein Schreibtisch. Links, hinter einer weiteren Doppeltür, befand sich ein voll ausgestattetes Marmorbad. Brian blickte sehnsüchtig auf den Multifunktionsduschkopf. Seine Nase brannte dank einer Unzahl feiner Sandkörner und der trockenen Wüstenluft. Eine Dusche war wie ein Geschenk des Himmels.

»Ich dusche als Erste«, verkündete Lena, die ihm gefolgt war.

Brian seufzte so bedauernd wie verständnisvoll. Für sie würde er warten. Außerdem war dies eine Gelegenheit, herauszufinden, was in der Gasse passiert war. Gefangen in der Duschkabine hatte sie keine Chance, seinen Fragen auszuweichen.

»Während du dich frisch machst, rufe ich den Zimmerservice an«, murmelte er.

Sie nickte abwesend, während sie den Gummi aus ihrem Haar zog. Der Pferdeschwanz löste sich auf, und sofort flutete ihre wellige braune Haarpracht über ihren Rücken. Sie steckte die Finger in ihre Mähne, massierte ihre Kopfhaut und schloss für einen kurzen Moment genießerisch die Augen.

Es war eine kleine, beiläufige Geste, doch sie erregte Brian mit derselben Leichtigkeit, mit der man eine Lampe anknipst.

Verdammt, er hatte es wirklich schwer. Sich beim ersten Mal zurückzuhalten hatte sein Verlangen zu einem verzweifelten Sehnen gesteigert. Und obwohl Enthaltsamkeit im Laufe der letzten Jahre fast zu seiner zweiten Natur geworden war, war seine Begierde – als er Lena berührte, schmeckte und beobachtete, während sie zweimal kam – unerbittlich und gnadenlos wieder erwacht.

Auch der verrückte Gedanke, dass sie ihm gehörte, hatte sich verstärkt. Doch eigentlich beschrieb »verrückt« nicht einmal ansatzweise die Absurdität dieses Gedankens. Ein Mann, der jeden Menschen betrogen hatte, der sich jemals etwas aus ihm gemacht oder auf ihn gezählt hatte, verdiente das ewige Höllenfeuer und nicht eine Beziehung mit einem Prachtweib wie Lena. Wenn sie auch nur um die Hälfte seiner Sünden gewusst hätte, hätte sie sich sicher nicht mit ihm abgegeben.

Sie begann, ihre Bluse aufzuknöpfen, und Brian wandte sich ab.

Zimmerservice und dann ein Anruf in San Jose. Keine Lena.

Als er das Gespräch beendete, befanden sich ihre Bluse und ihre Hose ordentlich zusammengelegt auf dem Bett, und Wolken heißen Dampfes drangen aus dem offenen Badezimmer. Brian rollte den Schreibtischstuhl dorthin und ließ sich mit einer Flasche Evian darauf nieder. Die gläserne Duschkabine war in Nebel gehüllt, es war nur eine verschwommene Silhouette von Lenas Körper zu erkennen.

»Also«, begann er mit lauter Stimme, um das Rauschen des Wassers zu übertönen. »Da wir jetzt allein sind und Carlos uns nicht hört, können wir zum Wesentlichen kommen. Was ist in dieser Gasse passiert, bevor ich dich gefunden habe?«

Sie erstarrte unter der Dusche.

»Ich hab's dir doch gesagt. Der Dämon wollte die Münzen.«

»Und deswegen hast du geweint?« Er drehte den Verschluss der Flasche auf und ließ das eiskalte Wasser seine Kehle hinunterrinnen. »Während du bei allem anderen, das passiert ist, kaum mit der Wimper gezuckt hast? Komm schon, Lena. Du erwartest doch nicht, dass ich dir das glaube.«

Einen Augenblick lang war nur das Geräusch des Wassers zu hören, das auf die Kacheln spritzte.

Dann: »Erinnerst du dich an den Tag, an dem du gestorben bist?«

Er senkte den Blick. Zur Hölle, ja, er erinnerte sich. An jeden verfluchten Gedanken, jedes Verkehrsschild, das vorüberflog, und an jeden Zentimeter der Kurve, die er nicht erwischte. Seine Träume ließen ihn niemals das grässliche Schleifen seines Lamborghini vergessen, der sich um den Baum wickelte, das Krachen von Knochen und den scharfen Schmerz, den das Metall auf seiner Haut verursachte. Die Menge der Einzelheiten, die er sich ins Gedächtnis zu rufen vermochte, war erstaunlich, wenn man bedachte, dass er stockbesoffen gewesen war.

»Ja.«

»Ich hatte zum Glück das Meiste vergessen«, erwiderte sie. »Aber der Dämon hat meine letzten Augenblicke vor mir aufleben lassen. Es war nicht besonders schön.«

Brian drückte sich die kalte Plastikflasche an die Stirn. Ja, das mochte ein paar Tränen gekostet haben. »Bist du in einer Gasse in Kairo gestorben?«

»Ja.«

»Bastard.«

Ihre Stimme klang, als lächelte sie, während sie sagte: »Könntest du mir das Shampoo geben?«

Er fand die Toilettenartikel von Bulgari Green Tea in einer Keramikschale auf der Ablage, und da er nicht wagte, näher zu treten, warf er die Flasche über die Glaswand.

»Autsch!«

»Sorry.« Er kehrte zu dem Stuhl zurück. »Ich kann mir noch immer nicht vorstellen, warum er nicht wenigstens *versucht* hat, dich zu töten.«

»Warum sollte er mich denn töten?« Ein fetter Klecks Schaum landete auf den Fliesen zu ihren Füßen.

»Weil du zugegeben hast, dass du nicht weißt, wo die Münzen sind. Damit bist du nutzlos für ihn. Nichts für ungut, aber wenn ich er wäre, hätte ich dich an Ort und Stelle aus dem Verkehr gezogen.«

»Offenbar erwartet er von mir, dass ich sie auftreibe«, sagte sie mürrisch.

»Aber warum du? Ich meine – dich auszusuchen, um Duverger auszurauben, macht Sinn. Aber warum besteht er jetzt, da die Münzen verschwunden sind, darauf, dass ausgerechnet du sie suchen sollst?«

»Er gibt mir die Schuld daran, dass sie verschwunden sind«, entgegnete sie. »Und ich kenne Kairo.«

»Es gibt jede Menge Einheimische, die die Stadt besser kennen als du«, widersprach er. »Er könnte sich einfach einen von ihnen gefügig machen. Nein, er hat dich aus einem anderen Grund am Leben gelassen.«

»Vielleicht« – ihre Worte wurden ein wenig durch das laufende Wasser verzerrt – »will er ja noch etwas anderes stehlen.«

Brians Herz wäre beinahe stehen geblieben. Etwas anderes? Wie zum Beispiel eine weitere Reliquie? »Hat er denn von dir verlangt, noch etwas anderes zu stehlen?«

»Nein.« Der letzte Schaum kreiste über dem Abfluss, um dann darin zu verschwinden. Sie stellte das Wasser ab.

»Hat er das Pontius-Pilatus-Linnen erwähnt?«, fragte Brian, während er aufstand. Ihre nackten Zehen wandten sich der Duschkabinentür zu. *Mist. Gehen oder bleiben?* Es war ein kurzes Scharmützel Höhlenmensch gegen zivilisierter Mann. »Oder wollte er, dass du irgendeinen anderen Gegenstand aufspürst?«

»Nein.« Sie schob die Tür auf.

Gehen. Er rollte den Stuhl an seinen angestammten Platz hinter dem Schreibtisch zurück.

Nur weil die Dämonen nicht von ihr verlangt hatten, ein anderes Artefakt zu stehlen, hieß das nicht, dass sie es nicht vorhatten. Aber um Ort und Zeitpunkt des nächsten Raubs vorhersagen zu können, musste er erst wissen, wie das Linnen und die Münzen zusammenpassten. Und ob es noch weitere dunkle Reliquien gab. Was bedeutete, dass er wieder am Ausgangspunkt war und ihm nichts anderes übrig blieb, als zu warten, bis MacGregor zurückkehrte.

»Hast du schon einen Zauber gesprochen, um Tariq zu lokalisieren?« Lena folgte ihm ins Wohnzimmer.

»Noch nicht«, gestand Brian und drehte sich langsam zu ihr um. »Wir wollten auf *dich* warten. Der Zauber ist nur dann wirksam, wenn die Person, die ihn spricht, denjenigen, den sie sucht, sehr gut kennt.«

Ein dickes weißes Frotteehandtuch bedeckte ihren Leib, ihre Arme und Beine waren nackt. Wassertropfen aus ihrem nassen Haar rannen an ihr hinunter, doch nur die paar, die ihren schlanken Hals hinabliefen und in den Schatten ihres Schlüsselbeins eintauchten, zogen seine Aufmerksamkeit auf sich.

»Ich bin nicht scharf darauf, Roma-Magie anzuwenden.«

Während sie sprach, neigte sie den Kopf, drehte ihr Haar zu einer großen Flechte zusammen und wrang sie aus. Bei der Bewegung wurde ihr Nacken verführerisch und einladend freigelegt.

Jesus. Die Macht, die diese Frau über ihn hatte, war beängstigend. Manchmal fühlte sie sich wie eine Droge an, die in seinen Körper sickerte und ihn benommen machte. Je mehr er sie schmeckte, je mehr Blicke auf die wahre Lena sie ihm gestattete, desto mehr wollte er sie. In Anbetracht der Tatsache, dass er gelobt hatte, clean zu werden und sich selbst von allen Süchten loszusagen, war dies wirklich die schlimmste aller möglichen Versuchungen für ihn. Aber im Augenblick interessierte ihn das nicht.

Er musste sie berühren.

Und deshalb tat er es.

Er packte sie am Arm, drückte sie gegen die wildlederverkleidete Wand und küsste sie leidenschaftlich. Eine Welle von Wahrnehmungen überrollte ihn: das weiche Gefühl ihrer Lippen auf seinen, ihre vollen Brüste an seiner Brust, der Geruch ihres Shampoos in seiner Nase und die warme, feuchte Seide ihrer Haut. Alle sehr reizvoll, doch nicht befriedigend.

Er brauchte mehr.

Er sehnte sich danach, sie unbekleidet an sich zu pressen.

Aber er beherrschte sich, um zu prüfen, ob Lena auch bereit war. Sie hatte gerade Seelenqualen durchlebt, die er nicht ganz –

Ihr schlanker Arm legte sich um seinen Hals und zog ihn näher heran.

Brian stöhnte und küsste sie noch inniger. Zugleich schlüpfte seine Hand auf der Suche nach noch mehr samtigem Fleisch unter den Saum des Handtuchs und glitt ihren Rücken hinauf. O *ja*. Seine Zunge vereinigte sich mit ihrer, und ihr heißes Duell bewies einmal mehr, dass die Begierde, die in ihm tobte, auch Lena gefangen hielt.

Ihre Finger hatten den Weg unter sein schwarzes T-Shirt gefunden und strichen nun über seine hitzige Haut. Die Berührung war zu leicht, zu frustrierend, und Brian hielt inne, um sich das T-Shirt vom Leib zu reißen. Er hatte keine Ahnung, wo es landete – seine Lippen und Gedanken waren ausschließlich auf den Puls gerichtet, der wild an Lenas Hals klopfte.

Die Rauheit des Frottees linderte vorübergehend das drängende Verlangen seiner Haut.

»Die Tür«, flüsterte sie heiser.

Verdammt. Carlos.

Er drückte ihr einen fieberheißen Kuss auf die Lippen. »Geh nicht fort.«

Den Weg zur Tür legte er in Rekordzeit zurück. Zum Glück fand sich im Wohnbereich keine Spur von Carlos. Er schloss die Tür und drehte sich wieder zu Lena um. Ihre Hände nestelten gerade an dem Handtuch und lösten es. Ihr Haar war zerstrubbelt, die Haut gerötet, und ihre Finger zitterten vor fahriger Ungeduld.

Ohne jeden Zweifel war sie die schönste Frau, der er jemals begegnet war.

Aber nicht aufgrund dessen, was er äußerlich an ihr sah. Zur Hölle, ja, ihm gefiel ihr Äußeres. Er hätte verrückt sein müssen, wenn es nicht so gewesen wäre. Aber seitdem er ihr erstmals begegnet war, war es das Andere, das ihn anzog. Das nervöse Flattern des Pulsschlags an ihrem Hals, oft der einzige Riss in ihrer harten Fassade. Die Schatten in ihren Augen, die ihn schmerzlich an die Schrecken seiner eigenen Vergangenheit erinnerten. Die Art, wie sie sich behauptete, selbst in kritischen Situationen. Das Weinen in der Gasse, das ihr so gar nicht ähnlich sah.

Sie war unglaublich stark und zugleich unglaublich verletzlich.

Wie sollte er sie nicht lieben, da doch –

Mist, nein. Woher kam das denn? Dieses Schwellen in seiner Brust war nicht Liebe. Es war Lust. Er war einfach geil. Es ging hier um Sex, nicht um Liebe. Die Frau würde ihn im nächsten Augenblick aufspießen, wenn es gleichzeitig bedeutete, dass sie entwischen konnte. Sie benutzten einander nur. Das war alles.

»Hast du deine Meinung geändert?«, fragte sie stirnrunzelnd.

Das Problem an dieser Theorie war er. Je mehr er über Lena erfuhr, desto mehr wollte er wissen. Er wollte, dass sie ihm alles über jene letzten hässlichen Augenblicke erzählte, bevor sie gestorben war. Er wollte alle Geschichten aus ihrer Kindheit und jedes Jahres danach hören. Er wollte wissen, wie sie empfand.

Das war gefährlich.

Er wollte keine Beziehungen eingehen. Nie mehr. Beziehungen waren mit Erwartungen verbunden. Sie fußten auf Respekt und Vertrauen und wechselseitiger Zuverlässigkeit. Doch die Vergangenheit hatte bewiesen, dass er unfähig war, derlei Erwartungen zu erfüllen. Das war der Grund, warum er auch dem Sex abgeschworen hatte. Ein Schwur, den zu brechen er gerade drauf und dran war.

»Nein«, antwortete er. »Ich habe meine Meinung nicht geändert.«

War es fair, Lena in sein verkorkstes Leben hineinzuziehen? Zur Hölle, nein. War er selbstsüchtig genug, es trotzdem zu tun? Wenn Mr Willi eine Stimme hatte, lautete die Antwort definitiv Ja.

Brian hob den Blick und lächelte. »Ich nehme mir nur ein bisschen Zeit, um die Aussicht zu bewundern.«

Sie erwiderte sein Lächeln. »Ich bin mir nicht sicher, ob du sie schon vollständig genießen kannst.«

Dann ließ sie das Handtuch fallen.

13

Lena hatte einmal geglaubt, Sex sei ein Werkzeug, das die Männer benutzten, um Frauen zu kontrollieren. In ihren frühesten Erfahrungen war es um Dominanz gegangen, nicht um Lust oder gar Zuneigung.

Selbst Azim, der in jeglicher Hinsicht ein großzügiger und selbstloser Liebhaber war, hatte von ihr erwartet, dass sie ihm zu Willen war, wann und wo es ihm gefiel. Aber hundert Jahre, in denen sie ihr eigenes Leben lebte – an ihren Fertigkeiten gefeilt und ihre Persönlichkeit entwickelt hatte –, hatten ihren Blick auf die Dinge verändert.

Früher hätte sie es hingenommen, dass Brian sich zurückzog und sie verunsichert und unbefriedigt verließ. Aber heute nicht mehr. Obwohl sie sich unter der Dusche ausgiebig abgeschrubbt hatte, war sie nicht imstande gewesen, die grässlichen Erinnerungen zu vertreiben, die in der Gasse wieder heraufbeschworen worden waren, noch das mulmige Gefühl abzuwaschen, das der kurze Ausflug in ihre Vergangenheit hinterlassen hatte. Doch sie durfte sich von dem Zwischenfall nicht beirren lassen. Um Heathers willen musste sie ihn ad acta legen.

Sex konnte ihr dabei helfen. Sex mit *Brian* konnte ihr dabei helfen.

Er hatte die erstaunliche Fähigkeit, sie im Hier und Jetzt zu erden. Die Mischung aus seiner rohen Sinnlichkeit und seinem verschrobenen Humor war so fesselnd, dass sie nirgendwo anders als bei ihm sein wollte. Er gab ihr das Gefühl, jung und schön zu sein … und normal. Aber es war mehr als das. Gleichgültig, wie viele Beweise sich gegen sie sammelten, er blieb unerschütterlich dabei, dass ihre Absichten gut waren. Dass *sie* gut war. Und genau jetzt brauchte sie jemanden, der an sie glaubte. Sie brauchte *ihn*.

Lenas Hand suchte nervös den goldenen Anhänger an ihrem Hals. Sie beobachtete seine Augen, als das Handtuch zu Boden fiel. Die Frage war nur, ob er sie auch brauchte?

Brian kam leichtfüßig auf sie zu, hob sie hoch und trug sie zum Bett. Er legte sie auf die weiße Bettdecke und grinste sie wölfisch an. »Um die Wahrheit zu sagen – die Aussicht spielt keine Rolle. Ich bin mehr für Handgreiflichkeiten.«

Erleichterung zauberte ein Lächeln auf ihre Lippen. »Das trifft sich gut, ich hätte diesmal nämlich gern mehr Handgreiflichkeiten.«

»Noch mehr? Habe ich das letzte Mal nicht jeden versteckten Winkel deines Körpers gefunden?«

»Das war schön«, räumte sie ein. »Aber ich will dich auch spüren. Haut an Haut. Überall.«

Er grinste. »Aha. Du willst, dass wir beide nackt sind.«

Mit einer Hand öffnete er den Knopf an seinem Hosenbund. Das leise Geräusch des Reißverschlusses beschleunigte Lenas Puls und ihre Atmung. Es war eine berauschende Empfindung, und sie genoss sie. Von Anfang an war die Jagd nach den Münzen ein Albtraum gewesen, ein schreckliches Ereignis reihte sich ans andere. Die einzigen Momente, in denen sie sich nicht körperlich schlecht gefühlt hatte, waren diejenigen gewesen, die sie mit Brian verbracht hatte. Sich in ihrem schwindelerregenden Verlangen nach ihm zu verlieren, war Glück.

Die leichte Wollhose glitt von seinen schmalen Hüften zu Boden. Darunter trug er hellgraue Feinrippboxershorts.

»Was – keine Seide?«, neckte sie.

»Das ist nicht mein Ding.« Er befreite sich von den Shorts mit erstaunlicher Gewandtheit für einen Mann, dessen Blick sich nicht von ihrem Gesicht lösen wollte. Dann posierte er einen flüchtigen Augenblick lang. Schamlos und stolz.

»Hmmm.« Sie verkniff sich einen lobenden Kommentar. Männer bildeten sich schnell etwas ein, und Brian war jetzt schon viel zu eitel. Und trotzdem fiel es ihr schwer, angesichts seiner makellosen Muskulatur und seiner beeindruckenden männlichen Reaktion auf entsprechende Reize ihren Speichelfluss zu kontrollieren. »Nicht schlecht.«

Er lächelte und schien trotz ihrer leidenschaftslosen Bemerkung kein bisschen beleidigt zu sein. »Süße, du wirst das Untertreiben noch aufgeben.«

Er legte sich zu ihr aufs Bett und räkelte sich so, bis sein Gesicht an ihrem, sein Becken an ihrem war. Er sog ihren Duft tief ein, leckte sich bis zum Ohr vor und knabberte an ihrem Ohrläppchen. Lena schmolz dahin. Seine Erektion pulsierte an ihrer Hüfte, und die Temperatur ihres Körpers stieg um ein weiteres Grad an.

»Lust« war solch ein unzureichendes Wort für das, was sie empfand!

Sie wandte sich Brian zu, ihre Lippen fanden seine, ausgehungert nach Berührung. Er reagierte, indem er fiebernd an ihrer Unterlippe nagte, sodass sie sich seinem Drängen öffnete. Sie ergriff seine Hand und legte sie auf den fülligen Hügel ihrer Brust. Mit einem leisen Stöhnen wölbte sie sich seinem Griff entgegen. Ihre Beine verflochten sich mit seinen, um ihm so nahe wie möglich zu sein. So nahe, wie sie es zulassen konnte.

Wenn das Leben nur so einfach wäre: zwei Menschen, die ein brennendes Verlangen einte.

Wenn es möglich wäre, die Tafel abzuwischen und noch einmal von vorn anzufangen, würde sie genau hier anfangen, mit Brian. Er war der Stoff, aus dem ihre Fantasien bestanden – gut aussehend, ehrenhaft, äußerst fähig in dem, was er tat. Aber ihre Tafel war übersät mit Kerben. Sie hatte Dinge getan, die sie sich nicht verzeihen konnte, daher war es unmöglich, ausgerechnet ihn zu bitten, sie ihr zu verzeihen. Sie war das Vertrauen nicht wert, das er in sie setzte. Besonders, seitdem sie ihre Meinung geändert hatte, was die Übergabe der Münzen betraf.

Aber sie konnte trotzdem weiter so tun, als ob.

Seine Berührungen wechselten zwischen süßer Ehrfurcht und wilder, hungriger Hingabe. Als würde er auf ein Zeichen von ihr warten. Und so gehorchte sie. Ihre Finger gruben sich in die kurzen Wellen seines seidenen Haares und luden ihn ein, sie noch inniger zu küssen.

Er deutete ihr Drängen als Zustimmung, das Spiel in einer härteren Gangart fortzusetzen, und rollte sie auf den Rücken. Dabei drückte er sie in die Kissen, um seine Erektion an ihrem Venushügel reiben zu können. Eine Hand erkundete ihre Brust, die andere knetete und drückte ihre Pobacke. Sein Mund raubte ihr den Atem, drängte ihre Lippen und forderte ihre Seele.

»Himmel, ich sehe Sterne«, murmelte er schwach.

Die Mischung aus seiner körperlichen Belagerung und seinen gequälten Worten sandte eine Welle feuchten Verlangens durch Lenas Leib, und sie erschauerte vor Lust. Mit den Händen fuhr sie über seine harte Brust und die Muskeln an den Armen. Begierig darauf, dass er den nächsten Schritt tat, ließ sie die Knie auseinanderfallen und hob das Becken. Es war nur wenig, was sie tun konnte, um den Druck zu erhöhen.

Er antwortete mit einem Stöhnen.

Sein Mund blies einen heißen Luftstrom gegen ihren Hals, der jeden Zentimeter Haut umschmeichelte. Dann nahm er ihre Brust in den Mund und spielte aggressiv mit dem Nippel – mit der Zunge vor und zurück schnellend, saugend, beißend. Ihre Finger umklammerten seinen Arm, und selbst ihre Zehen verkrampften sich infolge seiner Zärtlichkeiten.

»Nimm mich«, flehte sie. »Bitte!«

»Was immer du willst«, erwiderte er. Er schob seine Eichel in ihre feuchte Höhle, hinein und wieder heraus, aufreizend, verlockend. Ihr Körper antwortete erwartungsvoll, bebend vor Erregung. Lenas Hände krallten sich in die Laken, rupften und zogen daran. Als die rastlose Anspannung in ihrem Bauch zunahm und die Empfindungen nahezu unerträglich wurden, entschlüpfte ihren Lippen ein Wimmern.

Es war eine primitive Bitte, die er sofort verstand. Dann zog er sich ein wenig zurück und kniete sich vor ihr aufs Bett, griff nach ihren Knöcheln und hob ihre Beine an. Er drückte sie in Richtung ihres Kopfes, sodass sie schließlich vollkommen entblößt vor ihm lag. Mit verschleierten Augen und geröteten Wangen sah er ihr ins Gesicht. »Okay?«

Obwohl sie sich ausgeliefert und extrem verwundbar fühlte,

ging es ihr gut. Und die wilde Leidenschaft in seinem Gesicht gefiel ihr. »Ja.«

Da schob er sich langsam in sie hinein, ganz tief. Bis es nicht weiterging. Das Gefühl, von ihm erfüllt zu sein, war so groß und berauschend, dass sich Lena schon auf halbem Wege in den Abgrund befand. Ihre Augen schlossen sich, ihr Unterleib krampfte sich zusammen. Aber sie wollte nicht allein dorthin.

Sie riss die Augen wieder auf und suchte seinen Blick.

»Hart!« Sie keuchte. »Und schnell!«

Er hielt sich nicht mit Worten auf. Begann, sich zu bewegen, stieß zu, selbstbewusst. Zunächst langsam, um sicherzugehen, dass sie wirklich bereit war, dann schneller werdend und spielerisch – manchmal einfach nur hinein und heraus, manchmal mit einem erotischen Kreisen seiner Hüften, das sie fast in den Wahnsinn trieb. Sein Wissen darüber, wie das Fieber in ihrem Körper zu wecken war, überraschte sie positiv. Jeder Rückzug und jeder erneute Vorstoß katapultierten sie wieder in schwindelnde Höhen.

Sie war wie eine gespannte Bogensehne. Ihr Kopf flog von einer Seite zur anderen.

Die Erlösung war so nahe. Ganz, ganz nahe!

Brian ächzte, während Schweiß auf seine Stirn trat. »Lena, Liebling, ich vergehe fast. Du fühlst dich so gut an. Bitte sag mir, dass du bald so weit bist.«

Der Höhepunkt war in Reichweite. Sie spürte es. »Hör nicht auf.«

Ihr Verlangen schien ihn noch zu beflügeln. Er drang mit Nachdruck in sie ein, fand, was er suchte, und schenkte jenem empfindsamen Punkt in ihrem Schoß ein Trommelfeuer von Empfindungen.

»Brian«, keuchte sie atemlos, während sie den Gipfel erklomm. »Ja! Ja!«

Ekstase durchströmte sie, flutete durch jeden Muskel, jeden Nerv, jeden Zoll ihrer Haut. Spasmen zogen ihren Unterleib zusammen, hielten ihn in ihrer intimen, unvergesslichen Umarmung gefangen. Einen Wimpernschlag später wurde Brian von seinem eigenen Orgasmus geschüttelt, in einem heftigen Schauer, der Zeugnis ablegte von dem zerbrechlichen Gefängnis, in das er seine Libido gezwungen hatte.

Dann sank er zusammen und fiel neben sie in die Kissen.

»Gut, dass ich schon tot bin.« Brian küsste ihre Schulter in einem Zustand betäubten Glücks. »Sonst hätte es mich umgebracht.«

Ihre Finger tanzten mitten auf seiner glänzenden Brust. Spielerisch. »Was ist mit deinem sagenumwobenen Stehvermögen passiert?«

Als sie die empfindliche Haut seiner Brustwarze berührte, fing er ihre Hand ein und legte sie flach dorthin, wo sein Herz schlug. »Du kannst von Glück sagen, dass ich so lange konnte. Ich bin ein bisschen eingerostet.«

»Wirklich? Wie lange ist es denn her?«

»Sechs Jahre.«

Der Ausdruck auf ihrem Gesicht war drollig. »Was?«

»Sechs Jahre«, wiederholte er.

»Das ist ein Witz.«

Er lächelte schief. »Nein, kein Witz.«

»Das glaube ich nicht. Kein Kerl hält sechs Wochen ohne Sex aus, geschweige denn sechs Jahre.«

»Ich hatte nicht geplant, so lange zölibatär zu leben.« Er rollte sich auf die Seite, um sie besser ansehen zu können. Die postkoitale Röte in ihren Wangen verlieh ihr eine weiche Weiblichkeit, die sie normalerweise nicht besaß. Sie raubte ihm den Atem. »Es ist einfach irgendwie passiert. Ich musste wieder vernünftig werden, und das hat eben ein wenig länger gedauert, als ich dachte. Das ist alles.«

Ihre Augen verengten sich. »Hast du dich anderweitig ausgetobt?«

»Mich anderweitig ausgetobt?« Er schnitt ein Gesicht. »Lass mich raten. Du hast mit Murdoch geredet.«

Sie wurde noch röter.

Er schüttelte den Kopf. »Glaub mir, Mr Willi kann sich nur für Frauen erwärmen. Meine Probleme haben nichts damit zu tun, dass ich herausfinden musste, welches Geschlecht ich bevorzuge.« Er machte eine Pause. »Ich bin heroinsüchtig.«

Ihr Blick flatterte verwirrt zu seinem Unterarm, dann zurück zu seinen Augen.

»Keine Narben«, bestätigte er. »Aber nur, weil ich sehr vorsichtig war. Ich hatte einen hochkarätigen Job, und Einstichspuren wären mein Untergang gewesen. Deshalb habe ich jedes Mal neue, spitze Nadeln benutzt. Und als es mir schon so schlecht ging, dass es mir egal war, in welchem Zustand sich mein Drogenbesteck befand, habe ich angefangen, mir den Schuss irgendwo zwischen Zehen und Leisten zu setzen.«

»Aber du bist ein Wächter …«

Er nickte. »Ich weiß, was du denkst. Die rasche Selbstheilung verhindert, dass sich Wächter betrinken können, also wie kann ich dann high werden, richtig?«

Nun nickte sie.

»Ich kann es gar nicht. Selbst wenn ich mein letztes Hemd versetzen und mich mit Heroin zuknallen würde, käme ich nicht mal ansatzweise in einen Rauschzustand.« In den ersten

Wochen nach seinem Tod hatte er öfter daran gedacht. Wenn die Herrin des Todes ihm nicht wiederholt in den Hintern getreten hätte, hätte er es wahrscheinlich auch getan.

»Bedeutet das nicht, dass du nicht mehr abhängig bist?«

»Nein.« Er ließ sich in die Kissen zurückfallen und starrte zur Decke empor. Der Stuck war in einem kunstvollen Wellenmuster geschwungen. »Ich erhole mich allmählich, aber ich bin noch immer süchtig. Das Verlangen ist im Hintergrund immer da, ruft lautlos nach mir. Das Einzige, was mir das Leben erträglich macht, ist das Hochgefühl, wenn ich gegen Dämonen kämpfe. In gewisser Weise habe ich nur einen Druck gegen den anderen eingetauscht.«

Schweigen folgte seinen Worten, und er sah sie an.

Beim Anblick der Tränen, die sich in ihren Augen sammelten, musste er unangenehm berührt schlucken. Mitleid brauchte er nicht. Aber wundersamerweise blieb ihm die tröstende Umarmung erspart. Nach einem scheinbar endlosen Augenblick blinzelte Lena, drängte die Tränen zurück und rang sich ein schwaches Lächeln ab.

»Warst du auch sexsüchtig?«

Er lachte. »Nein. Ich fand nur nicht, dass es klug wäre, mich verkorksten Kerl einer ahnungslosen Frau zuzumuten. Ich hielt es für besser, zuerst wieder die Kurve zu kriegen.«

»Und so sind sechs Jahre vergangen.«

»Richtig«, sagte er. »Ich bin mir nicht sicher, warum ich zugelassen habe, dass es so lange dauerte. Aber nach den ersten beiden Jahren habe ich aufgehört, darüber nachzudenken.« Er schnaubte. »Warte, das ist eine Lüge. Ich habe nie aufgehört, darüber nachzudenken. Die Wahrheit ist: Ich bin nie einer Frau über den Weg gelaufen, die ich so dringend vögeln wollte, wie ich dich vögeln wollte.«

Lena rümpfte die Nase. »Wie romantisch.«

Er beugte sich zu ihr hinüber und küsste sie. »Wie ich schon sagte, ich bin etwas eingerostet.«

»Ich sollte mich wohl geschmeichelt fühlen, dass du beschlossen hast, mit mir deine Enthaltsamkeit zu beenden«, sagte sie nachdenklich.

Ihm sank das Herz. Nach all seinen Bemühungen, nichts Dummes zu sagen, musste er nun feststellen, dass seine Taten beredter gewesen waren als jedes Wort. Sie hatte ihn durchschaut.

»Es macht natürlich Sinn«, ergänzte sie. »Bei mir besteht keine Gefahr, dass ich eine Beziehung erwarten könnte. Als Seelenwächter haben wir den Traum von Ehe und Kindern aufgegeben. Wir können nur unseren Spaß haben. Tollen Sex, wann es uns passt, ohne jede Verpflichtung.«

Sie hatte recht. Es machte Sinn.

Aber warum entfachte dann ihre sehr coole und logische Rede ein verfluchtes Feuerwerk in seiner Brust? Warum war es in Ordnung, wenn er eine Beziehung vermeiden wollte, aber nicht, wenn Lena dasselbe wollte? War sein Ego so aufgeblasen, dass er es nicht ertragen konnte, wenn sie nicht Hals über Kopf in ihn verliebt war? In diesem Fall war er ein erstklassiger Volltrottel.

Entweder das oder er verliebte sich gerade wirklich in sie.

Er hob den Blick, um ihr ins Gesicht zu sehen. *Mist.*

Es klopfte kurz an der Tür, gefolgt von Carlos' gedämpfter Stimme. »Das Essen ist da.«

Lena setzte sich auf und schwang die Beine aus dem Bett. »Na ja, einen Vorteil hat es, wenn man so schnell fertig ist. Das Essen bleibt warm.«

»So schnell waren wir nun auch wieder nicht fertig«, protestierte Brian.

Sie lehnte sich zurück und tätschelte seinen Arm. »Mit ein bisschen Übung wird's schon besser werden.«

Innerhalb eines Herzschlags hatte er sie aufs Kreuz gelegt und ihre Arme aufs Bett gedrückt. Ihr feuchtes Haar umrahmte in schokoladenfarbenen Locken ihr Gesicht. Gott, sie war schön. »Gib's zu. Es ging vielleicht schnell, aber ich hab dich nicht hängen lassen.«

Sie grinste, und ihre braunen Augen funkelten. »Das stimmt.«

Es war so verlockend, ihr süße Worte ins Ohr zu flüstern, ihr zu sagen, wie leicht sie sein verdammtes Herz aus dem Takt brachte! Aber das würde sie in eine Situation bringen, die tabu war. Er drückte ihr einen Kuss auf die Lippen und ließ sie los. »Ich springe unter die Dusche. Und nach dem Essen sprechen wir den Beschwörungszauber über Tariq.«

»Okay.«

Als Brian ihr Lächeln schwinden sah, verkrampften sich seine Eingeweide. Er hatte Tariq absichtlich erwähnt. Damit der Moment weniger intim, weniger innig wurde. Aber sie daran zu erinnern, warum sie hier waren, erwies sich als unangenehmer, als er geahnt hatte.

Der Weg zur Selbstachtung, so schien es, war gespickt mit Schlaglöchern.

Roma-Magie anzuwenden jagte Lena eine Gänsehaut über den Rücken, aber sie intonierte die Worte des Beschwörungszaubers mit derselben Sorgfalt und Gewissenhaftigkeit wie bei jedem anderen Zauber auch. Worauf niemand sie vorbereitet hatte, war, die Geheimnisse des Horus-Amuletts zu bekennen. Als sie die erforderlichen, angesengten Rattenknochen auf den schönen schwarz-beigefarbenen ägyptischen Teppich warf, stieg ein Nebelkreis auf, und eine Collage aus

Stadtansichten manifestierte sich darin. Die Bilder formten sich zunächst rasch, dann immer langsamer. Das letzte, das auftauchte und über den Knochen schwebte, war das einer belebten Kairoer Straße.

»Al-Muski?«, fragte Brian, der über Lenas Schulter auf die mystische Vision blickte. »Steht das auf dem Schild da?«

»Ja.«

»Dann müssen wir dorthin«, stellte er fest und sammelte die Knochen auf.

Die Möglichkeit, dass Tariq rasch seinen Aufenthaltsort ändern würde, war sehr wahrscheinlich, aber Lena wollte nicht diskutieren. Sie nahm ihre Handtasche und folgte Brian und Carlos in die Hotellobby hinunter. »Ich bin nicht überzeugt, dass das zu irgendetwas führen wird«, sagte sie, während sie in den Fond eines Mercedes stieg.

»Wo ist das Problem?« Brian setzte sich neben sie, steckte seine Brieftasche in die innere Brusttasche seines Jacketts und knöpfte diese zu.

»Al-Muski ist ein Markt im islamischen Teil Kairos«, erklärte Lena und sah Brian an. Seine Haarpflege nach der Dusche hatte darin bestanden, mit der Hand hindurchzufahren und die Locken so fallen zu lassen, wie sie wollten. Der unwiderstehliche und charmante Effekt war zweifelsohne beabsichtigt. »Sowohl bei Touristen als auch Einheimischen beliebt. Es wird viel los sein.«

»Ich weiß, was du meinst. Wenn so viele Leute da sind, wie du sagst, wird es schwer, ihn zu finden.«

Sie sah aus dem getönten Fenster in den spätnachmittäglichen Himmel. Bis zum Sonnenuntergangs-Adhan hatten sie etwa zwei Stunden Zeit, um den Markt abzusuchen. Tariq vorher aufzuspüren war entscheidend, denn der Ruf zum

Abendgebet würde die Suche beenden. Lenas Hand glitt in ihre Tasche, und ihre Finger fanden blind die harten Kanten der Puzzleschachtel. Der Sonnenuntergang würde außerdem einen weiteren verlorenen Tag markieren.

Mit weniger schauspielerischem Einsatz als ein Taxifahrer, aber ebensolchem Geschick darin, die überfüllten Straßen zu durchpflügen, brachte sie der Hotelfahrer an die Ecke Al-Muski und Al-Muizz li-Din Allah. Als Lena ihm lächelnd für seine Hilfe dankte, erinnerte der ältere Mann sie daran, bei jedem Handel zu feilschen, gab ihr seine Visitenkarte und überließ sie dann ihrem eigenen Schicksal.

Die Straße war voller Menschen, Autos und überbordenden Verkaufsständen. Sich in welche Richtung auch immer zu bewegen, stellte eine Herausforderung dar. Abgaswolken aus einem endlosen Strom von Fahrzeugen, der Lärm von Autohupen und schreienden Straßenverkäufern und die sanfte Hitze des Frühlingsnachmittags stürzten auf sie herein.

»O mein Gott«, sagte Brian und starrte in das Gewühl.

»Genau.« Lena stellte sich auf die Zehenspitzen und reckte den Hals, um besser sehen zu können. »Wir schaffen mehr, wenn wir uns aufteilen. Es kann allerdings gut sein, dass wir uns dann nicht mehr finden.«

»Du bleibst bei mir«, bestimmte Brian und fasste sie am Arm. »Aber Carlos kann die andere Straßenseite übernehmen.« Er blickte zu dem jungen Wächter. »Meinst du, du schaffst es, dich nicht zu verlaufen?«

Carlos zuckte unbekümmert die Schultern. »Im schlimmsten Fall laufe ich allein zum Hotel zurück. Nicht so wild. Was soll ich tun, wenn ich die Zielperson finde?«

»Die Zielperson?« Lena lachte auf. »Er ist ein Freund, kein Feind.«

Carlos' Blick begegnete dem ihren. »Du hast gesagt, dass er die Absicht hat, die Münzen zu behalten. Und nimm's mir nicht übel, aber ein Freund von dir zu sein, ist nicht unbedingt die beste Referenz, die man einem Kerl wünschen kann.«

Er vertraute ihr nicht. Schön und gut. Sie vertraute ihm auch nicht. Sie nickte. »Hast du sein Foto auf dein iPhone geladen?«

»Ja. Ich werde es aber nicht brauchen. Ich weiß, wie er aussieht.«

»Gut«, sagte Brian. »Dann los.«

Carlos verschwand in der dichten Menge, und auch sie schoben sich vorwärts und nahmen jeden Passanten sorgfältig unter die Lupe. Es waren Touristen wie Einheimische. Verkäufer mit müden Augen und geschmeidigen Zungen taten ihr Bestes, um einen Handel abzuschließen, während viele Kinder versuchten, Fußgänger in die Läden zu locken. Die Köpfe der meisten Käufer waren unbedeckt, selbst die der Frauen, und ihre Aufmerksamkeit war auf die Waren gerichtet, die auf den Tischen auslagen. Lebensmittel, Hosen, Schals, Kleider, Lederwaren. Fast alles, was man sich nur vorstellen konnte. Überall lag Müll, häufig Verpackungen, die die Verkäufer achtlos fortwarfen, wenn sie die Tische wieder mit Waren auffüllten, aber auch einige Plastiktüten und leere Essensbehälter.

Lena folgte ihrer feinen Nase, während sie sich einen Weg durch Duftfahnen aus frittierten Tamiya, würzigen Kushari, Abgaswolken und Körperausdünstungen bahnte. Die Vielfalt der Gerüche überforderte ihr Riechorgan beinahe. Trotzdem prüfte sie jeden Verdacht gründlich. Wenn Tariq hier war, gedachte sie, ihn zu finden.

Als sie sich dem Zentrum des Marktes näherten, musterte sie mit zunehmender Wachsamkeit den sich langsam dahinwälzenden Menschenstrom und diejenigen, die am Rand standen. Das Amulett hatte präziser angezeigt als der Beschwörungszauber. Hier musste der Ägypter sein. Ihr Blick glitt über einen sehr fülligen Burschen mit einem glänzenden Gesicht, eine magere blonde Touristin, die ihre Handtasche an die Brust gepresst hielt, und einen untersetzten Mann mit großen, abstehenden Ohren.

Brian stupste sie an. »Ist er das?«

Sie sah in die Richtung seines unmerklichen Nickens. Ein dünner Mann mit kurz getrimmtem, lockigem Haar lehnte am Steinbogen einer Ladenfront. Er ließ das schüchterne Mädchen, mit dem er sich unterhielt, nicht aus den Augen. Sein Gesicht hatte definitiv Ähnlichkeit mit dem von Tariq, besonders um Nase und Kinn, aber er war es nicht.

»Nein.«

Lena betrachtete erneut die Tische, die die Straße säumten. Ein sauertöpfischer, grauhaariger Mann nahm ein Bündel Ledergürtel von der traditionell gekleideten Muslima hinter ihm entgegen. Lenas Blick glitt weiter zum nächsten Tisch, wo rote Fese an Touristen verkauft wurden. Dann sah sie wieder zu der Muslima zurück.

Diese Hände.

Sie waren nicht so feingliedrig wie die Hände einer Frau, sondern dürr und mit rechteckigen Fingerspitzen. Die Hände eines Künstlers.

Ihr Blick flog nach oben und versuchte, hinter den dunkelblauen Hidschab zu spähen, in die Augen der Frau – den einzigen Teil des Gesichts, der zu sehen war. Hätte sie nicht wenige Tage zuvor noch unter einer burgunderroten Kapuze in diese Augen geschaut, so hätte sie sie vielleicht nicht erkannt. Sie waren bemerkenswert hübsch.

»Ähem.« Brian erstarrte neben ihr, und sein Griff um ihren Arm wurde fester. »Das kann nichts Gutes bedeuten.«

Obwohl der warnende Ton in seiner Stimme sie neugierig machte, wagte Lena nicht, den Blick von Tariq zu wenden. Deshalb zupfte sie an Brians Hand und sagte: »Ich hab ihn gefunden.«

Aber noch während sie sprach, wandte sich Tariq um. Er riss die Augen auf angesichts dessen, was auch immer er da entdeckte, dann machte er kehrt und rannte davon. Lenas Reflexe waren viel automatisierter als seine, und sie hätte ihn sicher aufgrund seiner hinderlichen Verkleidung zu fassen bekommen, wenn Brian nicht auf einen anderen Reiz reagiert hätte und sein Griff um ihren Arm nicht so eisern gewesen wäre. Er wandte sich nach links und sie sich nach rechts.

Sie verfehlte die blaue Kutte um wenige Zentimeter.

»Hier entlang«, zischte sie und riss heftig an Brians Hand.

Er folgte ihrem Blick, erspähte die fliehende Frau und schubste Lena vorwärts. »Du führst. Ich kümmere mich um die Kugeln.«

»*Was?*«

Tariq floh in seiner mitternachtsblauen Kutte eine schmale Gasse entlang. In den Khan.

»Irgendein Kerl hat dich erkannt«, erklärte Brian, während sie sich den Weg durch die Menge bahnten. »Und ich schätze, er mag dich nicht, weil er sofort eine Kanone gezogen hat. Eine hübsche, glänzende Neunmillimeter mit Schalldämpfer.«

Eine Kanone? Demnach kein Dämon.

Durch den überfüllten Markt mit Seelenwächtertempo zu

laufen war ein Ding der Unmöglichkeit, und trotz ihrer Anstrengungen blieb Tariq zu Lenas Enttäuschung einige Längen vor ihnen.

Er hastete mit bewundernswerter Wendigkeit durch die mittelalterlichen Suks, an Verkäufern mit Turbanen vorbei, über ganze Kollektionen von Messingtöpfen hinweg und unter aufgehängten Teppichen her. Gestelle mit billigen Souvenirs fielen hinter ihm um und bescherten seinen Verfolgern neue Hindernisse.

Brian reagierte, indem er einen Schild heraufbeschwor, der ihnen die Trümmer vom Hals hielt. Lena schlug einen Haken nach rechts, sie war Tariq nun dicht auf den Fersen. Der Mann hinter ihnen musste zu Nassers Leuten gehören. Sonst wäre er nicht gerannt.

»Verpass ihm einen Schlafzauber«, riet Brian.

»Der würde alle in der Gasse mit einschläfern«, gab sie zu bedenken. »Das ist kein zielgerichteter Zauber.«

»Ich kann damit leben.«

»Die Herrin des Todes wird nicht sehr begeistert sein, wenn wir öffentliches Aufsehen erregen.«

»Scheiß drauf«, sagte er freundlich. »Entweder du willst ihn kriegen oder nicht.«

Lena brauchte keine weitere Aufforderung. So genau, wie es beim Hetzen durch eine schmale Gasse nur möglich war, platzierte sie einen Schlafzauber auf die flatternde blaue Robe vor ihr. Der erste Versuch prallte an einem Ladenschild ab und traf die Leute genau vor ihr. Ein älterer Mann fiel so unvermittelt in den Schmutz, dass Lena den Stachel des schlechten Gewissens spürte. Doch ihre Schuldgefühle waren nicht stark genug, um sie davon abzuhalten, einen zweiten Zauber auf Tariq abzufeuern.

Und wieder hatte der Mann Glück.

Er bog um eine Ecke, nur einen Sekundenbruchteil, bevor der Zauber ihn erreicht hätte.

Da alle um sie her nun schlummerten, konnten Lena und Brian das Tempo erhöhen und erreichten einen Wimpernschlag später die Ecke. Sie betraten eine Gasse – und blieben stehen.

Sie war leer.

Wenn man einmal von Touristen und Ladeninhabern absah. Nicht eine einzige Person in blauen Gewändern. Niemand, der die Stirn runzelte oder auch nur entfernt beunruhigt wirkte. Keine hin und her schwingenden Teppiche, keine pendelnden Perlenketten, keine umgestoßenen Gestelle. Tariq war einfach verschwunden.

Lenas Herz schlug im langsamen Takt einer Totenklage. Er war weg. Fort.

Und mit ihm war ihre letzte Hoffnung auf Heathers Rettung dahingegangen.

In einer blauen Galabia, einen weißen Turban auf dem Kopf, kniete Malumos neben dem schlafenden Schützen und betrachtete interessiert seine Waffe. Eine Kugel würde Lena Sharpe und ihren Gefährten niemals aufhalten. Nur er oder ein anderer Dämon konnte das erreichen. Die Menschen hatten einfach keine Ahnung, wer da tagtäglich unter ihnen herumspazierte.

Seine Haut prickelte, und Hitze stieg in seiner Brust auf. Er sah hoch.

Seine Brüder waren erschienen. Sie kamen die Gasse entlang auf ihn zu – jeder von ihnen im Körper eines erbärmlichen Menschen. Während sie sich ihm näherten, verdichtete sich die Energie, die durch seine Adern flutete, zu schmerzhafter Intensität. Sobald sie vereint waren, gab es nichts, was er und seine beiden Brüder nicht zuwege brachten, und das war ein äußerst berauschendes Gefühl.

Maleficus, der in den Körper eines weltmännisch gekleideten Afrikaners geschlüpft war, runzelte die Stirn, während er auf den schlafenden Rowdy hinabsah. »Dieser Mann hat versucht, sie zu töten. Warum?«

»Wer weiß?« Malumos stand auf und steckte die Pistole ein. »Und wen kümmert's? Wichtig ist allein, dass wir jetzt wissen, wo die Münzen sind. Bei dem Burschen, den sie durch den Suk gejagt hat.«

»Wie kannst du dir da so sicher sein?«

Malumos fischte eine Silbermünze aus der kleinen Ledertasche, die an seinem Handgelenk baumelte, und hielt sie hoch, sodass seine Brüder sie sehen konnten. »Ihr wisst doch, dass die Münzen Verbindung miteinander aufnehmen. Als der Mann in der blauen Galabia vorbeikam, hat die hier vor Aufregung zu vibrieren angefangen. Ich habe die Gelegenheit genutzt und die Gedanken des Kerls gelesen, und jetzt kenne ich seinen nächsten Schachzug.«

»Heißt das«, keuchte Mestitio atemlos, während er die eingesunkenen Augen der alten Frau, in die er gefahren war, nicht von dem Mann zu Malumos' Füßen wandte, »du hast keinen Verwendungszweck für den hier? Heißt das, dass ich ihn haben kann?«

Obwohl Malumos von der Neigung seines Bruders, seine Pflichten zu vernachlässigen, genervt war, wusste er doch, dass die Wut in dem anderen Dämon früher oder später überkochen würde, wenn sie weiter vor sich hin brodelte, und viel mehr Kummer verursachen würde als ein paar verlorene

Stunden. Besser, er ließ seine negative Energie an dieser unglücklichen Seele aus als an dem Mädchen.

Er nickte.

Mestitio leckte sich über die Lippen, beugte sich hinunter zu dem schlafenden Mann und vollzog den Übergang. Der Körper, in dem er eben noch gesteckt hatte, fiel bewusstlos zu Boden, und der Schütze wachte nach Luft schnappend auf. Ein verzerrtes Grinsen breitete sich über sein Gesicht aus, und er zog ein gezähntes Kampfmesser aus einer Scheide unter seinem Hemd. »Spaß, Spaß, Spaß!«

»Bleib nicht zu lange weg«, ermahnte ihn Malumos.

»Da wir offenbar kurz davorstehen, die Judas-Münzen zu finden«, ließ sich Maleficus wieder hören, »sollte ich vielleicht der Spur folgen, die Ms Sharpe für uns gefunden hat, und nach Karnak gehen?«

Hervorragende Idee. Die Menschen in der Gasse begannen, sich zu regen und murrend aus ihrem Schlummer zu erwachen. Malumos sah zu, wie sein jüngster Bruder, seinem primitiven Drang folgend, sein Opferlamm in einem verborgenen Winkel in Sicherheit brachte, bevor er es schlachtete. Er blutete bereits aus einem Dutzend Wunden, die er sich selbst zugefügt hatte, und kroch in den Schatten eines Torwegs. »Dieser Tag wird in die Geschichte eingehen, Bruder.«

»Sicherlich ein Ereignis von großer Tragweite«, pflichtete ihm Maleficus bei. »Wenn in dem Buch der Zauber steht, den wir brauchen.«

»Ich habe großes Vertrauen in deine Nachforschungen. Er wird zu finden sein.«

Sein Bruder warf einen Blick auf die Timex an seinem Handgelenk. »Der Zug nach Karnak fährt in einer Stunde. Die Reise dauert so lange, dass ich vorher in die Hölle muss, um wieder Kräfte zu tanken. Aber ich bemühe mich, vor Mitternacht zurück zu sein.«

Malumos nickte. Ein Höriger konnte sich bis zu acht Stunden auf der mittleren Ebene aufhalten, wenn der Wirt leicht zu unterwerfen war. Weniger lange, wenn die Inbesitznahme des Körpers mit großem physischem Kraftaufwand verbunden war. »Auch Mestitio und ich werden uns jetzt ausruhen. Und wenn wir drei wieder bei Kräften und vereint sind, werden wir uns die Münzen holen.«

14

Nachdem sie die Leute im Suk nach einer Frau in blauen Gewändern befragt hatten, ohne dass es zu irgendetwas geführt hätte, kehrte Brian mit Lena zu der Stelle zurück, an der seiner Meinung nach der Mann mit der Pistole zu Boden gegangen war. Aber er war schon fort.

»Was zum Henker …«, knurrte Brian, während er sich um die eigene Achse drehte. Die Sonne näherte sich bereits dem Horizont, aber selbst in den wachsenden Schatten sahen seine Wächteraugen noch hervorragend. »Zuerst der Junge. Jetzt unser Verfolger. Gibt es hier ein Portal durch die Barriere oder etwas in der Art?«

Lena schnitt eine Grimasse. »Ich hoffe nicht. Durch ein geöffnetes Portal könnten alle möglichen Kreaturen aus der Zwischenwelt hereinspazieren.«

Brian warf ihr einen fragenden Blick zu. »Aus der Zwischenwelt?«

»Das ist der Raum zwischen den Ebenen, wo sich die Barrieren befinden. Eine Welt, die nur aus Schatten und Geist besteht.«

»Wovon reden wir? Von Geistern?«

»Nein. Von Gradioren und Knochenknackern«, antwortete sie ohne jede Andeutung eines Lächelns.

»Was sind denn Gradio… –« Er unterbrach sich mitten im Wort und packte sie am Arm. Wirklich, er würde MacGregor eine Abreibung verpassen für die gewaltigen Wissenslücken in seiner Ausbildung. »Nein, wenn ich darüber nachdenke, will ich es gar nicht hören. Suchen wir Carlos.«

Durch den Chor der zornigen Händler, deren Waren während der wilden Verfolgungsjagd in die Gosse gefallen waren, kehrten sie zu Al-Muski zurück. Lena bot denjenigen, die ihr ein zu Bruch gegangenes Teil unter die Nase hielten, ruhig etwas Geld an, doch abgesehen davon bewegten sie sich zügig.

»Wenn wir wüssten, was Tariq hier getrieben hat«, sagte Brian zu Lena, während sie rechts abbogen, um nach ihrem jungen Partner zu suchen, »könnten wir vielleicht herausfinden, was er als Nächstes vorhat.«

»Ich vermute, dass er sich mit einem Käufer treffen wollte. Aber ich habe keine Ahnung, warum er mit einem so belebten Treffpunkt einverstanden war. Das empfiehlt sich kaum für einen Handel, bei dem größere Summen im Spiel sind. Es macht überhaupt keinen Sinn.«

»Schau dich um. Vielleicht kommst du ja auf eine Idee.« Brian wählte Carlos' Nummer. Als der junge Mann abnahm, sagte er: »Wir hätten ihn fast gehabt, aber er ist uns entwischt. Wir treffen uns an der Ecke von vorhin.«

Er legte auf und sah, dass Lena die Stirn runzelte.

»Hast du etwas gesehen?«, fragte er.

Sie nickte verstohlen zu einem Gebäude auf der anderen Straßenseite hinüber, in dem sich im Erdgeschoss ein Schuhgeschäft befand. »Wenn ich mich nicht irre, ist das eines von Reyhan Nassers Büros.«

»Wer zur Hölle ist Reyhan Nasser?«

Mitten in ihrer Antwort hob er die Hand. »Okay, ich verstehe. Ich persönlich halte dich ja für verrückt, dass du dich mit diesem Tariq abgibst, aber ich verstehe. Er hat also hier herumgelungert und darauf gewartet, dass Nasser auftaucht? Warum sollte er das tun? Der Kerl mit der Knarre ist Beweis genug, dass sein Cousin ihn nicht vergessen hat.«

»Das sehe ich auch so. Ich kann mir nur einen Grund vorstellen, warum er seine Angst vergessen haben könnte.« Lena senkte den Blick zu Boden. »Wegen der Münzen.«

In seiner Brust wurde es eng. »Du meinst, er hat sie angefasst?«

»Der Fluch ist ein zweischneidiges Schwert«, sagte sie. »Er verleiht dem Besitzer der Münzen unverschämtes Glück und Reichtum, bringt aber auch Verrat und Paranoia mit sich. Wenn Tariq die Münzen berührt hat, wird er sich jetzt möglicherweise unbesiegbar fühlen. Und imstande, Nassers Todesdrohungen ein für allemal abzustellen.«

»Hast du ihn nicht vor den Nebenwirkungen gewarnt?«

»Natürlich. Eigentlich habe ich ihm *nur* von den negativen Aspekten der Macht der Münzen erzählt.«

»Unverschämtes Glück erklärt jedenfalls, wie er sich im Suk in Luft auflösen konnte.« Brian entdeckte Carlos und winkte ihm. Der junge Mann hatte gerade ein Taxi angehalten.

Ein Lautsprecher über seinem Kopf erwachte krächzend zum Leben. Es folgte ein schwärmerisch-klagendes Plärren. Doch es blieb nicht lange bei dem einen – eine Sekunde später wurde es von weiteren Rezitationen aus der Nachbarschaft übertönt, bis alles zu einem irritierenden, lärmenden Klangteppich anschwoll.

»Was ist das?«

»Adhan – der islamische Ruf zum Gebet.« Lena seufzte. »Der Ruf eines einzelnen Muezzins ist an sich schön und beruhigend. Leider gibt es hier in der Gegend viele Moscheen, und jede hat ihren eigenen Muezzin.«

Sie zwängten sich zusammen auf den Rücksitz des Taxis. Da Brian Carlos nicht zu sehr auf die Pelle rücken wollte, musste er seinen Oberschenkel gegen Lenas weichen Körper drücken. Es gab Schlimmeres. Er sah zu Carlos, und da erst fielen ihm die tiefen Furchen auf, die sich um seinen Mund gegraben hatten.

»Alles in Ordnung?«

»Kopfweh«, erwiderte der junge Mann achselzuckend.

Wieder ein schlimmer Anfall, Carlos' blasser, verschwitzter Haut nach zu urteilen. Brian hatte ihm geraten, einen Arzt aufzusuchen, aber unter den Wächtern kam nur Bale einem Arzt am nächsten, und er war eher der Heftpflastertyp. Wächter wurden verwundet, aber nicht krank.

»Es hat keinen Sinn, heute Abend die Suche nach Tariq fortzusetzen«, sagte Lena mit Grabesstimme. »Er wird sich eine neue Möglichkeit überlegen müssen, Kontakt zu Nasser aufzunehmen, da wir seine Tarnung haben auffliegen lassen. Wenn wir im Hotel sind, werde ich meinem Netzwerk Bescheid geben. Sobald er mit einem von ihnen Kontakt aufnimmt, können wir seine Spur verfolgen.«

»Du hast ein Netzwerk?« Ein oder zwei Freunde waren zu erwarten gewesen, selbst bei einer Einzelgängerin wie Lena. Aber »Netzwerk« klang richtig organisiert. »Wer gehört denn dazu?«

»Leute, die mir das Leben leichter machen.«

»Vertraust du ihnen?«

Sie lächelte. »Ich vertraue niemandem. Aber meine Kollegen sind extrem gut in dem, was sie tun, und solange ich nicht vergesse, dass sie mich überfallen, wann immer es ihnen passt, sind sie nützlich.«

Brian nannte dem Taxifahrer die Hoteladresse und lehnte sich zurück. Er hatte Lenas iPhone genau gefilzt, als er sie zum ersten Mal erwischt hatte. In ihrem Adressbuch hatten sich keinerlei Kontaktadressen befunden, von einigen Reisebüros und Schnellimbissen einmal abgesehen. Keine Kommentare oder Nachrichten an oder von jemandem. Und trotzdem hatte sie Kontakt mit Leuten aufnehmen können, rasch und mühelos, direkt vor seiner Nase. »Wie erreichst du sie denn?«

»Über die Internetplattform, über die wir schon gesprochen haben. Ich schicke eine Mail an eine Mailbox oder eine Nachricht an eine extra eingerichtete Telefonnummer.«

»Wie – extra eingerichtet?«

»Spielt das eine Rolle?«

Zur Hölle, ja, es spielte eine Rolle. Es bedeutete, dass sie Teil einer gut geölten Maschinerie war, über die er nichts wusste. Es stellte sein Bild von ihr auf den Kopf. Er war die ganze Zeit schon davon ausgegangen, dass sie irgendwelche Verbindungen hatte. Es wurmte ihn nur, dass es keine beiläufigen Bekanntschaften waren, sondern eventuell Menschen, auf die sie sich verließ, wenn es darum ging, sich aus einer misslichen Lage zu befreien. Es wurmte ihn, weil er nämlich diese Rolle für sich selbst ausersehen hatte.

Der Retter in der Not.

Aber es sah so aus, als hätte er Lena in einem ganz falschen Licht betrachtet. Vielleicht war sie wirklich das habgierige Biest, für das jeder sie hielt.

Er schloss die Augen.

Nein. Die Schatten in ihren Augen waren echt gewesen. Der nervöse Pulsschlag war echt gewesen. Verflucht. Wem wollte er etwas vormachen? Er hatte keine Ahnung mehr, was noch real war. Sein blindes Lena-Vertrauen würde ihn noch in Schwierigkeiten bringen. Er wünschte sich so sehr, dass diese ernsthafte Seite an ihr echt war. Sie *musste* echt sein, sonst war das wunderbare Flattern, das er immer spürte, wenn er nur ihre Hand hielt, eine böse Täuschung.

»Gut«, sagte er mit gequältem Lächeln. »Du streckst die Fühler nach deinen Kumpanen aus, während ich mir im Hotel-Spa eine Massage verpassen lasse. Mit ein bisschen Glück bekommen wir deinen kleinen Freund ins Fadenkreuz, ohne uns groß anstrengen zu müssen.«

Nachdem Ems Handy zum vierten Mal innerhalb von zwei Minuten geläutet hatte, stellte sie es aus. Sie war nicht in der Stimmung, sich von Murdoch schikanieren zu lassen. Nicht nur, dass sie dank eines ihrer gruseligen Albträume Schlaf versäumt hatte – ihre Shoppingtour mit ihren Freundinnen, zu der sie sich davongestohlen hatte, verlief nicht so erfolgreich wie gehofft.

»Weißt du, was verrückt ist?«, fragte sie ihre beste Freundin Sheila, während sie eine grüne Paprikaschote aus ihrem Sandwich pulte. »Ich fühle mich beschissen, weil ich abgehauen bin, obwohl ich seit einer Ewigkeit keinen Ausgang mehr hatte.«

»Schlechtes Gewissen«, entgegnete Sheila achselzuckend. »Du hast einen Priester als Stiefvater. Was erwartest du?«

»Er ist gar –« Em unterbrach sich. Das hätte ein seltsames Gespräch gegeben. *Eigentlich ist er kein Priester, er ist ein vierhundert Jahre alter Toter, der seine Seele zurückbekommen hat.* Super, oder? »… gar nicht so übel. Nur irgendwie altmodisch.«

»Meinetwegen. Denk nicht mehr dran, *chica.*«

»Okay.« Wenn es nur so einfach wäre. Aber wenn man die Dreifaltige Seele war, auf deren Schultern das Schicksal der Welt lastete, war nichts einfach. Im Augenblick konnte sie nur daran denken, wie enttäuscht Michael von ihr wäre, wenn er wüsste, dass sie hier saß, anstatt zu Hause zu versuchen, die Münze zurückzuverwandeln.

Die Mädchen einigten sich darauf, welchen Laden sie als Nächstes ansteuern würden, und ergriffen ihre Handtaschen und Einkaufstüten. Als sie vom Tisch aufstehen wollten, sah Sheila über Ems Schulter.

»Oha.«

Man musste kein Genie sein, um sich zusammenreimen zu können, wer da gerade durch das Lokal auf sie zukam. Em widerstand dem Drang, sich umzudrehen, und wartete, bis die schweren Schritte Halt hinter ihr machten.

»Emily Jane MacGregor.«

Ihre Freundinnen mussten über Murdochs schottischen Akzent grinsen. Selbst Sheila schmolz ein wenig dahin und warf ihr langes Haar zurück. Zu Ems immenser Erleichterung schien keine von ihnen zu registrieren, dass Murdoch sie bei ihrem grässlichen zweiten Vornamen genannt hatte. Sie fuhr zu ihrem Gefängniswärter herum. »Lewis! Wie oft soll ich dir noch sagen, dass ich Lewis heiße?«

Seine Arme waren über seiner enormen Brust verschränkt, und sein Blick ruhte schwer auf ihr, trotz Sheilas Versuch, seine Aufmerksamkeit auf sich zu ziehen. Sein hellbraunes Haar hing ihm über die Schultern herab, und sein Bart war seit

Ewigkeiten nicht mehr getrimmt worden, aber Emilys Freundinnen fanden ihn scharf.

»Ich bin nicht hier, um über deinen Namen zu diskutieren.«

Emily hatte gerade sagen wollen, dass sie bereit sei, mit ihm nach Hause zu gehen, aber bei seinem aggressiven Tonfall sträubten sich ihr die Nackenhaare. Die Worte kamen ihr über die Lippen, noch bevor sie richtig darüber nachdenken konnte. »Dann solltest du vielleicht wieder heimfahren.«

Äußerlich veränderte sich nichts an Murdochs Haltung. Aber Em spürte, dass er innerlich kurz vor dem Explodieren war. Ein Minitornado wütete in seinen Eingeweiden, noch unter Kontrolle, aber schon darum kämpfend, losbrechen zu dürfen. »Es wäre klug von dir«, sagte er leise, »mich nicht auf die Probe zu stellen.«

Em wurde klar, dass sie eine Grenze überschritten hatte, und seufzte. »Was willst du, Murdoch? Wie du siehst, ist mir nichts Schlimmes passiert. Ich bin weder verletzt noch tot. Ich bin gesund und munter und mit meinen Freundinnen zusammen.«

»Oh, das sehe ich, wunderbar«, gab er zurück. »Was ich allerdings nicht sehe, ist eine SMS, die mir sagt, wo du dich aufhältst und wann du nach Hause kommst. Die Art von Höflichkeit, die ich von einer verantwortungsbewussten Erwachsenen erwarten würde.«

Das saß. »Wenn ich dir gesagt hätte, dass ich shoppen gehen will, hättest du es mir verboten.«

»Wie kannst du dir so sicher sein, wenn du nicht gefragt hast?«

»Ich habe schon mal gefragt.« Ihre Handtasche glitt von ihrer Schulter, sie schob sie zurück. »Und die Antwort lautet immer Nein. Wenn's nach dir und Lachlan geht, muss ich gleich nach der Schule nach Hause kommen. Aber ich habe *Verpflichtungen.*«

»Die hast du«, stimmte er ihr zu. Offenbar entging ihm, was sie meinte.

»Ich will doch nur ein paar Stunden für mich haben, okay?« Schuldgefühlfreie Zeit.

Er runzelte die Stirn. »Du hast jede Menge Zeit für dich.«

»Ich meine nicht Zeit zum Lernen«, sagte sie und schnaubte frustriert. Warum machte sie sich überhaupt die Mühe, es ihm zu erklären? Niemand verstand ihr Bedürfnis nach etwas Luft zum Atmen. Niemand verstand, wie es war, mit Erwartungen leben zu müssen, die so hoch waren, dass man sie nicht mal begreifen, geschweige denn erfüllen konnte. »Ich meine Zeit zum Rumhängen.«

»Das wäre ein wunderbares Thema gewesen, wenn man es auf der Ranch besprochen hätte«, gab er zurück. »Jetzt ist es nicht mehr von Belang. Wir fahren heim. Am Montag kommen zwölf neue Rekruten an, ich muss mich vorbereiten.«

»Nein.«

Der kleine Tornado in Murdoch wirbelte ein wenig schneller. »Was hast du gesagt?«

Ihre Freundinnen traten unbehaglich von einem Fuß auf den anderen, aber Em gab nicht einen Zentimeter Boden preis. »Ich habe Nein gesagt. Ich fahre nicht heim.«

Murdoch diskutierte nicht länger. Er packte sie mit festem Griff am Ellbogen, jedoch ohne ihr wehzutun. »Verabschiede dich jetzt, oder wir machen es auf die harte Tour. Ich habe kein Problem damit, dich über die Schulter zu werfen und zum Auto zu schleppen.«

Sie glaubte ihm aufs Wort.

»Sorry, Mädels«, sagte sie zu ihren Freundinnen. »Sieht so aus, als müsste ich gehen.«

Als er sicher war, dass Em all ihre Habseligkeiten beisammenhatte, zog Murdoch sie zum Fahrstuhl und dann weiter zum Ausgang des Einkaufszentrums. Seine Wut war zu einem mittleren Sandsturm abgeflaut, aber er gab noch immer den tödlich beleidigten Babysitter. »Wir hatten gerade einen größeren Zusammenstoß mit ein paar Dämonen«, lamentierte er. »Als du nicht mit dem Bus gekommen und auch nicht ans Telefon gegangen bist, bin ich in Panik geraten. Die anderen müssen mich für absolut durchgedreht halten, nach dem, wie ich mich aufgeführt habe. Du kannst von Glück reden, dass es eine Weile gedauert hat, bis ich dich gefunden habe.«

»Wie *hast* du mich denn gefunden?«

»Atheborne konnte auf das GPS in deinem Handy zugreifen.« Murdoch funkelte Em an. »Denk nicht mal dran, es jemals zu Hause zu lassen, oder ich schwöre bei Gott, ich leg dich übers Knie.«

Übers Knie? Machte er Witze? Was war sie – ein Kind?

Warum traute ihr niemand zu, auch nur fünf Minuten allein und ohne Aufsicht überleben zu können? In Gottes Namen, sie war unbesiegbar. Was man nicht denken sollte, so wie jeder ausflippte, wenn es um ihre Sicherheit ging. Jedes Mal, wenn nur der leiseste Verdacht bestand, dass Gefahr drohte, schubste man sie herum und versteckte sie irgendwo. Sie wurde nicht besser behandelt als Lena – man sperrte sie in ihrem eigenen Zuhause ein und verfolgte sie überallhin. Das einzig Gute war nur, dass die Überwachung aufhörte, wenn sie wieder auf der Ranch waren. Niemand würde ihr auf dem Anwesen folgen.

Eine Tatsache, die sie sich zunutze machen wollte. Bei der ersten Gelegenheit würde sie abhauen.

Malumos wartete, bis die roten Funkengarben aus dem bewölkten Mitternachtshimmel verglüht waren und einer der beiden bewusstlosen Körper zwischen den Sanddünen taumelnd auf die Beine gekommen war. Ohne hinzusehen, wusste er, dass es sich bei dem Neuankömmling um Maleficus handelte, nicht um Mestitio.

Mit einer Stimme, die leise die Finsternis in den Sanddünen westlich von Assuan durchdrang, fragte Malumos: »Hast du das Buch?«

Sein Bruder nickte, während er die Böschung erklomm. »Es war nicht ganz leicht, es aus dem gehärteten Bitumen zu lösen, der in diesen Teil der Kammer eingedrungen ist, aber – ja, wir haben es wieder.«

»Du hast es nicht zufällig gelesen?«

Maleficus lächelte.

Es war solch ein seltener Anblick, dass Malumos das Lächeln unversehens erwiderte. Endlich, nach einem Jahrtausend des Planens und Suchens und Hoffens gehörte der Sieg ihnen. »Der Zauber steht dort geschrieben, wie du es prophezeit hast.«

Sein Bruder nickte. »Trotzdem – wir sind noch immer nicht am Ziel. Arkane Magie ist kompliziert und will geübt sein. Und dann wäre da noch das kleine Problem, wie wir an die Scherbe des Glorienscheins kommen.«

»Glaub mir, die Scherbe ist unser, sobald wir die Münzen haben.« Malumos blickte von der Düne hinab auf die bewusstlose Gestalt, die im kalten Sand hingestreckt lag. »Was uns zum Problem unseres jüngsten Bruders bringt.«

Maleficus runzelte die Stirn. »Er ist noch nicht wieder da?«

»Nein.« Malumos beließ es dabei.

Malumos blickte zu den Lichtern des Wüstencamps hinüber – einem zusammengewürfelten Haufen aus Lastwagen und Zelten in der Ferne. Ein frischer Wind blies Sand über die Dünen und verzerrte die Sicht. »Wo sind die Münzen?«

Malumos wies auf einen blassen weißen Fleck in der flachen Senke zwischen zwei Dünen. »Da. Im Land Rover bei Tariq Nasser.«

»Was macht er da?«

»Er wartet auf den richtigen Moment. Er hat die Absicht, seinen Cousin anzugreifen und ihn umzubringen.«

»Warum?«

Malumos zuckte die Achseln. Er stand erst seit einigen Minuten auf der Düne, und schon bedeckte Sand sein Gesicht. »Seinen Erinnerungen zufolge, die derzeit extrem lebhaft und gut lesbar sind, hat sein Cousin ihm Rache für ein Unrecht geschworen. Er hat noch eine Rechnung offen.«

»Aha.« Maleficus suchte den Horizont ab. »Und wo ist der Cousin?«

Ärger kochte in Malumos hoch. »Die richtige Frage ist: Wo ist Mestitio?«

»Sollen wir warten oder ohne ihn anfangen?«

»Wir riskieren es nicht, Tariq anzugreifen, wenn wir nicht vollzählig sind. Da die Macht der Münzen auf seiner Seite ist, könnte er sehr gut –« Malumos brach ab, als mehrere Autoscheinwerfer nördlich des Zeltlagers über die Dünen hüpften. Es war ein kleiner Konvoi aus weißen Allradfahrzeugen, auf deren Dachgepäckträgern Kisten festgezurrt waren.

Die Autos fuhren ins Lager und hielten an. Über die Dünen drangen Stimmen und das Geräusch zuschlagender Wagentüren zu ihnen. Gestalten kamen aus den Zelten, sammelten sich um die Fahrzeuge und begannen, die Kisten abzuladen. Malumos war so beansprucht von den Vorgängen dort drüben, dass ihm beinahe entgangen wäre, wie sich der Land Cruiser in Bewegung setzte, auf die nächste Düne fuhr und weiter Richtung Camp.

Wut schwoll in ihm an und brach sich endlich Bahn.

»Zur Hölle!«, fauchte er, während Feuer seine Fingerspitzen erglühen ließ. »Wo ist unser Bruder? Tariq greift das Lager an! Gleich werden Menschen sterben, und das wird im besten Fall Seelenwächter auf den Plan rufen und im schlimmsten Fall Engel. Wenn wir Glück haben, bleiben uns zehn Minuten Zeit, um uns die Münzen zu holen.«

»Wir schlagen zu?«

»Wir haben keine Wahl«, blaffte Malumos und joggte bereits den Hang hinunter auf das Camp zu. Kalter Sand drang in seine Schuhe, aber er ignorierte das unangenehme Gefühl und lief weiter.

Der Land Cruiser erreichte das Lager lange vor ihnen, brach durch einige Zelte und hatte bereits mindestens zwei Männer getötet, bevor er kreischend zum Stehen kam. Tariq erschoss zwei weitere durch das offene Fenster, bevor er das Fahrzeug verließ.

Ein bulliger Mann im Tarnanzug rannte auf Tariq zu, schlug ihm die Pistole aus der Hand und stieß ihm die Faust ins Gesicht. »Du Witzfigur! Du wagst es, hierherzukommen und mir eine lausige Waffe ins Gesicht zu halten?«

»Ich habe genug, Reyhan«, knurrte Tariq, nicht im Mindesten eingeschüchtert. »Ich will nicht so weiterleben, mit dem Damoklesschwert deiner Drohungen über meinem Kopf. Heute Nacht wirst du sterben.«

Reyhan bespuckte ihn. »Du bist allein und ohne Waffen. Ich habe sieben Männer mit Maschinengewehren. Der Einzige, der heute Nacht sterben wird, bist du, Tariq. Wie du schon vor vier Jahren hättest sterben sollen.«

Malumos und Maleficus betraten das Lager von Süden, genau in dem Augenblick, als Reyhan einem seiner Männer mit einem Nicken das Zeichen gab, Tariq umzubringen. Malumos hätte ihm sagen können, dass es sinnlos war, dass Tariq dank der Münzen unter dem Schutz der Hölle stand, aber er war nicht in der Stimmung, Edelmut zu zeigen. Stattdessen ließ er seinen Frust an zwei bewaffneten Wachen aus, die sich gerade an Tariq anschlichen. Er hüllte sie in blauen Rauch ein, nahm ihnen ihren Willen und zwang sie dann, ihre Waffen gegeneinander zu richten.

Doch das stellte ihn noch nicht zufrieden. Erst als er einen Augenblick später sah, wie einer von den Toten auferstand, und er das vertraute Aufwallen von gemeinschaftlicher Macht in sich spürte, ließ seine Raserei nach. Mestitio war endlich da.

»Macht schnell!«, rief er seinen Brüdern zu, während er weiter ins Lager vordrang. »Holt die Münzen! Wir sind unserem Ziel nahe. Wir dürfen nicht scheitern.«

Sie griffen mit vereinten Kräften an, und Feuer loderte hell gegen den Nachthimmel auf.

»Äh, Leute?«

Das seltsame Stocken in Carlos' Stimme bewog Lena, vom Bett aufzustehen und ins Wohnzimmer der Hotelsuite hinüberzugehen. Sie vermied es, Brian anzuschauen, der auf dem Sofa vor dem Fernseher fläzte und sich *Terminator – Die Erlösung* ansah. Sie hatten kaum zehn Worte miteinander gewechselt, seitdem sie vom Markt zurückgekehrt waren. Und selbst das waren nur höfliche Floskeln gewesen.

»Noch immer kein Wort von Lenas Kontaktleuten«, sagte Carlos. »Aber ich habe gerade eine Nachricht aus der Zentrale bekommen, die ihr lesen solltet.«

Lena runzelte die Stirn. »Was für eine Nachricht?«

Brian schaltete per Fernbedienung den Fernseher aus und setzte sich auf, die Ellbogen auf die Knie gestützt. »Eine Notkollekte«, riet er. »Tariqs Seele.«

Eine Kollekte? Bedeutete das …? *Nein.* Das musste ein Irrtum sein. Lena stützte sich mit einer Hand an der Wand ab und warf Brian einen betrübten Blick zu. »Warum glaubst du das?«

»Weil in neun von zehn Fällen eine überraschende Nachricht aus der Zentrale aus einem Kollektenauftrag besteht. Das ist unser Job, schon vergessen? Wir holen Seelen.« Brian stand auf und wandte sich zu Carlos um. »Hab ich recht?«

Das lange dunkle Haar des jungen Mannes fiel nach vorn und verbarg sein Gesicht. »Ja.«

»Ihr wollt mir erzählen, dass Tariq tot ist?« Lena konnte es noch immer nicht glauben.

Brian antwortete nicht. Er sah sie nicht einmal an, sondern schnappte sich seine Anzugjacke und fragte Carlos: »Wo ist es?«

»In einem Zeltlager in der Wüste bei Assuan«, entgegnete der junge Wächter. »Es sind eigentlich elf Seelen, aber da sie alle dasselbe Ziel haben, hat die Zentrale sie mir alle aufgebrummt. Ich habe die Erlaubnis, einen Helikopter zu mieten.«

Tot. O *Gott*. Tariq war tot.

Lenas Knie zitterten, und sie ließ sich in einen der Sessel sinken. Das Kranke daran war, dass ihr erster Gedanke nicht der Seele des armen Mannes gegolten hatte, sondern den Münzen. Sie musste sich auf die Zunge beißen, um nicht nach ihnen zu fragen. Ein weiterer Beweis, wenn sie ihn noch brauchte, dass Brian ein besserer Mensch war, als sie je werden würde.

Ein Bild tauchte vor ihr auf: Tariq, wie er in ihrem Auto saß und ruhig die Münzen in Empfang nahm. Ihre Augen brannten. Sein Tod war eine sinnlose Tragödie. Und ein weiterer Fehlschlag, der auf ihr Konto ging.

»Wir gehen alle«, sagte Brian. »Beeilen wir uns. Wir wollen ihre Seelen doch nicht länger als unbedingt nötig in den verwesenden Leichen lassen.«

Lenas Magen hob sich, und sie musste schlucken, um den Würgereflex in den Griff zu bekommen. Die meisten Seelenkollekten waren geplant und erfolgten innerhalb weniger Minuten nach Eintritt des Todes. Aber gelegentlich war jemand infolge eines plötzlichen Dämonenangriffs gezwungen, länger zu warten, da nur ein Wächter eine Seele aus ihrem menschlichen Körper befreien konnte. Lena hatte bisher nur eine Handvoll Seelen mit Verspätung geholt, und keine von ihnen hatte sich deshalb unbedingt besser gefühlt.

Mit dem Taxi fuhren sie direkt zu einem privaten Flugplatz, der von einer internationalen Telekommunikationsfirma betrieben wurde. Der Helikopterflug zum Zeltlager verlief schnell und laut.

Wenn in Carlos' Auftrag nicht auch die GPS-Daten genannt worden wären, hätten sie die Stelle nie gefunden. Es war ein getarnter Stützpunkt mitten im Nichts. Sie landeten in stockdunkler Nacht und waren einmal mehr dankbar für den Vorteil ihrer scharfen Wächteraugen. Der Helikopterrotor wirbelte ihnen Sand ins Gesicht und begrub Teile des

Camps unter Fluten von Sandkörnern. Anhand diverser ausgebrannter Fahrzeugwracks und versengter Überreste der Zelte war es nicht allzu schwierig, sich zusammenzureimen, was geschehen war.

Dämonen hatten angegriffen.

Aber etwas war sonderbar. Tariqs Leiche lag nicht bei den anderen. Sie fand sich knapp dreihundert Meter weiter südlich, neben einem abgestellten Land Cruiser, dessen Fahrertür offen stand. Tariq war nicht verbrannt. Ein Kugelloch klaffte mitten auf seiner Stirn.

»Hol seine Seele, und dann machen wir, dass wir hier wegkommen«, sagte Brian zu Carlos.

»Was ist mit den Münzen?«, fragte Lena leise.

»Wir haben keine Zeit für eine lange Suche. Wir müssen uns beeilen. In einer Stunde wird es hell, und ich will nicht denjenigen in die Arme laufen, denen Nasser seine Waffen verkaufen wollte.«

»Tariqs Auto steht vom Lager abgewandt, als hätte er versucht zu fliehen.« Lena ließ nicht locker und gab der Angst, die ihre Kehle immer mehr zuschnürte, eine Stimme. »Es ist doch möglich, dass die Dämonen sie an sich genommen haben.«

»Das wäre Scheiße«, stellte Carlos sachlich fest.

»Ja, das wäre Scheiße«, echote Brian und suchte ihren Blick. Das Silber seiner Augen wurde weich. »Hoffen wir, dass das nicht der Fall ist. Ich durchsuche den Land Cruiser. Und ihr tut, was ihr tun müsst.«

Lena hatte im Laufe der Jahre zahlreiche Tote gesehen, von denen viele das Opfer eines Mörders oder grausiger Unfälle geworden waren. Aber gleichgültig, wie viele sie auch sah, der Verlust eines Lebens blieb ein schwerer Schlag. Tariqs Tod traf sie besonders hart. Er lag ausgestreckt im Sand, ein Fleck umrahmte seinen Kopf. Es war nicht so viel Blut, wie sie bei anderen Kollekten gesehen hatte, aber es war Tariqs Blut, und das war ein Unterschied. Bei näherer Betrachtung sah sie, dass man ihm nicht nur eine, sondern drei Kugeln in den Leib gejagt hatte: auch ein Bein und ein Arm waren beschossen worden. Es wirkte, als hätten sie ihn davon überzeugen wollen, dass es besser war, die Münzen herauszugeben, und als das fehlgeschlagen war …

Lena ging neben ihm in die Hocke.

Obwohl er noch keine Stunde tot war, hatte sein schmales Gesicht bereits seine attraktive Vitalität verloren und den dünnen, pergamentartigen Ausdruck einer Seele angenommen, die bereit war zu gehen.

Sie beugte sich vor und strich Tariq das Haar aus den Augen. Er war kein schlechter Mensch gewesen, nur ein gieriger. Sie hatten einige haarsträubende Abenteuer gemeinsam bestanden, und auf jedes davon hatte er mit einer Flasche Wein und viel Gelächter anstoßen müssen. Und seine Skulpturen – die wenigen, für die er sich Zeit genommen hatte – waren wunderschön gewesen. Eine Träne stahl sich aus Lenas Auge und rollte ihre Wange hinab.

»Hoppla«, sagte Carlos. »Das ist ja noch nie passiert.«

»Was denn?«, fragte Brian und drehte sich zu ihm um.

»Ich bekomme eben die Nachricht, dass der Auftrag, Tariqs Seele zu holen, anderweitig vergeben wurde.«

Lena wischte die Träne fort und sah auf Tariqs Wange. Und tatsächlich, eine weiße Spirale erschien – eine Spirale, die nur sie sehen konnte. Gleichzeitig vibrierte ihre Handtasche, weil ihr iPhone eine SMS empfing. »Ich hab ihn bekommen«, sagte sie atemlos.

Die anderen Seelen, die Carlos geholt hatte, waren für die Hölle bestimmt. Hieß das etwa …?

Sie machte sich auf alles gefasst und legte ihm die Hand auf die Kehle. Sofort tanzte das Flattern einer austretenden Seele ihren Arm hinauf und in ihre Brust hinein. Aber anders als eine Seele, die für den Himmel bestimmt war, rief diese hier keine Empfindung milder Wärme und luftiger Ruhe hervor – stattdessen machte sich in Lenas Brust kühle Leere breit und legte sich um ihr Herz.

Sie seufzte. Fegefeuer für Tariq.

Lena stand auf.

Natürlich war das viel besser als die andere Alternative, aber es lastete trotzdem schwer auf ihr. Hätte sie Tariq nicht in ihren albtraumhaften Deal mit den Dämonen hineingezogen, wäre er noch am Leben gewesen.

Die Zahl der Toten vor ihrer Haustür wurde allmählich zu groß, als dass sie sie verkraften konnte.

»Alles okay?«, fragte Brian sanft.

Die ungeheuchelte Sympathie in seinen Augen hätte sie beinahe aus der Fassung gebracht. Ihr dankbares Lächeln geriet schief, und die drohenden Tränen zwangen sie dazu, einige Male zu blinzeln. Warum musste er nur so verdammt nett zu ihr sein?

»Das waren alle elf Seelen«, stellte Carlos fest.

»Gut, dann hilf mir, den Land Cruiser zu durchsuchen.«

Gerade als sie sich zu dem Fahrzeug umwandten, zuckten blaue Funken durch die trockene Wüstenluft. Ein Sandwirbel erhob sich vor ihnen, und ein umwerfend aussehender junger Mann mit schulterlangen braunen Locken erschien in seiner Mitte. Ein Engel.

»Uriel«, sagte Brian überrascht.

Der junge Mann lächelte. Erst jetzt traf die Erkenntnis Lena mit voller Wucht. Nicht einfach Uriel – *Erzengel* Uriel. Brian pflegte in der Tat Umgang mit beeindruckenden Persönlichkeiten. Wie viele Wächter konnten schon von sich behaupten, mit zwei Erzengeln zu verkehren?

»Obwohl weit davon entfernt, vollkommen zu sein, war dein Freund doch unerschütterlich im Glauben«, sagte Uriel und nickte Lena zu. Er besaß einen vollen Bariton. Es war nicht schwer, sich vorzustellen, welch tiefen Klang er einem himmlischen Chor verlieh. »Er hat gebetet, und wir haben geantwortet. Traurigerweise nicht, bevor er umgebracht wurde. Das bedaure ich zutiefst.«

»Ihr Burschen solltet mal den Turbogang einlegen.« Brians Stimme hatte einen stahlharten Unterton. »Das ist schon dein zweiter Patzer.«

»Die Kämpfe auf der mittleren Ebene werden zahlreicher«, gab Uriel grimmig zurück. »Das war nicht unser einziger Dämonenzwischenfall heute Nacht. Wir haben ein großes Nest Chaosdämonen in einem Wohnhaus in Ohio ausgehoben. Mit der Angst nimmt auch die Dunkelheit in den Herzen der Menschen zu. Mehr und mehr von ihnen rufen Dämonen auf die mittlere Ebene.«

Brian runzelte die Stirn. »Was sagst du da? Sie beten Satan an?«

»Ja. Es wurden schon Stimmen laut, dass dies der Beginn der Apokalypse sei. Einige Menschen finden Erlösung von ihrer Angst in Satans Lügen. Erzengel Michael und seine Heerscharen arbeiten mit Hochdruck dagegen an. Ich denke, du wirst mir darin zustimmen, dass einige Wunder vonnöten sind.« Uriel ließ ihnen einen Augenblick lang Zeit, es zu begreifen, dann fügte er hinzu: »Erfreulich ist immerhin, dass die Dämonen die dreizehn Münzen nicht in ihren Besitz gebracht haben. Sonst hätten wir gespürt, dass das Gleichgewicht erschüttert ist.«

»Ich habe schon kurz nach ihnen gesucht, sie aber nicht gefunden«, berichtete Brian. »Tariq hat offenbar ein bisschen Mühe investiert, sie zu verbergen.«

»Er ist sehr vorsichtig«, pflichtete Lena ihm bei. Sie schluckte. Er *war* sehr vorsichtig. Einmal hatte er zwei wunderbare, kanariengelbe achtkarätige Diamanten in den Sitz seines nagelneuen Fiat Spider eingenäht, bevor er über die italienische Grenze in die Schweiz fuhr. »Aber die Morgendämmerung sollte vielleicht nicht unsere einzige Sorge sein. Die Dämonen wollen die Münzen genauso dringend wie wir.«

Das Glühen um Erzengel Uriel pulsierte. »Sie sind auf die untere Ebene geflohen, als wir ankamen. Wenn man die Menge an Energie berücksichtigt, die sie beim Angriff auf das Camp verbraucht haben, ist zu erwarten, dass sie einige Stunden fortbleiben werden.«

Das stimmte. Es sei denn, die ungewöhnlich tiefe Verbindung zwischen den Drillingen erleichterte ihnen die Passage der Barriere. Wenn einer der drei Brüder auf der mittleren Ebene geblieben war, würden die beiden anderen nur etwa neunzig Minuten benötigen, um wiederzukommen. Lena wusste das aus Erfahrungen, die sie nicht noch einmal machen wollte. Sie sah auf ihre Uhr.

»Ich habe schon von schnelleren Rückkehrern gehört«, sagte sie. »Wir sollten uns beeilen, nur für den Fall, dass …«

»Also los. Nehmen wir das Auto auseinander«, schlug Carlos vor. Er grinste, dann zuckte er zusammen und neigte den Kopf nach vorn, um die Stelle zwischen den Augenbrauen mit dem Handballen zu massieren. Die sonst so gesunde Bräune seines Gesichts verblasste zu einem kränklichen Grau.

Brian starrte den jungen Wächter an. »Alles okay?«

»Es sind wieder die Kopfschmerzen.«

Brian klopfte ihm mitfühlend auf die Schulter.

Lena bohrte mit ihrer Stiefelspitze im Sand. Musste er sich um jeden Gedanken machen? Musste er unbedingt dafür sorgen, dass sie es bedauerte, wenn sie sich in Kürze von ihm trennen musste? Sobald sie die Münzen fand, wäre alles vorbei. Auf die eine oder andere Art. Sie würde alle Register ziehen für einen allerletzten Fluchtversuch. Aber Brian in den Rücken zu fallen wäre viel leichter gewesen, wenn er sich wie ein Schuft benommen hätte.

»Lena?«

Ihr Blick heftete sich auf Brians Gesicht und prägte es sich genau ein. Stark, zuverlässig, gut aussehend. Wenn die Umstände andere gewesen wären …

»Willst du uns nicht helfen?«

Sie nickte. Natürlich. Er vertraute auf ihre Unterstützung. Er glaubte, sie zu kennen, er dachte, dass ihr jene schönen Augenblicke im Hotelzimmer etwas bedeuten könnten. Doch er kannte das Ausmaß ihrer Geheimnisse nicht.

Unfähig, Brians Blick noch länger zu ertragen, sah sie fort.

Geradewegs in die ruhigen, nachdenklichen Augen des Erzengels Uriel.

15

Sie hatten eben begonnen, die Innenverkleidung der Türen aus dem Allradfahrzeug zu reißen, als sich die Wüstenluft um sie herum in einer Art erwartungsvoller Spannung seltsam verdichtete. Brian machte sich auf eine elektrische Entladung gefasst – und darauf, dass sie rot sein würde – und war entsprechend überrumpelt, als Emily in dem schmalen Raum zwischen Carlos und dem Auto auftauchte, wobei nur ein bisschen Sand aufgewirbelt wurde und kurz ein Licht aufleuchtete.

Lena, die gerade neben Carlos stand, geriet ins Wanken und fiel auf ihren Allerwertesten in den Sand. Carlos zuckte nicht einmal mit der Wimper. Wenn Brian nicht gewusst hätte, wie unberechenbar Emily war, hätte er geschworen, dass der junge Wächter ihr Kommen geahnt hatte.

»Emily, was zum Henker machst du hier?«, wollte Brian eher müde denn ärgerlich wissen. Er stieß sein Schwert in die Scheide zurück und hielt Lena die Hand hin, um ihr aufzuhelfen. Sie wehrte ab. Sie kam wieder auf die Füße und klopfte sich ab, ohne ihn anzusehen.

»Ich musste mal etwas Nützliches tun.« Das junge Mädchen

legte seinem Freund den Arm um die schmale Taille und erwiderte aufsässig Brians starren Blick. »Und Murdoch führt sich wie ein Arschloch auf. Er hat mir Hausarrest aufgebrummt.«

»Es ist mir egal, ob Murdoch ein Arschloch ist. Du sollst trainieren und nicht auf dem Globus herumjetten. Wenn Lachlan wüsste –«

»Du wirst es ihm doch nicht erzählen, oder?«

Brian antwortete nicht. Vor allem deshalb, weil er sich nicht sicher war, wie seine Antwort lauten würde. »Du nimmst jetzt sofort dein Telefon und teilst Murdoch mit, wo du bist. Das Letzte, was ich gebrauchen kann, ist, dass er auf der Suche nach dir San Jose auseinandernimmt.«

Achselzuckend holte sie ihr Handy aus der Tasche und begann, eine SMS zu schreiben. »Was treibt ihr hier eigentlich?«

»Wir suchen die Münzen«, erwiderte Carlos. Die graue Blässe seines Gesichts war zurückgegangen, doch in seinen Augen war eine Leere geblieben. »Willst du uns helfen?«

»Klar.«

»Äh, nein.« Brian fiel das letzte Mal ein, als Emily ihnen mit den Münzen hatte *helfen* wollen. »Wir werden Emily da raushalten. Carlos und Lena, ihr durchsucht die Tür- und Bodenverkleidungen wie geplant. Ich sehe im Ersatzrad nach.«

»Zeitverschwendung«, verkündete Emily, während sie ihr Handy wieder in die Tasche steckte.

»Was?«

»In den Türen, im Boden und im Rad nachzuschauen.«

Drohendes Unheil ahnend, fragte Brian: »Warum?«

»Weil die Münzen nicht dort sind.« Sie grinste ihn selbstgefällig an. »Wollt ihr wissen, wo sie stattdessen sind?«

Brian warf Uriel einen Blick zu, der ausdrücken sollte: »Ihr habt dieses Monster erschaffen, könnt ihr nicht etwas unternehmen?« Der Erzengel zuckte nur die Achseln und war ansonsten keine große Hilfe.

»Ich bin noch nicht ganz überzeugt, dass du weißt, wo sie sind«, wandte Brian ein. »Letztes Mal hast du sie auch nicht gefunden.«

Em rümpfte die Nase. »Das ist gemein.«

Er wartete.

»Letztes Mal hab ich es vermasselt, weil ich nicht damit gerechnet hatte, wie widerlich sie sich anfühlen«, verteidigte sie sich. »Schwarz und schleimig wie verrottender Schlamm. Jetzt macht es mir nichts mehr aus.«

»Und wo sind sie?«

»Na ja, zwei sind in den Sonnenblenden«, sagte sie und zeigte mit dem Finger darauf. »Und ein ganzer Haufen ist in den Boden der Sitze eingenäht.«

Lena hätte beinahe die Brechstange fallen lassen. Brian sah sie stirnrunzelnd an.

»Jede Münze befindet sich in einer kleinen Plastiktüte«, fuhr Emily fort. »Die mit dem Vakuumverschluss.«

»Woher weißt du das?«

Sie zuckte die Achseln. »Keine Ahnung. Es ist, als wüssten *sie* es und würden es mir sagen.«

»Mit ›sie‹ meinst du die Münzen?«

Sie nickte.

Himmel, Emilys Fähigkeiten waren irgendwie gruselig: Sie sprach mit bösen Münzen und reiste innerhalb eines Wimpernschlags von einem Kontinent zum anderen. Brian hatte bisher nicht gewusst, dass sie das konnte. Aber warum sollte ihn eigentlich ihre Fähigkeit zur Teleportation überraschen, wenn er doch auch nicht wusste, wie sie Carlos wieder zum Leben erweckt hatte?

Natürlich ließ sich sein Schock nicht mit dem von Lena vergleichen. Sie starrte Emily an, als hätte das Mädchen Hörner auf dem Kopf. Vielleicht hätte er sie warnen sollen. Aber über die Dreifaltige Seele und all den anderen mystischen Kram zu sprechen, der dazugehörte, war nie leicht. Wie brachte man jemandem bei – selbst einem anderen Unsterblichen –, dass Gott das Mädchen mit einer Mission betraut und mit einer Reihe von Kräften begabt hatte, die die Welt retten sollten?

»Okay«, sagte er mit einem tiefen Seufzer zu Carlos und Lena. »Nehmt die Sitze und die Sonnenblenden unter die Lupe.«

Lenas Blick schwenkte endlich zu ihm. Wenn man bedachte, dass Emily ihnen soeben verraten hatte, wo die Münzen waren, denen sie seit Tagen nachjagten, sah sie nicht besonders glücklich aus. Die kleinen Furchen zwischen ihren Augen schienen sogar auszudrücken, dass sie *unglücklich* war. »Und wenn sie nicht da sind?«

Brian zweifelte nicht daran, dass sich die Münzen genau dort befanden, wo Emily es prophezeit hatte, aber er konnte Lenas Ungläubigkeit verstehen. Sie hatte das Mädchen noch nie in Aktion gesehen.

»Dann zerlegen wir den Wagen eben Schraube für Schraube.«

Als Malumos den Raum betrat, beschlich ihn eine erste Vorahnung. Wenn er noch daran erinnert werden musste, dass er es nicht länger mit einem grunzenden, schwitzenden, animalischen Herrn zu tun hatte, dann war es durch dieses majestätische Anwesen geschehen. Alles war weiß oder aus Glas und Silber. Alles funkelte.

Es war nicht schwer, sich diesen Ort als Luzifers angestammten Wohnsitz vorzustellen.

Der Erzdämon saß wie hingegossen auf seinem Glasthron, die schwarzen Schwingen lose ausgebreitet. Sein blutrotes Gewand bildete einen wunderbaren Kontrast zu seinem weißblonden Haar und den stechenden blauen Augen. Mit sardonischem Lächeln hob er die Hand und winkte Malumos heran.

»Ich vertraue darauf, dass du mich diesen Verstoß gegen das Protokoll nicht bereuen lassen wirst.«

Malumos schritt über den Marmorboden näher, verwirrt von der strahlenden Farbe, die sein blauer Rauch in dem grellen Wolkenschloss annahm. »Ich bin zuversichtlich, dass das, was ich Euch zu unterbreiten habe, uns beiden von Nutzen sein wird, mein Lord.«

»Dann sprich.«

»Euch ist bekannt, dass mein Herr Beelzebub damit beschäftigt ist, sich auf der mittleren Ebene die Judas-Münzen zu beschaffen«, begann Malumos.

Luzifer legte die Stirn in Falten. »In der Tat, das ist mir bekannt. Es ist mir sogar bekannt, dass vor kaum einer Stunde Uriel und vier seiner Krieger dir Beine gemacht haben.«

Malumos hielt mühsam seine Wut im Zaum.

Der Kurier, Tariq Nasser, hatte sich als sehr unkooperativ erwiesen. Nicht nur, dass er erstaunliches Glück gehabt hatte und sowohl den Feuerbällen als auch dem willenschwächenden Rauch entgangen war – er hatte es sogar gewagt, den Aufenthaltsort der Münzen geheim zu halten, selbst im Angesicht des nahenden Todes. Deshalb waren er und seine Brüder noch immer in der Wüste gewesen, als die Wächter eintrafen, und Malumos hatte sich gezwungen gesehen, das Spiel zu beenden, indem er Tariq eine Kugel in den Kopf jagte. Die Unterredung hier wäre sicher reibungsloser verlaufen, wenn Malumos mit den Münzen hätte aufwarten können. Aber noch war nicht alles verloren.

»Es ist nicht mehr als eine kleine Verzögerung«, erwiderte er. »Nicht, dass mein Unvermögen, die Münzen zu besorgen, Euch Sorgen machen sollte.«

Die Augen des Erzdämons verengten sich zu schmalen Schlitzen.

»Falls ich Beelzebub die Münzen nicht bringe«, fuhr Malumos fort, erfreut, die Aufmerksamkeit des gefallenen Engels geweckt zu haben – zumal er nur zu gut um die erbitterte, uralte Rivalität zwischen den beiden Dämonlords wusste –, »wird er seiner gerechten Strafe zugeführt, und Ihr nehmt seinen Platz zur Rechten des Großen Lords ein.«

»Aber insgesamt würde das der Dämonenschaft keinen guten Dienst erweisen«, hielt ihm Luzifer entgegen. »Unser Ziel ist es, alle, die unehrenhafter Gesinnung sind, zu vereinen.«

Malumos beugte zustimmend das Haupt. »Wohl wahr. Darum werden ich und meine Brüder weiterhin alles uns Mögliche tun, um in den Besitz der übrigen Münzen zu gelangen. Aber sie brauchen den Weg in Beelzebubs Hände nicht zu finden.«

Ein schwaches Lächeln kräuselte Luzifers Lippen. »Du hast einen Vorschlag?«

»In der Tat. Wir werden *Euch* die Münzen aushändigen«, bot Malumos ruhig an. »Im Tausch gegen eine Scherbe des Zerbrochenen Glorienscheins.«

»Was?« Der Erzdämon sprang in einer einzigen, fließenden Bewegung auf und die drei Stufen hinab. Sein schönes Gesicht, kalt und hart, kam Malumos auf Haaresbreite nahe. »Du wagst es, ein Stück meines Glorienscheins zu fordern? Du, ein niederer Höriger?«

Es war sehr schwer, ihm standzuhalten. Aber Malumos wusste, dass er verloren hätte, wenn er jetzt zurückgewichen wäre. Tausend Jahre Verschwörung und Planung und Jagd wären dahin gewesen. »Mein Bruder Maleficus glaubt, dass er sich die Macht der Scherbe zunutze machen und gegen die Engel richten kann.«

Luzifer lachte. Es war ein honigsüßes und dadurch umso gefährlicheres Lachen. »Das ist nichts weiter als ein Ammenmärchen. Die legendäre Kraft des Zerbrochenen Glorienscheins konnte noch nie gesteuert werden. Nicht ein einziges Mal, seitdem der erste Engel gefallen ist.«

»Weil niemand den richtigen Zauber kannte.«

Luzifer trat amüsiert zurück. »Und du behauptest, den richtigen Zauber zu kennen?«

Hätte er seinem Bruder nicht vollstes Vertrauen entgegengebracht, wäre Malumos womöglich angesichts solcher Verachtung wankend geworden. Aber wenn es etwas gab, in dem Maleficus alle anderen ausstach, dann war es die schwarze Magie. Der Aufstieg der Drillinge auf der Leiter der Hörigen war zu weiten Teilen Maleficus' schwarzen Künsten zu verdanken. Seine Bemühungen hatten sie zu Lena Sharpe und ihrem herrlichen Amulett geführt.

»Der Zauber steht im ägyptischen *Totenbuch*«, sagte er mit Bestimmtheit. »Das meine Brüder und ich mittlerweile besitzen.«

Luzifer verschränkte die Arme. Die glänzenden schwarzen Federn seiner Schwingen raschelten leise und beruhigten sich dann wieder. »Wenn sich deine Theorie als zutreffend herausstellen sollte und es euch gelingt, die Macht der Scherbe zu eurem Nutzen zu gebrauchen – was ist dein Begehr?«

»Natürlich, die Engel zu besiegen.«

»Natürlich.« Der Erzdämon schüttelte den Kopf. »Aber ich meine hier in der Hölle. Welche Gefälligkeit hoffst du, durch deine Bemühungen zu erlangen?«

Malumos lächelte. »Die Gelegenheit, auf der Leiter nach oben zu klettern, mein Lord. Einen höheren Status als den eines ›niederen Hörigen‹ zu erreichen. Wir begehren eine Audienz beim Großen Lord höchstpersönlich.«

»Niemand spricht mit Satan außer den Erzdämonen.«

»Das ist mir bekannt.« Malumos' Lächeln wurde breiter. »Aber für die Ehre, solch eine mächtige Waffe zu besitzen, wäret Ihr doch sicher bereit, die Regeln zu beugen, nicht wahr?«

Lena zerschnitt die Naht der ledernen Sonnenblende mit ihrem Taschenmesser und steckte die Finger hinein. Und tatsächlich, sie stieß auf eine kleine Plastiktüte, die etwas Hartes, Rundes enthielt. Eine Entdeckung, die sie begrüßt hätte, wenn Emily mit ihrer Information nicht einen ansonsten unauffälligen Diebstahl unnötig erschwert hätte.

»Wenn Emily die Barriere passieren kann, wie du behauptest«, sagte sie zu Carlos, der gerade den Fahrersitz aufschlitzte, »warum hat es dann keine elektrische Entladung gegeben, als sie erschienen ist? Es fliegen doch immer Funken, wenn ein Lebewesen herüberkreuzt.«

Carlos riss das Leder auseinander, und das Sitzpolster und fünf Plastiktüten wurden sichtbar. »Keine Ahnung, aber die Barrieren scheinen für Em nicht zu existieren. Sie passiert sie, als wären sie gar nicht da. Stefan hat gesagt, dass die Barrieren

Mauern sind, die Gott errichtet hat, damit beide Seiten den Bund einhalten, aber dass Er nie im Sinn hatte, die Dreifaltige Seele aufzuhalten.«

So beiläufig sie konnte, raffte Lena Carlos' Fundstücke zusammen. Schwieriger würde es werden, sie gegen die gefälschten Münzen in ihrer Puzzleschachtel auszutauschen. Die vorsichtshalber in Samt gehüllt waren, damit sie keinen Lärm machten. »Was genau ist denn die Dreifaltige Seele?«

»Einem alten Buch zufolge, das Lachlan gefunden hat, ist sie Gottes Botschafter.« Carlos nahm den Beifahrersitz in Angriff.

Weitere sechs Münzen. »Und was bedeutet das?«

Carlos sah auf. »Es ist Satans Plan, Gott zu stürzen. Em wird eine wichtige Rolle dabei spielen, diesen Plan zu durchkreuzen. Wir wissen nur noch nicht genau, inwiefern.«

»Sie ist fünfzehn!«

Er warf einen Blick hinüber zum Hubschrauber. Emily saß in der geöffneten Tür. »Das Alter bedeutet in diesem Fall nichts. An dem, was einem im Leben passiert, lässt sich besser messen, wer man ist, als an den Jahren, die man hinter sich hat. Verlass dich darauf – Emily hat eine Tiefe, die man nicht sehen kann.«

»Aber sie –«

Das Horus-Amulett an Lenas Hals surrte plötzlich protestierend. Sie reagierte instinktiv.

»Einen Schildzauber, schnell!«, rief sie Carlos zu.

Bevor sie weitere Erklärungen abgeben konnte, erleuchteten rote Funken den Himmel, und zwei der toten Waffenhändler aus dem Lager hinter ihnen kamen wieder auf die Füße. Wie ferngesteuert rannten sie los, überquerten die Dünen in Rekordzeit und schossen Feuerbälle auf Lena und die anderen ab. Ein dritter Mann, in der voluminösen Tracht eines Wüstennomaden, galoppierte auf einem Pferd von Westen heran.

Lena murmelte die nötigen Worte, um ihren eigenen Schild zu errichten.

Carlos und Brian zückten ihre Schwerter und parierten die Feuerbälle. Uriel legte seine Handflächen aneinander und begann, kleine weiße Lichtblitze vom Himmel herabzurufen.

Lenas Schild erhielt innerhalb weniger Sekunden drei schwere Treffer. Sie rannte um die Kühlerhaube des Dodge herum, um einen vierten und möglicherweise verhängnisvollen Treffer zu verhindern. Während sie die Fahrertür als zusätzlichen Schutzschild benutzte, beschwor sie einige grundlegende Zauber gegen die Hörigen – Blindheit, Ersticken und Kälte. Unwahrscheinlich, dass sie die mächtigen Schilde der Hörigen durchdringen würden, aber vielleicht lenkten sie die Dämonen wenigstens ab. Lena spähte um die Tür, um sich einen Überblick zu verschaffen, dann linste sie in das Fahrzeug. Sechs Münzen waren vorübergehend in Vergessenheit geraten und lagen noch immer auf dem Beifahrersitz. Schlechtes Timing, aber die Gelegenheit war da – nach kurzem Zögern nutzte Lena die Schlacht zu ihrem Vorteil und tauschte die Münzen aus.

Dann widmete sie sich wieder dem Gefecht.

Carlos stand dort, wo sich beide Angriffe kreuzten, und bekam den ganzen Zorn der Hörigen zu spüren. Eine Feuerbombe schlüpfte durch seine Abwehr und traf ihn in die Brust. Der junge Mann geriet ins Wanken, doch nur einen Augenblick lang. Eine Welle wütender Hitze strahlte von ihm aus und schoss durch die Luft. Er fand das Gleichgewicht wieder und schwang sein Schwert mit neuer Kraft.

Lenas nicht reparierter Wächterschild erhielt einen weiteren Treffer. Sie war für diesen Kampf nicht ausreichend gerüstet.

Brian und Carlos dagegen zeigten, wie meisterlich sie ihre Schwerter beherrschten, fälschten Feuerbomben ab und durchschlugen die Schilde der Dämonen mit flinken, wendigen Hieben. Das Problem war nur: Die Schwerter richteten bei den Dämonen kaum Schaden an.

Die Drillinge schufen sich einen überragenden Schutz, indem sie ihre Schilde vereinten, und ließen mit niederträchtiger Präzision Feuerbälle auf ihre Gegner herabregnen. Waffen, die ihre Abwehr durchbrachen, trafen nur bereits totes Fleisch und konnten die Dämonen nicht einmal durch die schmierige Beschaffenheit austretenden Blutes behindern. Schlimmer noch, der heftige Wind arbeitete gegen die Wächter und peitschte Fahnen blauen Rauchs in ihre Richtung – blauen Rauchs, der in der sternenlosen Nacht fast nicht zu sehen war. Sie wurden immer unsicherer. Brians geschmeidige Fußarbeit geriet ins Stocken, und Carlos stolperte, als er einen potenziell tödlichen Treffer parierte. Ein Feuerball beschädigte seinen Schild, sodass eine Handvoll Funken die Schutzhülle durchdrang und auf dem schwarzen Trenchcoat des Teenagers landete.

Eine weitere Welle dunkler, wütender Hitze schoss durch die Luft.

Wenn Uriels Engelskräfte nicht gewesen wären, hätte Lena vielleicht alle Hoffnung aufgegeben. In rascher Folge schleuderte Uriel zischende Pfeile weißer Magie auf die Dämonen ab. Die Blitze, die in die Feuerbälle einschlugen, verwandelten sie in graue Aschehäufchen, und diejenigen, die die Dämonen direkt trafen, durchbohrten ihre Schilde, als wären sie gar nicht da.

Die Hörigen waren alles andere als begeistert davon. Einer von ihnen, ein gewaltiger Bursche in einer weißen Tunika, zog sich plötzlich zurück. Er streckte die geballten Hände aus und begann mit leiser, monotoner Stimme fremde Worte zu murmeln. Irgendeinen Zauber.

Lena musste keine Hellseherin sein, um zu wissen, dass dies für Uriel von Nachteil war.

Lenas Hand wanderte instinktiv zu dem goldenen Anhänger an ihrem Hals. Aber fast ebenso schnell ließ sie ihn wieder los.

Nein. Sie konnte das Amulett nicht benutzen.

Sein Schöpfer mochte es zu einem höheren Zweck ersonnen haben, als damit Gegenstände aufzuspüren, doch es war das Werkzeug ihres Gewerbes, der Schlüssel zu ihrem Überleben. Ohne das Amulett besaß sie gar nichts mehr. Sie musste auf ihre Zauber vertrauen. Nicht auf die schwachen Wächterzauber, sondern auf die ägyptischen Zauber, die ihr Vater sie unwissentlich gelehrt hatte. Der Preis, der auf ihren Gebrauch stand, war hoch, aber es würde sie noch mehr kosten, diesen Kampf zu verlieren.

Zunächst brauchte sie einen besseren Schild.

Sie duckte sich tief unter das Fahrgestell des Land Cruisers, schloss die Augen und rezitierte im Flüsterton: »Ich rufe dich an, Horus, Sohn der Isis und des Osiris, mich zu schützen vor den Händen des Bösen. Erhalte mich gesund an Fleisch und Knochen. Stell dich zwischen mich und jede Verletzung. Bewahre mich vor jenen dämonischen Flüchen, die meine Augen blind und meine Ohren taub machen. Erfülle mich mit einer Stärke, die nimmermehr vergeht. Lass mich diese Geister als die *Ba*-losen Leichname sehen, die sie in Wahrheit sind. Gewähre mir die Macht, die Abwehr des Bösen zu durchbrechen und Gerechtigkeit walten zu lassen in Amun-Ras Namen.«

Sofort gewann der schützende Schild um sie herum an Kraft, und Lena fühlte sich leichter und beweglicher. Ein kleiner Teil Leichtigkeit mochte den paar verlorenen Zentimetern Haar zuzuschreiben sein, die der Gott für sich forderte, aber das Meiste entstand durch den Zuwachs an Stärke. Sie konnte nun auch die Tentakel mitternachtsblauen Rauchs sehen, die durch die Nachtluft heranglitten und die Männer einkreisten – gewundene Fäden zersetzender Angst, die fortwährend von den Dämonen ausgesandt wurden.

Dieser Rauch musste fort.

Lena zermarterte sich das Hirn nach einer Lösung. Um den Rauch loszuwerden, musste sich die Windrichtung ändern. Um die Windrichtung zu ändern, musste sie …

»Nephthys, Göttin der Nacht, Tochter der Nut, Schwester der Isis, Gemahlin des großen Seth, ich rufe dich an. Lass Gerechtigkeit in der Wüste walten. Richte den Wind auf jene, die ihn gegen uns wenden wollen. Nimm ihr ruchloses Übel und zerschmettere es auf den Dünen.«

Der Wind wehte unverzüglich nicht mehr nach Osten, und indem er so unvermittelt die Richtung wechselte, beschwor er einen Sandsturm herauf. Der Sturm beendete den Kampf nicht, noch verwirrte er die Dämonen – sie beschossen die Wächter mit zunehmend stärkeren Feuerbomben –, doch er leitete den Rauch um und blies die sich windenden Tentakel des dunkelblauen Nebels über das endlose Meer aus Sand hinweg.

Doch gerade als sich Lena über diesen kleinen Erfolg freuen wollte, wurde ihr Schild hart von einem unerwarteten Absender getroffen: Carlos war auf die Knie gefallen, hatte die

Hände vor das Gesicht geschlagen, und eine weitere Welle dunkler Hitze ging von ihm aus, wogte über die Dünen und hinaus in die Nacht.

Zuerst dachte Lena, ein Feuerball habe ihn getroffen, doch dann erhaschte sie durch seine Finger einen Blick auf seine Augen. Sie glühten in einem heißen, zornigen Rot wie Asche, die von einem Windhauch angefacht wurde. Vor Angst krampfte sich ihr Magen zusammen. Unaussprechliches Unheil lebte in diesen Augen.

»Nein«, schrie eine heisere Frauenstimme. Emily.

Das Mädchen hatte die relative Sicherheit des Hubschraubers verlassen und war zu dem jungen Wächter gerannt. Sie wiegte seinen Kopf in ihren Händen und wurde von einem Feuerball in den Oberarm getroffen. Brian stürzte auf sie zu, aber Emily ignorierte die Flammen und das schwarze, zuckende Fleisch an ihrer Schulter und schlang ihre Arme um Carlos. Eine Sekunde später waren beide verschwunden.

In Luft aufgelöst.

Alles, was blieb, war ein dünner Faden Rauch.

Doch Lena hatte keine Zeit, darüber nachzudenken, was gerade passiert war. Brians Versuch, Emily zu retten, hatte ihn schutzlos einer Serie von feurigen Geschossen ausgeliefert, und unter dem Sperrfeuer ging er zu Boden. Der Hörige, der es darauf angelegt hatte, Uriel zu verfluchen, beendete seinen Zauber und öffnete die Hände, um ein glühendes schwarzes Bruchstück zu enthüllen, dem Fragment eines unheiligen schwarzen Spiegels nicht unähnlich.

Uriel flog rückwärts und stürzte mit einer Wucht in die Seite des Land Cruisers, die die Tür eindrückte und den Dachgepäckträger löste. Die göttliche Leuchtkraft des Erzengels flackerte und erlosch zu einem fahlen Glühen. Er fiel schlaff in den Sand, und der Seitenspiegel des Fahrzeugs landete auf seinem Kopf.

Alle drei Dämonen richteten nun ihre Aufmerksamkeit auf Brian.

Obwohl er wieder stand, fürchtete Lena das Schlimmste. Die Drillinge waren keine gewöhnlichen Gegner, und wenn sie einen konzertierten Angriff starteten, würden sie ihn geradewegs ins Jenseits befördern. Der Instinkt ließ einen neuen Wortschwall in einem altertümlichen Ägyptisch über ihre Lippen kommen: »Große Göttin Sechmet, du, vor der alles Böse zittert, zornige Rächerin allen Unrechts, wappne mich mit den Werkzeugen des Krieges. Herrin der Nacht, Löwin aus der Wüste, leih mir die Macht, die dir Ra gewährte, und gestatte mir, Feuer mit Feuer zu vergelten.«

Es waren Worte, die sie nur selten auszusprechen wagte, Silben, die schwerwiegende Konsequenzen hatten. Aber angesichts dieser Katastrophe waren es die einzigen Worte, die ihr in den Sinn kamen.

Und sie verfehlten ihre Wirkung nicht.

Die Erde erbebte, Sturmwolken bildeten sich über ihrem Kopf, und ein Funken sprühender Langbogen erschien in ihrer linken Hand. Auf ihrem Rücken tauchte leuchtend ein Köcher mit Pfeilen auf, und als sie den ersten herauszog, loderte die Spitze flammend auf. In ihrer Brust, gleich unter dem Brustbein, erwachte ein Perlenstrang aus weißer Energie zum Leben.

Mit Hilfe des Zaubers hob Lena mühelos und mit ruhigem Arm den schweren Bogen. Flink legte sie einen Pfeil ein, zielte und schoss. Noch einen und noch einen. Ihre Pfeile trafen jeden Feuerball, der von den Dämonen ausgesandt wurde, und brachten sie in der Luft zum Explodieren.

Brian nutzte die Deckung ihrer Verteidigung, rückte vor und schwang sein Schwert in einer Geschwindigkeit, dass die Luft summte. Mit wiederholten Hieben vermochte er die Schilde der Dämonen zu durchdringen und schwere Treffer zu landen. Der unbarmherzige Angriff der Dämonen verlor endlich an Schlagkraft. Sie schossen ihre Feuerbälle immer hektischer und unpräziser ab. Mehrere Bälle landeten in den Dünen oder krachten in das Allradfahrzeug anstatt in Brians Schild.

Jeder Pfeil, den Lena aus dem Köcher zog, wurde durch einen neuen ersetzt. Ihr Rücken blieb aufrecht und ihr Arm stark, obwohl sie wieder und wieder die Bogensehne mit aller Kraft spannen musste.

Doch ihre Technik war nicht perfekt: Ein dunkelvioletter Fleck erblühte an ihrem Unterarm, weil die Sehne beim Zurückschnellen gegen das zarte Fleisch schlug. Bogenschießen war nicht ihre Stärke, und sie hatte diesen Zauber zu selten angewandt, um es darin zur Meisterschaft gebracht zu haben.

Später würde sie Schmerzen an vielen Stellen spüren, doch nicht jetzt. Jetzt war alles, was sie fühlte, das zarte Pulsieren der weißen Energie in ihrer Brust, die aus dem Zauber erwuchs und ihr sagte, dass er noch immer wirkte.

Da die Dämonen ihre Anstrengungen fortgesetzt untergraben sahen, verzerrten sie die Gesichter zu wütenden Grimassen, und ihr zorniges Knurren erfüllte die Luft. Derlei Reaktionen hätten Lenas Stimmung heben sollen, da sie Erfolg verhießen. Stattdessen drosselten sie ihren Herzschlag und ihr wurde ganz düster zumute.

Die erzürnten Dämonen würden ihre Enttäuschung sicherlich an einem hilflosen Mädchen auslassen.

Gegen die Hörigen zu den Waffen zu greifen, war nicht klug

gewesen, da sie die Macht hatten, Heather etwas anzutun. Nicht, dass ihre Gedanken in diesem Augenblick Macht über ihre Gefühle gehabt hätten. Brian stürzen zu sehen und zu beobachten, dass die Dämonen ihr Augenmerk auf ihn richteten, hatte in ihr intuitiv nur den einen Wunsch wachgerufen: ihn zu retten.

Aber jetzt? In ihrer Tasche befanden sich zwölf Judas-Münzen, sie konnte gehen. Malumos würde nicht ganz zufrieden sein, aber für den Moment wäre es ihm sicher genug. Die Gefahr, in der Heather schwebte, wäre nicht mehr so groß. Aber wenn sie jetzt ging, würde das heißen, dass Brian in diesem Kampf allein zurückbleiben würde.

Und die Chancen, dass er überlebte, standen schlecht. Lena konnte ihn nicht im Stich lassen.

Ihre Pfeile flogen wieder in rasender Folge. Vielleicht war es eine Reaktion auf die erneuerte Schusskraft ihres Bogenarms, jedenfalls trennten sich die Dämonen plötzlich mit gespenstischem Geheul. Zwei schwärmten in tödlicher Absicht in Brians Richtung aus, der dritte bestürmte Lena und drängte sie mit einer Batterie von Feuerbällen gegen den Kühler des Land Cruisers. Der Angreifer, sicherlich Malumos, fing jeden Pfeil ab, den sie auf ihn abschoss, ohne auf die Flammen zu achten, die an seiner Kleidung leckten. Obwohl seine Schultern nicht besonders breit waren, versperrte er ihr den Blick auf Brian, und so konnte sie nur beten, dass er auf den Beinen blieb.

Der Horus-Schildzauber hielt ihnen immerhin den blauen Rauch weiter vom Leib.

Sie feuerte einen Pfeil nach dem anderen auf Arme und Beine des Dämons ab, wissend, dass seiner Fähigkeit, einen toten Körper in Bewegung zu halten, Grenzen gesetzt waren, da er nicht mehr mit seinen Brüdern vereint war. Jede brennende Wunde entzog ihm Kraft. Aber die Zeit arbeitete gegen sie. Gerade als Malumos erste Anzeichen von Schwäche zeigte, begann Sechmets Kampfzauber zu erlahmen. An Lenas Kampfgeist änderte das nichts, doch die Energie in ihrer Brust nahm ab, und die Flamme an jeder Pfeilspitze brannte etwas weniger heiß.

Es war nur noch die Frage, wer zuerst fallen würde.

Als ihr Arm schon unter dem Gewicht des Bogens zu zittern begann, verdichtete sich die Luft plötzlich. Der Geruch von Ruß stieg Lena in die Nase, und ein erbittertes, rasendes Knurren hallte in ihren Ohren wider.

Angst schnürte ihr die Kehle zu.

Noch mehr Dämonen?

Der Anführer des dämonischen Trios zog sich abrupt zurück und fuhr mit weit aufgerissenen Augen herum. Gleich darauf schoss er seine Feuerbälle auf jemand anderen ab.

Lena blickte sich suchend um und entdeckte eine schwarz gekleidete Gestalt, die Chaos stiftete. Carlos. Ein wütender Hurrikan namens Carlos, der um sich hauend und stechend und parierend Brian verteidigte. Sein langer schwarzer Mantel und sein tiefschwarzes Haar rauchten. Es war ein beeindruckender Anblick.

Carlos verschaffte Brian die Atempause, die er brauchte.

Wendig und entschlossen, jeder Muskel in seinem Körper ein Instrument kämpferischer Präzision, griff Brian an. Mit flinken Drehungen und pfeifenden Schwüngen seines Schwertes durchstieß er die Schilde der Dämonen. Seine scharfe Klinge schnitt sauber durch Knochen und Sehnen, trennte eine Hand vom Arm, und das dunkle Ding in dieser Hand fiel zu Boden und zerbarst in zwei Teile.

Der unheilige Zauber war gebrochen.

Sofort erkannten die Dämonen, dass ihr Vorteil dahin war. Der einhändige Dämon raffte das Bruchstück an sich, das ihm am nächsten lag. Dann sanken alle drei Körper in einem strahlend roten Aufleuchten erschlafft in den Sand, leer und verbraucht. Nur Sekunden nachdem Carlos zurückgekehrt war, waren die drei Hörigen fort.

Schweiß rann Brians Gesicht hinab, und seine Brust hob und senkte sich unter einer schwerfälligen Atmung. Dennoch fand er die Energie, zu dem jungen Mann zu sagen: »Ich bin froh, dich zu sehen, das kannst du mir glauben, Kumpel. Aber wo zur Hölle ist Emily?«

Offen gestanden jagte der Rauch, der Carlos' Mantel entströmte, Brian einen Heidenschreck ein. Unvermittelt fiel ihm ein, in welchen Krater der junge Wächter die Tennisplätze verwandelt hatte. Und das Unvermögen des Jungen, ihm in die Augen zu blicken, beruhigte ihn auch kein bisschen.

»Carlos«, beschwor er ihn, »bitte sag mir, dass es Emily gut geht.«

Der junge Mann senkte den Blick. »Das kann ich nicht.«

Unter dem Ansturm eines Dutzends sehr plastischer Bilder, von denen nicht eines schön war, packte Brian Carlos am Mantelkragen und riss ihn dicht vor sein Gesicht. »Was zum Henker hast du getan?«

»Brian«, brachte eine tiefe Stimme hustend hervor. »Es geht ihr … gut.«

Brian sah zu Uriel, der sich gerade vom Boden aufrappelte. »Bist du sicher?«

Der Erzengel rieb sich den Nacken. »Sie kann nicht sterben, schon vergessen?«

»Es ist ein großer Unterschied, ob man am Leben ist oder ob es einem gut geht«, brummte Brian, während sein Blick wieder zu Carlos' fahlem Gesicht zurückkehrte. »Wo ist sie?«

»Sie wusste, dass ich explodieren würde«, erklärte Carlos. »Sie hat es gespürt. Sie hat mich in die Dünen gebracht, wo ich niemandem schaden konnte.«

»Außer ihr.«

Carlos zuckte zusammen. »Ich habe sie fortgestoßen. Zumindest habe ich es versucht.« Sein Blick begegnete dem von Brian. »Du weißt, dass ich ihr niemals absichtlich etwas antun würde.«

Mit einem Kloß im Hals hörte sich Brian fragen: »Wie schlimm ist es?«

»Eine Seite ihres Körpers ist schwarz«, antwortete Carlos heiser. Er schloss die Augen, und seine Knöchel, die das Heft des Schwertes umklammerten, traten weiß hervor. »Ich wollte sie nicht allein lassen, aber ich hatte keine Wahl. Sie hat mich hergeschickt. Sie hat darauf bestanden, dass ich euch helfe.«

Der Kloß plumpste in Brians Magen. »Wir müssen sie suchen.«

»Ich wüsste nicht, wie. Ich habe keine Ahnung, wo ich sie verlassen habe. Die Dünen sehen alle gleich aus.«

»Ich kann sie ausfindig machen«, sagte Uriel bestimmt. »Aber ich verspreche dir, deine Sorge ist unnötig. Es geht ihr gut.«

»Nur im Himmel ist ›verbrannt‹ gleich ›gut‹«, knurrte Brian. »Hör auf damit.«

»Sie kann sich doch sofort selbst heilen«, sagte der Engel sanft. »Sie braucht zum Gesunden nicht so lange wie du oder ich.«

»Willst du mir etwa erzählen, dass sie keine Schmerzen

hatte, als Carlos sie verbrannte? Willst du mir etwa erzählen, sie sei so geübt im Umgang mit ihren Kräften, dass sie sich noch im selben Moment heilen konnte, als der Feuerstoß ihr das Fleisch von den Knochen sengte?«

Uriel schwieg.

»Nein? Dann geht es ihr verdammt noch mal nicht gut, Uriel!« Plötzlich fiel ihm ein, mit welcher Gewalt der Erzengel gegen das Fahrzeug geschleudert worden war, und seine Stimme nahm einen freundlicheren Ton an. »Aber was ist mit *dir*? Womit haben sie dich eigentlich getroffen?«

»Eine Scherbe vom Zerbrochenen Glorienschein.« Uriel lockerte die Schultern. »In Verbindung mit einem sehr potenten Urzauber hat sie mir meine Kraft geraubt. Ich konnte kaum noch atmen.«

Brian bückte sich, hob das Bruchstück auf und drehte es in der Hand. Es sah nicht allzu aufregend aus. Wie eine Scherbe von einem CD-Rohling. »Zerbrochener Glorienschein? Etwa von einem gefallenen Engel?«

»Ja. Die Fragmente von Luzifers Heiligenschein wurden nach seinem Sturz eingesammelt, aber drei konnten nie gefunden werden. Sieht so aus, als hätten die Dämonen zumindest eines aufgespürt.«

»Und diese Fragmente sind so etwas wie Engelskryptonit?«

Der Erzengel lächelte schwach. »Hübscher Vergleich.«

»Ist das eine neue Entdeckung?«

»Nein, aber der Zauber, der erforderlich ist, um die verlorene Göttlichkeit eines Heiligenscheins zu retten, ist sehr kompliziert«, erwiderte Uriel langsam. »Und er gilt seit Jahrhunderten als verschollen. Meines Wissens wurde er bis heute noch nie erfolgreich angewandt.«

»Der heutige Tag wird mit jeder Minute spannender.« Und

dem Hauch von Rosa am Horizont nach zu urteilen, hatten sie noch neunzehn Stunden, bevor er vorbei war. »Was du eigentlich sagen willst, ist, dass die Dämonen jetzt eine Superwaffe in der Hand haben, die euch auf Kommando umnieten kann, oder?«

Uriel runzelte die Stirn. »Ich bin mir über die Auswirkungen noch nicht im Klaren. Ich werde mich mit Michael besprechen müssen.«

»Tu das.« Brian übergab Uriel das Bruchstück. Er spürte, dass die letzte Anspannung des Kampfes von seinen Muskeln abfiel, und steckte das Schwert zurück in die Scheide. »Aber such bitte zuerst Emily.«

Der Engel nickte und löste sich in einem blauen Lichtblitz auf.

Brian holte tief Luft und wandte sich zu Lena um. Sie stand noch genauso da wie in dem Augenblick, als sie hinter der drohenden Gestalt des Waffenhändlerdämons verschwunden war – die Schultern gestreckt, den Bogen gespannt.

»Du hast mir Deckung gegeben«, sagte er leise. »Und du hast mir nie erzählt, dass du Voodoo-Zauber im Repertoire hast.«

Sie senkte den Arm. »Du hast auch nie danach gefragt.«

»Nachdem du so entsetzt darüber warst, dass wir Roma-Magie anwenden, wäre ich nie auf die Idee gekommen, so etwas zu fragen. Und jetzt stellt sich heraus, dass du ganz schön scheinheilig bist.«

Der Bogen in ihrer Hand erglühte noch ein letztes Mal, dann verschwand er. Lena wischte sich die Hand an der Hose ab. »Meine ägyptischen Zauber sind keine schwarze Magie. Sie entziehen keiner Seele Lebenskraft.«

»Auch nicht alle Roma-Zauber sind Verzehrende Zauber«,

verteidigte sich Brian. »Die, die wir benutzen, sind Wesenhafte Zauber, die ihre Kraft allein aus uns beziehen.«

»Sicher, aber ...« Sie warf einen Blick auf Carlos, der noch immer nach Rauch roch. »Roma-Zauber sind stufenförmig aus drei Zaubern aufgebaut, von denen einer mächtiger ist als der andere. Es ist eine ganz natürliche Neigung, immer stärkere Zauber anzuwenden, besonders wenn die Lage nicht zum Besten steht. Am Ende überschreiten fast alle Roma-Zauberer die Grenze.«

Ihre Worte erinnerten ihn an seinen Absturz in die Sucht, und er wand sich unbehaglich. »Aber die Magie, die du eben angewandt hast, war so viel besser?«

Lena wurde rot. »Ich habe die heidnischen Götter angerufen – die Elementargeister, wenn du so willst. Gott billigt auch sie nicht. Vor allem, weil sie unberechenbar sind und einen hohen Preis für ihre Dienste verlangen.«

»Welchen Preis hast du für den Zauberbogen gezahlt?«

Ihre Lippen wurden schmal. »Das ist eine Sache zwischen mir und Sechmet.«

»Verdammt noch mal, Lena!« Er fuhr sich mit der Hand durchs Haar. Jedes Mal, wenn er dachte, er würde diese Frau langsam näher kennenlernen, strafte sie ihn Lügen. Jede Schicht, die er abtrug, brachte ein neues Geheimnis ans Tageslicht. »Warum muss alles an dir ein Geheimnis sein? Könntest du nicht ausnahmsweise mal einfach etwas erzählen – und die Wahrheit sagen?«

»Die Wahrheit würde auch nichts ändern.«

»Sie würde einen großen Schritt in Richtung Vertrauen bedeuten.«

Lena verschränkte die Arme über der Brust und starrte in den Sand.

Brian seufzte. Das Gespräch führte zu gar nichts. »Haben wir alle Münzen gefunden?«

»Fast. Wir haben zwölf.«

»Treib die letzte so schnell wie möglich auf«, befahl er Carlos. »Wir sollten lieber verschwinden, ehe unsere Freunde wiederkommen und Nachschlag wollen.«

Als sie über den Sand zum Fahrzeug gingen, wölbte sich ein gegabelter Blitz aus blauer Elektrizität vom Himmel herab zu dem Land Cruiser. Die Luft wurde trocken und knisterte wie ein brechendes Stück Zwieback. In einer nach Zitrone duftenden Brise landete Uriel auf einer nahen Düne. Einen Arm hatte er Emily um die Schultern gelegt.

Einer Emily, die heil und gesund war und eine rosige Haut besaß.

Aber nicht derselben Emily, die sie vor ein paar Minuten verlassen hatte. Die neue Emily hatte den Babyspeck verloren und sie hatte ihre aufsässige Haltung eingebüßt. Das Haar hing ihr schlaff ins Gesicht, und ihre Augen wirkten eingesunken und glasig. Kein spöttisches Lächeln umspielte Ems Lippen. Was auch immer ihr in der Wüste zugestoßen war, hatte sie um Jahre altern lassen.

Uriel fing Brians Blick auf. »Das geht vorüber. Sie muss sich für eine Weile ausruhen, das ist alles.«

Brian hätte Emily am liebsten fest in seine Arme geschlossen, sie getröstet und den Schmerz ausgelöscht, den er in ihren Augen erkannte. Stattdessen blieb er auf Abstand. Anscheinend war er für Teenager eine Art Todesengel. Melanie. Das Mädchen in New York. Und jetzt Emily. Wenn sie nur lange genug mit ihm zusammen waren, büßten selbst unsterbliche Mädchen ihre Lebenskraft ein.

Brian senkte den Blick zu Boden. Eine dünne Schicht

Staub und einige tiefe Schrammen verunzierten seine Gucci-Slipper.

Wie hatte er sich nur von MacGregor dazu überreden lassen können? Wie hatte er sich selbst vormachen können, er sei der Mann, auf den sich diese Frauen verlassen durften? Vielleicht aus einem bequemen Gedächtnisschwund heraus. Denn er war nun mal kein rettender Engel.

Ein Held? Zur Hölle, nein.

Ein Irrer.

16

Als ihr iPhone in der Hosentasche vibrierte, wusste Lena, dass es keine gute Nachricht sein würde. Von dem Augenblick an, in dem die Dämonen verschwunden waren, hatte sie nur auf Vergeltungsmaßnahmen gewartet. Sie holte das Handy heraus und sah verstohlen auf das Display.

Es war leer.

Doch noch während sie daraufstarrte, vibrierte das iPhone erneut.

Verwirrt sah sie sich um.

Knapp hundert Meter weiter westlich glitzerte auf der breiten Flanke einer Düne ein silbernes Bild. Der Mond war endlich durch die Wolken gebrochen, doch nicht der leuchtende Himmelskörper spiegelte sich in dem Bild. Stattdessen zeichnete sich dort Heathers ausgemergeltes Gesicht blass und wächsern gegen den dunklen Himmel ab.

Lena blinzelte und sah sich noch einmal um – diesmal, um festzustellen, ob noch jemand das Trugbild entdeckt hatte. Aber offenbar war es nur für sie bestimmt. Brian sprach ruhig mit Uriel, und Emily versuchte, den versteinerten Carlos in ein Gespräch zu verwickeln. Keiner von ihnen bemerkte die flirrende Spiegelung auf der Düne.

Lena machte sich auf das Schlimmste gefasst und wandte sich wieder dem Bild zu. Aus dem Standbild wurde ein Video. Heathers Mund verzog sich zu einem Lächeln, das jedoch nicht ihre haselnussbraunen Augen erreichte. Sie waren leer und fast leblos. Die Kamera zoomte weg.

Eine Straßenecke in einem schäbigen Viertel am frühen Abend. Heather, die hohe Absätze und Minirock trug – ihre knochigen Hüftknochen waren darin unübersehbar –, schlenderte zu einem parkenden Auto und beugte sich zu dem offenen Fenster hinunter.

Lena drehte sich der Magen um.

Es wurde noch schlimmer. Plötzlich hörte sie die Worte unausweichlich und unbarmherzig in ihrem Kopf widerhallen.

»Brauchst du ein bisschen Gesellschaft?«, fragte Heather den Mann in dem Wagen schüchtern.

Sie war neunzehn. Studentin im zweiten Jahr. Früher Cheerleaderin und Spitzenschülerin. Und jetzt drogensüchtig und eine Hure. Lena schloss die Augen. Nicht, dass ihr das die Pein erspart hätte. Das Gespräch wurde in ihrem Kopf weiter abgespielt.

»Wie viel?«

»Fünfzig Dollar.«

»Was bekomme ich dafür?«

»Alles, was du willst.«

Mit einem bitteren Geschmack im Mund drehte Lena dem Trugbild den Rücken zu – und war dankbar, als Heathers zitternde, rauhe Stimme verklang. Das Hässliche an der Besessenheit durch einen Dämon war, dass die besessene Person alles, was geschah, bewusst erlebte. Keine segensreiche Absence oder Bewusstlosigkeit. Es ging allein darum, die besessene Person zu unaussprechlichen Taten zu zwingen, die sie erniedrigten und ihr Selbstwertgefühl zerstörten. Es ging darum, sie in eine Einbahnstraße zu bugsieren und dann ihre Selbstzerstörung mit anzusehen. Eine verderbte Seele war in Satans Welt mehr wert als eine reine Seele, und nur Lockdämonen waren noch geübter darin als Hörige, gute Menschen zu korrumpieren.

Hörige fanden großen Gefallen an den physischen Aspekten ihrer Arbeit. Ihre Wirte zu widerlichen sexuellen Praktiken zu zwingen, war eine ihrer Lieblingsbeschäftigungen. Bisher hatte Malumos diese Karte zwar noch nicht ausgespielt, aber ihre, Lenas, Einmischung in diesen Kampf hatte ihn zum Handeln gezwungen.

Sie war eine Närrin, dass sie es nicht hatte kommen sehen. Eine Närrin, der – vorausgesetzt, dass die Bilder in Echtzeit übermittelt wurden – nur noch ein paar Augenblicke blieben, um den Dämon davon abzuhalten, Heather einen weiteren schweren Schlag zu versetzen.

Sie unterdrückte den irrwitzigen Drang, Brian um Verzeihung zu bitten, und wandte sich um. Ihr Blick kehrte zu der Düne zurück. Kein Bild war dort mehr zur sehen.

»Ihr habt gewonnen«, flüsterte sie. »Sobald ich freikomme, gebe ich euch die Münzen.«

Die Düne erwachte wieder zum Leben.

Lena sah Heather vom Wagen fortstolpern. Sie hielt sich an einem Zaun fest und sank langsam und zitternd daran zu Boden. Der Mann in dem Auto rief ihr eine obszöne Bemerkung nach und fuhr dann mit quietschenden Reifen davon. Heather war in Sicherheit. Vorübergehend.

Nun blieb nichts weiter zu tun, als Carlos die letzte Münze

abzujagen. Für diesen Coup war eine Fingerfertigkeit notwendig, die sie in ihren Jahren als Taschendiebin in den Kairoer Straßen gewonnen hatte.

Brian zu entkommen würde ein wenig mehr Kreativität erfordern.

In der kleinen Gruppe wurde während des Heimflugs so gut wie nichts gesprochen. Ein Außenstehender hätte meinen können, dass sie zu einer Beerdigung unterwegs waren. Carlos starrte die ganze Zeit über aus dem Fenster, Emily hatte sich auf dem Sitz neben ihm zusammengerollt, und Lena las jede Zeitschrift und Zeitung, die an Bord zu bekommen war, akribisch von vorn bis hinten durch. Sie kehrten siegreich nach San Jose zurück, die Münzen in ihrem Besitz, doch ohne ein Lächeln oder eine im Triumph gereckte Faust.

Brian überflog MacGregors E-Mail noch einmal, dann beugte er sich über den Mittelgang und schüttelte Emily sanft. »Deine Mom und Lachlan werden schon da sein, wenn wir zu Hause ankommen.«

Sie nickte aus den Tiefen von Carlos' Kapuzenshirt. »Wissen sie vom Angriff der Dämonen auf der Ranch?«

Er seufzte. »Sie wissen alles.«

Em warf einen Blick auf Carlos' unbewegtes Profil. »Alles?«

»Ich habe in meinem Bericht einige Kleinigkeiten ausgelassen«, räumte Brian ein. »Manche Dinge teilt man besser persönlich mit. Zum Beispiel sage ich einer Mutter lieber von Angesicht zu Angesicht, dass ihre Tochter von ihrem Freund gegrillt wurde.«

»Mir geht es wieder gut.«

»Stimmt.« Bis auf die sonderbare blutrote Strähne, die in

ihrem blonden und schwarzen Haar etwa eine Stunde nachdem Uriel sie in der Wüste gefunden hatte, erschienen war. Sie würde ihr wohl bleiben. »Deshalb habe ich beschlossen, dass wir diesen Teil der Geschichte im Moment für uns behalten. Deine Mom macht sich nur Sorgen, wenn ich es ihr jetzt erzähle.«

»Müssen wir es ihnen denn überhaupt erzählen?«

»O ja«, gab er lächelnd zurück. »Dein Stiefvater wird mir einen gewaltigen Tritt in den Hintern verpassen, und das würde ich lieber bald hinter mich bringen.«

Sie hob eine Augenbraue. »Kann er das denn? Ich meine: dir einen Tritt in den Hintern verpassen? Ich habe dich schließlich kämpfen sehen, du bist sicher stärker als er.«

»Das werden wir nie erfahren«, erwiderte Brian und lehnte sich zurück. Sein Ellbogen stieß an Lenas Arm, und der warme Körperkontakt ließ sein Blut heftig aufwallen. »Weil ich die Absicht habe, die Klappe zu halten und es wie ein Mann einzustecken. Ich verdiene jeden Schlag, den er austeilen wird, und noch mehr. Ich hätte dir niemals erlauben sollen, bei uns zu bleiben.«

Emily schnaubte. »Als hättest du mir befehlen können, nach Hause zu gehen.«

»Mach dir doch nichts vor.« Brian suchte ihren Blick. Vielleicht war es das Halbdunkel in der Kabine, aber das Blau ihrer Augen wirkte nun dunkler. »Selbst du hast eine Schwäche, und ich weiß zufällig, wie sie heißt.«

»Was? Du würdest Carlos bestrafen, wenn ich nicht täte, was man mir sagt?«

Brian nickte. »Ohne zu zögern.«

Sie umschlang den Arm ihres Freundes. »Das ist nicht fair.«

»Das Leben ist selten fair.« Sein Blick huschte zu Carlos,

dessen Gesicht das ganze Gespräch über abgewandt gewesen war. »Außerdem ist er zäh. Er würde damit fertig werden.«

Brian lehnte sich wieder zurück und blickte zu Lena hinüber. »Also, was habe ich verbrochen, dass du so wütend auf mich bist?«

»Nichts.«

»Okay. Wir landen in« – er warf einen Blick auf seine Uhr – »knapp dreißig Minuten, und du hast während des gesamten Flugs nicht mehr als ein Dutzend Worte zu mir gesagt. Aber du bist nicht sauer auf mich?«

»Nein.«

»Du bist eine lausige Lügnerin.«

Endlich hob sie den Blick von ihrem Magazin. Kurz. »Ich bin nicht sauer auf dich.«

»Etwas stimmt nicht.«

»Ich bin müde.«

Es hörte sich fast glaubhaft an. Ihr normalerweise tadelloser Pferdeschwanz war zerzaust und ihre Kleidung zerknittert. Außerdem hatte sie dunkle Augenringe. Es war ein sehr langer Tag gewesen, und noch war er nicht zu Ende. Trotzdem erklärte Müdigkeit nicht ihren Widerwillen, ihn anzusehen, oder die Art, wie sie vor seiner Berührung zurückschreckte.

»Willst du dich ein bisschen frisch machen?«

Ihr Blick begegnete seinem und huschte sofort wieder weg. »Ich hoffe, du schlägst nicht vor, wovon ich denke, dass du es vorschlägst.«

»Ich schlage gar nichts vor. Ich biete nur etwas an.« Er grinste, beugte sich zu ihr und flüsterte ihr ins Ohr: »Dass wir uns in den winzigsten Raum quetschen, der jemals erfunden wurde, und ich dich dort so heiß liebe, dass wir Feueralarm auslösen.«

Lena wand sich. »Gleich werden die Anschnallzeichen angehen.«

»Seitdem ich dich mit diesem sexy Bogen in der Hand und dem geilen Kriegsgöttinnengesicht gesehen habe, will ich es dir so dringend besorgen, dass ich an nichts anderes denken kann.«

»Hör auf.«

Eine zarte Röte stieg ihr in die Wangen, während eine Hitzewelle durch seine Lenden fuhr. »Bist du sicher, dass du dir die Gelegenheit entgehen lassen willst, mich zu der strammen Länge meines Schwertes zu beglückwünschen?«

Ihre Mundwinkel zuckten, aber sie biss sich auf die Lippen und unterdrückte ein Lächeln. »Du hast wirklich ein sehr hübsches Schwert«, gab sie zu.

Er gab einem spontanen Impuls nach und küsste sie.

Was seiner Erektion nicht viel half, aber einen primitiven Drang tief in seinem Innern befriedigte. Sie gehörte ihm. Sie gehörte ihm, wie sie nur einem Mann gehören konnte.

Er küsste sie noch inniger und genoss ihren süßen Geschmack.

Ein leises Tonsignal ertönte in der Kabine.

»Zu spät«, murmelte Lena mit Blick auf das Anschnallzeichen.

Verdammt. Ihre Worte hatten fast bedauernd geklungen. »Ich schätze, wir müssen uns den Rest dieses Gesprächs aufheben, bis wir zu Hause sind.«

Bei den Wörtern »zu Hause« verdüsterten sich Lenas Augen. Sie schlug das Magazin zu und steckte es in die Tasche an der Lehne des Vordersitzes. »Das dauert noch. Unser Anschlussflug geht erst in zwei Stunden von New York ab.«

Obwohl er den Flirt mit ihr genoss, ließ er es geschehen,

dass sie die Unterhaltung auf ein unverfänglicheres Thema lenkte. »Leider kann man in zwei Stunden nicht shoppen gehen. Zu schade, wenn man bedenkt, wie katastrophal mein letzter Besuch in New York endete.«

»Aber der Kriegsdämon hat doch nicht jedes Geschäft in der Stadt zerstört, oder?«

»Ich war nicht mehr in der Stimmung, einkaufen zu gehen, als es vorbei war«, sagte Brian langsam. »Ich habe versucht, das Leben eines jungen Mädchens zu retten. Aber ich habe es verbockt.«

»Ein junges Mädchen?«

Er erinnerte sich mit schmerzlicher Klarheit wieder an den Tag und das blasse, schmale Gesicht der jungen Frau. »Ja. Ein mutiges Mädchen mit einer unglaublichen Willensstärke. Sie ist zu einem großen Teil mit Schuld an meiner Entschlossenheit, nicht zuzulassen, dass die Dämonen den Rest der Münzen in die Hände bekommen. Sie hat alles gegeben, sogar ihr Leben, um eine Münze zu schützen.«

Lena schwieg lange. »Du willst dir sagen können, dass sie nicht umsonst gestorben ist.«

Brian nickte. »Ja.«

Die Stewardess, die gerade vorbeiging, bat die beiden, ihre Sitze in eine aufrechte Position zu bringen. Lena tat es, dann lehnte sie sich zurück und schloss die Augen. »Das macht Sinn.«

Ihre Emotionslosigkeit beunruhigte ihn.

»Sie war noch sehr jung«, sagte er rauh. »Vielleicht zwanzig. Ihr Tod war eine Riesenschweinerei.«

»Finde ich auch.«

Brian erstarrte. Irgendwann während ihrer Reisen hatte Lena die Fähigkeit verloren, Mitgefühl für Menschen aufzubringen, die sie nicht kannte. Er war sich nicht sicher, ob er sich mit dieser Schwäche dauerhaft abfinden konnte.

An Lena gab es so viel zu bewundern: ihren Mut, ihre Kraft, ihren Verstand. Die Kriegsgöttin, die neuerdings in ihr steckte. Aber Mitgefühl? Riesige Fehlanzeige. Wenn nicht der flüchtige Zusammenbruch in der Gasse gewesen wäre – als er sie hatte weinen sehen –, hätte er sich langsam gefragt, ob sie überhaupt ein Herz besaß.

Was insgesamt in Frage stellte, warum er sich so von ihr angezogen fühlte.

Brian seufzte. Aber es war nicht zu leugnen. Ein Hauch ihres zarten Dufts, und er war schwindelig vor Verlangen. Was machte sie so verdammt anziehend? War es nur ihr Äußeres? War er wirklich so oberflächlich?

Nein.

Ihr Äußeres war nicht das Einzige, was ihn zu Lena hinzog. Sie musste mehr als ein kaltes, berechnendes Biest sein, dessen war er sich sicher. Er hatte nicht den kleinsten Beweis dafür in der Hand – aber er glaubte fest, dass Lena sehr wohl ein Herz hatte. Alles, was er anführen konnte, waren Kleinigkeiten, etwa die Umsicht, mit der sie Rachels Kleidungsstücke behandelt hatte, der Respekt, den sie dem älteren Fahrer in Kairo erwies, das Geld, das sie den Händlern im Suk in die Hand gedrückt hatte, und der leidvolle Gesichtsausdruck, mit dem sie sich über Tariqs Leiche beugte.

Aber es reichte, um ihn zu überzeugen. Er hatte Vertrauen in sie.

Er blickte auf die Hand, die auf der Armlehne zwischen ihnen ruhte, und lächelte. Nichts deutete darauf hin, dass sie während der Landung seine Hilfe brauchte – nichts deutete darauf hin, dass sie überhaupt Flugangst hatte. Und trotzdem legte er seine Hand auf ihre und genoss die seidige Beschaffenheit ihrer Haut.

Ob richtig oder falsch, er würde in dieser Sache auf seine Intuition hören.

Lena ließ Brians Finger zwischen ihre gleiten, sodass ihre Hände übereinanderlagen. Er hatte so starke Hände! Die regelmäßige Maniküre wurde der Hornhaut nicht Herr, die vom täglichen Schwertkampf kam, und Brians zupackender Griff war auch nicht weicher geworden. Er hielt sie sanft und doch fest, sodass sie sich unterschwellig eingeladen fühlte, die Augen zu schließen und sich von ihrer Flugangst zu verabschieden. Und das tat sie auch.

Unglaublich.

Amanda war noch am Leben gewesen, als er eintraf. Da er ein Wächter war, hatte Lena angenommen, er habe seinen Auftrag wie üblich nach Eintritt des Todes ausgeführt. Aber er hatte mit Amanda gesprochen, hatte einen beherzten Versuch unternommen, ihr das Leben zu retten.

Er hatte es mit diesem hünenhaften Kriegsdämon aufgenommen – demselben, der ihr selbst bereits ein Dutzend Knochen gebrochen, ihr Fleisch mit seinem schleimigen Schwanz durchbohrt und sie bis an die Schwelle des Höllentors gebracht hatte –, in dem mutigen Bestreben, Amanda zu retten. *Ihre* Amanda. Und indem er dies versuchte, hatte er Amandas Sache zu der seinen gemacht – zu verhindern, dass die Judas-Münzen Satan in die Hände fielen.

Lenas Augen brannten.

Was würde geschehen, wenn sie ihm die Wahrheit erzählte? Was würde geschehen, wenn sie ihm erzählte, dass die Münzen einem anderen Mädchen das Leben retten würden? Er hatte alles gegeben, um eine der beiden Schwestern zu retten – würde er nicht dasselbe auch für die andere tun? Sie seufzte. Kein Zweifel. Er würde bis ans Ende der Welt gehen, um Heather zu befreien … solange das nicht bedeutete, dass er Satan die Münzen geben musste. Er hatte hart gekämpft, und er hatte ritterlich gekämpft. Aber am Ende würde er doch scheitern.

Genau, wie sie gescheitert war. Drei Menschen waren tot, weil sie anfangs geglaubt hatte, dass es nicht hinnehmbar war, Malumos die Münzen auszuhändigen. Aber als der Dämon Don, Graeme und Amanda umgebracht hatte, einen nach dem anderen, hatte sie begriffen, was *wirklich* nicht hinnehmbar war. Selbst wenn sie sich selbst dafür verachtete, was sie der Menschheit antat, konnte sie nicht zusehen, wie Heather litt und starb – wegen keines anderen Vergehens als dem, dass sie Lenas Fleisch und Blut war. Und Malumos würde dafür sorgen, dass Lena zusah. Video für Video.

Sie spähte zwischen den Wimpern hindurch auf ihre ineinander verschlungenen Hände.

Würde Brian sie hassen, wenn alles gesagt und getan war? Und wenn ja, wie würden die kommenden 386 Jahre verlaufen? Vorausgesetzt, dass er sich Zugriff auf die Wächter-Datenbank verschaffen konnte, würde er sie aufspüren können, wann immer es ihm gefiel. Wenn er verbittert war, würde er imstande sein, Rache zu nehmen, immer und immer wieder.

Aber sie glaubte nicht, dass er das tun würde.

Sie meiden – ja. Sie bestrafen? Nein. Das war nicht Brians Stil.

Und offen gestanden würde er auch alle Hände voll zu tun haben, um das Horrorchaos aufzuräumen, das die Münzen anrichteten, sobald Satan sie alle besaß. So wie sie. Sobald

Heather in Sicherheit war, würde sich ihr, Lenas, gesamtes Sinnen und Trachten darauf beschränken, diese Münzen zurückzustehlen.

Durch das Flugzeug lief ein Beben, als das Fahrgestell die Landebahn berührte.

»Übrigens«, sagte Brian ruhig, »danke, dass du die Münzen ohne großes Trara aufgegeben hast.«

Lena öffnete die Augen und sah ihn an. »Kein Problem.«

Eines war sicher: Er würde ihr nie wieder ein Lächeln schenken.

Als die Triebwerke aufjaulten in dem wilden Bemühen, das Flugzeug zu bremsen, beugte sich Lena hinüber und drückte Brian einen Kuss auf seine schönen Lippen. Er erwiderte ihn begeistert – gab den heißen Druck zurück, öffnete den Mund und ließ sie ein.

Während das Flugzeug auf dem Weg zum Flugsteig einen Bogen beschrieb, löste sich Lena von Brian und sah ihm ins Gesicht.

»Was ist?«, fragte er. »War mein Kuss so schlecht?«

Falten bildeten sich um seine Augenwinkel, und schelmisch blitzte es in den Tiefen seines Blicks auf. Lena machte im Geiste einen Schnappschuss davon und nickte.

»Total mies.«

»Du musst es ihnen sagen«, stellte Carlos ruhig fest.

»Nein.« Emily befreite sich aus seiner Umarmung und glitt zurück in den Swimmingpool, während er am Beckenrand liegen blieb, die Füße im Wasser. Sie sah hoch zum Haus und zur Silhouette ihrer Mutter im Panoramafenster. Aus Sorge bezog sie fast die ganze Zeit über dort Posten. »Muss ich nicht.«

»Em, es ist ernst. Vielleicht wird es noch schlimmer mit mir.«

Sie beschirmte die Augen mit der Hand und blickte ihn an. Wassertropfen liefen seine muskulöse Brust hinab, und sein dunkles Haar hatte er in langen, nassen Wellen aus dem Gesicht zurückgestrichen. Er war heißer als das Wetter. »Nichts wird passieren. Du hattest keinen Anfall mehr, seitdem wir Kairo gestern verlassen haben. Verdammt, es ist doch möglich, dass diese Feuerexplosionen einmalig waren.«

»Em«, sagte er seufzend. »Niemand wird dir einen Vorwurf machen.«

»Richtig. Ist dir aufgefallen, was für ein Gesicht ich mache, wenn die Sprache auf die Münzen kommt? Warte nur, bis sie herausfinden, dass ich ein kleines Souvenir mitgebracht habe, als ich dich aus der Hölle zurückholte! Sie ziehen mich doch so gern mit meinen Verpflichtungen als Dreifaltige Seele auf.«

Carlos planschte mit den Füßen im Wasser und lächelte schief. »Große Macht bringt eben große Verantwortung mit sich.«

»Verschon mich bitte.« Trotz ihres spöttischen Tons lächelte Em zurück. Dann blickte sie wieder zum Haus, diesmal zu dem Fleck verbrannter Zedernschindeln auf dem Dach. Sie stammten von dem Feuer, das Carlos gelöscht hatte, um sie zu retten, trotz seiner sehr verständlichen Abneigung gegen Flammen. »Wirklich? Ich habe große Angst, dass sie dich wegschicken oder einsperren werden oder so. Ich könnte es nicht ertragen, wenn ich dich in Schwierigkeiten bringen würde oder wenn sie dich um meinetwillen schlecht behandeln würden. Geben wir lieber zuerst Brian eine Chance, seinen Frust über das, was in der Wüste passiert ist, zu verarbeiten, okay?«

Carlos starrte schweigend auf das funkelnde blaue Wasser.

»Versprichst du, dass du es nicht verrätst?«, fragte sie schmeichelnd.

»Das muss ich dir nicht versprechen«, sagte er. »Du weißt doch, dass ich so etwas nie verraten würde.«

»Versprochen?«

Er stieß sich vom Beckenrand ab und schwamm zu ihr. Mit dem dunkelsten Ausdruck in seinen braunen Augen, den sie je an ihm gesehen hatte, flüsterte er: »Versprochen.«

Obwohl sie sich seit Stunden darauf vorbereitet hatte, war das Schlimmste, was sie jemals hatte tun müssen, Brian in den Rücken zu fallen. Und das Leichteste zugleich. Weil er ihr vertraute.

Nicht vollständig. Aber genug.

»Ich helfe Rachel bei der Vorbereitung des Mittagessens«, sagte Lena zu Brian, nachdem sie die Instandsetzungsarbeiten inspiziert hatten, die am Haus im Gange waren. Sie war sich im Klaren darüber, dass es das letzte Mal war, und so lehnte sie sich an seine breite Brust, legte den Kopf schräg und bot ihm ihren Mund an.

Und er nahm das Angebot an.

Es wurde ein kurzer Kuss voll heißer Versprechungen, und seine Hand streichelte dabei so über ihr Rückgrat, dass sie Gänsehaut bekam. Dann schob er sie sanft fort. »Tu mir den Gefallen und halte dich an Rachels Anweisungen. Keine Experimente. Ich würde heute Nacht lieber herausfinden, wo du kitzlig bist, als wegen einer Lebensmittelvergiftung über dem Klo zu hängen.«

»Was? Du glaubst, ich kann nicht kochen?«

»Ich *weiß*, dass du nicht kochen kannst.« Er küsste sie auf die Nase. »MacGregor legt gleich eine Trainingspause mit den

Frischlingen ein, deshalb werden er und ich in der Bibliothek eine Besprechung abhalten. Komm uns holen, wenn das Essen fertig ist.«

Lena drehte sich um und ging durch den Flur Richtung Küche. Reue ließ ihre Stiefel so schwer wie Blei werden. Was hätte sie darum gegeben, wenigstens einen Tag länger bleiben zu können! Aber da sie Brian verraten musste, war jeder Blick in seine Augen schon jetzt viel zu hart. Zu einem anderen Zeitpunkt, unter anderen Umständen hätte ihre Geschichte viel besser ausgehen können. Sie schob sich die Handtasche auf die Schulter, lief schnell an der Küchentür vorbei, drückte ein Flurfenster nach oben und sprang hinaus ins Gras.

Stefans Wohnmobil stand direkt vor ihr.

Normalerweise unterschätzten alle den kleinen Magier, aber Lena hatte nicht die Absicht, dasselbe zu tun. Er und Dika hatten auf Brians Bitte hin ein Wochenende in Napa Valley abgebrochen. Stefan wurde jeden Moment im Haupthaus zurückerwartet, wo er die Münzen untersuchen sollte, die sie aus Ägypten mitgebracht hatten, um sie dann mit einigen Zaubern abzusichern – und sobald er die Münzen sah, würde er sie als falsch identifizieren.

Ein Risiko, das sich Lena nicht leisten konnte.

Er musste so lange wie möglich aus dem Verkehr gezogen werden, und das bedeutete, dass sie etwas Stärkeres als einen normalen Schlafzauber benötigte. Es würde sie eine weitere Erinnerung an Azim kosten, aber die Alternative hätte das Scheitern ihrer Mission bedeutet, und das kam nicht in Frage. Sie rief erneut Sechmet an und begrub das Wohnmobil unter einem Sandzauber, der selbst einen Unsterblichen ins Land der Träume geschickt hätte. Sie spürte das Stechen einer verlorenen Erinnerung, als sich Sechmet ihren Lohn holte, aber es ging rasch vorüber, und ein weiterer schöner Augenblick in Azims Armen war dahin, als hätte er nie stattgefunden. Lena blieb traurig und mit feuchten Augen zurück.

Dann rannte sie zum westlichen Zaun. Sie setzte in vollem Lauf darüber hinweg und schlängelte sich zwischen den niedrigen Büschen hindurch, die ihr in den Weg kamen. Diesmal würde sie einen Bogen um San Jose machen. Brian rechnete sicher damit, dass sie sich südwärts hielt, also würde sie nach Norden gehen. Nach San Francisco. Sie hatte noch mehr als vierundzwanzig Stunden vor dem geplanten Austausch vor sich und nicht die Absicht, Heather dem Zorn des Bösen zu überlassen.

Diesmal würde sie sie retten – gleichgültig, was sie dafür tun musste.

»Dem Roma-Rat zufolge gehören das Pontius-Pilatus-Linnen und die Judas-Münzen zu den fünf Reliquien, die unter der Bezeichnung ›Schandreliquien‹ bekannt sind«, erläuterte MacGregor, während er sich auf dem Ledersofa niederließ und den Haufen kleiner Plastiktüten auf dem Couchtisch betrachtete. »Jede steht für einen Moment während der Kreuzigung, in dem wir Menschen uns in unserem schlechtesten Licht gezeigt haben.«

»Lass mich raten«, sagte Brian grimmig. »Das Kreuz ist auch eine.«

»Es ist noch ein bisschen komplizierter.« MacGregor hob eine der Münzen hoch und besah sie sich näher. »Die Schandreliquien haben alle etwas mit der Kreuzigung zu tun, kamen jedoch nie mit dem Sohn Gottes in Kontakt. Sie wurden durch die Schande der Menschen geschwärzt, aber nicht durch Jesu Berührung gesegnet.«

»Und jede hat ihre eigene dunkle Macht – das wissen wir

schon. Hat der Rat irgendetwas über eine Verbindung zwischen den fünf Reliquien gesagt?«

»Aye. Sie werden getrennt voneinander aufbewahrt, denn zusammen verkörpern sie den dunkelsten Tag der Menschheit und den schwärzesten Teil des menschlichen Herzens. Das Böse, das in ihnen gärt, wird stärker, je mehr Reliquien vereint werden, aber nur die Bündelung aller fünf hat die verheerendste Wirkung – falls sie jemals zusammengeführt werden, würden sie ein nacktes, unleugbares Zeugnis ablegen für die Versündigung der Menschheit gegen den Sohn Gottes, und jede Seele auf der mittleren Ebene wäre mit Schande besudelt. Wir würden alle zur Hölle fahren.«

Die Verkörperung des puren Schreckens also.

»Haben Gott und die Engel keine Pläne für diesen Fall geschmiedet? Sie müssen doch gewusst haben, dass Satan seine Hand nach den Schandreliquien ausstrecken würde. Warum haben sie sie nicht auf die obere Ebene geholt?«

»Die Schandreliquien zu berühren birgt Gefahren – für Menschen wie für Engel und Dämonen. Sie auf die obere Ebene zu holen hieße, Korruption und Verderben auf breiter Front zu riskieren. Die Engel konzentrieren sich stattdessen darauf, die Dämonen in die Schranken zu weisen und der menschlichen Rasse den Rücken zu stärken.«

»Warte. Die Schandreliquien haben auch Einfluss auf Dämonen?«

MacGregor nickte. »Er rührt von der dunklen Macht her, die die Reliquien besitzen. Die Judas-Münzen rufen Verrat hervor, auch unter Dämonen. Aber eine Reliquie wie das Linnen wird nur wenig oder gar nichts bei Dämonen ausrichten, denn es löscht den Glauben aus, und Dämonen glauben sowieso nicht.«

»Satan geht also ein großes Risiko ein, wenn er alle Reliquien zusammenholt. Seine Armee könnte sich gegen ihn wenden.«

»Zweifellos deshalb haben wir es nur mit einzelnen Angriffen zu tun und nicht mit offenem Krieg.«

Brian schnaubte. »Danke, Gott, für Deine kleinen Geschenke.«

»Danke lieber noch niemandem. Denk daran – Angst ist die wirksamste Waffe des Teufels. Der Roma-Rat glaubt, dass er die Absicht hat, mit den Schandreliquien die bereits wachsende Angst vor dem nahenden Ende des Maya-Kalenders zu schüren und zu seinen Gunsten den dunklen Kräften weiter Vorschub zu leisten. Wenn er genug Menschen dazu bringt, in ihrer wahnsinnigen Angst Gott den Rücken zu kehren, wird der Zustrom der Seelen in die Hölle eine Sturzflut werden, und Satan wird Gott bezwingen.«

Brian nahm eines der kleinen Zierkissen von der Couch und warf es auf einen Sessel. »Du willst also damit sagen, dass er für seinen Sieg gar nicht alle Reliquien braucht.«

MacGregor sah zu, wie das Kissen von der Armlehne des Sessels abprallte und zu Boden fiel. »Genau. Der Rat war in heller Aufregung, als ich ankam. Es ist von höchster Wichtigkeit, zu verhindern, dass Satan auch noch die anderen Reliquien in die Hände fallen.« Er wedelte mit einer Plastiktüte zwischen den Fingern. »Das hier ist schon mal ein hervorragender Anfang.«

»Ja, das finde ich auch. Und du hast ja schon für das Linnen gesorgt.«

MacGregor runzelte die Stirn. »Es gibt keine Garantie, dass das Linnen in seinem Versteck bleibt. Ich habe es dem Protektorat zurückgegeben, und die Angriffe der Dämonen gegen seine Priester hören trotzdem nicht auf. Wenn wir das Protektorat sich selbst überlassen, dann, glaube ich, ist es nur eine Frage der Zeit, bis Satan eine weitere Schandreliquie in die Hände bekommt.«

»Hat der Rat zufällig erwähnt, welches die anderen drei Reliquien sind und wo wir sie finden können?«

»Ja, er hat mir die anderen Reliquien genannt«, sagte MacGregor trocken. »Aber er hat nicht gesagt, wo sie zu finden sind. Das Protektorat hat den Roma-Rat nicht darüber informiert. Heidnische Magie, weißt du noch?«

»Diese Trottel.« Brian ging quer durch den Raum und hob das Kissen vom Boden auf. Er starrte darauf und dachte an den Tag vor gar nicht langer Zeit, an dem Lenas hübscher Po darauf gelegen hatte. An jenen Tag, an dem das Leben noch ein bisschen einfacher gewesen war. »Und was sind die anderen Reliquien?«

»Der Hammer, der die Nägel ins Kreuz getrieben hat, das Schild, das über Jesu Kopf am Kreuz gehangen hat –«

Es klopfte an der Tür. »Lachlan?«

»Aye.«

Die Tür öffnete sich knarrend, und Emilys Gesicht erschien in dem Spalt. »Mom sagt, dass das Essen fast fertig ist, und –« Ihre Augen weiteten sich, als sie sah, was MacGregor in der Hand hielt. »Hey, das sieht ja wie eine der Münzen aus!«

Brian verdrehte die Augen. »Ja, weil das zufällig eine der Münzen *ist.*«

»Nein, ist es nicht.«

»Was meinst du damit? Das sind die Münzen, die mir Carlos gegeben hat.« Brian langte auf den Couchtisch und schwenkte ein paar der kleinen Tüten. »Ich habe sie alle hier.«

Emily trat nun ganz in den Raum und kam auf sie zu. Sie starrte einen Augenblick lang auf die Tüten in seiner Hand, dann auf die andere, die MacGregor zwischen Daumen und Zeigefinger hielt. »Seid ihr sicher, dass es die sind, die Carlos euch gegeben hat?«

Brian gefiel die Wendung nicht, die das Gespräch zu nehmen drohte. Er holte tief Luft, zwang sich, ruhig zu bleiben, und antwortete: »Ja, ich bin mir sicher. Willst du etwa sagen, dass du keine dieser Münzen spüren kannst?«

»Genau.«

Er kniff die Augen zusammen. »Vielleicht haben sie einfach aufgehört, mit dir zu reden?«, fragte er hoffnungsvoll.

Sie schüttelte den Kopf. »Diese hier reden, aber sie riechen nicht. Sie wurden von irgendeinem mageren Franzosen gemacht. Ungefähr vor drei Wochen.«

Ihm blieb die Luft weg. Ein Schauer lief ihm über Arme und Beine. »Sie sind gefälscht?«

»Ich nehme an, ja.«

Brian schloss die Augen. *Verflucht.*

»Webster«, sagte MacGregor freundlich. »Wo ist Lena?«

»In der Küche bei Rachel.«

»Nein, da ist sie nicht«, widersprach Emily leichthin. »Ich komme gerade von dort. Mom ist allein und schleudert den Salat. Sie tut Walnüsse in die Sauce. Eklig.«

Jesus Christus.

»Sie ist bestimmt nicht weggelaufen«, sagte Brian schwach. Aber selbst in seinen Ohren klangen die Worte zweifelnd.

»Ich weiß, dass du sie magst.« MacGregors Stimme war leise. »Aber lass deine Gefühle mal für einen Moment aus dem Spiel, Webster. Schau dir die Situation objektiv an. Sie ist eine begabte Diebin, sie hatte Zugang zu den Münzen, und jetzt ist sie vermutlich nicht mehr da. Wenn wir nicht über *Lena* reden würden – welchen Schluss würdest du ziehen?«

Brian schluckte. »Dass sie die Münzen geklaut hat und abgehauen ist.«

MacGregor seufzte. »Da ist noch etwas. Reed hat dir eine Nachricht hinterlassen, als du fort warst. Das Blut, das sie im Treppenhaus bei Saks gefunden haben – sie haben bestätigt, dass es von einer Seelenwächterin stammt. Die Chancen, dass es sich dabei um jemand anderen als Lena handelt, sind extrem gering. Meiner Meinung nach ist es sehr gut möglich, dass sie O'Shaunessy in eine Falle lockte, wie Reed behauptet hat. Dass sie sich an Satan verkauft hat.«

All das ergab einen Sinn. Sie hatte ihm von Anfang an gesagt, dass sie einen Käufer hatte. Warum sollte der Käufer nicht Satan sein? Der Teufel war natürlich in der Lage, eine Million Dollar aufzubringen. Das einzige Problem war nur: Er konnte sich nicht vorstellen, dass Lena einen Unschuldigen getötet haben sollte, um an die Münzen zu kommen. Aber welche andere Erklärung gab es sonst?

»Sie hat O'Shaunessy nicht umgebracht.«

»Bist du dir da sicher?«

»Ja.«

MacGregor stieß einen tiefen Seufzer aus. »Vielleicht hatte sie nicht vor, ihn zu töten. Vielleicht hat er sich so heftig gewehrt, dass sie keine andere Wahl hatte.«

»Vielleicht.« Brian rechnete es sich selbst hoch an, dass er die Nerven behielt. Um dieses Chaos zu ordnen, musste er Lena finden und sie davon überzeugen, endlich die Karten auf den Tisch zu legen. Er wandte sich an Emily. Ruhig. »Ist Lena noch auf der Ranch?«

Em biss sich nachdenklich auf die Lippen. »Nein.«

»Kannst du mir sagen, wo sie ist?«

Das Mädchen schüttelte den Kopf. »Sie ist nicht mehr in der Nähe, sonst würde ich sie spüren. Tut mir leid.«

Etwas zu fürchten oder es als wahr bestätigt zu sehen, waren zwei völlig verschiedene Dinge. Brian interessierte sich plötzlich für nebensächliche Details. »Wenn du niemanden spüren kannst, der weiter als ein paar Kilometer entfernt ist, wie kommt es dann, dass du dich um den halben Globus zu uns beamen kannst?«

Emily legte die Stirn in Falten. »Ich bin mir nicht ganz sicher. Ich versuche es nicht – ich gehe einfach. Es ist, als wüsste ich, wo jede lebende Seele auf dem Planeten ist, aber wenn ich mich zu sehr bemühe, verliere ich die eine, an der ich interessiert bin, in der Menge. Deshalb fächere ich das Universum wie ein Akkordeon auf, schiebe mich durch ein paar Lagen, und zack – bin ich da. Leider hat es bisher nur bei Carlos funktioniert.«

»Okay, danke.«

Brian verließ den Raum und schloss die Tür hinter sich. Er konnte MacGregor nicht ansehen, geschweige denn etwas Zusammenhängendes äußern. Warum war er nur so überrascht? Ja, er und Lena waren in den letzten Tagen eine sehr intime Verbindung eingegangen, und ja, sie hatte das Visier ein winziges bisschen gelüftet. Aber sie hatte ihn niemals wirklich an sich herangelassen, ihm niemals etwas Persönliches von sich mitgeteilt. Ein paar Tränen auf seinem Hemd und ein Gespräch über die Fotos, die sie in ihrer Puzzleschachtel verbarg, konnten wohl kaum als Gegenbeweis herhalten.

Warum war er dann so verdammt verletzt?

Weil er hätte schwören können, dass sie mehr als nur Leidenschaft verband. Sie war ihm zu Hilfe gekommen, als er sich gegen die Dämonen zur Wehr setzen musste. Wenn sie ihn hasste und nichts anderes im Sinn hatte, als fortzukommen, hätte sie zulassen können, dass die Bastarde ihn grillten. Stattdessen hatte sie ihn gerettet. Und warum fiel es ihr dann so verflucht schwer, den Spieß umzudrehen und ihn um Hilfe zu bitten?

Er ging an Lenas Zimmer vorbei, ohne einen Blick hineinzuwerfen, und trat in sein Zimmer.

Es fiel ihr nicht nur schwer. Es war ihr unmöglich. Sie würde ihn nie um Hilfe bitten.

Sie vertraute ihm nicht.

Er warf das Sakko ab und begann, die Ärmel aufzukrempeln. Wenn MacGregor mit den Schandreliquien recht behielt, stand die Welt kurz davor, aus den Fugen zu geraten. Er durfte Lena nicht erlauben, ihren Handel abzuschließen, gleichgültig, was für sie auf dem Spiel stand. Und gleichgültig, wie sehr es ihm zu schaffen machen würde, ihr den Sieg zu nehmen.

Genug war genug.

Es wurde Zeit, seine Maske als Schlappschwanz fallen zu lassen.

17

Lena versuchte gar nicht erst, nach Hause zurückzukehren. Nachdem das zweistrahlige Kleinflugzeug, das sie gechartert hatte, in Los Angeles gelandet war, ging sie direkt zur Bank und öffnete ihr Schließfach.

Mit genügend Bargeld und einer neuen Identität ausgestattet, war es ihr möglich, in Bewegung zu bleiben und ein Taxi nach dem anderen zu nehmen, während sie das Treffen vorbereitete. Mit Hilfe einer speziellen Anwendung setzte sie den GPS-Sender in ihrem iPhone außer Betrieb. Und trotzdem durfte sie nicht an einem Ort bleiben, nicht einmal ein paar Minuten, aus Angst, Brian könnte einen Beschwörungszauber benutzen, um sie aufzuspüren. Das hatte sie von Tariqs Flucht gelernt. Schlaf war ein Luxus, auf den zu verzichten sie imstande war, und essen konnte sie später auch noch, nachdem die Sache vorbei war.

Malumos zu überlisten war viel wichtiger.

Der Dämon hatte ein zweifaches Ziel: erstens, die Münzen in seinen Besitz zu bringen, und zweitens, Heather nicht aus der Gewalt zu geben. Auf diese Weise konnte er Lena zwingen, Jagd auf weitere dunkle Reliquien zu machen. Natürlich waren Lenas Ziele das genaue Gegenteil.

Ihr Handy vibrierte, und Lena sah aufs Display.

Nicht Brian, Gott sei Dank.

Eine E-Mail von Kiyoko Ashida, die bestätigte, dass alles bereit war. Wenn es Lena gelang, Heather aus Malumos' Umklammerung zu befreien, würde das Mädchen fortgebracht werden, um ein neues Leben zu beginnen. Lena würde sie nie wiedersehen. Ein kleiner Preis, den sie für ihre Sicherheit bezahlen musste.

Falls sie Erfolg hatte.

Den richtigen Ort für das Treffen zu finden, war das Schwierigste gewesen, vor allem so kurzfristig. Lena hatte sich darüber den Kopf zerbrochen, seitdem sie Kairo verlassen hatten. Der optimale Ort musste abgeschieden genug liegen, um diskrete Unterhandlungen zuzulassen, und doch nur in Rufweite von einer Menschenmenge, für den Fall, dass es Schwierigkeiten gab. Es sollte außerdem eine Adresse sein, die sie sehr gut kannte.

Die beste Antwort, die ihr einfiel? Der Bauernmarkt an der Fairfax und Third.

Sie war schon oft dort gewesen, genau wie Heather. Der Gilmore-Heritage-Autosalon war dieses Jahr schon vorüber, aber an einem Donnerstagabend hielten sich dort dank des Musiksommers noch eine Menge Leute auf.

Natürlich konnte sie nicht einfach mit den Münzen in der Tasche zu den Dämonen spazieren und den Austausch verlangen. Das würde niemals funktionieren. Nicht nur, dass es den Dämonen Gelegenheit gab, ihr die Münzen zu rauben – Malumos würde mit an Sicherheit grenzender Wahrscheinlichkeit darauf bestehen, dass sie ihm zuerst die Münzen aushändigte, bevor sein Bruder Heathers Körper verließ. Eine Pattsituation wie aus dem Bilderbuch.

Wenn sie erfolgreich sein wollte, würde sie ein wenig raffinierter vorgehen müssen.

Zum Glück wusste sie, wie sie das bewerkstelligen konnte.

Als Brian ins Wohnzimmer kam, starrten ihn alle an. Auf Brians Bitte hin hatte Emily eine mentale Botschaft herumgeschickt, um alle zusammenzurufen, und nur der Magier war nicht aufgetaucht.

»Wo ist Stefan?«, fragte Brian. Als niemand die Frage beantworten konnte, zeigte er auf Bale. »Schau in seinem Wohnmobil nach.«

Bale zögerte.

Brians Gesichtsausdruck wurde eisig. »Sofort.«

Der Wächter verließ rasch den Raum.

MacGregor, der in seinem Sessel vor dem Kamin fläzte, hob eine Augenbraue. »Du siehst ungewöhnlich … sportlich aus.«

Es waren die Schuhe.

Die Jeans trug er ziemlich oft. Sie waren von einem ausgewaschenen Blau und ein silbernes Ralph-Lauren-Logo prangte auf der Gesäßtasche. Selbst das weiße Baumwoll-T-Shirt hatte er schon ein- oder zweimal angehabt. Aber die lädierten Turnschuhe waren eine Premiere. Jedenfalls für dieses Publikum. Er hatte sie aus dem hintersten Winkel seines Schranks ausgegraben, zusammen mit seinem Highschool-Jahrbuch – Andenken an seine Jugend in der Anti-Metropole Brick, New Jersey, wo er noch immer den Rekord als unverbesserlichster Krimineller hielt. Wobei anzumerken war, dass »lädiert« auch ziemlich gut die ersten achtzehn Jahre seines Lebens beschrieb.

Brian hatte sehr hart daran gearbeitet, diese Jahre hinter sich zu lassen.

Aber wenn man einen Kriminellen jagte, half es, wie er zu denken. Daher sein Aufzug.

»Wir haben ein Problem«, richtete er das Wort an die ganze Gruppe. »Lena Sharpe ist vor etwas mehr als zwei Stunden von der Ranch verschwunden, und sie hat die Münzen mitgenommen. Sie hat die echten gegen gefälschte ausgetauscht.«

»Lena hat sie geklaut? So ein Arschloch!«

»Emily«, mahnte ihre Mutter.

»Komm schon, Mom«, verteidigte sich Emily. »Sie hat Leute bestohlen, mit denen sie lebt. Das ist total uncool.«

»Auf sie zu schimpfen wird auch nichts daran ändern«, fuhr Brian dazwischen. »Sie ist weg, und wir müssen uns diese Münzen zurückholen, bevor sie sie verkaufen kann.«

Fast gleichzeitig runzelten alle die Stirn.

»Rodriguez, ich will, dass du einen Beschwörungszauber anwendest. Mehrere, wenn nötig. Sobald du ihre Spur aufgenommen hast, will ich es wissen. Aller Wahrscheinlichkeit nach ist sie nach Los Angeles geflogen. Atheborne, du versuchst, sie per GPS aufzuspüren. Ich bezweifle zwar, dass es was bringt, aber einen Versuch ist es wert.«

Brian wandte sich seinem Angstgegner zu. »Murdoch, du musst nach Los Angeles. Durchsuche Lenas Haus und das auf der gegenüberliegenden Straßenseite – das mit den windschiefen Rollläden und den verwilderten Glyzinien. Sie hatte einen Schnappschuss von dem Nachbarhaus in ihrer Handtasche, und ich will wissen, warum. Wir suchen nach jeder Verbindung zwischen Lena und dieser Familie, wie winzig sie auch sein mag.«

Zu seiner immensen Überraschung nickte Murdoch nur und verließ den Raum. Kein Aufstand, keine Diskussion, keine Fragen.

Die Haustür öffnete sich knarrend, und Bale half Stefan über die Schwelle. Der füllige Magier sah nicht gut aus. Grün stand ihm definitiv nicht. »Er und Dika haben tief und fest geschlafen«, berichtete Bale, während er den Mann auf das nächste Sofa hievte. »Ich musste sie ordentlich durchrütteln, um sie wach zu bekommen.«

»Ein Schlafzauber?«, wollte Brian von Stefan wissen.

»Und was für einer«, entgegnete er.

»Lenas Magie steht unter dem Schutz der ägyptischen Göttin Sechmet. Hast du einen Zauber auf Lager, der es damit aufnehmen kann?«

»Vielleicht«, erwiderte Stefan, der sich die Schläfen massierte. »Die heidnischen Gottheiten haben ihre ganz eigene Zauberkraft. Ich werde mich mal schlau machen.«

»Großartig. Ich könnte wetten, dass wir – wenn wir Lena endlich gefunden haben – auch auf diese verfluchten Hörigen Dämonen stoßen. Sie sind richtige Nervensägen. Ich brauche einen Plan, wie wir mit ihrem dreifachen Hokuspokus fertig werden.«

»Ich habe einen Zauber gefunden, der vielleicht ihren Schild schwächt«, berichtete der Magier. »Aber die Beschwörung ist auf Sanskrit. Nicht meine Lieblingssprache, tut mir leid. Ich werde ein bisschen Übung brauchen.«

»Hol dir einen Kaffee und dann los.«

»Willst du, dass ich mir ihr Zimmer ansehe?«, bot Emily an.

»Das hat keinen Sinn«, gab Brian zurück. »Alles, woraus sie sich etwas macht, trägt sie in dieser Handtasche mit sich herum. In ihrem Zimmer werden sich keine Anhaltspunkte finden.«

»Oh.« Em ließ enttäuscht die Schultern hängen.

»Aber du könntest etwas anderes tun«, fuhr Brian fort. »Übe das Teleportieren. So, wie du dich nach Ägypten teleportiert hast. Nur stell dir diesmal als Zielperson Lena vor.«

Emily zog ein Gesicht. »Ich bin mir nicht sicher, ob das klappen wird.«

»Ich wäre überrascht, wenn überhaupt etwas klappen würde«, bemerkte MacGregor ruhig. »Lena weiß alles darüber, wie man sich einer Gefangennahme widersetzt. Jedes Mal, wenn sie einen Job erledigt hat, taucht sie unter.«

»Das stimmt«, gab Brian zu. »Aber wir müssen eben alles versuchen und hoffen, dass sie einen Flüchtigkeitsfehler macht. Weil die andere Alternative wäre, ihren nächsten Schachzug vorauszuahnen, und ehrlich gesagt weiß ich nicht, ob jemand von uns sie dazu gut genug kennt.«

Am wenigsten er selbst.

MacGregor nickte. »Und was soll ich tun?«

»Verpass mir einen Crashkurs. Alles, von dem du denkst, dass ich es wissen sollte. In maximal eineinhalb Stunden.« Er begegnete dem Blick des anderen Wächters. »Ich weiß. Wenn ich die Gruppe vor ein paar Monaten angenommen hätte, als du sie mir übergeben wolltest, würde ich jetzt über alldem stehen. Ich kann nur sagen: besser spät als nie. Ich bin dabei. Bring mir alles bei, was ich in den letzten sechs Monaten hätte lernen sollen.«

Der Taximarathon ermüdete Lena sehr rasch.

Jedes Taxi hatte seinen eigenen Geruch. Die Palette reichte von abgestandenen Körperausdünstungen bis hin zu Pina-Colada-Duftbäumchen. Aus Wasserflaschen zu trinken und sich mit Kiosksnacks zu verköstigen, verlor bereits am ersten Tag für Lena seinen Reiz. Zudem nervte es unglaublich, einen

Schlachtplan ausarbeiten zu müssen, während das Fahrzeug über Schlaglöcher und Abwasserroste rumpelte. Lena begann davon zu träumen, sich auf sauberen Laken auszustrecken oder in einem Restaurant die Speisekarte zu studieren und sich jeden Bissen einer köstlichen Mahlzeit auf der Zunge zergehen zu lassen. Sie wollte endlich anhalten und sich ausruhen.

Aber Ausruhen stand nicht zur Debatte. Brian suchte nach ihr, garantiert.

Sie wusste nicht, was sie von seinem Schweigen halten sollte. Sie hätte erwartet, dass er sie wenigstens einmal anrief. Ließ das ganze Rückschlüsse auf das Ausmaß seines Zorns zu? Es war schwer, sich vorzustellen, dass er wütend auf sie war. Aus irgendeinem Grund sah sie immer nur das Gesicht, das er gemacht hatte, als sie zum letzten Mal miteinander geschlafen hatten – an dem Tag, als er ihr seine Heroinsucht gestand. Offen, ehrlich.

In jenem Augenblick hatten sie etwas Besonderes miteinander geteilt.

Nein, sie konnte nicht glauben, dass er zu verärgert war, um anzurufen. Wahrscheinlicher erschien ihr da schon, dass er gerade Himmel und Hölle in Bewegung setzte, um sie zu finden. Oder besser die Münzen.

Sie sah auf ihre Uhr. Noch sechs Stunden. Ihr Treffen mit Malumos war für sieben Uhr abends angesetzt. Sie hatte einen Plan, der, wie sie hoffte, funktionieren würde. Alles war vorbereitet. Was sie nun noch zu tun hatte, war, diese sechs Stunden Vorsprung vor Brian zu halten. Anschließend war ihr Albtraum vorbei. So oder so.

Das iPhone summte wieder, und Lenas Pulsschlag beschleunigte sich erwartungsvoll.

Aber es war Kiyoko.

»Hi«, sagte Lena.

»Ich habe gehört, dass du die Judas-Münzen gegen Heathers Leben eintauschen willst.«

Lena erstarrte. Brian. *Verdammt noch mal.* »Ja.«

»Bist du übergeschnappt?«

»Nein, nur verzweifelt.«

»Ich schätze dich sehr, Lena. Das weißt du. Unter anderen Umständen hätte ich dich liebend gern dabei unterstützt, deine Enkelin zurückzuholen. Aber eine dunkle Reliquie Satan in die Hände zu spielen? Da mache ich nicht mit.«

Die Worte der Japanerin klangen freundlich, aber bestimmt.

Kiyoko blickte auf schmerzliche Erfahrungen mit Dämonen zurück, und sie konnte das gegenwärtige Chaos in der Welt besser als die meisten anderen einordnen. Lena wusste, dass die Chancen, Kiyoko umzustimmen, gering bis nicht vorhanden waren, doch sie sagte: »Heather ist vollkommen unschuldig an alldem. Bitte mach jetzt keinen Rückzieher. Bestraf mich, nicht sie.«

Kiyoko seufzte. »Es tut mir leid, Lena. Du bist allein.«

Dann war die Leitung tot.

Lena fühlte sich, als wäre sie gerade zum zweiten Mal gestorben. Selbst wenn es ihr wunderbarerweise gelang, Heather zu befreien – ohne eine Möglichkeit, das Mädchen vor den Dämonen zu verstecken, würde diese Freiheit nur vorübergehend sein. Für sie beide. Lena sah aus dem Fenster des Taxis, während sie das Handy wieder in ihre Handtasche steckte. Sie fuhren gerade direkt auf ein schickes Hotel nur ein paar Blocks vom Bauernmarkt entfernt zu.

Genau der richtige Ort, den sie für Phase Eins ihres Plans brauchte.

»Fahren Sie hier rechts ran«, sagte sie zu dem Taxifahrer. »Ich muss ein Zimmer reservieren. Warten Sie auf mich.«

Brian lief die Zeit davon.

In den letzten beiden Tagen hatte er alles in seiner Macht Stehende getan, um Lena aufzuspüren – ohne Erfolg. Sie war wie vom Erdboden verschluckt. Er sperrte die Tür zur Bibliothek ab. MacGregor hatte versucht, ihm seinen irrwitzigen Plan auszureden, und ihn gewarnt, dass er auch nach hinten losgehen könnte. Die Möglichkeit bestand tatsächlich. Aber es gab etwas, das für Brian arbeitete. Etwas, das MacGregor nicht hatte.

Die Herrin des Todes mochte ihn.

Okay, wahrscheinlich war es keine echte Zuneigung. Es war eher, als stünde dahinter ein höheres Ziel, das sie nicht preisgab. Aber sie hatte seinen Hintern öfter gerettet, als er zählen konnte. Und mit ein bisschen Glück würde sie es heute wieder tun.

Er suchte sich einen Platz mitten im Raum, stellte die Füße fest auf den Boden und intonierte den Vorladungsgesang. Leider lenkte ihn das leise Ticken der Uhr auf dem Kaminsims ab, und er versprach sich. Er holte noch einmal tief Luft, verdrängte den Gedanken an einen erneuten Fehlschlag und murmelte nochmals die Formel.

Einen Augenblick später, ohne dass er recht wusste, wie, erschien ein graugesichtiger Ghul neben ihm und blinzelte ihn aus milchweißen Augen an.

»Ich bitte um eine Audienz«, sagte Brian. Dann fügte er hinzu, da er wusste, wie kapriziös und gerissen die Herrin des Todes sein konnte: »Sofort.«

Ihr knochiger Leibwächter starrte Brian lange schweigend an, dann nickte er abrupt und verschwand.

Bevor er noch darüber nachdenken konnte, wo die Kreatur abgeblieben war, wurde er durch die eisigen Schranken von Zeit und Raum in die nebligen Höhlen der Antarktis gerissen, die die Herrin des Todes ihr Zuhause nannte. Jedenfalls schloss er, dass er dort gelandet war, aus der eiskalten Luft, die in seine Lungen stach. Es dauerte einen Moment, bis der Frost auf seinen Lidern so weit geschmolzen war, dass er die Augen öffnen konnte.

»Ich hoffe, du hast einen guten Grund für diese Störung, Wächter.«

Brian fuhr herum. Ihre Majestät saß auf ihrem Onyxthron, gehüllt in schwarzen Satin, die weißen Lockenmassen auf dem Kopf aufgetürmt wie beim Debütantenball. In ihrem Rücken glänzten eisblaue Wände im flackernden Gold von tausend Teelichten.

»Ich brauche Eure Hilfe«, begann er.

Ihr spöttisches Lachen perlte von den Eiswänden ab. »Bist du verrückt? Du hast fast zwei Wochen lang kreuz und quer auf dem ganzen Globus nach diesen verfluchten Münzen gesucht. In dieser Zeit wurden drei meiner Wächter umgebracht, und ich warte immer noch auf eine offizielle Meldung von dir. Warum sollte ich dir helfen wollen?«

»Vielleicht weil Ihr eine Schwäche für mich habt?«

Mit undurchdringlicher Miene stand die Herrin des Todes auf. Ihr schwarzes Gewand schimmerte in dem goldenen Licht. »Früher möglicherweise.« Sie kam die Stufen von ihrem Thron herunter und schritt mit einem kühlen, kristallenen Hauch an ihm vorbei. »Aber anstatt dich zu dem würdigen Krieger zu entwickeln, auf den ich gehofft hatte, ist ein liebeskranker Gutmensch aus dir geworden.«

Liebeskrank? Das saß. »Wenn Ihr im Seelenwächter-Handbuch nachschlagen wollt«, entgegnete er liebenswürdig, »werdet Ihr sehen, dass es meine Aufgabe ist, Gutes zu tun. Nur so komme ich in den Himmel.«

Sie wandte sich zu ihm um und erdolchte ihn förmlich mit ihrem eisblauen Blick. »Hast du mich etwa eben belehrt?«

»Natürlich nicht. Das würde ich niemals wagen.« Sosehr er ein gutes Streitgespräch zu schätzen wusste – wenn er Lena finden wollte, bevor der Handel abgeschlossen war, musste er allmählich Gas geben. »Hört zu. Ich weiß, dass Euch Satan ein Dorn im Auge ist. Ihr habt durchblicken lassen, dass er für Euch nichts weiter als eine billige Hure ist. Also helft mir in dieser Sache. Er will noch mehr Münzen an sich bringen.«

»Eine der dunklen Reliquien, die du erwähnt hattest.« Die Herrin des Todes nahm eine Handvoll Trockenfrüchte aus der großen Silberschale auf dem Tisch. »Und wobei brauchst du Hilfe?« Ein kandiertes Ananasstück verschwand zwischen ihren rubinroten Lippen.

»Ich muss Lena Sharpe finden.«

Ihre Augen verengten sich zu schmalen Schlitzen. »Warum?«

Gefährliche Frage. Eine ehrliche Antwort konnte ihn die Zuneigung Ihrer Majestät kosten. »Sie hat dreizehn Judas-Münzen gestohlen und ist geflohen. Ich muss sie aufspüren.«

»Also, das ist leicht. Wir sehen einfach in die Datenbank.«

»Sie ist zu klug. Sie bleibt sicher nicht an einem Ort, und die Datenbank wird sie nicht genau lokalisieren können.«

Die Herrin des Todes warf die übrigen Früchte zurück in die Schale und ging quer durch die Höhle zu einer nebelverhüllten, grauen Eiswand. Eine wedelnde Bewegung ihrer schmalen Hand zerteilte den Nebel und enthüllte ein Kaleidoskop aus Farben, die über eine Weltkarte tanzten. »Warum glaubst du, dass ich sie finden kann, wenn die Datenbank es nicht vermag?«

»Zwei Worte: die Seher.«

Sie warf ihm über die Schultern ein Lächeln zu. »Oje. Du glaubst diese Geschichte doch wohl nicht, oder? Die Existenz meines geheiligten Seherzirkels ist ein amüsantes Wächter-Ammenmärchen, nichts weiter.«

»Blödsinn.«

Helles Lachen tanzte durch die Höhle. »Höre ich da eine gewisse Besorgnis heraus, Webster? Hab keine Angst. Die Hellseher gibt es nicht, aber das heißt nicht, dass ich Lena Sharpe nicht finden kann.«

Erleichterung überkam ihn. Eine Sekunde lang hatte er schon geglaubt, auf das falsche Pferd gesetzt zu haben. »Großartig. Dann zeigt mir, wo sie ist.«

»Nicht so schnell. Zuerst müssen wir uns über die Bedingungen einigen.«

Brian ließ die Schultern kreisen, um die Verspannung loszuwerden. *Auf geht's. Es ist Zeit zu verhandeln.* Das Problem war nur: Er hatte nicht viel anzubieten. »Habt Ihr einen Anfangspreis im Sinn?«

»Vielleicht.« Sie wedelte die Karte von Kalifornien in den Vordergrund, sodass sie nun die gesamte Wand füllte. »Ich weiß, dass in deinem letzten Dämonenkampf etwas Besonderes passiert sein muss.«

»Es ist viel Interessantes passiert«, gab er trocken zurück. »Könntet Ihr etwas präziser werden?«

»Die Dämonen waren im Besitz eines Gegenstandes, der Erzengel Uriel daran hinderte, in den Kampf einzugreifen.«

Eine schwere Last senkte sich auf Brians Brust. »Ein Stück von Luzifers Zerbrochenem Glorienschein«, bestätigte er.

»Genau. Und du hast ebenfalls ein Stück an dich genommen.« Die Landkarte zoomte auf den Großraum von Los Angeles. »Gib mir diese Scherbe, und ich sage dir, wo sich Lena aufhält.«

»Ausgeschlossen.«

Sie wirbelte herum. Ihr Rock raschelte, und Nebel stieg vom Boden auf. »Ich habe dich sicher nicht richtig verstanden.«

»Ausgeschlossen«, wiederholte er fest und suchte ihren Blick. »Ich habe Uriel die Scherbe überlassen, deshalb kann ich sie Euch nicht geben. Aber ich muss innerhalb der nächsten Minuten wissen, wo Lena ist, oder die Information ist wertlos.«

»Die Übergabe der Münzen steht unmittelbar bevor?«

»Ja.«

Die Herrin des Todes tippte mit dem langen weißen Nagel ihres rechten Zeigefingers an ihre Lippe. »Wie ungünstig. Die Scherbe ist das Einzige, woran ich interessiert bin. Es sieht so aus, als könnten wir nicht handelseinig werden.«

»Was habt Ihr damit vor?«

Ihre Augen verengten sich abermals. »Du erwartest doch nicht, dass ich dir darauf eine Antwort gebe.«

Nein, er erwartete es nicht. Aber er hoffte es. Es würde diese Entscheidung sehr vereinfachen. »Was, wenn ich verspreche, sie Euch später zu bringen?«

Sie feixte. »Ich habe es schon zu oft erlebt, dass mir Menschen Versprechungen machten, wenn sie mein Mal auf ihrer Wange entdeckten – nur um dann ihr Wort zu brechen. Ich habe kein großes Vertrauen in diese Art der Verhandlung. Blutschwüre sind eher mein Fall.«

»Okay«, sagte er vorsichtig. »Welchen Blutschwur soll ich leisten?«

»Es ist ganz einfach. Du schwörst mir, die Scherbe zu bringen, oder du wirst die Todesstrafe erleiden.«

Er runzelte die Stirn. »Ich bin doch schon tot.«

Ihr Feixen wurde zu einem breiten Lächeln. Es war ein kaltes, berechnendes Lächeln. »Wie wahr. Was bedeutet, dass alles, was du anbieten kannst, weitere fünfhundert Jahre in meinen Diensten sind.«

Brians Herz hämmerte. Eine zweite Dienstzeit unter der Herrin des Todes, wenn er ihr nicht die Scherbe bringen konnte. Das war doch mal ein Hochrisikogeschäft. Aber wenn er nicht darauf einging, würde er Lena verlieren ... und die Münzen. Sie waren seine große Hoffnung, Satan davon abzuhalten, seine Macht zu mehren. Er saß in der Klemme, und die Herrin des Todes wusste das.

Plötzlich hatte er viel mehr Respekt vor Murdoch.

»Im Austausch gegen die Information, wo sich Lena in dieser Sekunde aufhält, schwöre ich, Euch ein Stück von Luzifers Glorienschein zu bringen oder die Strafe einer zweiten Dienstzeit abzubüßen.«

»Ich akzeptiere.«

Ihre Majestät zeigte mit ihrem langen weißen Fingernagel auf die kleine Holztruhe, die zu Füßen ihres Throns stand. Sie benutzte sie als Schemel. Der Deckel öffnete sich knarrend, und eine kleine leuchtende Kugel wurde sichtbar. Ihre goldene Farbe war so intensiv, dass sie blendete. Die Herrin des Todes öffnete die Hand und bedeutete der Kugel, sich zu erheben. Und das tat sie. Sie schwebte quer durch den Raum und landete weich auf ihrer Handfläche.

Ihre Majestät wandte sich wieder zu der eisigen Landkarte um.

Als sie die Kugel vor der Karte hochhielt, erschien ein

kleiner roter Punkt auf dem Straßengitter. Die Karte zoomte heran, bis das Bild so hochauflösend wie ein Satellitenfoto war. Der rote Punkt ruhte hell auf einem modernen Hochhaus.

»Sie fährt gerade in einem ziemlich hübschen Hotel am La Cienega Boulevard mit dem Aufzug. Nicht die Art Haus, in der sie üblicherweise absteigt – ich glaube, du hast einen schlechten Einfluss auf sie, Webster.« Offenbar in großherziger Stimmung fragte sie: »Wärest du jetzt gern bei ihr?«

»Nicht im Aufzug«, antwortete Brian hastig. Lena durfte nicht wissen, dass er sie gefunden hatte. Nicht, bis er genau wusste, was sie vorhatte. »Aber sobald sie in ihrem Zimmer ist, könntet Ihr mich im Flur davor absetzen.«

Ein Hotelzimmer war ein schlechter Ort für eine Übergabe. Draußen, im Freien, wo sich jeder dank der Passanten ein wenig unbehaglich fühlte, war es normalerweise am besten.

»Könnt Ihr mir sagen, was sie gerade tut?«, fragte er.

Die Herrin des Todes seufzte. »Gib ihm den kleinen Finger, und er wird dir den ganzen Arm ausreißen.«

Sie hielt die goldene Kugel ein zweites Mal hoch und murmelte etwas Unverständliches.

Die Karte verschwand und wurde durch das ein wenig unscharfe Bild eines luxuriösen Hotelzimmers ersetzt – die Art Zimmer, die Brian mit Freuden bewohnen würde. Das Bild stand nicht still, es hüpfte und schwankte. Er brauchte einen Moment, um herauszufinden, warum.

»Sehen wir das aus Lenas Perspektive?«

»Ja.«

Lena öffnete die Schranktür und ging vor einem kleinen Zimmersafe in die Hocke. Sie griff in ihre Handtasche, holte ein kleines Samtsäckchen heraus und nestelte den Kordelzug auf. Dann streifte sie einen Plastikhandschuh über, zählte sechs Münzen heraus und legte sie in den Safe. Anschließend schloss sie die Safetür und stand auf.

»Wenn ich so darüber nachdenke«, ließ sich Brian wieder hören, »setzt mich lieber in dem Augenblick in ihrem Zimmer ab, in dem sie gehen will.«

Ihre Majestät kniff die Augen zusammen. »Sei vorsichtig: Das klang verdächtig nach einem Befehl. Und ich nehme keine Befehle von meinen Lakaien an.«

»Zum Glück für uns beide bin ich kein Lakai.« Er beugte sich zu ihr und drückte ihr einen Kuss auf die weiche, kühle Wange. »Jetzt wäre ein guter Zeitpunkt.«

Ihre Blicke begegneten sich einen knisternden Moment lang.

Dann verschlang ihn ein bis auf die Knochen reichender Schmerz. Jedes Sauerstoffmolekül wurde ihm aus den Lungen gepresst, als sein Körper innerhalb eines Sekundenbruchteils Tausende von Kilometern um die Erde gerissen wurde.

Niemand verstand es wie die Herrin des Todes, ein Gespräch zu beenden.

Sie hätten Mutter und Tochter sein können: die beiden blonden Frauen, die unter einem burgunderroten Sonnenschirm vor dem Café saßen und Eiskaffee tranken. Bis man näher hinsah. Bis man bemerkte, dass das junge Mädchen nicht trank, sondern wie im Wachkoma auf seinem Stuhl saß, mit knochigen Schultern, die wie welke Blätter herabhingen. Oder bis man bemerkte, dass sie die blasse, durchscheinende Haut hatte, die nur im Schatten gedieh, aber nicht unter der heiteren Wärme der kalifornischen Sonne.

Lena machte instinktiv einen Schritt auf Heather zu, dann blieb sie stehen.

Von hier aus war es unmöglich, das dämonische Glitzern in den Augen des Mädchens zu sehen, aber aus Erfahrung wusste Lena, dass nicht Heather ihre Bewegungen kontrollierte, sondern Mestitio.

Sie sah sich um.

Zwei der Drillinge waren identifiziert. Aber wo war der dritte? Angesichts der Bedeutung der Münzen erwartete Lena, dass er sich ganz in der Nähe aufhielt.

Lena schloss sich einer gesprächigen vierköpfigen Familie an, verließ den schützenden Schatten des Uhrenturms und umkreiste die Holzstühle vor der Buchhandlung. Während sie sich den beiden Frauen näherte, betrachtete sie rasch das Gesicht jedes Einzelnen, der sich in Sichtweite des Cafés befand. Keines davon war auffällig. Noch immer kein Maleficus.

Es bereitete ihr Unbehagen, genügte aber nicht, um sie von dem Treffen abzuhalten. Lena löste sich von der fröhlichen Familie und ging auf die beiden Frauen zu. Sie saßen an dem Tisch, der am weitesten vom Caféeingang entfernt stand, und hatten irgendwie dafür gesorgt, dass die beiden benachbarten Tische frei blieben.

Als Lena näher kam, blickte die ältere Frau auf und lächelte.

»Setzen Sie sich«, sagte Malumos. »Und trinken Sie etwas. Heather hat den Milchkaffee, den wir ihr bestellt haben, nicht angerührt, aber wir können doch so etwas sündhaft Gutes nicht verkommen lassen.«

Lena warf einen prüfenden Blick in Heathers Gesicht. Nichts deutete darauf hin, dass sie Lenas Anwesenheit registrierte. Sie saß bewegungslos und in sich gekehrt da wie eine Gestalt in einem Wachsfigurenkabinett. Ihre Augen waren trübe, leblose Haselnüsse, die inmitten von purpurroten Blutergüssen lagen.

Ein Vulkan erwachte in Lenas Brust. Heather in solch labiler Verfassung zu sehen, machte ihr die Konsequenzen mit brutaler Härte und unmissverständlich klar. Vor sechs Monaten war sie ein gesundes, lebensfrohes Mädchen mit einem ansteckenden Lachen gewesen. Nun rang sie mit dem Tode. Lena erwartete fast, die grausame weiße Spirale auf ihrer Wange zu entdecken, die ihr bevorstehendes Dahinscheiden ankündigte.

Ihr Blick heftete sich auf die ältere Frau. In heißer Wut sagte sie: »Bringen wir es hinter uns.«

Malumos nickte. »Geben Sie uns die Münzen.«

Lena setzte sich. Ihre Knie versagten ihr auf halbem Wege den Dienst, und sie landete auf dem Stuhl mit mehr Schwung, als sie beabsichtigt hatte. Das kalte Metall knallte gegen ihre Kniekehlen. Sie wühlte in ihrer Handtasche, fand den Samtbeutel und holte ihn heraus.

Konnte sie das wirklich tun? Konnte sie wirklich das Leben von Millionen gegen das Leben eines einzigen Mädchens eintauschen? Ihr Blick blieb an Heathers ausgemergeltem Körper hängen, und ihr Herz krampfte sich zusammen.

Ja, das konnte sie.

Sie öffnete den Kordelzug und hielt Malumos den Beutel hin. »Sagen Sie ihm, er soll ihren Körper verlassen«, sagte sie.

Die andere Frau spähte hinein. »Das sind nur sieben Münzen.«

Sie nickte. »Ich habe die anderen sechs versteckt. Sobald Mestitio Heathers Körper freigibt, sage ich Ihnen, wo.«

»Das wird nicht nötig sein, meine Liebe. Jeden Augenblick wird Maleficus mit den anderen sechs Münzen auftauchen, und Ihr jämmerliches Druckmittel wird keines mehr sein.«

Lenas Herz dröhnte. »Das glaube ich Ihnen nicht.«

Der Dämon lächelte. Seine böse Präsenz manifestierte sich in einem tintenschwarzen Wirbel in den Augen der Frau. »Dann sind Sie sehr dumm. Die Münzen kommunizieren miteinander. So haben wir euch auch in der Wüste aufgespürt.«

Lena schloss kurz die Augen. Der arme Tariq hatte keine Chance gehabt. Und wenn die Münzen tatsächlich miteinander in Verbindung standen, war auch sie verloren. Aber sie durfte den Dämon ihre Angst nicht sehen lassen.

»Er wird sie niemals finden«, spottete sie. »Ich habe einen Roma-Deckzauber über sie gelegt. Jede Stimme, die sie vielleicht einmal hatten, ist verstummt.«

Malumos runzelte die Stirn.

Lena hatte keine Ahnung, ob es einen derartigen Zauber gab. Doch es spielte auch keine Rolle, solange Malumos an seine Existenz glaubte. »Der Vorteil der Gesellschaft meiner Wächterkollegen in den letzten Tagen war, dass ich jetzt ein bisschen schlauer bin. Sie haben sich ziemlich darüber gefreut, einer Kollegin ein paar neue Tricks beibringen zu können.«

»Das ist ein Alles-oder-Nichts-Deal«, blaffte Malumos. »Mestitio wird das Mädchen nicht freilassen, bis wir alle der Meinung sind, dass die Zeit gekommen ist. Und die Zeit wird nicht gekommen sein, solange wir nicht alle dreizehn Münzen haben.«

Wie aufs Stichwort zuckte Heather zusammen.

Lena sah zu ihr. Das Mädchen hatte den Blick auf Lenas Gesicht geheftet. Ihre Pupillen schwammen stecknadelgroß in haselnussbraunen Seen. »Bitte«, krächzte sie aus heiseren Lippen. »Es tut so weh. Ich brauche einen Schuss. Tu, was sie sagt.«

Lena schluckte und schaute weg.

O Gott.

»Sie sind am Zug, Ms Sharpe«, sagte Malumos mit einem breiten Lächeln.

Die Abendsonne strahlte noch immer vom Himmel herab, der Geruch von frischem Obst und Gemüse hing in der Luft, und irgendwo in der Ferne spielte ein Blechbläserquartett »Hello, Dolly«. Alles schien so unwirklich! Aber Heather zitterte, und ihre Schultern waren verkrampft hochgezogen.

Schweiß von Lenas Hand benetzte den Samtbeutel.

Was sollte sie nur tun?

18

Überrascht von der heißen Welle der Wut, die über ihm zusammenschlug, sah Brian auf Lena. Er war sich so verdammt sicher gewesen, dass es irgendwo in ihr einen anständigen Kern gab! Er schwor, er habe ihn aufblitzen sehen, wieder und wieder. Sich so in ihr getäuscht zu haben, versetzte ihm einen Stich. Einen brennenden Stich.

Er löste den Blick von Lena und heftete ihn auf das gereizte Gesicht der stämmigen Frau neben ihr. Der Winkel ließ keine gute Sicht auf die dritte Frau am Tisch zu, aber sie war offensichtlich jung. Und extrem dünn.

»Der Deal geht gerade über die Bühne«, sagte er in seinen BlackBerry. »Du solltest jetzt herkommen.«

»Murdoch sollte schon da sein. Wir anderen brauchen noch zwanzig Minuten«, antwortete MacGregor. »Du musst sie hinhalten.«

»Ich tue mein Bestes.«

Brian legte auf und sah sich nach Murdoch um. Keine Spur von dem riesigen Schotten. *Jesus*. Zwanzig Minuten konnten eine ziemlich lange Zeit sein. Kaum vorstellbar, dass die Dämonen so lange herumsitzen und plaudern würden.

Er zog sich seine blaue Dodgerskappe tief ins Gesicht und steuerte die Buchhandlung hinter der Caféterrasse an. Während er so tat, als würde er ein Buch durchblättern, beobachtete er von seinem neuen Standpunkt aus die Gruppe. Die ältere Frau war besessen, darauf hätte er seinen letzten Penny verwettet. Sein Blick wanderte zu dem dünnen Mädchen in dem Stuhl nebenan. Seine Finger umklammerten plötzlich das Buch in seiner Hand. *Wow.*

Wenn er es nicht besser gewusst hätte, hätte er schwören können, dass sie das Mädchen aus St. Pat war. Nur kleiner und viel mitgenommener, wenn das überhaupt noch möglich war. Sie war definitiv dünner und blasser – andererseits war sie am Leben. Man sah ihr an, dass sie schwer drogensüchtig war. Und traurigerweise erkannte er die Zeichen eines bevorstehenden Zusammenbruchs: Unruhe, Juckreiz, gelegentliches Rubbeln der Arme, was nahelegte, dass sie fror.

In dem Versuch, sie zu beruhigen, legte Lena dem Mädchen die Hand auf den Arm.

Und da endlich fügte sich ein großes Teilchen in das Puzzle ein – dieses Mädchen und das aus St. Pat waren Schwestern. Und Lena kannte sie beide.

Die Erleichterung traf ihn mit solcher Wucht, dass er fast aus dem Gleichgewicht geraten wäre. Er hatte recht gehabt, verdammt noch mal. Es war niemals um Geld gegangen – Lena verhandelte um das Leben eines Mädchens! Die ganze Zeit hatte sie sich unter Zwang verhalten – selbst in New York. Wie hatte er sich jemals dazu bewegen lassen können, etwas anderes zu glauben? Sonst vertraute er doch auch auf seinen Bauch!

Wie glücklich er auch war, zu erfahren, dass ihre Motive lauter waren, so musste er doch zugeben, dass der Zeitpunkt seiner Entdeckung hundsmiserabel gewählt war. Wenn sie es ihm vor einer Woche gesagt hätte, hätte er sich etwas einfallen lassen können, hätte ausknobeln können, wie sie die Münzen behalten *und* das Mädchen retten konnten. Besonders, da es der Kleinen so schlecht zu gehen schien. Schon eine Wunde gab ihr möglicherweise den Rest. Kein Zweifel: Die letzte Runde in diesem Spiel wurde eine Zitterpartie.

Was zur Hölle konnte er unternehmen? Er musste nicht nur dafür sorgen, dass das Mädchen am Leben blieb, er musste auch Lena beschützen und verhindern, dass die Dämonen unschuldige Passanten grillten.

Brian stellte das Buch vorsichtig ins Regal zurück. Wenn er Antworten wollte, war Lenas Tisch der Ort, an dem er sie bekommen würde.

Also hinein ins Getümmel.

Lena umklammerte den Samtbeutel, sodass die Knöchel ihrer Finger weiß hervortraten.

»Es hat keinen Sinn, darauf zu warten, dass Maleficus zurückkommt«, sagte sie und widerstand dem Drang, die Uhrzeit vom Display ihres iPhones abzulesen. Wie konnte Malumos ihr zumuten, wie eine Touristin im Urlaub dazusitzen, wenn jede weitere Minute Heathers Pein nur noch verschlimmerte? »Er wird Ihnen nur bestätigen, dass es ihm nicht gelungen ist, die Münzen zu orten.«

Malumos schlürfte den Rest seines Eiskaffees mit dem Strohhalm, während er um die Überbleibsel der Eiswürfel herumstocherte. »Wir können es uns leisten, noch ein bisschen zu warten. Es ist doch so ein schöner Abend.«

Schön? Verglichen mit den feurigen Qualen der Hölle vielleicht, aber nicht für ihren Geschmack. Lena beschloss, ihrem

Unmut Luft zu machen. »Warum noch warten, wenn ich Ihnen sagen kann, wo die Münzen sind, und Ihnen den Zugangscode gebe? Wenn Sie mir Heather jetzt übergeben, ist es nur eine Frage von Minuten, bis Sie sie haben.«

Er zuckte die Achseln. »Uns müssen alle dreizehn Münzen ausgehändigt werden, oder der Deal platzt. So einfach ist das.«

»Müssen Sie nicht so etwas wie eine Deadline einhalten? Sie hätten doch die Ranch nicht angegriffen, wenn Ihr Boss nicht die Daumenschrauben angezogen hätte! Ticktack, Malumos. Es sind nur noch viereinhalb Stunden bis Mitternacht. Wollen Sie sie wirklich damit vergeuden, auf Maleficus zu warten?«

Sie wollte das jedenfalls nicht. Nicht, wenn die Möglichkeit bestand, dass der dritte Dämon mit den restlichen sechs Münzen aufkreuzte. Nicht, wenn ihr Bluff jede Sekunde auffliegen konnte. Ihr Herz gefror, als Malumos' Blick über ihre linke Schulter schweifte. Mit einem schalen Geschmack im Mund drehte sie sich um.

Aber es war nicht Maleficus. Es war –

Sie schnappte nach Luft. »Brian!«

Sein Blick begegnete dem ihren nur für den Bruchteil einer Sekunde, aber doch lange genug, um eine warme Welle durch ihren Körper schwappen zu lassen. Er zog sich den vierten Stuhl heran und ließ sich darauf nieder. In Jeans und T-Shirt sah er James Dean zum Verwechseln ähnlich.

»Der Deal, den ihr beide ausbaldowert, ist geplatzt, fürchte ich.« Er nahm die Baseballkappe ab und fuhr sich mit den Fingern durch das braune Haar. Dann lächelte er Malumos an. »Ich habe die restlichen sechs Münzen, und ich bin nicht so leicht zufriedenzustellen wie Lena.«

Brian hatte eine Reaktion erwartet. Aber nicht von der jungen Frau. Sie setzte sich abrupt auf. Dabei wurden selbst noch unter diversen Schichten von Tanktops ihre Rippen sichtbar. Sie funkelte ihn an. »Geben Sie uns die gottverdammten Münzen«, fauchte sie.

Ihre Wut hätte sich leicht durch die Verzweiflung einer Drogensüchtigen erklären lassen, aber das Wörtchen »uns« sprach eine andere Sprache. Sie war besessen.

In seinem Magen bildete sich ein Kloß.

Jede Hoffnung, sie zu retten, war gerade mit einem lauten Knall zerplatzt. Er hatte keinerlei Möglichkeit, ihr den Dämon auszutreiben. Er kannte kein einziges Exorzismusritual, selbst wenn er genug Zeit gehabt hätte, es durchzuführen. Was nicht der Fall war. In ein paar Minuten, wenn MacGregor und die anderen eintrafen, würde die Kreatur in ihr um ihr Leben kämpfen, ohne Rücksicht darauf zu nehmen, was mit dem Mädchen geschah. Genau wie bei den Pizzaboten auf der Ranch. Die, die er schon hatte aufspießen wollen, um sie zu besiegen. Der Tod des Mädchens war unausweichlich.

Sicher, er würde alles in seiner Macht Stehende tun, damit sie am Leben blieb, sogar sein eigenes Leben opfern, wenn es nötig war – aber die Buchmacher hatten nicht einmal eine Zahl für Chancen, die so schlecht standen wie diese.

Kühle Finger griffen nach seinem Ellbogen. Er sah nach links auf Lena.

»Du musst ihm die Münzen geben«, sagte sie.

»Ich kann nicht«, erwiderte er leise.

Sie lehnte sich in ihren Stuhl zurück. Die Schatten in ihren Augen waren jetzt tiefschwarz. Obwohl ihr unbewegtes Gesicht es nicht vermuten ließ, litt sie. Zutiefst. Und es stand nicht in seiner Macht, daran etwas zu ändern.

»Du hättest es mir erzählen sollen«, fügte er mit einem Anflug von Verzweiflung hinzu. Er wollte, dass sie es verstand. »Ich hätte doch etwas unternehmen können.«

Sie schüttelte den Kopf. Dabei geriet ihr Pferdeschwanz in Bewegung. »Nein, bestimmt nicht.«

»Ich hätte –«

»Meinst du denn, ich hab's nicht versucht?«, unterbrach sie ihn. »Meinst du denn, dass ich mir nicht den Kopf über die Konsequenzen aus dieser Sache zermartert habe? Darüber, dass ich Satan eine mächtige dunkle Reliquie zuspiele, ohne Widerstand zu leisten?«

Sie griff nach der Hand des Mädchens und drückte sie.

»Heathers Vater ist tot, weil ich versucht habe, die Mädchen zu verstecken, sie in Sicherheit zu bringen und dafür zu sorgen, dass die Drillinge sie nicht länger als Waffen gegen mich missbrauchen. Graeme O'Shaunessy und Amanda« – sie geriet ins Stammeln, fand aber ihre Stimme sofort wieder – »sind tot, weil ich geglaubt habe, ich könnte Malumos überlisten und diesem Albtraum entkommen. Aber ich konnte es nicht. Ich habe sie im Stich gelassen.«

Ihr geröteter Blick bohrte sich in seinen.

»Ich weiß, dass du glaubst, du hättest dir einen Plan einfallen lassen können, der Heather gerettet *und* uns die Münzen gesichert hätte. Vielleicht stimmt das sogar. Aber ich durfte dieses Risiko nicht eingehen. Heather ist alles, was mir geblieben ist.«

Ein Kloß von der Größe eines Baseballs schnürte ihm die Kehle zu.

Wie hatte Lena all das nur überstanden, und wie konnte sie immer noch so stark und sicher wirken? Niemand würde jemals das Ausmaß ihres Schmerzes auch nur erahnen. Brian wollte sie unbedingt in den Arm nehmen. Aber dann würde sie ihm nie vergeben, dass er ihre Abwehr geschwächt hätte. Dies war wohl kein guter Zeitpunkt für Rührseligkeiten.

Die ältere Frau beugte sich über den Tisch und streckte ihre Hand aus. »Nur für den Fall, dass es Sie interessiert: Ich bin Malumos. Wir haben uns schon mal auf Ihrer Ranch getroffen und ein zweites Mal in der ägyptischen Wüste.«

Brian ignorierte die dargebotene Hand.

»Lena hat also ihre Vereinbarung mit uns geheim gehalten, nicht wahr?«, fragte Malumos aalglatt. »Hat sie Heathers wahre Identität ebenfalls vor Ihnen verborgen?«

Brians Magen krampfte sich zusammen. Natürlich. Lena hatte ihm schließlich nie etwas erzählt. Nicht die kleinste private Kleinigkeit.

»Heather ist Lenas Enkelin«, erläuterte Malumos. »Eigentlich um einige Generationen verschoben, aber Sie verstehen schon. Als Lena starb, hat sie ein siebenmonatiges Baby hinterlassen, ein süßes Engelchen namens Lily. Heather ist eine direkte Nachfahrin ihrer Tochter, und sie ist die einzige Verwandte, die Lena noch geblieben ist. Wenn das Mädchen stirbt, stirbt auch der letzte Teil von Lily. So ist es doch, oder, Lena?«

Lena brauchte nicht zu antworten. Die Wahrheit stand ihr ins Gesicht geschrieben. In starren, scharf umrissenen Furchen um Augen und Mund.

Seine letzte Hoffnung schwand wie Wasser im Sand. Diese Schlacht war nicht zu gewinnen. Er konnte auf keinen Fall zulassen, dass Satan die verfluchten Münzen in die Hände bekam, aber wenn er Widerstand leistete, würden die Dämonen Heathers Tod wirkungsvoll in Szene setzen … und Lena würde ihm niemals verzeihen.

Er würde sich niemals verzeihen.

Lenas Hand schloss sich um Heathers. Das Mädchen erwiderte den Druck, und Lena richtete hoffnungsvoll den Blick auf sie. Aber in den Augen, die sie ansahen, lag noch immer jener höllische Schimmer der Besessenheit. Wie um es zu beweisen, hob Mestitio ihre Hand an Heathers Mund und fuhr mit der Zunge über ihre Fingerknöchel.

Lena erschauerte, ließ aber nicht los.

Stattdessen hielt sie Heathers Blick stand und sagte leise: »Ich gebe nicht auf. Gib du auch nicht auf.«

Dann wandte sie sich zu Brian um und ließ den sturen Stolz fahren, der sie seit Jahren aufrecht hielt. Sie hatte nichts mehr zu verlieren und erlaubte ihrem Kummer, sich durch ihre Stimme Gehör zu verschaffen, indem sie bettelte: »Bitte gib ihm die Münzen!«

Brian erwiderte nichts. Nicht, dass sie es wirklich von ihm erwartet hätte.

»Damit verurteilst du sie zum Tod«, murmelte sie.

Er wurde blass. Aber er wurde nicht weich.

»Es werden sich andere Möglichkeiten eröffnen, Satan in die Knie zu zwingen«, flehte sie. »Gib ihm die Münzen! Wenn du es nicht für Heather tun willst, dann tu es für mich. Ich habe zehn Jahre lang neben ihr gewohnt und mich um sie gekümmert, nachdem ihre Mutter gestorben war. Ich habe aus einem pausbäckigen Kind eine schöne junge Frau werden sehen und nun zu dem hier. Lass mich nicht noch zuschauen, wie sie stirbt.«

Sie sah den Kampf in seinen Augen und begann zu hoffen. Aber tief drinnen wusste sie schon, wie das Ergebnis ausfallen würde. Brian ging seine Ehre über alles. Aus gutem Grund – er hatte sehr hart darum gekämpft, sie sich zurückzuerobern. Er musste das Richtige tun, denn wenn er es nicht tat, würde das bedeuten, dass er sich dem Schlechten geschlagen gab. Dann hätte der selbstsüchtige Junkie, der er früher gewesen war, wieder gewonnen.

Sie verstand das. Sie bewunderte ihn sogar für seine Standhaftigkeit.

Weshalb sie sich wie der schlechteste Mensch auf Erden vorkam, weil sie dennoch hoffte, dass er nachgeben würde. Und weshalb sie ihm schon in dem Moment vergab, in dem er ihr heiser antwortete.

»Ich kann nicht.«

»Das ist ja alles sehr rührend«, bemerkte Malumos kühl und stand auf. »Aber vollkommen irrelevant.« In seinem Rücken kam jemand über den gepflasterten Platz und gesellte sich zu ihnen. Ein sehr großer Schwarzer, der mit goldenen Klunkern behängt war. »Jetzt, da Maleficus bei uns ist, ist diese Diskussion wohl überflüssig. Wenn Sie überleben wollen, ist Ihre einzige Chance, uns die Münzen auszuhändigen.«

Brian erhob sich gleichfalls.

»Nur, wenn ich dumm genug gewesen wäre, allein zu kommen. Was ich nicht war.«

Am Rande des Platzes tauchte ein vertrautes Gesicht auf – Murdoch. Er stand in der Haltung eines kampferprobten Kriegers da: die Schultern zurückgenommen, die Knie leicht gebeugt, mit unerschütterlichem Blick. Wäre Heather nicht so dünn und zerbrechlich gewesen, Murdochs Erscheinen – und das Wissen, welch Berserker er sein konnte – hätte Lena Mut gemacht. Aber die Schwachen waren immer die Ersten, die fielen.

Lena schloss die Augen.

Und obwohl sie sich nicht entsann, dass Gott auch nur ein

einziges Mal wegen ein paar geflüsterter Worte ihre Prüfungen erleichtert hätte, begann sie zu beten.

»Ihr werdet es doch hier nicht zum Kampf kommen lassen wollen«, sagte Malumos. »Zu viele Zeugen.«

»Ich will überhaupt keinen Kampf«, gestand Brian freimütig. Wenn er sein Schwert zog, würde die Situation sehr schnell sehr unschön werden. »Wie wäre es also, wenn ihr die Segel streicht und uns die Münzen überlasst? Auf diese Weise kommt jeder in einem Stück hier raus.«

Die Augen des Dämons verengten sich. »Keine Chance.«

Brian überschaute hastig den kleinen Platz. Nicht so belebt wie an Samstagnachmittagen, aber der Strom der Flanierenden war stetig, und ein kleines Grüppchen hatte sich etwa zehn Meter entfernt versammelt, um auf die Straßenbahn zu warten. Einziger Pluspunkt war, dass sich an einer Seite neben dem Tisch kein weiterer befand. Sie konnten vielleicht einen Wahrnehmungsschirm darüberlegen, um ihn vor neugierigen Blicken zu schützen. Doch auch der würde nicht verhindern, dass Unschuldige zu Schaden kamen.

»Webster.«

Er heftete den Blick auf Murdochs ruhiges Gesicht. Der große Krieger nickte nach links und lenkte Brians Aufmerksamkeit auf das gläserne Schaufenster des Ladens neben dem Café – dort sollte bald eine teure Modeboutique einziehen. Innen wurde noch gebaut und Platz geschaffen für weiße Wände und eine chromblitzende Innenausstattung. Unansehnlich und leer, wie das Geschäft im Augenblick war, eignete es sich hervorragend als Schlachtfeld, besonders wenn ihnen ein Grenzzauber den Rest der Welt vom Leib hielt.

»Komm«, sagte Brian zu Malumos.

Der Dämon runzelte die Stirn. »Wohin?«

»Du bekommst deine Chance, dir die Münzen zu holen. Da drin.« Er wies zu dem Laden hinüber.

»Und wenn wir lieber hierbleiben?«

»Keine Chance«, äffte er den Dämon nach. »Entweder schiebt ihr freiwillig euren Hintern hinüber, oder ich trete euch kräftig rein. Sucht es euch aus.«

Malumos lächelte. »Vorausgesetzt, du bist dazu in der Lage.«

»Willst du es ausprobieren?« Brians Hand griff hinter seinen Kopf, nach dem Heft seines Schwertes. Er hielt inne, kurz bevor er es zog, und sandte Malumos einen herausfordernden Blick zu.

Ein fetter Regentropfen landete auf seiner Wange.

Dem Tropfen folgten rasch einige Spritzer auf seinen Ärmel und noch einige auf seine Schulter. Weitere schwere Tropfen klatschten auf das Pflaster und den Sonnenschirm und setzten den süßen Sommerduft feuchten Staubs frei. Eine sanfte Brise trug noch mehr Feuchtigkeit heran, und innerhalb von Sekunden steigerte sich der Regen von einem zögernden Stakkato zu einem trommelnden Marsch.

Die Gruppe um den Tisch ließ sich nicht ablenken, aber die Besucher des Bauernmarkts waren wie wachgerüttelt, wollten verhindern, nass zu werden, und suchten – im Laufen Hände, Tüten und Taschen über die Köpfe erhoben – ein schützendes Obdach. Gekreische, Lachen und patschende Schritte durch Pfützen schwollen an und endlich wieder ab.

Eines der seltenen Sommergewitter ging nieder, und Brian erneuerte seinen Griff um das Heft des Schwertes, weil die Lederumwickelung inzwischen nass war.

Im selben Moment kündigte ein leises Schnappen in der Luft an, dass sich ein mächtiger Wahrnehmungsschirm über die Gruppe breitete. Brian blickte sich um und lächelte. Stefan war eingetroffen, zusammen mit der Verstärkung: MacGregor, Carlos, Emily, Bale, Atheborne und andere.

»Letzte Chance«, sagte Brian zu Malumos und zog sein Schwert.

»Wirklich?«

In einer beeindruckenden Demonstration konzertierter Kraft schlugen die drei Brüder einen Rückwärtssalto fort vom Tisch und bildeten schnell ein Dreieck, die Gesichter nach außen gewandt, ihren Feinden zu. Ein silbriger Wasserwirbel erhob sich vom Boden und umkreiste sie, angesaugt von den ersten Drehungen ihres sich rasch aufbauenden Superschilds. Als das Summen der vereinten Drillingskräfte anschwoll, grinste Malumos.

»Wir haben auch Freunde mitgebracht.«

Wie aufs Stichwort fing der Boden heftig an zu grollen, und drei knorrige Gestalten brachen aus den Tiefen darunter durch das Pflaster – genau zwischen den Dämonen und den Wächtern. Während Asphaltbrocken von ihnen abfielen und der Regen über rote, ledrige Haut und gelbe Krallen wusch, wurde klar, um wen es sich bei den hünenhaften Neuankömmlingen handelte: Kriegsdämonen.

Die Muskeln in Brians Schulter begannen unwillkürlich zu spielen. Drei knochenzermalmende Bastarde.

Ihre Zahl wäre nicht weiter von Bedeutung gewesen, wenn MacGregor noch unsterblich gewesen wäre. Er hatte schon einmal allein zwei der gewaltigen Ungeheuer bezwungen. Leider hatte der Rest des Teams keine Vorstellung davon, was ihnen bevorstand. Brian rückte näher an Lena heran.

»Behaltet die Schwänze im Auge«, rief er den anderen zu.

Der Kriegsdämon, der ihm am nächsten war, öffnete den

Mund, und eine backofenheiße Hitzewelle blies Brians Schild einfach fort. Schweiß vermischte sich auf seinem Körper mit dem Regen und hüllte ihn in ein unerträgliches Dampfbad ein. Seine Kleider klebten wie ein nasser Sack an ihm.

Nicht, dass er Zeit gehabt hätte, sich dem zu widmen. Mitten aus dem wütenden Schwall aus Luft und Wasser, der die Hörigen umgab, schoss – ungebremst durch den Regen – eine Reihe weiß glühender Feuerbälle. Sie trafen die Schilde der Wächter mit beeindruckender Präzision und Geschwindigkeit und drängten die Wächter zurück.

Da sie sich nun ein wenig Raum verschafft hatten, konzentrierten die Hörigen die Stoßrichtung ihres Angriffs auf Lena und Brian und stellten zwei Kriegsdämonen dazu ab, die anderen Wächter in Schach zu halten. Der dritte Kriegsdämon fasste weiterhin Brian ins Auge.

Brian war gezwungen, einer Folge von raschen Schlägen des dornenbewehrten Schwanzes auszuweichen, und hätte darüber beinahe den verzehrenden blauen Rauch vergessen, den die Drillinge ausdünsteten. Die hauchdünnen Schwaden wurden vom Regen nach unten gedrückt, krochen am Boden entlang und wollten sich schon um seine Füße winden, als er beiseitesprang.

Er riskierte einen Blick auf Lena. Sie zu bitten, sich von ihm – und seinem Schutz – fernzuhalten, ging ihm gegen den Strich, aber wenn sie zusammenblieben, gaben sie eine gute Zielscheibe ab. Falls er es bewerkstelligen konnte, dass sich der Kriegsdämon weiter auf ihn konzentrierte, hatte sie eine überdurchschnittliche Überlebenschance.

»Halt Abstand zu mir«, befahl er.

Er erwartete, dass sie protestierte, aber sie tat es nicht. Ein kurzes Nicken, und fort war sie.

Er hatte keine Zeit, über ihre Fügsamkeit nachzugrübeln. Der Kriegsdämon rückte unerbittlich gegen ihn vor, mit langsamen Schritten, die den Boden erzittern ließen. Eine Lavabombe traf seinen Schild und riss ein Loch hinein, sodass einer der Feuerbälle, die die Hörigen abfeuerten, von der Kante seines Schwertes abprallen und seine Schulter streifen konnte.

Schmerz krallte sich in seinen Arm.

Sein Fleisch wurde unter den Flammen schwarz und zuckte, während winzige Fragmente der feurigen Kugel sich tief hineinfraßen, fast bist auf den Knochen. Ein Keuchen entrang sich Brians Lippen.

»Geben Sie uns die Münzen, und wir verschonen Sie«, sagte Malumos.

»Leck mich«, erwiderte Brian grimmig. Angefeuert durch das Drängen des Hörigen, startete er einen Blitzangriff gegen den Kriegsdämon. Er sprang auf einen Tisch und zielte auf den Hals des Bastards, von dem er aus Erfahrung wusste, dass er verwundbar war. Dann stieß er zu.

Und landete einen Treffer.

Leider ging er nicht tief genug. Blut spritzte hervor, aber nicht in der Menge, die nötig war, um den Hünen zu fällen. Doch es gelang Brian immerhin, seinen Zorn zu erregen. Erneut brüllte er seine weißglühende Raserei hinaus, und sein Schwanz peitschte wie eine aufgebrachte Schlange. Seine triefenden Dornen durchbohrten den Tisch, auf dem Brian wenige Augenblicke zuvor noch gestanden hatte, fuhren dann nach links und durch Carlos' Schild. Er musste bereits geschwächt gewesen sein, denn der Schwanz drang geradewegs hindurch und sägte sich in Carlos' Arm.

Carlos gab keinen Laut von sich – er zuckte nicht einmal –,

aber Emily schrie auf. Obwohl der junge Wächter sofort bemüht war, sich von dem Dorn in seinem Arm zu befreien, war er nicht schnell genug. Der Schwanz des Kriegsdämons schleuderte ihn empor, und während er durch die Luft segelte, verpasste er nur um Haaresbreite den historischen Uhrenturm und ging irgendwo außer Sichtweite zu Boden.

Brian fürchtete das Schlimmste, brüllte wütend auf und kickte einen Stuhl beiseite, um sich erneut auf den Hals des Giganten zu stürzen und ihm den Todesstoß zu versetzen.

Aber er war zu lange an einem Fleck geblieben.

Der blaue Rauch hatte sich durch seinen Schild gefressen und wirbelte nun um seine Hüfte. Mitten im Hieb hielt Brian inne – er war plötzlich nicht mehr Herr über seinen Körper. Frustriert sah er zu, wie seine Klinge ihr Ziel traf, jedoch nur mit halber Geschwindigkeit. Er wehrte sich gegen die Schwächung seines Willens, biss die Zähne zusammen und versuchte verzweifelt, weiterzukämpfen. Aber seine Anstrengungen waren fruchtlos – er fiel mit leisem Knurren zu Boden, schwach und hilflos. Der Schwanz des Dämons, nunmehr triefend von Carlos' Blut, erhob sich gegen ihn und richtete den Dorn an seiner Spitze direkt auf Brians Brust.

Diesmal verlangte Sechmet einen unerträglichen Preis für ihren Beistand: die Erinnerung an Lenas und Brians ersten Kuss. Es war fast, als spürte die Göttin, wie wichtig er war.

Aber so schmerzlich der Handel auch war, der Preis erschien Lena fair – die Kräfte, die ihr von der ägyptischen Göttin zuflossen, erlaubten ihr, Brians Leben zu retten. Der leuchtende Bogen erschien wieder in ihrer Hand und auch der nie leer werdende Lederköcher auf ihrem Rücken. Gekonnt fasste sie ihr Ziel ins Auge, schoss den Pfeil auf den Dorn an der

Schwanzspitze des Kriegsdämons ab und sprengte das mörderische Glied, noch während es mit ungeheurer Geschwindigkeit durch die Luft sauste.

Der fleischige Stumpf traf Brian zwar in die Brust und schleuderte ihn gut zwanzig Meter zurück, doch der Schlag brach ihm nur eine oder zwei Rippen. Und er befreite Brian aus dem blauen Rauch.

Natürlich lenkte Lenas Eingreifen die Aufmerksamkeit der Hörigen Dämonen auf sie, und sie bestürmten sie mit einem Geschosshagel. Ohne ein Schwert, mit dem sie die Feuerbälle hätte abwehren können, hoffte Lena, dass ihr Schild den wütenden Angriff unbeschadet überstand. Sie selbst hörte nicht auf zu schießen.

Die Wächter dagegen, obwohl kühn und tüchtig, mussten sich schließlich geschlagen geben.

Der Angriff der Hörigen hätte sich vielleicht auf Lena konzentriert, doch ihre Aufstellung Rücken an Rücken und ihre vereinten mentalen Kräfte ermöglichten ihnen einen umfassenden Überblick über das gesamte Schlachtfeld. Und so konnten sie dem Angriff der Kriegsdämonen am Boden mühelos Verstärkung aus der Luft schicken und ebenso strategisch wie vernichtend Feuerbälle auf ihre Widersacher regnen lassen.

Kaum einer der Wächter kam ohne Verletzung davon. Selbst trotz der ergänzenden Schildzauber und magischen Gegenschläge durch Stefan erlitten Atheborne und Bale zahlreiche Verbrennungen. MacGregor hielt sich tapfer, wenn man bedachte, dass ihm nur Magie und normalmenschliche Kräfte zur Verfügung standen. Magnus, der blonde Kämpfer aus Preußen, war auf ein Knie gefallen, und Hill versuchte trotz einer blutenden Brustwunde verzweifelt, seinen Angreifer abzuwehren. Nur Murdoch sah noch relativ unversehrt aus. Den gefletschten Zähnen, dem mitleidlosen Zorn in seinen Augen und der rohen Gewalt seines Schwertarms nach zu urteilen befand sich der große Schotte bereits im Berserkermodus.

Zum Glück hielten sich keine anderen Wächter in seiner Nähe auf, und so waren die Chancen, dass er in seiner blindwütigen Raserei einen Kollegen verletzte, gering.

Jeder Pfeil, den Lena auf die Kriegsdämonen abschoss, brachte sie ins Wanken, aber die Widerstandskraft der dicken roten Häute der Gegner war beachtlich, und keine einzige Wunde erwies sich als ausreichend, sie niederzustrecken.

Als die Engel eintrafen, hätte Lena vor Freude fast geweint.

Michael und Uriel fuhren in einem Sturm aus blauen Blitzen hernieder, jeder begleitet von einem Geschwader Kampfengel. Strahlend vor himmlischem Glanz und gerechtem Zorn, schwärmten sie rasch aus und bombardierten die Kriegsdämonen von allen Seiten mit Blitzen aus purer Energie. Eines der drei Monster stürzte auf die Knie, brüllend vor Schmerz, ein zweites taumelte zurück und fiel in das benachbarte Schaufenster, das sofort zerbarst.

Aber Lenas Freude war nur von kurzer Dauer.

Kaum waren die Engel erschienen, streckte Maleficus die Hand aus und begann, einen Zauber zu sprechen. Obwohl die Worte nicht zu verstehen waren, klangen sie doch tödlich vertraut. Der Dämon beschwor den Zauber, der den Zerbrochenen Glorienschein auf den Plan rief. Diese Waffe hatte Uriel schon in Kairo außer Gefecht gesetzt.

Würde sie dieselbe Wirkung auf *alle* Engel haben?

Lena betete, dass dies nicht der Fall war.

Zu ihrer Linken kehrte Brian in den Kampf zurück, er hatte

sich vollkommen von der Schwächung durch den blauen Rauch erholt. In einem gnadenlosen Angriff bestürmte er die Hörigen, stach und stieß zu. Sein Ziel war klar: Maleficus die Scherbe abzuringen. Uriel begriff ebenfalls, was Malumos mit seiner Beschwörung bezweckte, wandte sich mit weißer Magie gegen die Hörigen und ermunterte seine himmlischen Gefährten, es ihm gleichzutun.

Als sich eine gute Gelegenheit bot, ergriff Lena sie beim Schopfe. Sie schwenkte mit ihrem Bogen nach links und zielte auf Maleficus' ausgestreckte Hand.

Aber gerade als die Bogensehne den Pfeil in die Luft katapultierte, begannen die Hörigen innerhalb ihres mächtigen Schildes durcheinanderzuwirbeln – offenbar in dem Bemühen, Maleficus zu schützen. Und es funktionierte. Lenas Pfeil durchbohrte den Schutzschirm und traf ein Ziel. Doch es war Heather, die den Treffer einsteckte, und nicht Maleficus.

Das Mädchen wankte.

Wäre der Pfeil weiter oben eingeschlagen, hätte Lenas Kummer keine Grenzen gekannt. So aber leuchtete nur Heathers Arm wie eine Fackel auf, und Lena hätte vor Entsetzen fast das Gleichgewicht verloren, als sie es sah. Zum Glück wirbelten die Hörigen so rasch umher, dass ihre schnellen Bewegungen die Flammen erstickten. Doch der verbrannte Ärmel blieb die düstere Mahnung daran, wie gefährlich das Spiel war, das sie und die Wächter spielten. Eine falsche Bewegung, und jede Anstrengung, die Lena unternommen hatte, um Heather zu retten, jedes Opfer, das sie in den vergangenen sechs Monaten gebracht hatte, wäre vergebens gewesen.

Lena hob den Bogen und legte ihn erneut an, doch sie fand den Mut nicht mehr, einen weiteren Pfeil loszuschicken.

Unglücklicherweise konnten weder Uriels Magie noch

Brians aggressiver Schwertangriff dem Zauber des Zerbrochenen Glorienscheins etwas anhaben. In dem Augenblick, als die Engel ihre gesammelten göttlichen Kräfte gegen die Hörigen entfesselten, beendete Maleficus seine Beschwörung und öffnete die Hand.

Blendendes, böses Licht schoss aus seiner Hand in alle Richtungen, und die Kampfengel brachen stöhnend zusammen.

Jeder einzelne.

Lenas Mut sank mit ihnen in den Staub.

19

Carlos stand auf dem Parkplatz – besiegt, mit gesenktem Kopf und hängenden Schultern. Er sah dem überheblichen, selbstsicheren Teenager, den Emily kannte und liebte, so wenig ähnlich, dass sie davor zurückschreckte, ihn zu berühren, obwohl von seinem Arm noch Blut tropfte und alles in ihr danach schrie, ihn zu trösten.

»Was machst du?«, fragte sie. »Warum kämpfst du nicht? Lachlan und Brian brauchen dich.«

»Ich wäre ihnen keine Hilfe.«

Seine Stimme war seltsam heiser, und um durch den Vorhang aus Haaren einen Blick auf sein Gesicht zu erhaschen, trat Em um ihn herum. »Natürlich wärest du eine Hilfe. Du bist ein Spitzenkrieger.« Da sie wusste, dass das noch nicht reichen würde, ergänzte sie: »Ein Treffer von einem Dämon reicht nicht aus, dich umzulegen. Das weiß ich doch.«

»Nein«, pflichtete er ihr mit einem kurzen Lachen bei. »Dazu ist schon etwas mehr nötig.«

»Dann los«, bat sie schmeichelnd. »Gehen wir zurück.«

Als er nicht sofort antwortete, berührte sie seinen Ärmel.

Und zog mit einem Aufschrei die Hand wieder zurück. »O mein Gott, du brennst ja!«

»Richtig.« Er hob den Kopf. »Das trifft es ganz gut.«

Em schluckte. Seine braunen Augen waren verschwunden und von funkelnden roten Kugeln ersetzt, die eine sonderbare Mischung aus Hitze und Intelligenz ausstrahlten. Nach allem, was Em im letzten Jahr durchgemacht hatte, genügten rote Augen zwar nicht mehr, um sie zu schockieren. Aber zu wissen, was sie bedeuteten, schickte einen nervösen Schauer ihr Rückgrat hinauf.

»Du bist ein Dämon«, stellte sie leise fest.

»Ich weiß nicht, was ich bin.« Er schloss die Augen. »Du hättest mich nie zurückholen dürfen, Em. Du hättest mich dort lassen sollen.«

Sie schüttelte den Kopf. Unmöglich.

»Heißt das, dass du jetzt Satan helfen willst, die Münzen an sich zu bringen?«, fragte sie zögernd. »Dass du jetzt für die andere Seite kämpfen musst?«

Er spannte die Schultern an. »Nein.«

»Was heißt es dann?«

»Ich *weiß* es nicht!«, erwiderte er wütend. »Aber diese Hitze ist unerträglich! Sie frisst mich von innen heraus auf. Und diese Wut … ich kann sie nicht kontrollieren, Em. Ich will einfach nur irgendetwas in die Luft jagen.«

»Dann geh mit mir zurück.« Sie fuhr ihm durch das wellige schwarze Haar. »Ich kenne ein paar böse Jungs, die dringend in die Luft fliegen sollten.«

»Ich kann nicht.«

»Warum nicht?«

Er öffnete seine brennenden Augen wieder und starrte sie an. »Ich hab's schon mal gesagt: Ich kann es nicht kontrollieren.«

»Du hast dich doch auch jetzt im Griff«, hielt sie ihm entgegen.

»Nur, weil du da bist«, sagte er leise. »Aber es ist nicht von Dauer.«

»Das ist auch nicht nötig. Die Dämonen treten uns gerade ordentlich in den Hintern, Carlos. Geh und schick ein paar von ihnen zurück in die Hölle.«

Er sah sie lange an. Dann seufzte er.

»Okay. Für dich tue ich es.«

Auch dank des Trennzaubers, den Stefan den Drillingen immer wieder entgegenschleuderte, durchbrach Brian ihren Schild einige befriedigende Male. Die scharfe Schneide seines Schwertes traf die Hörigen an Armen, Beinen und Brust, sodass sie nicht mehr so schnell durcheinanderwirbeln konnten.

Das einzige Problem war – trotz Brians Bemühungen, es zu verhindern –, dass einige Hiebe auch Heather verletzten. Jeder fühlte sich wie ein Schlag gegen Lena an. Jeder erinnerte ihn daran, dass er nicht nur Dämonen angriff – er brachte ein junges Mädchen um. Jeder verstärkte den bitteren Geschmack in seinem Mund und erfüllte ihn mit Reue.

Wie konnte man von ihm erwarten, dass er die Hörigen bezwang, wenn sie sich hinter unschuldigen Menschen verschanzten?

»Stefan!«, brüllte er, voller Wut auf sich im Besonderen und die Welt im Allgemeinen. »Um Gottes willen, tu doch etwas!«

Aber die Antwort kam nicht von Stefan.

Sie kam von Carlos.

Der junge Wächter bog um die Ecke des Uhrenturms und

begab sich geradewegs ins Zentrum des Kampfes, ohne die Hitzewellen zu beachten, die ihm von den Kriegsdämonen entgegengeschleudert wurden. Feuerbälle und Lavabomben schien er, ohne mit der Wimper zu zucken, zu absorbieren. Er kreuzte die Hände vor der Brust, die sichtlich vor Kraft pulsierte, und dann explodierte kurzerhand alles in einem sengenden Blitz aus weißglühendem Licht.

Etwas Vergleichbares hatte Brian noch nie zuvor gespürt.

Die Glutwelle warf ihn wie eine Feder im Wind in die Luft und presste ihm mit einem stechenden Schmerz den Sauerstoff aus den Lungen. Er landete mit einem Grunzlaut auf dem Rücken und sah etwa eine Minute lang nur rote Punkte. Doch er fühlte nichts als Erleichterung darüber, am Leben zu sein. Dann erinnerte er sich an Lena. An die Münzen.

Und er kam wieder auf die Beine.

Er lag knapp hundert Meter von seiner bisherigen Position entfernt auf dem Pflaster. Ein schwarzer Krater von der Größe eines Swimmingpools war an die Stelle des Platzes getreten, und der Uhrenturm war inzwischen eine verkohlte Ruine.

Brian kehrte im Laufschritt zurück.

Drei gegrillte Kriegsdämonen lagen im Krater verstreut, und ein paar verbrannte Leichen häuften sich zu Carlos' Füßen: Maleficus' gewaltiger Wirt und ein anderer Mann. Heather nicht, dem Himmel sei Dank. Ebenso wenig Lena.

Einer der beiden Männer stöhnte. Offenbar war er doch noch am Leben. Schockiert entdeckte Brian, dass es MacGregor war, mit Verbrennungen übersät. Er musste über die Trümmer klettern, um zu seinem Freund zu gelangen. »Du lieber Himmel, geht's dir gut?«

Dumme Frage. Die Stange eines Sonnenschirms hatte sich in MacGregors Schulter gebohrt und ihn auf das Pflaster genagelt. Er blutete stark. Der Stoff des Sonnenschirms war von dem Hitzestoß weggesengt worden – vielleicht war sein Sicherungshebel der Grund dafür, dass MacGregor überlebt hatte.

»Nein«, gestand MacGregor mit zusammengebissenen Zähnen.

»Wo ist Bale?« Brian sah sich suchend um.

»Ich bin hier.« Der Schwarze schüttelte die zersplitterten Überreste eines Designer-Sonnenbrillenstandes ab und stand auf. Murdoch saß ein wenig bleich und zittrig auf seinem Allerwertesten ungefähr drei Meter dahinter. Einige weiß gewandete Engel von nicht mehr ganz tadellosem Aussehen erhoben sich ebenfalls gerade. Alle hatten eine üble Tracht Prügel bezogen und unter den schweren Zaubergeschützen sehr gelitten.

»MacGregor braucht einen Arzt. Helft ihm.«

»Ich mache das«, bot sich Stefan an und trat vor. »Heilzauber sind bei komplizierten Verletzungen wirkungslos, aber ich kenne einen, der Verbrennungen lindern kann.«

»Ich habe versucht, mich zu beherrschen«, sagte da eine trostlose Männerstimme. »Wirklich. Es tut mir leid.«

Brian fuhr zu Carlos herum, der kleinlaut auf MacGregor blickte. »Was zum Henker hast du dir dabei gedacht?«

»Em hat gesagt, dass ihr dabei seid, zu verlieren.«

Was genau genommen stimmte. Aber das hier? Brians Blick wanderte über die allgemeine Verwüstung, die Verletzten und das klaffende Loch. Dies war keine Lösung, dies war ein Albtraum. »Da du gerade von Em sprichst – wo ist sie?«

»Hier«, meldete sich Em zu Wort, während sie zu ihnen lief. Ihr Gesicht hatte schon wieder eine frische, gesunde Farbe.

»Maleficus ist weg, aber hat jemand Lena oder die beiden anderen Hörigen gesehen?«, fragte er.

Murdoch fuhr über die versengten Überreste seines Barts und zeigte die Straße hinunter. »Ich bin mir ziemlich sicher, dass die Hörigen in diese Richtung verschwunden sind. Ich gehe davon aus, dass Lena ihnen gefolgt ist.«

Ja, darauf konnte man wetten. Sie hätte Heather nicht kampflos aufgegeben.

Brian begutachtete den Schaden noch einmal. Dann drehte er sich zu Uriel um, der neben ihn getreten war. Er wirkte erschöpft und litt offensichtlich noch unter den Nachwirkungen des Zaubers vom Zerbrochenen Glorienschein. »Kannst du irgendetwas tun?«

»Wir kümmern uns um die Leichen«, erwiderte der Erzengel. »Wenn jemand vielleicht die Seele dieses armen Kerls hier holen würde …« Er nickte zu dem unglücklichen Mann hinüber, dessen Körper Maleficus beherbergt hatte.

»Ich mache das«, erwiderte Murdoch und ging neben der aschebedeckten Leiche in die Hocke. »Aber wir müssen uns beeilen, wenn wir nicht der Polizei begegnen wollen.«

»Glaubst du, die Bullen werden die Geschichte mit dem Monsterblitz schlucken?«

Murdoch lächelte. »Was bleibt ihnen denn anderes übrig?«

Brian grinste zurück.

»Emily«, sagte er dann zu dem Mädchen. »Ruf deine Mom an und sag ihr, sie soll zu dir und deinem Stiefdad ins Krankenhaus kommen.«

Em nickte.

»Aber zuerst musst du mir noch einen Gefallen tun. Spürst du Lena noch?«

»Ja.«

»Kannst du mich dorthin teleportieren, gleich neben sie?«

Emily runzelte die Stirn. »Keine Ahnung.«

»Denk nicht darüber nach«, sagte er. »Tu's einfach.«

Er bekam seinen Willen.

Lena blieb abrupt in der Gasse stehen und starrte nach vorn.

Die ältere blonde Frau hatte durch die Explosion schwere Verletzungen davongetragen und war neben einem großen Müllcontainer zusammengebrochen. Sie atmete noch, aber da sie sich nicht bewegte, nahm Lena an, dass sie nicht mehr besessen war.

Heather, von Kopf bis Fuß rußverschmiert, war neben der verletzten Frau in Deckung gegangen. Sie beachtete Lena nicht, da sie damit beschäftigt war, sich eine Nadel in den dünnen Arm zu stechen. Es war ein Wunder der besonderen Art – nach allem, was passiert war, war es ausgerechnet der schwächste der drei Menschen, der noch stand.

Oder genauer gesagt saß.

»Heather?«

Das Mädchen sah auf. Und lächelte.

»Ich dachte mir schon, dass es am Ende auf Sie und mich hinauslaufen würde«, sagte sie.

Die schwache Hoffnung, dass alle Dämonen in die Hölle zurückgekehrt waren, schwand.

»Malumos«, stellte Lena fest. Sie sah wieder zu der bewusstlosen älteren Frau. »Was ist mit Mestitio?«

»Ich habe ihn heimgeschickt. Er hat nicht das nötige Fingerspitzengefühl für Verhandlungen dieser Art«, erwiderte Malumos, die zitternde Hand am Kolben der Spritze.

»Ich habe nur sieben Münzen«, sagte Lena.

»Wir nehmen alles, was verfügbar ist«, gab der Dämon zurück.

Lena schüttelte den Kopf. »Es war ein Fehler, Mestitio fortzuschicken. Jetzt steht es einer gegen einen, und ich habe Sechmets Macht hinter mir.«

»Was wollen Sie tun?«, fragte Malumos. »Uns umbringen?«

Lena öffnete ihre Handtasche und holte eine Ampulle mit Weihwasser heraus. »Nein, nur das hier in Ihre Kehle schütten.«

»Ich spritze ihr den Inhalt dieser Nadel in den Arm, lange bevor Sie nahe genug sind, um das zu tun«, höhnte er. »Übrigens ist es kein Heroin, sondern Kaliumchlorid. Sobald es in ihren Blutkreislauf gelangt, hat sie nur noch ein paar Minuten, bis ihre Organe versagen. Und es wird kein schöner Tod sein.«

Lenas Herz stolperte vor Schreck. »Das tun Sie bestimmt nicht. Wenn Sie sie töten, verlieren Sie Ihr Druckmittel.«

Heathers Gesicht verzerrte sich. »Glauben Sie, das kümmert uns jetzt noch? Wenn wir nicht mit allen dreizehn Münzen zurückkehren, wie wir es versprochen haben, werden wir auf unvorstellbare Art bestraft. Die Hoffnung, dass Ihre sieben Münzen meinen Herrn milde stimmen werden, ist gering, aber mehr als nichts.«

Lenas Blick fiel auf die Hand, die die Spritze umklammert hielt. Während der Heroinspiegel in ihrem Körper weiter sank, bebte Heathers Hand immer stärker. Selbst wenn Malumos ruhig blieb, konnte mit jedem Zittern Gift aus der Nadel in ihre Vene tropfen. Es empfahl sich nicht, dieses Risiko zu unterschätzen.

Sie wollte dem Dämon die Münzen nicht geben, vor allem nicht angesichts der Brutalität, deren Zeuge sie auf dem Markt geworden war. Aber hatte sie wirklich eine Wahl?

Ihre Hand schloss sich um das Horus-Amulett.

»Geben Sie sie mir«, schnarrte Malumos aus Heathers trockenem Mund. Seine Augen flammten in verzweifelter Raserei auf. »Sofort. Oder ich pumpe Ihre Enkelin voller Gift, und sie wird vor Ihren Augen sterben.«

Sobald sie mit der Beschwörung begann, würde er es merken. Und er würde reagieren, indem er Heather tötete.

Heiß brandete die Hilflosigkeit durch Lenas Körper. Wie sie es auch drehte und wendete, jeder Ausweg war verstellt. Konnte denn nichts so gehen, wie sie es wollte, nur ein einziges Mal? Ihre Hand ließ das Amulett los. Mit dem Gefühl, dass sie alle dem Untergang geweiht waren, griff sie in ihre Handtasche, um die Münzen herauszuholen.

Da begann die Luft um sie herum wie eine Gitarrensaite zu sirren, und aus dem Nichts erschienen Brian und Emily an ihrer Seite – beide versengt und rußverschmiert, aber beruhigend lebendig.

Malumos fuhr überrascht zusammen.

Der Kolben der Spritze schob sich nach unten, und Panik ergriff Lena, blanker Schrecken, der ihren Beinen alle Kraft nahm. Schwindlig von dem Gedanken, dass das ätzende Gift nun durch Heathers Körper floss, sank sie zu Boden. Über ihre tauben Lippen kam nichts außer dem einen Wort:

»Nein!«

Obwohl er nicht auf Lenas Zusammenbruch vorbereitet gewesen war, fing Brian sie auf, bevor sie fallen konnte. Erschreckt von der Eiseskälte ihrer Arme, drückte er sie an seine Brust.

Die besessene Heather zog sich an den Müllcontainer zurück und lächelte schwach. »Na, das ist doch schon viel besser.«

»Lass das Mädchen gehen«, befahl Brian. »Wir sind in der Überzahl.«

Die Worte kamen selbstbewusst und fest aus seinem Mund. Was bemerkenswert war angesichts der hohlwangigen Heather, bei deren Anblick ihn so böse Erinnerungen überfielen, dass sie ihm fast das Herz aus dem Leib rissen. Die bläuliche Haut, die eingesunkenen Augen. All das war so verflucht vertraut.

Melanie.

Er hatte seine Schwester an jenem Tag, an dem sie gestorben war, nicht gesehen, wohl aber Bilder von ihr. Sein Vater hatte ihm Polizeifotos unter die Nase gehalten und ihm mit einer Stimme, die vor Kummer beinahe brach, befohlen, sie sich anzuschauen. Und das hatte er getan. Bis ihm heiße Tränen die Sicht nahmen. Sie hatte ganz genauso ausgesehen, bis hin zu der Spritze in ihrem Arm.

»Die einzige Zahl, die jetzt noch von Belang ist, sind die Minuten im Leben dieses Mädchens.« Malumos leckte sich über die aufgesprungenen Lippen. »Eure Ankunft, auch wenn wir sie begrüßen, hat uns ein wenig überrascht. Wir haben ihr dabei aus Versehen ein paar Tropfen gespritzt.«

Brian blickte den Dämon über Lenas Kopf hinweg an.

»Kaliumchlorid. Ziemlich tödlich. Sie braucht dringend einen Arzt«, sagte Malumos ruhig. »Aber zuerst müsst ihr uns die Münzen geben.«

Er hatte Melanie nicht retten können. Er war zu high gewesen, um die Bedeutung ihres Anrufs zu begreifen, zu gefangen in seinem eigenen Drogenrausch, um die Verzweiflung in ihrer Stimme richtig zu deuten. Er hatte mit dem vagen Versprechen aufgelegt, sie besuchen zu kommen, und dann auf der Party weitergefeiert. Er hatte sie auf die entsetzlichste Art und Weise im Stich gelassen. Sie war gestorben. Und es war seine Schuld.

Aber Heather musste nicht sterben. Er konnte sie retten.

Einfach, indem er ein paar Münzen aus seiner Tasche hergab. Eine kleine Geste, und Heather würde sich erholen, Lena konnte glücklich werden, und ein Teil seines Herzens wurde trotz seiner unerträglichen Last sicher etwas leichter.

Aber das Bedürfnis, Heather zu retten, war egoistisch.

Sie war es wert, gerettet zu werden, daran bestand kein Zweifel. Er brauchte nur diesen Ausdruck jugendlicher Rebellion in ihren Augen zu sehen, um zu wissen, welches Potenzial sie hatte. Aber wenn Satan alle neunundzwanzig Münzen in die Hände bekam, würden viel mehr gute Leute wie Heather sterben. Es würde überall auf der Welt Aufruhr und Krieg geben, und all diese verlorenen Leben würden ebenfalls auf sein Konto gehen.

Verflucht.

Es würde ihn umbringen. Und jedes Mal, wenn er Lena in die Augen blickte, würde er ein wenig mehr sterben. Aber er durfte die Münzen nicht hergeben. Es war seine Pflicht, sie zu schützen – und es war das Richtige.

»Fahr zur Hölle.«

Brians Auftauchen war ein Geschenk des Himmels.

An seiner Brust und in seinen starken Armen fand Lena rasch zu ihrer alten Stärke zurück. Und zu ihrer Entschlossenheit.

Sie wusste, was sie zu tun hatte.

In seinem derzeitigen, unbeschädigten Zustand war das Amulett über eine Million Dollar wert. Es war von Archäologen in der Gruft eines königlichen Priesters im Tal der Könige geborgen worden und hatte für ihre, Lenas, Sicherheit gesorgt, seitdem ihr Vater über dem Grab ihrer Mutter zusammengebrochen war. Er hatte es an jenem Tag auf dem Schreibtisch zurückgelassen, an den er zu seiner Ausgrabung zurückkehrte. Es war der einzige Gegenstand, den sie niemals verkauft, von dem sie sich nie getrennt hatte. Dhul-Fiqaar hatte es ihr geraubt, nachdem er sie ermordet hatte, doch seine Freude an dem Anhänger war nur von kurzer Dauer gewesen. Wie auch sein Leben.

Seither hatte das Amulett ihr geholfen, so etwas wie Frieden zu finden.

Alles Geld, das sie mit ihren Kunstdiebstählen verdiente, hatte sie anonym ihrer Familie gespendet. Sie hatte ihren exzentrischen Vater bis zu seinem Tode unterstützt, hatte die Steuern seines Grundbesitzes bezahlt und in Kalifornien ein Haus für Lily und ihren Mann gekauft. Sie hatte ihren Enkeln und Urenkeln das College finanziert. Sie hatten nie Not leiden müssen, nicht ein einziges Mal, nicht einmal während der Großen Depression.

Sich von dem Amulett zu trennen, um Heathers Leben zu retten, war nun bittersüß.

Doch während sie das Gesicht an Brians tröstliche, warme Brust drückte und ihre Hand auf sein Herz legte, das so beruhigend schlug, begann sie die Beschwörungsformel zu rezitieren.

Das Amulett, das ohnehin bereits pulsierend gegen die Gegenwart des Dämons protestierte, wurde kochend heiß. Aber Lena weigerte sich, es loszulassen. Ebenso wenig verlangsamte sie den Fluss der Worte, und sie zögerte auch nicht, nicht eine Sekunde lang. Sie hatte eine Chance. Und sie würde sie nutzen.

Die Muskeln unter ihrer Hand spannten sich an, als Brian bemerkte, dass sich ihre Lippen bewegten, doch ansonsten reagierte er nicht. Während sie fortfuhr, die alten ägyptischen Worte zu sprechen, hob sich der Deckel des Amuletts. Ein schwaches Zischen war zu hören, und das Siegel, mit dem es vor mehr als viertausend Jahren belegt worden war, brach.

»Fahr zur Hölle.«

Gerade als Brian Malumos mitteilte, was er von dem Angebot des Dämons hielt, glitt der Deckel des Amuletts beiseite. Sofort wurden Fetzen des dunkelblauen Rauchs in den Hohlraum gesaugt. Durch den dämonenbannenden Zauber hielt das Amulett den Rauch in Schach und absorbierte ihn, ohne dass er Lenas Haut zu kontaminieren vermochte. Beherzt und noch immer im Flüsterton beschleunigte Lena die Beschwörung.

Der Strom des Rauchs in die Dämonenfalle wurde zur stetigen, mitternachtsblauen Fahne. Aber Malumos wollte nicht so einfach gehen.

»Nein!«, brüllte er. Anstatt dem Sog zu widerstehen, verließ er Heathers Körper, sodass sie umfiel, und stieg auf. Er war nun nicht viel mehr als eine vage umrissene, geisterhafte Form, die lediglich aus Rauch bestand.

Lena drehte sich in Brians Armen um und lächelte.

Ein Höriger konnte nur wenige Augenblicke außerhalb seines Wirts überleben. Sie hatte gewonnen. Und selbst wenn die Falle nicht zuschnappte, würde Malumos in die Hölle zurückkehren müssen.

Doch das Lächeln gefror rasch auf ihrem Gesicht.

Malumos kam mit voller Dämonengewalt auf sie nieder, als tödlicher blauer Sturm, entschlossen, ihr das Amulett aus der Hand zu reißen.

Lena sah sich in einer albtraumhaften Zwickmühle – entweder sie unterbrach den Zauber, um einen Schutzschild zu beschwören, oder sie machte weiter. Sie schloss die Augen und fuhr fort. Sie bereitete sich auf die zu erwartenden Feuerbälle vor und sprach, nunmehr mit lauter, fester Stimme, den Dämonenexorzismus. Heather würde nicht noch eine Besessenheit überleben.

Beim heißen Rauschen eines Feuerballs, der um Haaresbreite ihr Ohr verfehlte, sprang sie zur Seite, doch sie hielt nicht inne mit der Beschwörung. Nach diesem Feuerball kam ihr keiner mehr so nahe.

Als sie die Augen öffnete, erkannte sie den Grund dafür.

Brian stand zwischen ihr und Malumos. Sein Schwert fuhr mit großer Geschwindigkeit durch die Luft und parierte jeden Schuss des Dämons mit Kraft und Präzision. Sein vom Regen durchweichtes Shirt klebte ihm am Leib, sodass sich darunter jeder Muskel scharf abzeichnete. Seine sehnigen Arme sahen wie dicke Seile aus, und seine Schultern spannten sich mit einer Geschmeidigkeit, die die Anstrengung Lügen zu strafen schien. In Lenas Augen war er ein König unter den Kriegern.

Blauer Rauch strömte weiter in das Amulett und raubte Malumos Kraft und Form. Obwohl er raste und spuckte und unerbittlich kämpfte, war er dem alten ägyptischen Zauber nicht gewachsen.

In weniger als zwei Minuten war alles vorbei. Der Deckel des Amuletts schloss sich wieder, und der dünne Spalt, der ihn verriet, verschwand. Das Amulett sah nun wieder wie ein massiver goldener Anhänger aus.

Aber der Zauber war nur die eine Hälfte des Exorzismus.

Lenas Hand zitterte, als sie den Anhänger von der Kette löste und auf das Straßenpflaster legte. Die Versuchung, das Amulett zu behalten, es weiter zu benutzen – wie sie es ein Jahrhundert lang getan hatte, um verkäufliche Antiquitäten aufzuspüren –, war groß. Aber wenn Malumos jemals freikam, würde er so lange nach Heather suchen, bis er sie gefunden und umgebracht hatte.

Das war ein Risiko, das sich Lena nicht leisten konnte.

Ihr Blick begegnete dem von Emily, und das Mädchen nickte. Lena hob den Fuß, ließ ihn auf den Anhänger niedersausen und zertrat das weiche Gold mit dem Stiefelabsatz. Der Zauber des Amuletts richtete sich gegen sich selbst, fiel wie ein schwarzes Loch in sich zusammen und katapultierte das böse *Ba* des Dämons in die Vergessenheit. Das Echo eines Schreis ertönte in ihren Ohren, dann verhallte es, bis nur noch Schweigen blieb.

Flüchtig bohrte sich der Schmerz des Verlusts in Lenas Brust. Aber er wurde fortgespült, sobald sie die Nadel aus Heathers Arm entfernt hatte und Brian die beiden Frauen in seine starken, zuverlässigen Arme schloss.

20

Wir brauchen einen magischen Tresor, in dem wir die Münzen aufbewahren können«, sagte Brian, während Rachel die Krankenhauskissen in MacGregors Rücken zurechtklopfte. Dank Stefans Künsten waren fast alle schrecklichen Brandblasen von der Haut des Wächters verschwunden. »An irgendeinem Ort, von dem wir sicher sein können, dass er für Satan nicht erreichbar ist.«

Sein Freund schnitt eine Grimasse. »Gibt's so einen Ort überhaupt?«

»Stefan und ich werden uns schon etwas einfallen lassen.« Brian deutete auf den dicken Verband um MacGregors Schultern. »Wann kannst du wieder an die Arbeit gehen?«

»Der Arzt meinte, in sechs Wochen, aber ich würde sagen –« Er sah zu Rachel. Sie hob stumm die Augenbrauen. MacGregor ließ sich in die Kissen sinken. »Sechs Wochen.«

»Ein Mensch zu sein ist zum Kotzen, oder?«

»Nicht immer.« MacGregor warf Rachel abermals einen Blick zu. »Darf ich es erzählen?«

Sie nickte.

MacGregor grinste. »Ich werde Vater.«

»Blödsinn.« Brian schaute zu Rachel, die nun breit lächelte, und dann zu Emily, die sich gerade MacGregors Götterspeise in den Mund schaufelte. »Wirklich?«

»Offenbar«, sagte Emily und leckte den Löffel ab. »Aber verschont mich mit Details.«

Brian hatte noch nie darüber nachgedacht, wie es wäre, Kinder in die Welt zu setzen, aber das Wissen, dass er diese Erfahrung niemals mit seiner Traumfrau teilen würde, traf ihn plötzlich hart. Seelenwächter waren tot, genau wie ihr Sperma. Keine Kinder in seiner Zukunft. Niemals. Er würde sich damit zufriedengeben müssen, den Onkel für MacGregors Brut zu spielen.

»Glückwunsch«, gratulierte er dem Paar aufrichtig. »Wann dürfen wir denn mit dem Familienzuwachs rechnen?«

»Im Dezember.« Rachel strahlte. Dann schien sie sich daran zu erinnern, dass nicht jedermanns Leben so rosig aussah. »Wie geht's Heather?«

»Gut.« Brian war froh, das Thema wechseln zu können. »Trotz der Drohungen des Dämons ist kaum Kaliumchlorid in Heathers Organismus gelangt. Die Ärzte haben ihr etwas gegeben, um die Wirkungen zu neutralisieren. Physisch wird sie sich wieder vollkommen erholen.«

Rachels Gesicht verdüsterte sich. »Und psychisch?«

»Das ist weniger sicher«, gab Brian zu. »Es ist hart für sie, mit der Erinnerung an all die Dinge zu leben, die sie getan hat, als sie besessen war.«

»Aber es war doch nicht wirklich sie«, erwiderte Emily.

»Das haben wir ihr auch tausend Mal gesagt. Das Problem ist: Sie erinnert sich an alles.« Er seufzte. »Ich sollte mal nach den beiden sehen.«

Mitleid stand in den Gesichtern der anderen zu lesen, als er das Zimmer verließ. Für Heather – was er verstand. Aber auch für ihn. Sie wussten, wie sehr er an Lena hing. Sie wussten ebenfalls, wo diese Beziehung hinführen würde: ins Nichts. Lena war einfach niemand, dem man vertrauen konnte. Sie teilte sich nicht mit, sie verließ sich auf niemanden, und sie bat nicht um Hilfe. Das war keine Basis, auf der man eine Zukunft aufbauen konnte.

Brian trat in Heathers Krankenzimmer. Sie hatte ein Einzelzimmer, was Brians gewichtigem Bankkonto zu verdanken war. Es war das Mindeste, was er für das Mädchen tun konnte. Lena sah aus geröteten Augen auf, als er kam.

Aha.

Das bedeutete, dass Heather wieder von Selbstmord sprach. Was auch der Grund dafür war, dass man sie noch nicht entlassen hatte. Sie warteten auf einen Psychiater.

»Hey«, sagte er zu der jungen Frau, während er über das fleckenlose, abgenutzte Linoleum zu ihr ging. »Hast du etwas gegessen?«

Heather zuckte die Achseln. »Es hat nicht geschmeckt.«

Das war Junkieslang für: »Wenn kein Heroin drin ist, interessiert es mich nicht.« Brian zog sich einen Stuhl heran und setzte sich. Wie gut er das alles kannte! Er war auch schon hier gewesen. In den Tagen nach Melanies Tod.

»Hör zu«, begann er. »Ich werde dir jetzt eine Geschichte erzählen.«

Sie verdrehte die Augen.

»Ja, ich weiß. Du willst sie nicht hören. Aber ich werde sie dir trotzdem erzählen, weil ich es muss.«

Lena runzelte die Stirn, doch Brian sah sie nicht an. Er würde auf gar keinen Fall alles erzählen können, wenn er sie dabei anschaute. Er schämte sich zu sehr.

»Vor sieben Jahren war ich am absoluten Nullpunkt angelangt«, fing er an. »Ich habe als Börsenmakler zweihundert Riesen im Jahr verdient und alles für Heroin auf den Kopf gehauen. Meine Sucht trieb mich so weit, dass ich meine Investmentkunden zu beklauen begann. Zunächst nur kleine Beträge. Dann mehr und mehr. Und mein Boss – der Bursche, der mich angestellt und mir die Gelegenheit geboten hatte, etwas aus mir zu machen, derselbe Bursche, der netterweise ein paar Tage zuvor ein Auge zugedrückt hatte, als ich nicht zur Arbeit erschien – mein Boss also fand es heraus.«

Brian fing Heathers Blick auf. »Du glaubst, dass ich dir jetzt sagen werde, wie ich damit aufgehört habe? Nein. Ich habe immer idiotischere Dinge getan. Mein Boss war ein Heiliger. Er hat seine eigene Karriere aufs Spiel gesetzt und mir angeboten, mich zu decken. Er sagte, dass er mich nicht anzeigen würde, wenn ich ihm den Betrag innerhalb von drei Monaten zurückzahlen würde. Bin ich auf die Knie gefallen und habe ihm die Füße geküsst, wie ich es hätte tun sollen? Nein. Ich habe sein Angebot abgelehnt. Ich glaubte, dass ich es sowieso nicht schaffen würde, das Geld zu besorgen, warum sollte ich es dann überhaupt versuchen?«

Heather sah fort.

»Klingelt da etwas bei dir?«

Sie nickte.

»Weißt du, was ich als Nächstes getan habe? Das, was jeder verkorkste Junkie tun würde – ich habe Party gemacht. Ich wurde dauerhigh, damit ich nicht über meine Schuld und die Zukunft oder darüber nachdenken musste, wie sich alles lösen ließ.«

Heather nickte wieder.

»Aber das Beste kommt erst noch«, verkündete er. »Bis

Samstagabend hatte ich meinen Fernseher und meine Rolex verpfändet und stand total neben mir. Da ruft meine kleine Schwester an. Sie ist siebzehn, und dieses verrückte Mädchen hat schon sein ganzes Leben lang zu mir aufgeblickt. Sie ist sogar in meine Fußstapfen getreten, hing mit meinen alten Kumpels von der Highschool herum und nahm Drogen.«

Die Erinnerung an Melanies Lächeln blitzte in seinem Kopf auf. Schmerzhaft deutlich.

»Sie ruft mich also an, um mir zu sagen, dass sie alles satt hat. Den ganzen Mist, die Schuldgefühle, die unstillbare Sucht. Sie fleht mich an, für einen Tag heimzukommen nach Brick und mit ihr zu reden.« Brian erinnerte sich kaum noch an den Anruf. Er erinnerte sich vor allem an das, was dann kam. »Ich sage: ›Klar, morgen bin ich da.‹ Aber ich bin nicht hingefahren. Ich war zu kaputt.«

Seine Schultern fühlten sich unerträglich schwer an, und er versuchte, sie anzuspannen, um den Druck zu erleichtern. »Das Nächste, was ich weiß, ist ein Anruf von meinem Dad. Er sagt, dass meine Schwester tot ist, gestorben am Sonntagmittag an einer Überdosis Heroin.« Brian lächelte voller Reue. »Ich weiß das eine oder andere über Schuldgefühle. Und ich weiß noch viel mehr darüber, ein nutzloses Stück Scheiße zu sein.«

Lena stand auf.

Brian hatte Angst, dass sie zu ihm kommen oder ihm sagen würde, er solle den Mund halten. Er erhob sich ebenfalls. »Langer Rede kurzer Sinn: Ich habe meinen Job verloren. Meine Eltern haben das Geld aufgebracht, mit dem sie mich vor dem Gefängnis bewahren konnten, aber dazu mussten sie eine zweite Hypothek auf ihr Haus aufnehmen. Meine Schwester hatte einen Zettel hinterlassen, auf dem stand, dass sie mich angerufen hätte, ich sei aber nicht gekommen. Mein Dad hat nie wieder mit mir gesprochen.«

Er ergriff Heathers dünne Hand und drückte sie sanft. Seine Augen brannten.

»An diesem Punkt war ich überzeugt, dass selbst Dreck mehr wert war als ich. Wenn ich dir sage, dass ich weiß, wie es ist, sich aufzugeben, dann glaub mir. Ich habe mich nicht umgebracht, aber ich habe einen anderen Schlussstrich gezogen. Gleich nach der Entziehungskur, in die mich meine Eltern gesteckt hatten, habe ich wieder mit Drogen und Alkohol angefangen. Drei Tage später habe ich mein Auto um einen Baum gewickelt. Es sollte am nächsten Tag zwangsversteigert werden, deshalb wollte ich noch eine letzte Spritztour unternehmen.«

Heathers Augen waren weit aufgerissen.

»Ja, im Wörterbuch ist unter ›Versager‹ mein Bild abgedruckt.« Brian versuchte sich an einem Lächeln, es gelang ihm aber nicht. »Warum also erzähle ich dir all das – wenn nicht aus dem Grund, dir zu sagen, dass ich dich verstehe?«

Sie wandte keinen Blick von ihm.

»Ich weiß aus erster Hand, was passieren wird, wenn du dich umbringst. Und jetzt kommt der Teil, den du nicht hören willst: Der Schmerz wird für dich vorbei sein, aber er ist nicht annähernd vorbei für diejenigen, die dich lieben. Meine Eltern sind gute Leute, Heather. Aber meine Schwester und ich haben ihnen ganz schön was eingeschenkt. Mein Dad behauptete, dass er mir die Schuld an Melanies Tod geben würde, aber weißt du was? Er hat's nicht getan. Er hat sich selbst die Schuld gegeben. Woher ich das weiß? Er ist heute, sieben Jahre später, noch immer in Therapie.«

Das Mädchen entzog ihm seine Hand.

»Die beste Freundin meiner Schwester, Carla – sie hat die Drogen besiegt. Hat einen Entzug gemacht, wurde clean und ist heute Bibliothekarin. Ich kann's mir schwer vorstellen, aber es stimmt. Es wird nicht leicht werden, es zu beenden, aber es ist möglich, wenn du es nur wirklich willst.«

Heather biss sich auf die Lippen. »Hast du es denn beendet?«

Er lächelte. »Was meinst du wohl?«

»Und wie?«

»Mit Hilfe.« Er sah zu Lena. »Jeder Tag ist ein steiniges Stück Weg, aber an irgendeinem Punkt merkst du plötzlich, dass schon sechs Jahre vergangen sind, und es geht dir immer noch gut. Du bist gesund.«

»Ich glaube nicht, dass ich wieder ich selbst werden kann.«

Brian blickte sie ernst an. »Ich will dich nicht anlügen. Du kannst nicht mehr die Heather sein, die du warst, bevor all das angefangen hat. Aber der Mensch, der du jetzt bist, ist schon viel stärker. Und er kann ein besserer Mensch werden, als er vorher war. Wenn du jetzt aufgibst, wenn du die Flinte ins Korn wirfst, wirst du diese Chance niemals bekommen. Aber ich gebe dir mein Wort: Es ist die Mühe wert, es anzupacken.«

Ihr Blick wurde etwas milder. »Aber wie kann man vergessen?«

Er schüttelte den Kopf. »Man kann nicht vergessen. Du lernst nur, damit zu leben. Keiner von uns ist perfekt – wir haben alle Fehler. Und einige haben mehr als andere.«

»Konntest du dir verzeihen?«

Brian holte tief Luft. »Lange Zeit nicht. Aber inzwischen schon, da ich etwas Besseres mit meinem Leben anstelle. Du kannst die Kurve noch kriegen, Heather. Lena und ich werden dafür sorgen, dass du die Hilfe bekommst, die du benötigst. Wir werden da sein, wenn du jemanden zum Anlehnen oder zum Reden brauchst.« Er war sich nicht sicher, ob Lena ihn so nahe bei sich haben wollte, aber zum Teufel damit. Sie würde sich eben arrangieren müssen. »Wir tun alles, was nötig ist, wenn du wirklich von der Nadel weg willst. Willst du?«

Heather sah zu Lena und dann wieder zu Brian.

Sie nickte.

»Gut«, sagte er lächelnd. »Erste Maßnahme: Du musst mit jemandem sprechen, der neutral ist. Mit einem Arzt.« Er machte ein Zeichen Richtung Tür, und Dr. Edwards, der Krankenhauspsychiater, trat ein. »Lena und ich warten draußen.«

Lena verließ mit Brian den Raum. Sie wusste nicht, was sie sagen sollte. Ihre Hand griff instinktiv nach dem goldenen Anhänger, doch er war nicht mehr da. »Du hast mir diese Einzelheiten nicht erzählt, als wir über deine Abhängigkeit gesprochen haben.«

»Ich habe bis heute überhaupt noch niemandem davon erzählt.«

Er setzte sich auf einen Plastikstuhl im Flur und stützte die Ellbogen auf die Knie.

Lena ließ sich auf dem Stuhl daneben nieder. »Hast du dir wirklich verziehen? Oder hast du das nur gesagt, damit sich Heather besser fühlt?«

»Nein, es stimmt.«

»Hast du seither Kontakt mit deinen Eltern gehabt?«

Er schnaubte. »Wie denn? Ich bin tot, schon vergessen? Ich habe jeden Cent zurückgezahlt, den sie an mich verschwendet haben, indem ich ihnen einen Scheck von einer Scheinversicherungsgesellschaft schickte, aber ich kann wohl kaum bei ihnen vorbeischauen und sagen: ›Dad, Mom, es tut mir so leid, dass ich euch wehgetan habe. Ich hab's ganz schön vermasselt. Könnt ihr mir noch mal verzeihen?‹«

Sie lehnte sich zurück, legte den Kopf an die Wand und dachte nach.

»Kannst *du* mir denn verzeihen?«, fragte er.

»Das ist leicht«, entgegnete sie. »Da gibt's nämlich nichts zu verzeihen. Der Brian Webster, den ich kenne, ist die ehrenwerteste Person, der ich je begegnet bin. Wie auch immer er in der Vergangenheit gewesen sein mag, heute würde er stets das Richtige tun, egal, worum es geht.«

»Ich habe meine Schwester sterben lassen.«

»Ja«, bestätigte sie, »das hast du. Und ich habe nicht gehört, dass du die Schuld daran auf die Drogen oder den Druck geschoben hast, unter dem du gestanden bist. Du hast die volle Verantwortung für dein Verhalten übernommen, und es gibt nichts Ehrenhafteres als das.«

»Ich hätte Heather auch sterben lassen.«

»Aber nur, um Millionen andere zu retten.«

»Du hättest mich dafür gehasst.«

»Vielleicht«, sagte sie seufzend. Aber vielleicht auch nicht. Brians Entscheidung war für sie nie mit einem Fragezeichen versehen gewesen. Im Grunde genommen war er ein Mann, der – abgesehen davon, dass er klug, amüsant und absolut umwerfend im Bett war – mehr Ehre im Leib hatte als jeder andere. Und doch war es ihm gelungen, sie zu überraschen. Sie hätte nie diese schmerzlichen Geheimnisse bei ihm vermutet, nie vermutet, dass sie so viel gemeinsam hatten – dass sie sich mit derselben Dunkelheit tief in ihrem Innern herumschlagen mussten und von denselben Schuldgefühlen aufgefressen wurden. Die Maske, die er trug, war vielleicht sogar besser als ihre eigene.

Sie lächelte.

Sie mochte Männer, die nicht so waren, wie sie auf den ersten Blick wirkten.

Er hatte gerade etwas sehr Mutiges getan, indem er seine Vergangenheit beichtete, um Heather zu helfen, ihren Weg in die Zukunft zu erkennen. War sie bereit, genauso viel Courage zu beweisen? Zu sehen, ob sie beide eine Zukunft zusammen hatten?

»Lena, ich –«

»Warte«, unterbrach sie ihn. »Du hast schon genug geredet. Ich glaube, jetzt bin ich an der Reihe.«

Er hob eine Augenbraue, schwieg aber und wartete.

Lena öffnete ihre Handtasche und holte die Puzzleschachtel heraus. Sie legte sie ihm in die Hände und dirigierte dann seine Finger zu den vier Punkten, die gleichzeitig gedrückt werden mussten, damit sich die Schachtel öffnete.

Der Deckel schnellte nach oben und legte den Inhalt der Schachtel frei.

»Das«, begann sie und nahm ein gewelltes, vergilbtes Foto heraus, »ist ein Bild meines Vaters. Er hieß Russell Sharpe und kam achtzehnhunderteinundsiebzig als britischer Archäologe nach Kairo …«

Brian saß da und hörte Lena sprachlos zu. Sie erzählte, dass ihre Mutter an Malaria starb, als Lena sechs Jahre alt war, und dass ihr Vater so sehr in seinen Ausgrabungen aufging, dass er manchmal tagelang verschwand und sie sich vollkommen selbst überließ.

»Mit sechs?«, fragte er. »Er hat dich allein gelassen, als du sechs Jahre alt warst?«

»Er meinte es nicht so«, entschuldigte Lena ihn. »Er dachte, dass sich unsere Haushälterin um mich kümmerte. Aber sie nahm einfach sein Geld und tat, wonach ihr der Sinn stand. Mein Vater war nicht mehr er selbst, nachdem meine Mutter gestorben war.«

Es lag keine Bitterkeit in ihren Worten, selbst als sie beschrieb, wie er ihr den Rücken gekehrt hatte, als sie schwanger wurde. Ihre Dankbarkeit dafür, dass er Lily nach Lenas Tod wie seine eigene Tochter aufzog, war nicht geheuchelt. Und ihr Kummer darüber, dass sie ihre kleine Tochter nicht ein letztes Mal hatte umarmen können, war fast mit Händen zu greifen, aber doch durch das Wissen gemildert, dass Lily das hohe Alter von achtundneunzig Jahren erreichen würde. Erst als sie auf Azim zu sprechen kam, den Vater ihres Kindes, wurde ihre Stimme rauh. »Ich habe ihn geliebt, so sehr, wie ich damals nur jemanden lieben konnte. Aber ich habe es ihm nie gesagt. Im Rückblick weiß ich, dass ich Angst hatte, ihn zu sehr zu lieben. Schließlich hat mich jeder, der mir jemals wichtig war, verlassen.«

Es lag Brian auf der Zunge zu beteuern, dass er sie nie verlassen würde, aber er beherrschte sich gerade noch rechtzeitig. Wie hätte er solch ein Versprechen machen können?

»Ich habe nicht mehr so viele Erinnerungen an Azim«, gestand sie. »Um die Gunst der heidnischen Götter zu gewinnen, musste ich ihnen Dinge abtreten, die einen besonderen Wert für mich haben. Horus wollte Strähnen von meinem Haar, Nephthys nahm Träume, und Sechmet verlangte Erinnerungen.«

Entsetzt starrte Brian sie an. Erinnerungen? Es gab einige, die er gern verdrängt hätte, aber die meisten seiner Erinnerungen waren kostbar. »Tu das nie wieder. Wir bilden dich aus. Du brauchst nichts mehr aufzugeben, das dir so wichtig ist, um Hilfe zu bekommen.«

Sie wurde rot. »Heute musste ich die Erinnerung an unseren

ersten Kuss hergeben. Es tut mir leid, aber ich brauchte Sechmets Unterstützung wirklich dringend.«

Er blinzelte. Waren das Tränen in ihren Augen? Weinte sie tatsächlich, weil sie sich nicht mehr an ihren ersten Kuss erinnerte? »Du meinst, du erinnerst dich nicht mehr daran, dass du mir zunächst mit einem Kristallbriefbeschwerer eins über den Schädel gezogen hast?«, neckte er.

Die Tränen kullerten herab.

»Nein.«

Er küsste ihr die Tränen erst auf der einen Wange, dann auf der anderen Wange fort. »Dann müssen wir eben eine neue Erinnerung schaffen«, sagte er leise und küsste sie auf den Mund. Hart und hungrig, im Takt mit seinem Herzschlag. Sie hatte ihm in den letzten fünf Minuten mehr über sich erzählt als in den gesamten zehn Tagen, seit denen er sie kannte. Und das aus freien Stücken, ohne dass er sie ein einziges Mal dazu hatte auffordern müssen.

Er war sich nicht sicher, was das bedeutete.

Es war zu früh, ihr zu sagen, dass er sie liebte, und viel zu früh, sie zu fragen, ob sie wohl jemals seine Liebe würde erwidern können. Aber zum ersten Mal hatte er das Gefühl, dass ein gutes Ende für sie beide im Bereich des Möglichen lag. Er nahm ihre Hand und zog sie auf die Füße.

»Ich glaube, dass jetzt ein wirklich guter Augenblick ist, eine neue Erinnerung zu schaffen«, sagte er und führte sie den Gang entlang zum Fahrstuhl. »Komm.«

»Jetzt?«

»Vertrau mir«, beruhigte er sie. Am Haupteingang winkte er einem wartenden Taxi, öffnete den Schlag und schob Lena hinein. »Da alle hier im Krankenhaus sind, haben wir die Ranch für uns. Der perfekte Zeitpunkt.«

Lena hob eine Augenbraue, sträubte sich aber nicht.

Sie fuhren schweigend zur Ranch, auf der Rückbank eng aneinandergeschmiegt. Ihr Kopf ruhte an seiner Brust, sodass ihm ihr blumiges Parfüm in die Nase stieg. Ihrer beider Herzschlag ging langsam und gleichmäßig. Brian hätte den Moment für immer festhalten mögen, aber seine Gedanken eilten schon voraus.

Als sie das Haus erreicht und den Taxifahrer bezahlt hatten, zog er Lena die Treppe zu ihrem Schlafzimmer hinauf. Im Haus war kein Licht, und das einzige Geräusch kam vom leisen Summen der brandneuen Klimaanlage.

»Zieh dir an, was du willst. Gib mir zehn Minuten, dann komm in mein Zimmer.«

»In dein Zimmer?«

Er lächelte. »Du warst noch nicht dort, oder?«

»Nein.«

»Zehn Minuten«, wiederholte er. Dann schob er sie durch die Tür und schloss sie hinter ihr.

Zehn Minuten waren nicht viel Zeit, aber er nutzte sie gut, sodass es ihm gelang, alles, was er brauchte, herbeizuschaffen und noch ein paar Augenblicke früher fertig zu werden. Als Lena klopfte, war er bereit. Er öffnete die Tür.

Und holte tief Luft. *Heiliges Kanonenrohr.*

Er war wohl doch nicht bereit. Nicht für diesen Anblick – Lena im Flur, nur in Spitzen-BH und Slip aus einem hauchdünnen, silbrigweißen Material, bei dem beinahe sein Herzschlag aussetzte. Es bedeckte kaum das Nötigste und machte ihn gnadenlos neugierig auf den Rest.

Brian schluckte schwer.

Es war allzu verlockend, sich gleich auf sie zu stürzen. Aber er wollte doch eine schöne Erinnerung schaffen. Und Abschürfungen von Parkettböden und Teppichen taugten dazu nicht. Stattdessen öffnete er die Tür ganz, um sie einzulassen.

Als ihr Blick ins Zimmer fiel, weiteten sich ihre braunen Augen, und ihr blieb der Mund offen stehen. »Das hast du in zehn Minuten geschafft?«

Brian zog sie in den Raum und schloss die Tür.

»Die Leuchten waren ja schon da.«

Mit den »Leuchten« meinte er das Dutzend Halogenlampen an der Decke. Sie waren auf rund dreißig Figurinen aus Swarovskikristall gerichtet, die im Raum verteilt standen. Er sammelte diese Staubfänger seit Jahren und hatte sie hinten in seiner Porzellanvitrine im Esszimmer vergraben. Und all das nur, weil Melanie einmal einen großen Kristallbären in einem Geschäft in Manhattan bewundert hatte. An ihrem ersten Todestag hatte er ihn gekauft, ohne selbst genau zu wissen, warum. Und dann, Stück für Stück, hatte er die Sammlung vergrößert, bis er diese Menagerie beisammenhatte: Seehunde, Pferde, Wale, Eulen, Löwen, Elefanten, Schildkröten, Bären … und andere mehr. Viele andere mehr.

Heute Nacht tauchten sie sein Schlafzimmer in einen prächtigen Regenbogen aus Lichtreflexen.

Brian gab Lena einen großen, rundlichen Kerzenleuchter in die Hand. Er ähnelte dem Briefbeschwerer bei ihr zu Hause in L. A. frappierend. »Du musst ihn nicht benutzen«, schmunzelte er. »Aber wenn's dich drängt, tu dir keinen Zwang an.« Dann zog er sie an sich, genoss das Gefühl ihres Busens an seiner Brust und küsste sie lange und ausdauernd. Er küsste sie, als wäre es das erste und vielleicht auch einzige Mal. Hungrig und doch zurückhaltend. Süß und doch heiß und leidenschaftlich. Er legte alles, was er hatte, in diesen Kuss – das

Gute, das Schlechte, das Hässliche und das unglaubliche Gefühl, das sie ihm gab, wenn sie auch nur in seiner Nähe war.

Und sie revanchierte sich mit einer Begeisterung, die er an ihr nicht kannte.

Er fing den Kerzenhalter gerade noch auf, bevor er zu Boden fiel.

»Mir den Schädel zu verschrammen ist eine Sache«, murmelte er an ihren Lippen. »Das Parkett zu verschrammen eine andere.«

Lenas Finger nahmen die Perlmuttknöpfe seines Gucci-Hemds in Angriff. »Haben dir die Frauen, mit denen du bisher zusammen warst, schon mal gesagt, dass du zu viel redest?« Sie schlug den Stoff zurück und betrachtete seine nackte Brust. »Wahrscheinlich nicht. Es ist viel zu leicht, dir das nachzusehen.«

Er lachte. »Gott, du bist so gut für mein Ego!«

»Ich scheine dich daran erinnern zu müssen, dass du mir noch einen Orgasmus schuldest«, sagte sie, während sie ihm mit dem Fingernagel über den Oberkörper hinab zum Bauch fuhr. Er erschauerte. Jede überreizte Nervenendung in seinem Körper wollte unter diesen Finger gelangen. »Fang an, wann du willst.«

Brian hob sie hoch und trug sie zu seinem großen Himmelbett. »Heb dir deinen Gutschein für die Zeit auf, wenn du's wirklich brauchst, Süße. Heute Nacht ist ein besonderer Anlass. Du und ich besorgen's uns. Und zwar gleichzeitig.«

Sie sah ihn mit großen Augen an. »*Genau* gleichzeitig?«

»So gleichzeitig, wie wir's hinkriegen.«

Er beugte sich zu ihr hinab und schnupperte an der zarten Haut ihres Halses, während seine Lippen über den hypersensiblen Punkt unter ihrem Ohr glitten.

Ihr Atem ging kürzer. »Das erfordert aber … Koordination.«

»Mhm«, stimmte er ihr zu. »Dazu Aufmerksamkeit, Experimentierfreude und eine gesunde Dosis Selbstlosigkeit.« Seine Zähne bekamen ihr Ohrläppchen zu fassen und begannen, daran zu knabbern.

Sie wand sich, aber als er Anstalten machte, sich zurückzuziehen, schlang sie ihm die Arme um den Hals und hielt ihn fest. »Ich bin nicht sehr gut darin, etwas mit jemandem *zusammen* zu tun.«

»Ich auch nicht.« Er streifte die Schuhe von den Füßen und legte sich zu ihr aufs Bett. Dann rollte er sich auf die Seite und zog sie mit sich. Seine Hand konnte nicht widerstehen und strich über die weibliche Wölbung ihrer Hüfte und weiter über ihre schmale Taille. »Ich nehme an, das ist okay. Immerhin besteht dann keine Gefahr, dass einer von uns darin besser ist als der andere. Du bist irrsinnig schön – wusstest du das?«

Ihre leicht gerunzelte Stirn glättete sich.

»Ich mag dich«, erwiderte sie.

Er schnaubte. »Du magst Komplimente. Das ist nicht dasselbe.«

»Nein, ich meine es so. Ich mag dich wirklich.«

Seine Augenbraue hob sich. »Ach ja? Sag mir eine Sache an mir, die du toll findest – aber nichts Körperliches.«

Sie schwieg.

»Da fällt dir nichts ein, was?«, neckte er sie.

Ihre Hand streichelte über seine Wange. Dabei war ihr Blick so ernst, wie er ihn noch nie an ihr gesehen hatte. »Was du für Amanda getan hast – dein Leben zu riskieren, um sie vor dem Kriegsdämon zu retten –, das war das Schönste, was jemals für jemanden, den ich kenne, getan worden ist.«

Amanda? Brian blinzelte. Ach, natürlich. »Das Mädchen in der Kirche«, sagte er heiser. »Sie hieß Amanda?«

Lena nickte. Sie beugte sich zu ihm, drückte ihre Lippen auf seine und küsste ihn. Einen Moment lang fühlte es sich wie ein Dankeskuss an – süß und kühl und zart. Dann spürte er, wie sich ihre Lippen wölbten, und ihre Hände glitten unter sein Hemd und strichen über seine Rückenmuskeln.

»Wir werden diese Zusammen-Geschichte vielleicht ein paar Mal üben müssen«, flüsterte sie und schmiegte sich so dicht an ihn, bis kein Blatt Papier mehr zwischen ihre Körper gepasst hätte. »Wir brauchen vielleicht eine Weile, bis wir's drauf haben.«

Ihre erotischen Bewegungen sorgten dafür, dass sich sein Blut wie ein geschmolzener Strom durch seine Adern wälzte, und seine Haut wurde heiß und straff. Er hatte schon eine besserwisserische Stichelei auf der Zunge, doch er schluckte sie hinunter. Stattdessen sah er ihr in die Augen. Ohne Maske, ohne Geheimnisse, einfach offen und ehrlich. »Das ist in Ordnung. Ich drehe hier noch länger meine Runden.«

Erstaunlicherweise sah sie nicht fort.

»Ich auch«, sagte sie leise.

Das waren die letzten zusammenhängenden Worte, die beide für längere Zeit sprachen. Oder wenigstens die letzten, an die er sich erinnerte. Die Nacht selbst dagegen war jede Erinnerung wert. Und das war schließlich alles, was zählte.

Epilog

Brian zog den BlackBerry aus dem Etui an seinem Gürtel und hielt ihn sich ans Ohr. Seinen Blick hielt er auf Lena geheftet, die auf der Treppe zu seinem Elternhaus stand und gerade an der Tür läutete. »Ja, MacGregor, was gibt's?«

»Schlechte Neuigkeiten.«

Er schnitt eine Grimasse. »Wie immer.«

Jemand kam an die Tür. Eine Frau in einem roten Sweatshirt mit dem Logo der New Jersey Devils darauf. Seine Mutter. Sie öffnete die weiße Fliegengittertür, die er als Kind bestimmt tausend Mal zugeknallt hatte, und nahm zaghaft lächelnd die Schachtel entgegen, die Lena ihr hinhielt. Sie sah noch genauso aus wie beim letzten Mal, als er sie gesehen hatte, an dem Tag, bevor er starb. Nur ein bisschen ergrauter.

»Simon Reed hat gerade angerufen. Das Linnen ist verschwunden.«

»Verflucht.«

»Aye.« Pause. »Er will dich sehen.«

Die beiden Frauen schüttelten sich die Hände, und die Tür schloss sich wieder. Dann ging Lena die Stufen hinunter und über den Bürgersteig zum Auto.

»Ich frage mich, ob er diesmal ein bisschen freundlicher sein wird«, sagte Brian. Sein Blick wanderte zu der großen Eiche im Garten. In den Ästen rotteten die Bretter eines alten Baumhauses vor sich hin. Wie viele Erdnussbutterbrote hatten Melanie und er dort gegessen? Hunderte.

»Ich glaube, er wird dich um Hilfe bitten«, erwiderte MacGregor trocken.

»Besser spät als nie.« Brian drückte die Fahrertür auf, sodass Lena einsteigen konnte. Sie lächelte breit, und sein Herz pochte.

»Kommst du zurück?«, fragte MacGregor.

»Ja, bald. Warum?«

»Carlos ist verschwunden. Offenbar hat er Emily eine Nachricht mit der Bitte hinterlassen, ihm nicht zu folgen. Er bräuchte Zeit, um einige Dinge zu klären. Sie hat sie heute Nachmittag auf ihrem Kissen gefunden. Da ist sie zusammengebrochen und hat ihrer Mutter gestanden, dass sie die Seele des Burschen aus der Hölle zurückgeholt hat.«

»Was?«

»Aus der Hölle.«

»Jesus. Das erklärt vieles.«

»Aye. Emily fühlt sich beschissen. Sie ist gerade auf dem Übungsplatz, heult sich die Augen aus und versucht alles Mögliche, um die Goldmünze in Silber zurückzuverwandeln. Und Uriel hat vorbeigeschaut und uns die neuesten Seelenkollektenzahlen mitgeteilt. Wir gewinnen an Boden, aber der Verlust des Linnens wird unseren Vorsprung todsicher wieder zunichtemachen.« MacGregor seufzte. »Bin ich froh, dass du dich jetzt damit herumschlagen musst und nicht ich.«

Brian knurrte. »Ich bin vermutlich morgen wieder zurück. Das Planungskomitee der Amanda Currie Drogenentzugsklinik tritt heute Nachmittag zusammen, um die Entwürfe zu besprechen, und da ich der Hauptsponsor bin, wollen sie mich unbedingt dabeihaben.«

»Gut. Bis morgen dann.«

»Ja.« Er legte auf, dann hob er fragend die Augenbrauen und sah Lena an. »Und?«

»Sie hat den ganzen Köder geschluckt: Haken, Leine und Senkblei. Sie hat keine Sekunde daran gezweifelt, dass ich in New York deine Freundin war und dass du eine Schachtel mit deinen Sachen in meinem Keller deponiert hast.«

Er nickte. »Hat sie sonst noch was gesagt?«

»Sie hat geweint und mir so überschwänglich gedankt, dass ich mir ganz schlecht vorkam, weil ich sie doch belogen habe.« Lena strich sich eine Locke aus der Stirn. »Sie war wirklich süß. Sie wird den Brief lesen – das weiß ich.«

Der Brief. Der, den er in der letzten Woche geschrieben hatte. Oder, um genauer zu sein: geschrieben und tausend Mal umgeschrieben hatte. Der, der seinen Eltern all das mitteilte, was er sie gern vor seinem Tod hätte wissen lassen. In dem er sich dafür entschuldigte, ein schwieriger Sohn gewesen zu sein, und sie um Verzeihung bat.

Der Brief war Lenas Idee gewesen.

Im Grunde war der ganze Besuch ihre Idee gewesen. Das war ihre Art, ihm zu helfen, so wie sie beide auch Heather halfen. Und es hatte funktioniert. Das Loch in seiner Brust, das er sechs Jahre lang hatte ertragen müssen, hatte sich nun geschlossen.

»Ich finde, dieser Zeitpunkt ist so gut wie jeder andere, es dir zu sagen.« Sie schnallte sich an, dann startete sie den Wagen, sah in den Rückspiegel und fuhr aus der Parklücke auf die Straße.

Er lächelte. Fahranfänger waren immer so vorsichtig. »Mir was zu sagen?«

»Dass ich dich liebe.«

Er starrte auf ihr Profil. »Wie bitte?«

»Ich liebe dich.« Sie warf ihm einen Blick zu und sah dann wieder auf die Straße. »Nach dem, was ich von dem Telefonat gerade mit angehört habe, scheint es nicht allzu gut zu laufen. Da sollte ich wohl nicht zu lange warten mit dem, was ich dir sagen will. Du weißt schon, für den Fall, dass die Welt untergeht.«

»Und deshalb erzählst du es mir beim Fahren?«

Sie blickte ihn erneut an. »Hätte ich warten sollen, bis wir im Hotel sind?«

»Zur Hölle, ja!«

Als sie an einer roten Ampel anhielt, fragte sie vorsichtig: »Willst du nicht etwas darauf antworten?«

»Du meinst, etwas anderes als das, was ich dir letzte Nacht im Bett ins Ohr geflüstert habe, als du so getan hast, als würdest du schlafen?«

Sie lächelte. »Du könntest es jetzt laut sagen. Sozusagen ganz offiziell.«

»Wenn du willst, klettere ich auf das Hoteldach und schreie es in die Welt hinaus.«

»Das wird nicht nötig sein. Außer mir muss es niemand wissen.«

Noch immer zurückhaltend, noch immer beinhart. Das war seine Lena. Sie hatte in den letzten Wochen schon große Fortschritte gemacht, wenn es darum ging, sich zu öffnen, aber die Reise war definitiv noch nicht zu Ende. Oh, und es turnte ihn gewaltig an, wenn er zusah, mit welcher Gewandtheit sie ein Schwert führte. Und die Oberschenkelmuskeln, die sie neuerdings entwickelte, hatten sich bereits bei mehr als einer Gelegenheit als nützlich erwiesen.

Er grinste. Ganz ehrlich, wenn schon der Weltuntergang anstand, dann wusste er niemanden, mit dem er diesem Spektakel lieber ins Auge geblickt hätte, als mit ihr. Jeder Tag mit Lena bedeutete Abenteuer und Spaß. Selbst Tage, an denen Satan ihnen in den Hintern trat. Selbst Tage wie heute.

»Süße, ich liebe dich auch«, sagte er. »Und ich werde dir zeigen, wie sehr, wenn wir wieder im Hotel sind.«

Dank

Dieses Buch wäre ohne die Unterstützung meiner Lektorin Kerry Donovan und des gesamten Teams bei NAL nicht möglich gewesen. Ich muss auch meiner Agentin Laurie McLean danken, vor allem für ihre Beratung bei der Entwicklung der Figur Lena Sharpes.

In den letzten beiden Jahren hatte ich das Privileg, einer Gruppe begabter Schriftsteller angehören zu dürfen, die wie ich Finalisten des Golden-Heart-Wettbewerbs des Schriftstellerverbands RWA 2008 waren. Der sprühende Enthusiasmus dieser Gruppe – auch als Pixie Chicks bekannt – hat mein Leben unvorstellbar bereichert, und ich schulde ihr allergrößte Dankbarkeit. Pixies forever!

Meine Familie und Freunde, die tagein, tagaus für mich da sind, überraschen mich immer wieder mit ihrer Großzügigkeit, ihrem Lob und ihrem schamlosen Handverkauf meiner Bücher. Dank an euch alle miteinander!